EL CASTILLO DE BARBAZUL

colección andanzas

Las novelas de la Terra Alta

Terra Alta
Independencia
El castillo de Barbazul

JAVIER CERCAS
EL CASTILLO DE BARBAZUL
Terra Alta III

Obra editada en colaboración con Editorial Planeta – España

© 2022, Javier Cercas

© Tusquets Editores, S.A. – Barcelona, España

Derechos reservados

© 2022, Editorial Planeta Mexicana, S.A. de C.V.
Bajo el sello editorial TUSQUETS M.R.
Avenida Presidente Masarik núm. 111,
Piso 2, Polanco V Sección, Miguel Hidalgo
C.P. 11560, Ciudad de México
www.planetadelibros.com.mx

Diseño de la colección: Guillemot-Navares

Primera edición impresa en España: marzo de 2022
ISBN: 978-84-1107-084-3

Primera edición impresa en México: marzo de 2022
ISBN: 978-607-07-8511-5

Impreso en los talleres de Litográfica Ingramex, S.A. de C.V.
Centeno núm. 162-1, colonia Granjas Esmeralda, Ciudad de México
Impreso en México –*Printed in Mexico*

Índice

Para Raül Cercas y Mercè Mas, mi Terra Alta

Primera parte
Terra Alta

El primer recuerdo que Cosette conservaba de su padre era muy vívido: estaba hundida en una sillita anatómica infantil, en el asiento trasero de un coche, y, frente a ella, al volante, él le anunciaba que su madre había muerto. Se disponían a salir de la Terra Alta y su padre ni siquiera la miraba por el espejo retrovisor, sólo miraba hacia sus adentros o hacia delante, hacia aquella cinta de asfalto que los alejaba en dirección a Barcelona. Luego su padre intentaba explicarle qué significaba lo que había dicho, hasta que ella entendía que no iba a volver a ver a su madre y que, a partir de aquel momento, estaban solos y deberían valerse por sí mismos. A este primer recuerdo asociaba otros dos, ambos igualmente vívidos, ambos teñidos de un barniz amenazante. En el primero su padre aparecía junto a Vivales, el picapleitos que había sido lo más cercano a un padre que su padre conoció. Este recuerdo transcurría inmediatamente después del anterior, en una cafetería desolada y con grandes ventanales, un lugar que muchos años más tarde identificaría como el área de servicio de El Mèdol, en la autopista del Mediterráneo. Su padre y Vivales hablaban mientras ella subía y bajaba por un tobogán, en una zona de juegos para niños (intuía que los dos hombres hablaban de ella, de ella y de su madre muerta); luego su padre regresaba a la Terra Alta y ella se marchaba a Barcelona con Vivales. Su tercer recuerdo era de Barcelona, y en él también aparecía Vivales pero su padre desaparecía o sólo aparecía al final, des-

pués de que ella pasase varios días en casa del abogado, acompañada por este y por Manel Puig y Chicho Campà, sus dos íntimos amigos, que no la dejaban ni a sol ni a sombra, como si un peligro inconcreto se cerniera sobre ella y aquel trío estrafalario de antiguos compañeros de mili se hubiera arrogado la misión de defenderla, hasta que un amanecer reaparecía su padre y, como un paladín cubierto de una armadura resplandeciente, ahuyentaba el peligro y se la llevaba de regreso a la Terra Alta.

Los recuerdos que Cosette conservaba de su madre, en cambio, eran borrosos o prestados. Más borrosos que prestados: porque, por mucho que de niña interrogara a su padre, él apenas le había contado nada de su madre, como si no tuviera nada que contar o como si tuviera tanto que contar que no supiera por dónde empezar a contarlo. La reticencia de su padre contribuyó a que Cosette idealizase a su madre. Aunque por motivos distintos, a su padre también lo idealizó, lo que no era tan fácil: al fin y al cabo, él era un ser de carne y hueso, mientras que su madre era sólo un fantasma o un espejismo al que podía embellecer a su gusto. Mientras fue una niña, sobre todo mientras él ejerció de policía, Cosette consideraba a su padre una especie de héroe, el paladín de la armadura resplandeciente que acudió a rescatarla a casa de Vivales; más de una vez le había oído decir que los peores malos son los aparentes buenos, y tenía la certeza de que él poseía un talento natural para detectarlos y combatirlos, de que estaba amasado con los mismos materiales que los protagonistas de las novelas de aventuras que, desde que tenía uso de razón, él le leía por las noches, con los mismos que los sheriffs o pistoleros de los viejos wésterns que le gustaban a Vivales.

Sobre todo en su niñez, la relación con su padre fue estrechísima. Él la trataba con frialdad o con lo que un observador imparcial hubiese considerado frialdad, de una manera distraída, ensimismada y un poco ausente. Esto no desagradaba a Cosette, en parte porque no conocía otra cosa y en parte porque pensaba que, en la vida real, los héroes eran así: fríos, distraídos, silenciosos, ensimismados y un

14

poco ausentes; además, Cosette contaba con que, al menos durante una hora u hora y media al día, su padre abandonaba su abstracción y se entregaba a ella sin reservas. Era el momento en que, antes de que ella se dejase arrastrar por el sueño, él le leía novelas en voz alta: entonces brotaba de su interior una calidez, una intimidad y un entusiasmo más profundos que cualquier muestra de afecto; entonces acababa uniéndole a él un sentimiento de comunión que no volvería a experimentar con nadie, como si ambos compartieran en exclusiva un secreto esencial. A medida que Cosette se acercaba a la adolescencia, sin embargo, fue ganándole poco a poco la certeza de que la sombría reserva de su padre no era un rasgo inherente a su carácter, sino el fruto envenenado de la ausencia de su madre; también la invadía la sospecha complementaria de que a veces su padre la miraba buscando a su madre muerta y sólo encontraba una versión pedestre y devaluada de ella. Fue así como empezó a gestarse el fantasma (o el espejismo) y fue así como empezó a pelear sin saberlo contra él, o simplemente a tratar de ponerse a su altura. Era un combate abocado de antemano a la derrota, del que ni siquiera ella misma era por completo consciente y que hubiera podido destruirla, o al menos convertirla en un ser disminuido, doblegado e inseguro.

No lo hizo. Durante su infancia, Cosette y su padre llevaron una vida ordenada y tranquila. Él la acompañaba cada mañana al colegio y, si le tocaba el turno matinal en comisaría, iba a buscarla por la tarde; si no, era la madre de Elisa Climent, su mejor amiga, quien las recogía a las dos en la escuela y se las llevaba a jugar al fútbol o a hacer los deberes a casa, hasta que él pasaba a buscarla una vez concluida la jornada de trabajo. Más adelante, cuando su padre abandonó su empleo en comisaría, las dos amigas solían ir juntas hasta la biblioteca donde él empezó a trabajar, que quedaba muy cerca, hacían allí los deberes o leían o preparaban los exámenes, y después era su padre quien las llevaba a entrenar o las devolvía a su casa. Algunos fines de semana Cosette dormía en casa de Elisa, y otros era Elisa quien dormía en casa de Cosette.

Cosette no era una mala estudiante, pero tampoco demasiado buena. Aunque le gustaba mucho leer, no le interesaban las clases de literatura, ni las de historia, ni las letras en general; en cambio, tenía un talento innato para las matemáticas. Sus tutores la definían como una alumna juiciosa, discreta, sencilla, testaruda y carente de espíritu competitivo. Esto último no le impedía ser muy aficionada al deporte, ni formar parte de uno de los equipos de fútbol de la escuela; tampoco, demostrar talento para el ajedrez, lo que la llevó a participar en diversos concursos —ganó tres: dos locales y uno comarcal— y obligó a su padre a aprender las reglas del juego para intentar disputarle a su hija partidas que al principio perdía con humillante rapidez. Sus tutores en la escuela también la definían como una niña imaginativa, dotada de una gran facilidad para evadirse en sus fantasías.

Ninguna de estas definiciones extrañaba a su progenitor; Cosette sólo erraba en parte: él era un padre absorto y distraído, pero pasaba muchas horas con ella y la conocía bien. Aunque a los dos les gustaba vivir en la Terra Alta, de vez en cuando se escapaban a Barcelona, y todos los veranos pasaban unos días en El Llano de Molina, Murcia, con Pepe y Carmen Lucas, dos amigos que su padre había heredado de su madre. La pareja de ancianos estaba en contacto permanente con ellos, les escribían correos electrónicos, les llamaban por teléfono y los animaban a que fueran a visitarlos durante el resto del año, cosa que hicieron en varias ocasiones. Cosette los adoraba y ellos adoraban a Cosette, quien con los años se había creado en el pueblo un grupo de amigos, algunos de los cuales vivían todo el año en El Llano. Cosette sabía que su padre también disfrutaba de aquellos paréntesis bucólicos, a pesar de que, allí, él apenas hacía otra cosa que leer, dormir largas siestas, salir a correr por la huerta y conversar con Pepe y con Carmen, sobre todo con Carmen: su padre jamás fue capaz de interesarse por la horticultura, pero por la tarde acompañaba a su huerto a la antigua prostituta y última amiga de su madre y dejaba pasar las horas sentado en el suelo y leyendo con la espalda apoyada en la pared del cobertizo donde ella guardaba sus aperos de labranza. En cuanto a Barcelona, tras la muerte de Vivales, Cosette y su padre se aficionaron a pasar de vez en cuando un fin de semana en el piso que les había legado el picapleitos en el centro de la ciudad. Su padre había optado por mantenerlo idéntico a como lo dejó Vivales, no porque cultivara la superstición sentimental de conservar la presencia fantasmática del abogado en el lugar donde vivía desde que lo conoció, sino simplemente porque no sabía qué hacer con él. Durante esas excursiones a la capital, iban al zoológico, al Museo de la Ciencia o al cine, y más de una vez cenaron con Puig y Campà, casi siempre en casa de este último, que los invitaba a banquetes en honor de Vivales donde comían como heliogábalos. A menudo echaban las mañanas o las tardes de los sábados en Internet Begum, el locutorio que el Francés regentaba en el barrio del Raval, conversando o leyendo o jugando al ajedrez, o incluso ayudando a llevar su negocio al viejo amigo de su padre, que luego recompensaba sus visitas invitándolos a algún restaurante de la Rambla o del Raval. Una tarde, después de comer los tres en el Amaya, Cosette, fascinada por la efervescencia expresiva y la ingente humanidad del antiguo bibliotecario de la cárcel de Quatre Camins, le preguntó a su padre dónde lo había conocido.

—Por ahí —contestó él.

—Por ahí no es ningún sitio —replicó Cosette.

Estaban en una tienda del Ensanche, comprando para el desayuno del día siguiente, y su padre se volvió hacia ella con un paquete de Kellogg's en la mano y una cara inconfundible de pensar que, aunque Cosette sólo tuviera diez años, no se merecía una mentira.

—Luego te lo cuento —dijo.

En aquel momento Cosette no supo si su padre había formulado la promesa para quitársela de encima o para cumplirla, pero un par de horas después, cuando volvió a recordársela, comprendió que él no iba a contarle la verdad. Nunca había evocado ante ella su pasado anterior a la Terra Alta: no le había dicho que su madre había *sido prostituta, como Carmen Lucas, ni que había sido brutalmente asesinada, no le había hablado de su infancia salvaje en el barrio de Sant Roc, ni de su padre desconocido, ni de su furiosa adolescencia de huérfano, ni de su paso por correccionales y su trabajo de camello al por mayor y pistolero a sueldo de un cártel colombiano, tampoco de su detención durante un tiroteo, en la Zona Franca de Barcelona, y de su juicio en la Audiencia Nacional de Madrid, ni siquiera de su encierro en Quatre Camins y su amistad duradera con el Francés. Su padre nunca le había contado a Cosette esas cosas, y tampoco lo hizo ahora: despachó su curiosidad explicando vagamente que había conocido al Francés cuando este trabajaba en una biblioteca, que gracias al Francés había descubierto* Los miserables *y que, gracias a* Los miserables, *había descubierto su vocación de policía. Cosette intuyó que su padre le estaba mintiendo, pero también que le estaba mintiendo con la verdad.*

—No te creo —se rio—. El Francés no ha trabajado en su vida en una biblioteca.

Cosette sintió que su intuición se confirmaba cuando vio la cara de alivio de su padre al responderle:

—Te doy mi palabra de honor de que sí.

De aquella noche sacó tres conclusiones. La primera es que las mejores mentiras no son las mentiras puras, sino las mentiras mezcladas con verdades, porque gozan del sabor de la verdad. La segunda es que su padre le escondía a conciencia su pasado, lo que no contribuyó a debilitar el aura de paladín de armadura resplandeciente o protagonista de novela de aventuras o sheriff o pistolero de wéstern con la que su imaginación lo había envuelto. La tercera es que debía leer Los miserables.

Aquella misma semana le pidió a su padre que le leyera Los miserables. *A su padre la petición pareció desconcertarle; en todo caso, se resistió a aceptarla. Alegó que no había vuelto a leer la novela de Victor Hugo desde poco después de la muerte de Vivales, alegó que no estaba seguro de que fuera una buena idea leérsela ahora*

18

a ella, alegó que, aunque era una novela que le había cambiado la vida, a ella quizá no iba a gustarle, o no todavía (tal vez le gustaría más tarde, alegó, por ejemplo en el momento en que alcanzara la edad que él tenía cuando la leyó por vez primera), alegó su extensión, alegó una frase que le había dicho el Francés en la época en que la descubrió: «La mitad de un libro la pone el autor; la otra mitad la pones tú». A Cosette, que sabía que debía su nombre a la hija del protagonista de Los miserables, *todas esas alegaciones le parecieron insuficientes o absurdas, y a la postre no hicieron sino aumentar sus ganas de que su padre le leyera la novela.*

Finalmente lo consiguió. Tres meses y medio invirtieron en completar la lectura de Los miserables. *Cosette puso de su parte cuanto pudo para que le gustara, pero la decepción fue enorme: el libro le pareció desde el primer momento un novelón farragoso, sentimentaloide, demagógico y en definitiva aburrido, y Javert —el policía justiciero e inflexible que inflexiblemente persigue al expresidiario Jean Valjean a lo largo de todo el relato, y que durante años había sido para su padre un modelo vital— se le antojó un personaje antipático, destemplado, mecánico y carente del más mínimo rastro del coraje moral y la grandeza trágica que su padre había admirado en él. Cosette no hubiera usado esas palabras para describir la impresión que le producían el personaje y la novela, pero eso fue lo que sentía. También sentía algo peor, y es que, aunque su padre intentaba leerle la novela con más calidez, intimidad y entusiasmo que nunca, no despertaba en ella el habitual sentimiento de comunión entre ambos, como si aquella novela no contuviera el secreto esencial que los dos habían compartido hasta entonces; o, al contrario, como si precisamente ese secreto se revelara en la novela, mostrando sin embargo su dramática vacuidad, o su engaño. Pese a ello, Cosette no le pidió a su padre que dejara de leérsela cada noche y, mientras duró el experimento, realizó un esfuerzo sobrehumano para disimular la desilusión: tal vez esperaba que en algún momento la novela remontara el vuelo y adquiriera una plenitud tardía pero incompa-*

rable; tal vez pensaba que la responsabilidad de su desencanto no residía en Los miserables *sino en ella, en su incapacidad para añadirle al libro la otra mitad necesaria, aquella que le permitía alcanzar su sentido completo y que su padre sí era capaz de añadir. Sea como sea, después de que él le leyera la última página de la novela, Cosette sólo acertó a responder con una pregunta lapidaria a la pregunta previsible que su padre formuló:*

—*Un poco larga, ¿no?*

Fue el último libro que leyeron juntos.

1

Melchor está esperando a Cosette en la cafetería de la estación de autobuses de Gandesa mientras se toma una Coca-Cola y lee una novela de Iván Turguénev titulada *Humo*. Además de él, en el local hay sólo una pareja de ancianos sentada a una mesa, cogida de la mano y con una bolsa de viaje en una silla próxima, y un hombre charlando con la patrona en la barra. Melchor no conoce a la pareja de ancianos, pero sí a la otra: la patrona es una treintañera de Arnes, separada y con una hija; el hombre, un muchacho con tatuajes y pelo de puercoespín, es primo de la patrona, vive en Gandesa, está en paro y acude cada tarde a tomarse un café con ella, a conversar un rato y, si se tercia, a echarle una mano. Son las siete y media de la tarde. La luz ambarina que difunden unos apliques de pared dota a la cafetería de un vago aire de acuario. Al otro lado de los grandes ventanales, la noche ya ha caído sobre la avenida de Catalunya, sobre el hotel Piqué y, más allá, sobre el perfil escarpado de la sierra de Cavalls, sobre toda la Terra Alta.

Cosette lleva cinco días de vacaciones con Elisa Climent, y Melchor está impaciente por verla; también, un poco inquieto. Quiere darle una sorpresa a su hija, así que no la ha avisado de que la aguarda en la estación. A sus diecisiete años, no es la primera vez que Cosette se ausenta durante semejante período de tiempo, ni siquiera la primera vez que lo hace sin la compañía de adultos. Pero esta vez no es como las demás. Cosette y Elisa llevaban meses ahorrando para ese viaje; un viaje que, en la imaginación de las dos amigas, tenía o aspiraba a tener, en principio, una dimensión de símbolo o frontera: ese año finalizaban sus estudios de secundaria en el Instituto Terra Alta, y al año siguiente, también en principio, ambas planeaban abandonar la comarca para ingresar en la universidad, con lo que tal vez acabarían separándose. En las últimas semanas, sin embargo, la incertidumbre ha empezado a socavar los planes de Cosette: ya no está segura de que el año próximo quiera ir a Barcelona para estudiar matemáticas, como planea desde hace años, ni siquiera está segura de querer presentarse al examen de Selectividad, paso previo al ingreso en la universidad. Una razón concreta explica estas repentinas inseguridades: semanas antes de emprender aquel viaje, Cosette ha descubierto por azar que su padre lleva catorce años mintiéndole sobre la muerte de su madre. Esta no murió en un accidente, como su padre le contó en su momento: la mataron; el atropello que acabó con su vida no fue fortuito, como ella había creído siempre, sino deliberado: su responsable fue el primer marido de Rosa y principal inculpado por el asesinato de sus padres, que obró de ese modo para intimidar a Melchor e impedir que siguiera investigando el caso Adell. La exhumación casual de este crimen enterrado soliviantó a Cosette, que no sólo está furiosa porque ha comprendido que su madre murió a causa de la obcecación justiciera de su padre; también está furiosa porque su padre le ha ocultado la verdad. Cosette alberga desde entonces el sentimiento de que su entera existencia se ha construido sobre una ficción, la certeza irracional de que no conoce a su padre y de que todo lo que creía saber sobre él era mentira, de que todos los valores que él encarnaba para ella eran equivocados, tóxicos, y de que todo lo que había vivido hasta entonces era en definitiva un fraude. Así se explica que la relación entre padre e hija se haya envenenado y que, pocos días antes de que ella se marchara, Cosette se encarara con Melchor y le acusara de haberla engañado. Melchor no lo negó, no protestó; la acusación era cierta: si no la había engañado, al menos le había escondido la verdad (lo que representaba una forma refinada de engaño). Por eso se ha pasado esos cinco días esperando que Cosette recapacite y entienda los motivos por los que obró como obró; también ha intentado armarse de razones que le permitan terminar de convencerla de que, aunque él tal vez cometió un error, lo hizo con la mejor intención, creyendo que hacía lo correcto. Y por eso está ahora allí, en la cafetería de la estación, ansioso por volver a verla, dispuesto a explicarse, a pedirle disculpas y a conseguir que ella le perdone.

A las ocho aparece el autobús de Tortosa, aparca en una dársena, abandona a algunos pasajeros y recoge a la pareja de ancianos de la cafetería, donde ha irrumpido ahora un grupo de excursionistas. Faltan veinte minutos para que llegue el último autobús de Barcelona y a Melchor le apetece tomar otra Coca-Cola, pero desiste de pedirla porque en aquel momento los recién llegados asedian la barra, ávidos de bocadillos y refrescos, lo que obliga al primo tatuado de la patrona a ayudarla.

Melchor vuelve a sumergirse en el libro de Turguénev. Sigue siendo un lector incombustible de novelas, sobre todo de novelas decimonónicas. Cuando empezó su relación con Rosa Adell, quiso diversificar un poco su dieta de lecturas y trató de aficionarse a las novelas policíacas, que por entonces eran las favoritas de Rosa. Leyó bastantes y algunas le gustaron. Al cabo de un tiempo, sin embargo, se cansó de ellas, o tal vez experimentó una regresión del gusto, porque volvió a las novelas del XIX, a las que Rosa, una lectora de gusto cambiante y ecléctico, también ha acabado aficionándose. Melchor llama relación a su relación con Rosa porque no sabe qué otro nombre darle. No la llama matrimonio porque no están casados, aunque a Rosa le gustaría que lo estuvieran; de hecho, se lo ha propuesto varias veces a Melchor, pero siempre ha topado con su negativa. El argumento de Melchor es siempre el mismo: la mujer más rica y poderosa de la Terra Alta se merece algo mejor que un expolicía reconvertido en bibliotecario; acabaría arrepintiéndose, concluye. Rosa no sabe si Melchor habla en serio o en broma (de hecho, no sabe si él mismo lo sabe), pero ha intentado combatir ese argumento, siempre en vano; en alguna ocasión llegó a preguntarse si la verdadera razón por la que Melchor no quiere casarse con ella es que no quiere casarse con una mujer quince años mayor que él, para colmo amiga de infancia de su primera mujer. Sea como sea, Rosa ha aceptado sin protestas el tipo de vida que llevan y es feliz con ella; mucho más feliz, asegura a quien quiera escucharla, de lo que lo ha sido nunca.

Melchor y Rosa no conviven bajo el mismo techo, pero se ven o hablan por teléfono a diario, se acuestan con una frecuencia de recién casados y el trato de Rosa con Cosette es tan cordial como el de Melchor con las cuatro hijas de Rosa; no es, sin embargo, tan estrecho, entre otras razones porque ninguna de las cuatro hijas de Rosa reside ya en la Terra Alta. Melchor, por su parte, quiere a Rosa, admira su bondad, su alegría, su inteligencia, su disciplina y su fabulosa capacidad de trabajo; pero, quizá porque lo que siente por ella no se asemeja a lo que sentía por Olga, no sabe si está enamorado de ella, y no le interesa averiguarlo. Tampoco acaba de entender que ella esté enamorada de él; de hecho, en su fuero interno piensa que el amor de Rosa se basa en un malentendido, y que ese malentendido se deshará más pronto que tarde y su relación acabará. Por lo demás, todo el mundo a su alrededor sabe que la presidenta y propietaria de Gráficas Adell, así como de la mitad de la Terra Alta, es la pareja de hecho de uno de los policías que, catorce años atrás, estuvo involucrado en la resolución del caso Adell, el asesinato de sus padres; esta coincidencia un tanto macabra fue al principio la comidilla de la comarca, que de manera unánime le auguró a la pareja un futuro efímero, pero al cabo del tiempo ha sido asumida por todos como una de esas extravagancias que distinguen a aquel paraje sin extravagancias.

Melchor levanta la vista de la novela de Turguénev en el momento en que el último autobús procedente de Barcelona entra en Gandesa y enfila por la avenida de Catalunya hacia la estación. Así que se levanta, paga su Coca-Cola y sale a recibir a su hija. Del vehículo baja un grupo de pasajeros que se arremolina en torno al portaequipajes, con el fin de recuperar sus pertenencias, y que por momentos se confunde con el grupo que aguarda en la puerta para subir. Melchor busca con la vista a Cosette entre la muchedumbre del andén, pero no la ve; enseguida ve, en cambio, a Elisa, que avanza hacia él con una mochila rebosante, un bronceado primaveral y dos cajas octogonales de ensaimadas colgadas de una cinta de colores. La chica se detiene frente a Melchor, que, mientras sigue buscando en vano a su hija entre el bullicio de la estación, pregunta:

—¿Y Cosette?

Elisa contesta, con cara de circunstancias, que Cosette se ha quedado en Mallorca; luego parpadea como si no supiera qué más decir, o como si lo supiera, pero no supiera cómo decirlo. Melchor se queda observándola. La chica tiene la misma edad que su hija, la cara pecosa, los ojos claros y el pelo rubio, liso y un poco alborotado; viste unas sandalias de esparto, un vestido casi veraniego y una cazadora tejana. Sabiendo que algo ha pasado, Melchor pregunta:

—¿Ha pasado algo?

—No. —Elisa deja la mochila en el suelo, pero no la caja de ensaimadas, y vuelve a mirarlo tratando de mostrarse más segura—. Cosette está bien. Me ha dicho que se quedaba porque necesita pensar. Y que, en cuanto llegara, le llamara a usted para decírselo.

—¿Pensar?

—Sí. Dice que serán sólo un par de días y que...

Antes de que pueda terminar la frase, Melchor saca su móvil y marca el número de su hija mientras la exhorta a proseguir:

—¿Y qué?

—No le va a contestar —le advierte Elisa.

Lleva razón: el móvil de Cosette suena, pero nadie lo coge. Cuando salta el contestador automático, Melchor da la espalda a Elisa y se aleja un poco en dirección a la avenida de Catalunya. «Cosette», dice. «Soy papá. Estoy en la estación de autobuses con Elisa, acaba de llegar. Llámame, por favor.» Cuelga y vuelve junto a la adolescente, que se ha echado otra vez a los hombros la mochila.

—No se preocupe —insiste Elisa—. Cosette está bien. Sólo quería tomarse unos días más de vacaciones.

—¿Y tú? —Melchor aclara—: ¿Por qué no te los has tomado tú también?

—Porque yo tengo cosas que hacer aquí.

Melchor asiente sin convicción. Nunca ha tenido una conversación propiamente dicha con Elisa, pero la conoce desde que era casi un bebé, cree saber cómo es y está seguro de que, aunque intentará no mentirle, también intentará cubrir a Cosette. Un poco aturdido, pregunta:

—¿Cosette ha conocido a alguien?

Elisa sacude con energía la cabeza.

—No —dice—. Bueno, nadie como el que usted está pensando.

Un wasap tintinea en el móvil de Melchor mientras la chica dice algo que Melchor no entiende. El wasap no es de Cosette, sino de Rosa. «¿Ha llegado ya?», reza. «¿Cenamos en casa?» Melchor levanta la vista hacia Elisa, pero, antes de que ella pueda terminar su frase o él decir algo, le llega otro wasap, este sí de Cosette. «Papá, no me llames, por favor», dice. «No quiero hablar contigo. Estoy bien. No te preocupes y déjame respirar un poco.» Melchor levanta otra vez la vista hacia Elisa, y durante dos segundos la mira sin verla.

—¿Es ella? —pregunta la amiga de Cosette.

Melchor le muestra el wasap de su hija.

—Ya le he dicho que no le contestaría —le recuerda Elisa, después de leerlo—. Quiere estar sola. Eso también me lo dijo.

Ahora es Melchor quien no sabe qué decir. Pasado el primer momento de sorpresa, siente que lo que acaba de suceder no le sorprende tanto, que tal vez ha ido a esperar a Cosette porque tenía la intuición de que, si no aquello, algo semejante a aquello podía ocurrir. «¿Tienes dinero?», vuelve a teclear Melchor en su móvil. «Sí», responde enseguida Cosette. «Volveré cuando se me acabe.» Melchor está a punto de escribir otro wasap, ahora pidiéndole a su hija que se cuide; sin embargo, le parece demasiado obvio, demasiado paternalista y, haciendo de tripas corazón, decide mostrar su confianza en ella mandándole un emoticono cómplice: un puño amarillo con el pulgar levantado.

—Bueno —dice Elisa cuando Melchor aparta la vista de su móvil, de nuevo abstraído, mirándola sin verla—. Tengo que marcharme. Mi madre me está esperando.

Melchor reacciona, coge la mochila de Elisa y, cargando con ella, se ofrece a acompañarla a su casa mientras le dice por WhatsApp a Rosa que irá él solo a cenar.

Elisa vive con su madre a las afueras del pueblo, en la carretera de Bot, no lejos del primer apartamento que alquiló Melchor cuando, dieciocho años atrás, se refugió en la Terra Alta tras abatir a tiros a cuatro islamistas armados en el paseo marítimo de Cambrils. Durante el trayecto en coche, interroga a Elisa. Esta le cuenta que las dos amigas pasaron los dos primeros días de sus vacaciones en Palma, en un hotel cercano a S'Arenal, tostándose en la playa por la mañana, dando vueltas por el casco antiguo de la ciudad por la tarde y yendo de bares y discotecas por la noche. También le cuenta que el tercer día, en vez de desplazarse a Magaluf como tenían previsto, tomaron un autobús hasta Pollença o más exactamente hasta Port de Pollença, se instalaron en un hotel barato y se pasaron los dos días siguientes tumbadas en la playa, bañándose en el mar y bailando en una discoteca cercana, y sólo se alejaron del puerto para visitar el pueblo de Pollença, una tarde, y, otra, un lugar llamado Cala Sant Vicenç. Él escucha a la amiga de su hija bebiendo sus palabras. Justo antes de su encontronazo con Cosette, cuando esta llevaba ya semanas comportándose de una forma inusual, áspera y distante, Melchor habló con Elisa, que le había dicho que a su hija le pasaba algo, pero no sabía lo que le pasaba, y ahora él no se anima a preguntarle si ya ha averiguado lo que le pasa y si Cosette le ha hablado de la discusión que mantuvieron en vísperas del viaje, tal vez porque está seguro de que la respuesta a ambos interrogantes sólo puede ser afirmativa. Sí se anima a preguntarle, en cambio, si durante esos días ha notado preocupada a su hija; Elisa le contesta que no, pero luego rectifica y aclara que un poco, aunque no más de lo que lo está desde que, semanas atrás, empezó a dudar sobre la carrera que debía estudiar, incluso sobre si debía presentarse o no al examen de Selectividad.

—¿Te ha dicho que no quiere seguir estudiando? —pregunta Melchor.

—Me ha dicho que no sabe qué hacer —contesta Elisa—. A lo mejor por eso ha decidido quedarse otro par de días. Para aclararse. Para poder pensar.

Es la segunda vez que le escucha a Elisa decir lo anterior, pero en esta ocasión cree detectar en sus palabras una nota impostada, como si la chica hubiera ensayado lo que acaba de decir, como si más que decirlo lo hubiese recitado.

Han llegado a casa de Elisa, y no quiere asediarla más. Sale junto a ella del coche, la acompaña con el equipaje hasta el portal, besa sus mejillas mientras le da recuerdos para su madre y al final no puede evitar preguntarle si aquella noche va a hablar por teléfono con Cosette.

—No lo sé —se encoge de hombros Elisa—. No lo creo. Pero no se preocupe: si me dice algo, le pongo un mensaje.

Melchor le da las gracias y ensaya una sonrisa, que no le sale.

2

Melchor recorre los cinco kilómetros escasos que separan Gandesa de Corbera d'Ebre en un estado semejante al sonambulismo. Justo antes de llegar al pueblo, se aparta de la carretera, toma un camino de tierra y, poco después, frena ante la puerta de la masía de Rosa y acciona su mando a distancia apuntando hacia ella. Mientras aguarda a que la puerta se abra, consulta su WhatsApp, y, por si acaso, su correo electrónico; ninguno de los dos contiene ningún mensaje nuevo: ni de Cosette ni de Elisa. Luego franquea la entrada, recorre un sendero de grava y aparca delante de la puerta principal, junto al BMW de Rosa.

Melchor entra en la casa, sube al primer piso y se dirige a la cocina, donde encuentra a Ana Elena, la asistenta boliviana de Rosa, que lo saluda sonriente y, apartándose de los fogones y secándose las manos con un trapo, le dice que Rosa está duchándose.

—Me ha dicho que la espere en el salón —añade.

—La esperaré aquí —dice Melchor—. ¿Puedo ayudarte?

—No, señor, de ninguna manera —contesta Ana Elena, un poco escandalizada. Y, sin encomendarse a nadie, abre la nevera, saca una lata de Coca-Cola, la abre y prepara un vaso con hielo; ofreciéndole ambas cosas a Melchor, pregunta—: ¿Dónde se lo sirvo?

Melchor le quita de las manos la lata y el vaso y se sienta a la mesa de la cocina. Ana Elena es una mujer bajita, rellena, de mejillas coloradas y carnosas y edad indefinida, que desde hace años convive con Rosa y se ocupa de las tareas de la casa. Cuando empezó a frecuentar la masía, él trató de que dejara de llamarlo «señor», pero tuvo que acabar desistiendo. Ana Elena tiene dos hijos, un niño y una niña, que viven en una aldea cercana a Cochabamba en compañía de sus abuelos; Melchor sabe que ella les manda cada mes casi la totalidad de su sueldo. Los dos adultos hablan a menudo de los niños, y ahora, con el vaso de Coca-Cola en una mano y el móvil en la otra, Melchor le pregunta a Ana Elena por ellos. Para no pensar en Cosette, intenta concentrarse en su respuesta; no lo consigue, o sólo lo consigue en parte. Al rato aparece Rosa, besa en la boca a Melchor y, abriendo los brazos en un ademán incierto, pregunta:

—¿Y Cosette?

Rosa lleva el pelo húmedo y viste con un descuido juvenil que contrasta con la formalidad a que la obliga su trabajo: chanclas playeras, vaqueros holgados y una camiseta blanca que transparenta sus pechos grandes, de pezones puntiagudos. Ha cumplido cincuenta y cinco años (los mismos que, de estar todavía viva, hubiera cumplido Olga) y ya es abuela por partida triple, pero conserva una piel rozagante, una cara fresca, unos ojos diáfanos, una sonrisa ancha y luminosa y un cuerpo sin grasa. Melchor se encoge de hombros.

—No lo sé —reconoce—. Se ha quedado en Mallorca.

—¿Con Elisa?

—No. Elisa ha vuelto. Acabo de llevarla a casa. Me ha dicho que Cosette está bien, que no ha vuelto porque necesita pensar. Es lo que también me ha dicho ella.

—¿Cosette?

Melchor asiente. Rosa se agacha ante él; con las manos apoyadas en sus rodillas, pregunta:

—¿Habéis hablado por teléfono?

—Nos hemos escrito —contesta Melchor, blandiendo su móvil—. Me ha dicho que no me preocupe. Que la deje respirar.

En la expresión de Rosa, la incertidumbre ha sido poco a poco desplazada por la perplejidad, que ahora es desplazada por la aquiescencia.

—Si te ha dicho que no te preocupes, no te preocupes. —Recuperando la vertical, añade—: Ahora hablamos.

Ana Elena ha puesto la mesa en una salita con un gran ventanal que da a la terraza del primer piso, y, mientras Melchor y Rosa se toman la crema de verduras y el lenguado con salsa de almendras que les ha preparado, vuelven a hablar de Cosette sin que él pierda de vista un segundo el móvil. Cuando empezaron a salir juntos, apenas mencionaban a sus hijos, como si no quisieran que su vida familiar interfiriera en su relación personal. Ese pacto implícito no tardó en resquebrajarse, y ya hacía tiempo que había saltado por los aires cuando, apenas unas semanas atrás y de un día para otro, el carácter de Cosette se agrió, emponzoñando la relación entre padre e hija. Desde entonces, Melchor ha mantenido informada a Rosa; en algún momento le pidió, incluso, que sondeara a su hija con el fin de averiguar lo que le ocurría. Rosa accedió, pero no sirvió de mucho: Cosette se negó a contarle nada, o quizá fue incapaz de hacerlo. Sólo más tarde averiguaron los dos la razón de la furia y el desasosiego de Cosette, cuando esta se la reveló a su padre casi en vísperas de su viaje a Mallorca.

—No tienes nada que reprocharte, Melchor —asegura Rosa una vez que han terminado de cenar—. Tú sólo hiciste lo que debías hacer, que es proteger a tu hija de la verdad.

Ana Elena ha retirado los platos de la mesa, pero no los vasos, y Rosa acaricia por el tallo su copa mediada de vino blanco. Melchor pregunta:

—¿Se puede proteger a alguien de la verdad, aunque sea tu hija?

—Claro que sí —contesta Rosa—. El señor Grau citaba siempre un aforismo, me parece que es de Santiago Rusiñol: los que buscan la verdad merecen el castigo de encontrarla.

Melchor reprime el impulso autodestructivo de preguntarle a Rosa si lo que quiere decir es que él no debió empeñarse en averiguar quién mató a sus padres, porque, en ese caso, su mujer no habría muerto.

—Lo que quiero decir es que, a veces, la verdad es mala para la vida —continúa Rosa, tal vez leyendo en la cara de Melchor que el apotegma de Rusiñol exige una aclaración—. Y que, si uno puede evitársela a sus hijos, debe hacerlo. Yo lo intenté con mis hijas cuando lo de mis padres, pero no pude. Porque la verdad que quise evitarles era aplastante. Demasiado evidente y demasiado horrible. Y, como no pude proteger a mis hijas, lo pasaron mal. En cambio, tú sí has podido proteger a Cosette. Gracias a eso ha tenido una infancia feliz y, ahora que ya casi es una adulta, tiene más armas para enfrentarse a la verdad. Esto no es una opinión: es un hecho. Y, si eres capaz de explicárselo, Cosette lo entenderá. Estoy segura. Tardará más o menos tiempo, pero lo entenderá.

Rosa razona con una convicción que a Melchor le resulta sospechosa: no sabe si dice lo que dice porque lo piensa, o porque piensa que puede ayudarle. Melchor admira la fortaleza de Rosa. Esta, hasta el asesinato de sus padres, había tenido una vida fácil y un poco irreal, aletargada entre las seguridades que le proporcionaba el poderío económico de su familia y su libre decisión de permanecer a la sombra de su marido, dedicada a criar a sus cuatro hijas tras haber sido una magnífica estudiante de economía y haber renunciado luego, por decisión propia, a una carrera profesional. El asesinato de sus padres, encargado por su marido, la arrojó salvajemente a la realidad, y a partir de entonces consagró todas sus energías a un doble propósito: por un lado, conseguir que sus hijas se sobrepusieran a aquella hecatombe familiar; por otro, mantener y a ser posible acrecentar el imperio empresarial levantado por su padre a lo largo de medio siglo. Hasta donde Melchor puede juzgar, Rosa ha cosechado en ambos frentes un éxito inapelable. En la actualidad, Gráficas Adell factura casi el doble de lo que facturaba catorce años atrás, cuando aún lo dirigía el padre de Rosa, emplea casi el doble de trabajadores y cuenta con tres filiales más, todas ellas en Latinoamérica (una en Trujillo, Perú, y dos en Colombia: una en Medellín y otra en Pereira). Este triunfo no se debe sólo a Rosa, sino también, como ella misma se encarga de subrayar cada vez que se presenta la ocasión, al señor Grau, eterno gerente de Gráficas Adell y amigo eterno de la familia, que ejerció de mentor de Rosa cuando ella se hizo cargo de la empresa y murió de puro viejo tres años atrás, cuando contaba noventa y cinco, sentado como un pajarito en el butacón de mando de su despacho de Gráficas Adell. En cuanto a las hijas de Rosa, todas han superado el trauma del caso Adell, o eso piensa Melchor; sea o no cierto, todas llevan vidas comunes y corrientes, tres de ellas están casadas o tienen una pareja estable, dos son madres y, aunque ninguna vive en la Terra Alta, todas visitan con regularidad a su madre; todas, también, han terminado repudiando a su padre, quien salió hace poco tiempo de la cárcel tras pasar trece años encerrado en ella y desde entonces reside al parecer en Salou, no lejos de la Terra Alta.

Rosa apura su copa y, siempre refiriéndose a Cosette, repite:

—Lo entenderá. —Luego se sirve un poco más de vino y concluye—: No te preocupes. Todo irá bien. Ya lo verás.

Para intentar distraer a Melchor, Rosa dedica el resto de

la sobremesa a hablar de su último viaje a Medellín, de donde regresó hace sólo un par de días, y de su amigo el escritor Héctor Abad Faciolince, a quien conoció hace ya algunos años; también habla de un viaje a La Inés, una finca de la familia de Abad situada a tres horas y media en coche de Medellín, en las montañas de la jurisdicción de Támesis, donde pasó el último fin de semana en compañía de Héctor, su mujer y un grupo de amigos.

—¿A que no sabes de quién es amigo Héctor? —pregunta Rosa; tras un segundo, es ella misma quien responde—: De Javier Cercas.

A Melchor el nombre le suena, pero no sabe de qué.

—¿No te acuerdas? —prosigue Rosa—. El tipo que escribe esas novelas que hablan de ti. ¿Aún no las has leído?

—No.

—Pues deberías hacerlo. Ese Cercas se lo inventa todo, pero son entretenidas. Héctor no podía creer que yo te conociese. Creía que no existías, que su amigo también te había inventado... Estos novelistas son unos embaucadores. ¿Tú crees que en el siglo XIX también eran así?

Al terminar la sobremesa hacen el amor en el dormitorio de Rosa. Esta lo hace como siempre con él: poseída por una desesperación, una euforia y una dulzura de adolescente, como si quisiera esconderse en el cuerpo de Melchor. Cuando terminan de hacerlo, ella se ríe, sudando y feliz.

—Soy una vieja lujuriosa —resuella.

—Lujuriosa sí —acepta Melchor—. Pero vieja no.

Ella vuelve a reírse.

—Deberías aprender a mentir —le aconseja.

Melchor está a punto de decirle que eso mismo le decía Olga, pero se frena a tiempo. Rosa se levanta de la cama y, mientras la ve alejarse hacia el baño, desnuda y con el cuerpo reluciente de transpiración, Melchor piensa que no ha dicho ninguna mentira. Vuelve a pensarlo cuando la ve regresar del lavabo, meterse otra vez entre las sábanas y acurrucarse contra él. En la alcoba reina una penumbra de color caoba, creada por una lámpara de pie que se yergue al fondo, junto a un sillón. Igual que si supiera que Melchor no ha dejado de pensar en Cosette, Rosa comenta tras unos segundos de silencio:

—El señor Grau decía siempre que una tragedia es una pelea en la que los dos que se pelean tienen razón.

—Es la segunda vez esta noche que citas al señor Grau.

—¿Sí?

—Sí.

Otro silencio.

—Bueno... —dice Rosa—. El caso es que la relación entre padres e hijos es una tragedia.

Melchor piensa que, después de criar a cuatro hijas, Rosa sabe de lo que habla; también, que ella extraña mucho más al señor Grau que a su padre, lo que tal vez guarda alguna relación con el hecho de que le haya costado dos años y medio de deliberaciones íntimas y ensayos fallidos encontrar a su sustituto en Gráficas Adell, suponiendo que lo haya encontrado y no se haya resignado a aceptar que el señor Grau no tiene sustituto posible. (Finalmente, el sustituto o aspirante a sustituto del señor Grau es Daniel Silva, antiguo gerente de finanzas de la empresa, que catorce años atrás resultó sin saberlo decisivo para que Melchor desenredara el caso Adell.) Rosa prosigue:

—Nosotros tenemos razón tratando de proteger a nuestros hijos. Y nuestros hijos tienen razón haciendo lo posible por que no los protejamos, intentando apartarnos, quitarnos de en medio y librarse de nosotros para poder espabilarse por su cuenta. Esa es la pelea. Y eso es lo que os pasa a ti y a Cosette, Melchor: una tragedia. Pero una tragedia indispensable.

Si tú no hubieras querido proteger a Cosette serías un hijo de puta, y si Cosette no quisiera que dejaras de protegerla nunca podría emanciparse, nunca llegaría a ser una adulta. —Rosa se remueve un poco contra Melchor, que la tiene agarrada por el hombro, pegada a él—. Ya te lo dije antes, tú hiciste muy bien escondiéndole la verdad. ¿Qué ibas a decirle a Cosette? ¿Que a su madre la mató sin querer mi exmarido para que tú no siguieras investigando la muerte de mis padres? ¿Cómo se le explica eso a un hijo? ¿Qué padre no intenta ahorrárselo? Pero también es lógico que ella esté enfadada contigo, al fin y al cabo le escondiste una cosa muy importante. Las dos cosas son verdad, y las dos son contradictorias. ¿Pudiste hacerlo mejor? Claro, todo se puede hacer mejor. ¿Hubiera sido menos malo que ella no se enterase de todo de la forma en que se ha enterado? Seguro. ¿Que eso la tiene confundida? Naturalmente. Pero ya se aclarará. —Rosa hace una pausa—. Todo es normal, no pasa nada. En realidad, sólo hay un problema.

—¿Cuál?

—Que no confías lo suficiente en ella.

—Puede ser. Cosette es un poco ingenua.

—¿Tú a su edad no eras ingenuo?

—Yo a su edad estaba en la cárcel. O a punto de entrar.

—Lo cual significa que eras todavía más ingenuo que Cosette. Además, ¿y qué si es ingenua? También es lista y fuerte. Y a lo mejor todo esto le sirve para perder la ingenuidad. Y para matar al padre. No es que quiera ponerme freudiana, pero...

—Yo no maté a mi padre.

—Ni falta que te hacía, Melchor: tú no tenías padre. Bueno, salvo Vivales.

—Vivales no era mi padre.

—¿Estás seguro?

—No.

Rosa se ríe otra vez. A pesar de que ella apenas conoció a Vivales, este aparece tarde o temprano en sus conversaciones: tal vez Melchor echa tanto de menos al viejo picapleitos como Rosa al señor Grau. Sin librarse del abrazo de Melchor, ella se incorpora un poco, para mirarle a los ojos y decirle algo que lleva tiempo queriendo decirle.

—A Cosette le conviene separarse un poco de ti. —Como Melchor no reacciona, añade—: Siempre ha estado demasiado empadrada. No seré yo quien le reproche el gusto, pero...

—Ya no lo está —la interrumpe Melchor—. Ahora me odia. ¿Quieres que te cuente otra vez la escena del otro día?

Rosa vuelve a dejarse caer sobre él.

—Cosette no te odia —murmura—. Sólo está enfadada y desconcertada. Es normal que lo esté, ya te lo he dicho. Se le pasará. Y un par de días sola en Mallorca no le vendrán mal. Al contrario, lo más probable es que le sienten de maravilla, Cosette necesita volar sola. Luego, cuando vuelva, habláis los dos a calzón quitado y en paz.

Rosa remata su alegato besando los labios de Melchor y, mientras le acaricia el pelo encrespado del pecho, él coge su móvil y comprueba que sigue sin recibir ningún wasap ni ningún correo electrónico de Cosette ni de Elisa, al tiempo que trata de convencerse de que Rosa acierta en sus predicciones. Luego, ella le pasa la lengua por los pezones, se escurre hacia su vientre, se introduce su sexo en la boca y consigue provocarle de inmediato una erección. Vuelven a hacer el amor. Cuando terminan, es él quien se levanta y se dirige al baño. Orina. Después, mientras se lava las manos y se mira en el espejo, se pregunta qué estará haciendo Cosette a aquellas horas, sola en Pollença. Cuando vuelve a la habitación, Rosa ya se ha dormido.

3

—Me cago en mis muertos —se lamenta Blai—. Esta tía ha venido a alborotarme el gallinero. Es lo único que me faltaba.

Son las ocho y media de la mañana y Melchor está sentado a la puerta del bar de la plaza, tomando café. Junto a él, vestido de uniforme, el inspector jefe de la comisaría de la Terra Alta despotrica de la jefa de la Unidad de Investigación, al frente de la cual él mismo había estado catorce años atrás, cuando Melchor empezó a trabajar a sus órdenes tras aterrizar como un ovni en la comarca. La jefa de la Unidad de Investigación es una sargento recién incorporada a la comisaría. Se llama Paca Poch.

—Además, va a su puta bola —prosigue Blai—. ¿Te acuerdas de Vàzquez en sus buenos tiempos? Pues más o menos igual.

Aunque todavía hace frío, brilla en el cielo sin nubes un sol que augura una mañana primaveral, y el camarero ha sacado sillas y mesas a la terraza, donde Melchor y Blai conversan mientras el pueblo inicia a su alrededor la jornada de trabajo. El camarero es un japonés, de nombre Hiroyuki, que se extravió un par de años atrás en la Terra Alta; según él, había llegado a España con la intención de aprender flamenco, pero la leyenda local, que el interesado desmiente con grandes risotadas y aspavientos, afirma que se esconde de uno de los clanes más crueles de la yakuza, que lo persigue para descuartizarlo. Hiroyuki llama a Melchor y a Blai, en su español macarrónico, «los dos amigos de Terra Alta», y los saluda y los despide a diario bajando la cabeza con las manos unidas en una reverencia nipona. Melchor y Blai toman café cada mañana en el bar de Hiroyuki, al menos cada mañana laborable desde que, dos años y medio después de que Blai dejase la jefatura del Área Central de Investigación de Personas en la central de Egara y tomase el mando de la comisaría, Melchor abandonó su empleo allí.

—Ha venido un par de veces a la biblioteca. —Melchor se refiere también a la sargento—. Hemos estado charlando, me ha pedido que le recomiende novelas. La verdad, me cae bien.

—¿Sólo un par de veces? —pregunta Blai, con un tonillo entre irónico y resabiado—. Ya serán cuatro.

Melchor mira a su amigo sin entender. El inspector está a punto de cumplir sesenta años, pero aparenta diez o quince menos; y eso que, desde que Melchor lo conoce, luce un cráneo impecablemente rasurado: nunca probó el tabaco, sólo muy de vez en cuando bebe alcohol, cuida su alimentación a rajatabla y cada mañana, antes de tomar café con Melchor y entrar en la comisaría, ya ha machacado su cuerpo durante una hora u hora y media en un gimnasio recién inaugurado cerca de su casa, en Horta de Sant Joan. Por lo demás, Melchor es consciente de que Blai usa aquellos cónclaves matinales para desahogarse con él, pero no le molesta en absoluto. Primero, y sobre todo, porque es su mejor amigo y le gusta oírle hablar. Segundo, porque sabe que Blai no puede desahogarse con nadie, ni siquiera con su mujer, que no entiende lo que ocurre en la comisaría (y además no le interesa). Y, tercero, porque considera que a su amigo le sobran razones para querer desahogarse: en los últimos años el índice de criminalidad de la Terra Alta se ha multiplicado por diez, mientras que los medios humanos y materiales disponibles para combatirla se han reducido a la mitad. Estos dos datos sombríos no son exclusivos de la comarca —en algunos lugares de Cataluña la situación es todavía más desoladora—, pero Blai no para de recordárselos a Melchor. «¡Esto es la selva!», termina quejándose cada vez que lo hace. «Y tú, mientras tanto, tocándote los cojones.» «En la biblioteca también tenemos problemas», le recuerda Melchor. «Vete a la mierda, españolazo», zanja Blai.

—Mira, Melchor —explica el policía—, Paca es de esos aspirantes a polis que lo primero que hacen al llegar a la Escuela es preguntar por el héroe de Cambrils... ¡No te jode! ¿Sabes que la tía es número cinco de su promoción? ¿Y por qué te crees tú que el número cinco de su promoción pide que lo manden a la Terra Alta?

—A mí me contó que tenía un novio en Tortosa.

—Sí, ¡y un cojón de mico! —se sulfura Blai—. Pero qué novio ni qué niño muerto, si lleva cinco semanas aquí y se ha pasado por la piedra a la mitad de la comisaría. ¿No te digo que me tiene alborotado el gallinero? Y, ojo, que lo entiendo, ¿eh? A ver si te vas a creer que me chupo el dedo. ¿Tú has visto cómo está la chavala...? Pero, joder, hay que tener un poco de seriedad, ¿no? ¿Somos policías o qué coño somos?

Para que su amigo no se encienda más, Melchor no le recuerda que él hace ya hace cinco años que dejó de ser policía. Los dos hombres mantienen una de esas trasnochadas amistades masculinas que excluyen casi por completo las intimidades. Lo cual explica que, a pesar de tomar café a diario con Melchor, Blai sólo se enterara de que su amigo salía con Rosa Adell porque su mujer se lo contó, cuando la relación era ya de dominio público en toda la Terra Alta. También explica que, aunque la semana pasada Melchor le contó a Blai que Cosette iba a aprovechar las vacaciones de Semana Santa para pasar unos días en Mallorca, esta mañana ni siquiera haya mencionado el hecho de que su hija ha prolongado el viaje sin previo aviso y se ha quedado sola en la isla, aunque esa ausencia lleve doce horas hormigueándole en el estómago. Un par de meses atrás, cuando atisbó los primeros signos de que algo le ocurría a Cosette, Melchor no quiso hablar del asunto con Blai, pero más tarde razonó que la experiencia de padre de familia numerosa que este acumulaba podría tal vez servirle de ayuda; la reacción de su amigo al transmitirle su inquietud le sacó de su error. «No te preocupes», intentó tranquilizarle Blai, con aplomo de experto. «Son cosas de las hormonas. Les pasa a todos los adolescentes. Yo, cuando mis hijas tenían la edad de Cosette, lo pasé como el culo. No podía soportar la idea de que un botarate con la testosterona saliéndole por las orejas se fuera a follar a mis hijas. Era superior a mí. En realidad, si por mí hubiera sido habría capado a cualquiera que se les acercase a menos de tres metros. Así que aguantoformo, Melchor, mucho aguantoformo.»

—¿Más café para dos amigos? —Hiroyuki se asoma a la puerta del bar—. Café bueno para todo. Lo dice milenaria sabiduría oriental.

—Anda ya, japo —se ríe Blai—. Que tú la sabiduría no la conoces ni por el forro. Ni la oriental ni la occidental.

Piden el segundo café y, cuando Hiroyuki se marcha después de servírselo, Blai vuelve a hablar de la sargento Poch.

—La calé en cuanto empezó a preguntar por la biblioteca —prosigue—. «Tate», me dije. «Aquí tenemos a otro novelero.» Apuesto a que ha leído los libros de ese Cercas y se ha tragado todas las gilipolleces que cuenta sobre ti, debe de pensar que lo tuyo en la biblioteca es una tapadera o algo por el estilo... Tu leyenda te persigue, españolazo.

Blai es un conversador de piñón fijo: cuando se aferra a un tema, no lo suelta, lo saca a colación venga o no a cuento, a veces durante semanas o meses. Desde hace unos días habla sin parar de Paca Poch, pero, años atrás, Ernest Salom se convirtió en una obsesión para él. Por entonces hacía ya tiempo que el antiguo caporal había salido definitivamente de la cárcel y regresado a la Terra Alta tras casi seis años sin pisarla salvo en algún permiso penitenciario. La condena de Salom por el caso Adell había acarreado su expulsión del cuerpo de Mossos d'Esquadra, pero una de las circunstancias que facilitó su puesta en libertad antes del plazo fijado por la sentencia fue el hecho de que, a su salida de prisión, le esperaba un empleo.

—Vive en Prat de Comte —le dijo Blai a Melchor, la misma mañana en que le contó que Salom estaba de vuelta—. Por lo visto, cuida de las casas rurales de sus hijas.

Ese era el empleo. Tras el encarcelamiento del amigo y superior inmediato de Melchor en la Unidad de Investigación de la Terra Alta, sus dos hijas habían renunciado a sus respectivas carreras académicas y habían vuelto a la comarca: Clàudia, la mayor, daba clases de física en el instituto; Mireia, la menor, estaba casada, tenía una hija y era gerente de una cooperativa vinícola de Arnes. Ninguna de las dos se ganaba con holgura la vida, pero, gracias a años de sacrificios, habían logrado habilitar una masía familiar medio en ruinas como casa de turismo rural, y al cabo de un tiempo alquilaron y acondicionaron una segunda. De entrada, fue Clàudia quien se ocupó de administrarlas, cosa que sólo al principio pudo compatibilizar con sus clases en el instituto; luego, cuando su padre salió de la cárcel, ella consiguió un buen empleo como técnica de mantenimiento en la central nuclear de Ascó y fue Salom quien, después de un período de rodaje en el negocio, se hizo cargo de ambas casas.

—El trabajo le gusta —constató Blai, que ya en un par de ocasiones había visitado a Salom en la cárcel de Lledoners, mientras el antiguo caporal cumplía allí su condena—. Eso dice. Quién iba a imaginárselo, ¿eh? Salom, dedicado a la hostelería... Bueno, por lo menos clientes no le van a faltar.

Era verdad. El turismo representaba desde hacía décadas una fuente de riqueza creciente en la Terra Alta. Parejas solas o con críos, grupos de amigos o de familiares pasaban fines de semana o temporadas más o menos prolongadas en la zona, durante las vacaciones de verano, Semana Santa o Navidad, a veces aprovechando las fiestas mayores de los pueblos de la comarca: hacían excursiones por la Vía Verde —un camino de montaña que seguía el antiguo trazado del ferrocarril—, triscaban por las sierras, alquilaban bicicletas, montaban a caballo o en moto, practicaban deportes de aventura o visitaban las trincheras, museos y centros de interpretación de la batalla del Ebro. Los dos establecimientos a cargo de Salom se reservaban por internet, a través de un portal llamado Booking. com, y el expolicía y expresidiario se encargaba de mantener las casas limpias y listas para ser ocupadas, de abrirlas cuando se presentaban los usuarios y de cerrarlas cuando se marchaban, de entregarles las llaves a su llegada y de recogerlas a su partida; también se encargaba de mostrárselas a los posibles interesados. Con el tiempo, además, había empezado a hacer pasteles de bienvenida y a ofrecer servicios suplementarios, como preparar y servir cada mañana desayunos a base de café, fruta fresca, tostadas con mantequilla y mermelada, embutidos, tortillas, pan con tomate y zumo de naranja.

—La verdad es que parece contento —concluyó Blai tras referirle lo anterior a su amigo—. No me extraña, después de pasar tantos años en la cárcel...

Melchor había escuchado con recelo la noticia del encuentro entre sus dos antiguos colegas y ahora escuchaba el relato de Blai con atención. Cuando pareció concluir, Melchor le preguntó cuántas veces había visto a Salom.

—Dos o tres —contestó—. Me llamó hace cosa de un mes a comisaría y quedamos a tomar un café. Me alegró verle fuera. Al fin y al cabo, fuimos compañeros un montón de años.

—No me lo habías dicho.

—¿Que fuimos compañeros un montón de años?

—Que lo habías visto.

—Te lo digo ahora.

Melchor asintió, pero no hizo ninguna pregunta ni ningún comentario más, y la conversación terminó en aquel punto. Días después, Blai volvió a contarle a Melchor que había visto al antiguo caporal.

—¿Sabes lo que me ha dicho?

—¿Qué? —preguntó Melchor.

—He pensado mucho en lo que pasó —dijo Salom.

—¿A qué te refieres? —preguntó Blai.

—Ya sabes a qué me refiero —dijo Salom; luego habló vagamente del caso Adell sin mencionarlo, y al final añadió—: Vosotros hicisteis lo que debíais hacer. El que se equivocó fui yo.

—¿Eso te dijo? —preguntó Melchor.

Blai dijo que sí. Luego añadió:

—También me ha preguntado por ti.

—Me han contado que ya no trabaja en la comisaría —dijo Salom.

—No —dijo Blai—. Está en la biblioteca. Donde trabajaba Olga.

—Eso me han dicho —dijo Salom—. A lo mejor voy a verle un día.

—Hazlo —dijo Blai—. Le alegrará verte.

—¿Estás seguro? —preguntó Salom.

—Claro —contestó Blai—. Al principio estaba furioso contigo, por eso no quería saber nada de ti. Es normal, ¿no? Después de lo de su mujer...

—Yo no tuve nada que ver con lo de Olga —dijo Salom—. Eso fue cosa de Albert.

—Ya lo sé —dijo Blai—. Y Melchor también lo sabe. Pero...

—Dile que no vaya a la biblioteca —dijo Melchor—. Dile que no quiero verle.

—Te equivocas —dijo Blai.

—Puede ser —dijo Melchor—. Pero me da igual.

—Un compañero siempre es un compañero —dijo Blai—. Aunque se equivoque. Aunque le hayas metido en la cárcel.

—Lo que tú digas —dijo Melchor—. Pero no quiero verle.

—Está arrepentido —insistió Blai—. Ya te lo he dicho. No te va a echar nada en cara. En realidad, sólo quiere pedirte disculpas.

—Si yo hubiera estado en el lugar de Melchor —dijo Salom—, habría hecho lo mismo que él.

—Reconciliarse contigo —dijo Blai—. Eso es lo que quiere Salom. Nada más.

—Dile que no hace falta —dijo Melchor—. Dile que yo nunca me peleé con él, así que no es necesario que nos reconciliemos.

—Yo entiendo que esté furioso conmigo —dijo Salom—. Tiene razones para estarlo.

—Es verdad —dijo Blai—. Más que yo.

—Más que tú —asintió Salom—. Éramos uña y carne. Y le engañé. Intenté tapar un asesinato y encima le engañé.

—¿Eso te dijo? —preguntó Melchor.

—Ni más ni menos —contestó Blai—. Ya te he dicho que está arrepentido. Y que tú te equivocas. ¿Sabes por qué te equivocas? —Melchor guardó silencio; Blai prosiguió—: Una vez me dijiste que odiar a alguien es como beberse un vaso de veneno creyendo que vas a matar al que odias.

—Eso no lo dije yo —puntualizó Melchor—. Lo dijo Olga.

—Da lo mismo quien lo dijera —replicó Blai—. El caso es que es verdad. Si sigues odiando a Salom vas a acabar envenenándote.

—Yo no odio a Salom —le corrigió Melchor—. Simplemente, no quiero verlo. No tengo nada que decirle. Y no me interesa lo que él tenga que decirme a mí.

—En eso también te equivocas —dijo Blai.

Melchor le pidió otra vez a su amigo que, cuando volviera a hablar con Salom, le dijera que no quería verlo. Aunque Blai cumplió el encargo, aquel diálogo se repitió en diversas ocasiones con variantes distintas, pero siempre con idéntico resultado. Hasta que un martes al mediodía, mientras cruzaba la plaza de camino hacia su casa después de cerrar la biblioteca, Melchor creyó reconocer a Salom. Era día de mercado, y el grueso de la plaza estaba abarrotado de tenderetes donde los marchantes ofrecían el surtido semanal de frutas, verduras, pesca salada, dulces, calzado, ropa, flores, plantas, complementos y objetos para el hogar. Al principio, Melchor no estuvo seguro de que fuera él, pero enseguida sus dudas se disiparon y permaneció observándolo a una distancia discreta. El antiguo caporal estaba allí, un poco inclinado sobre un puesto de fruta, seleccionando con cuidado las piezas que, una vez escogidas, metía en una bolsa. Había engordado un poco, pero lucía su barba boscosa de siempre y sus sempiternas gafas de pasta, grandes y pasadas de moda; conservaba en la piel el característico color rata de los expresidiarios, y, tal vez por su espalda encorvada y su visible tonsura monástica, parecía tan envejecido que Melchor tuvo que recordarse que sólo era dos años mayor que Blai. Por un instante sintió una punzada de compasión, pero al instante siguiente recordó unas palabras que había olvidado, las últimas o casi las últimas que, hasta donde alcanzaba su memoria, le había oído pronunciar. «Tú eres un asesino», le había dicho Salom la noche en que él descubrió que estaba implicado en el caso Adell y fue a detenerlo en su casa, justo antes de llevarlo a comisaría para entregárselo a Blai. «Eso es lo que eres. Se te nota en la cara, en los ojos. Yo te lo noté en cuanto te vi.» Y también le había dicho: «Dime sólo una cosa: disfrutaste matando a aquellos chavales, ¿verdad? A los cuatro terroristas de Cambrils, me refiero». Y también: «¿A que te gustó? Dime la verdad, anda. A mí puedes decírmela tranquilo. Disfrutaste, ¿sí o no?». Y por fin: «Eso es lo que tú eres: un asesino. Desengáñate. Naciste así y te morirás así. La gente no cambia. Y tú tampoco». Mientras revivía estas palabras y el tono en que las había pronunciado Salom —un tono sinuoso y cálido, confidencial—, la compasión desapareció; luego él se llenó de aire los pulmones y reemprendió el camino hacia su casa. Pocos días después de ese encuentro fortuito, Blai sacó de nuevo el tema en su café matinal y de nuevo le recriminó a Melchor que no quisiera encontrarse con Salom, pero él cortó la conversación de manera tan tajante que no volvieron a discutir el asunto. De aquello hacía ya siete años.

—Eso sí, trabajando la tía es buenísima —reconoce Blai, que sigue hablando de Paca Poch mientras Melchor y él pagan sus consumiciones en la barra—. Además, sabe mandar. A los de Investigación, que estaban un poco desmadrados, me los puso firmes en cuanto llegó. Y sin pegar un grito. Si fuese de otra manera, un domingo podíamos invitarla a comer.

—¿Por qué no lo haces? —sugiere Melchor—. A Rosa le gustará conocerla.

—Pues a Gloria no —dice Blai—. Seguro que pensaría que me la estoy cepillando.

—Tú eres monógamo, Blai.

—Sí, pero eso Gloria no lo sabe. —Blai le guiña un ojo a su amigo—. Y es mejor que siga sin saberlo. —Recogiendo el cambio que le tiende Hiroyuki, añade—: Además, yo ya tengo bastante con ver a Paca en comisaría.

—Adiós, amigos de Terra Alta —los despide el camarero—. Día bueno para los dos.

—Adiós, japo —le contesta Blai, señalando la plaza a través de la puerta acristalada del local—. Por cierto, mi gente ha visto un par de compatriotas tuyos con muy mala pinta rondando por el pueblo. ¿Qué crees tú que andarán buscando?

Hiroyuki ríe nerviosamente.

—Yo no yakuza —dice, negando con la cabeza y uniendo y separando los índices a la altura de los ojos—. Yo no yakuza.

Melchor y Blai atraviesan la plaza a la sombra de las moreras y, mientras el inspector habla de una comida de trabajo que tiene hoy en Móra d'Ebre, con los jefes de las demás comisarías de la zona y el comisario de coordinación territorial llegado a propósito desde Egara, tuercen a la derecha en dirección a la plaza de la Farola, donde cada día se separan: allí, Melchor se encamina hacia la biblioteca por la avenida de Catalunya, mientras que Blai, que suele aparcar el coche en la misma plaza, se monta en él y se dirige a comisaría.

—Por cierto, ayer llegaba Cosette de Mallorca, ¿no? —pregunta Blai. Una palmera frondosa como un gran surtidor vegetal se yergue tras él, en el centro de la rotonda—. ¿Qué tal lo ha pasado?

—Bien —se apresura a mentir Melchor, sorprendido de que Blai recuerde que su hija terminaba sus vacaciones la víspera; enseguida rectifica—: Bueno, en realidad no llegó.

Blai arruga el ceño. Detrás de él, bajo la luz cristalina de la mañana, una camioneta de reparto circunda al ralentí la rotonda y toma la carretera de Xerta y Tortosa.

—¿No llegó? —repite el policía.

—No —dice Melchor—. Va a quedarse unos días más, parece que está pasándolo bien. —No añade que Elisa Climent sí ha vuelto, y la explicación le suena falsa, inverosímil, así que intenta contrarrestarla con un gesto desvaído de la mano y un cliché—: Ya sabes cómo son a esa edad.

El ceño de Blai se alisa de nuevo.

—Una chica lista. —El inspector asiente con énfasis mientras le da una palmada en la mejilla a su amigo—. Hay que disfrutar de la vida, españolazo.

4

Melchor se pasa la mañana atendiendo a usuarios de la biblioteca, escribiendo correos electrónicos, catalogando un lote de nuevas adquisiciones y, sobre todo, tratando de no preocuparse por Cosette. No lo consigue. A media mañana envía un wasap a Elisa preguntando si Cosette ha dado señales de vida; la respuesta es inmediata: no. «¿Le has escrito?», insiste Melchor. «Sí», responde Elisa. «Pero no me ha contestado.» Melchor aguarda hasta el mediodía para llamar por teléfono a Cosette, pero, cuando está a punto de hacerlo, se le ocurre que es mejor que la llame Elisa. Así que le escribe de nuevo pidiéndole que vuelva a tratar de ponerse contacto con Cosette, que le diga que su padre está preocupado y que haga el favor de llamarle: le urge hablar con ella.

Elisa acepta el encargo. Al cabo de un rato, cuando ya está a punto de cerrar la biblioteca y sigue sin saber nada de Cosette ni de su amiga, Melchor vuelve a telefonear a esta última.

—Iba a llamarle ahora —dice Elisa—. Cosette no me coge el teléfono. Tampoco me contesta los wasaps.

—¿No te ha contestado ninguno desde ayer?

—No.

—¿Cuántos le has escrito?

—Tres. Cuatro. No lo sé. Es raro.

Melchor le pide a Elisa que no se separe de su móvil, cuelga y llama a Cosette diciéndose que no debería llamarla desde su teléfono, sino desde un teléfono cuyo número ella no tenga registrado en su agenda electrónica y no pueda reconocer. Aún no ha terminado de decirse esto cuando comprueba que el móvil de Cosette no da señal: está desconectado. Durante un segundo, las piernas le flaquean. «Le ha pasado algo», se dice. Inmediatamente recapacita, levanta los ojos hacia la fachada acristalada de la biblioteca y trata de no alarmarse. Mientras ve desfilar por la acera, del otro lado de la fachada, a los estudiantes que salen del Instituto Terra Alta (los alumnos de bachillerato no tienen clase durante aquella semana previa a la Semana Santa, pero los demás sí), se repite el mismo mantra que lleva repitiéndose desde ayer: «No pasa nada. Es sólo que no quiere hablar con nadie. Está desorientada. Necesita pensar. Necesita estar sola». Añade: «Por eso ha desconectado el teléfono: para que la dejemos en paz».

Cierra la biblioteca y echa a andar hacia su casa. Apenas desemboca en la avenida de Catalunya, no obstante, le asalta una idea, vuelve a coger el móvil y, sin dejar de caminar, le pide por WhatsApp a Elisa que le dé el nombre del hotel donde se aloja Cosette. «Hostal Borràs», le contesta Elisa, a vuelta de correo. «Está en Port de Pollença.» Melchor busca el hostal Borràs en internet y lo encuentra enseguida: un hotel de dos estrellas, que, según su página web, se halla a cien metros de la playa y el puerto deportivo.

Melchor llama al teléfono del hotel y una voz masculina le contesta de inmediato: no, Cosette Marín no está en su habitación. Se ha alojado durante dos días allí, con una amiga, pero la última noche ninguna de las dos ha dormido en el hotel.

—¿Está seguro? —pregunta Melchor.

—Completamente —contesta el hombre—. Las camas están intactas. Quedan la ropa y las cosas de una de las dos chicas, pero... Por cierto, ¿con quién estoy hablando?

Melchor se identifica, y en ese momento le abruma la certeza de que a Cosette, en efecto, le ha pasado algo.

—¿Sabe si su hija volverá hoy? —pregunta el hombre—. Es que necesitamos la habitación y...

Melchor cuelga sin permitirle acabar y al instante le escribe un wasap a Elisa. «¿Estás en tu casa?», pregunta. «Sí», contesta la chica. «No te muevas», vuelve a escribir Melchor. «Voy para allá.» Mientras aviva el paso por el callejón que une la plaza con la iglesia de L'Assumpció —salpicado de panaderías, floristerías, colmados y tiendas de moda—, Melchor llama a Blai y, en cuanto este coge el teléfono, le espeta:

—Cosette ha desaparecido.

—¿Qué?

—Que a Cosette le ha pasado algo. Llevo toda la mañana llamándola y no me contesta. Tampoco le contesta a Elisa Climent. Tiene desconectado el teléfono y no ha dormido en la habitación de su hotel. Le ha pasado algo.

Blai no responde de inmediato.

—Espera un momento —dice por fin.

Al cabo de unos segundos que a Melchor le parecen minutos, el inspector vuelve a hablar: le pide a su amigo que repita lo que le acaba de contar. Melchor se lo repite.

—Le ha pasado algo —insiste Melchor.

—¿Cosette se quedó sola en Mallorca? —pregunta Blai—. Eso no me lo habías dicho.

—No quería preocuparte —asegura Melchor—. ¿Para qué? Últimamente hemos tenido algunos problemas. Eso sí te lo conté. Está un poco desorientada.

—¿Crees que eso tiene que ver con la desaparición?

—Puede ser. No lo sé. Ayer por la tarde fui a buscarla a la estación y, cuando vi que no había vuelto de Mallorca, hablé con ella por WhatsApp. Le escribí y me contestó. Me dijo que estaba bien, que la dejase tranquila, que volvería pronto. —Mientras habla, Melchor camina a toda prisa por el casco antiguo de Gandesa hacia la plaza del Ayuntamiento, entre mansiones señoriales y fachadas adornadas con escudos nobiliarios, portones de madera y balcones enrejados—. Pensé que era verdad. Que necesitaba pensar. Estar sola.

Tratando de no omitir un detalle, Melchor le cuenta a Blai lo que sabe, incluido lo que Elisa le contó anoche.

—Has hecho bien en llamarme —le asegura el inspector cuando termina—. Podría decirte que esperemos un poco, a ver si Cosette da señales de vida, pero más vale no arriesgarse. Cuanto antes pongamos una denuncia y activemos la búsqueda, mejor. ¿Sabes dónde está Elisa?

—Voy para su casa.

—Perfecto. Llévatela a comisaría. Hay que tomarle declaración. ¿También es menor de edad?

—Sí. Le diré a su madre que nos acompañe.

—Estupendo... Mira, vamos a hacer una cosa. Ahora mismo estoy en Móra d'Ebre, a punto de empezar a comer con el comisario y toda la peña. No puedo escaquearme, pero, en cuanto acabe la comida, me planto en comisaría. Mientras tanto, le diré a Paca Poch que esté preparada para redactar la denuncia y poner la maquinaria en marcha.

—De acuerdo.

—Tú mantenme informado. Si hay alguna novedad, avísame. Y hazme un favor, ¿eh? No te preocupes: Cosette aparecerá enseguida. Seguro que no le ha pasado nada. Es lo que dices, necesitará pensar, estar sola... Cualquier cosa. A lo mejor anda de fiesta por ahí. O se ha encontrado con algún conocido. O se ha echado un novio. Vete a saber. A esa edad, cualquier cosa es posible. En Egara tenía el culo pelado de bregar con tonterías, chavalas que no aparecían por su casa porque estaban de juerga o porque habían hecho alguna gamberrada y tenían miedo de lo que sus padres les iban a decir, pero al cabo de cuatro días acababan volviendo... En fin, lo dicho: nos vemos en un rato.

Cuelgan el teléfono en el momento en que Melchor avista su coche en la plaza del Ayuntamiento. Se monta en él, lo arranca, recorre a toda prisa kilómetro y medio de calles vaciadas por la hora del almuerzo, silenciosas bajo un sol primaveral que casi parece veraniego, y aparca a la puerta del edificio de tres plantas donde vive Elisa Climent, justo enfrente de la antigua sede del Consell Comarcal de la Terra Alta. Melchor llama al portero automático y la madre de Elisa le abre y le recibe en el rellano del segundo piso con una pregunta:

—¿Sabes algo?

Melchor niega con la cabeza.

—¿Y vosotras?

La madre de Elisa imita el gesto de Melchor y le hace pasar.

—Estamos terminando de comer —anuncia.

La madre de Elisa se llama Lourdes y es la secretaria de Rosa en Gráficas Adell; el padre también trabaja en la empresa, pero el matrimonio se separó hace años y él se fue a vivir a Batea, donde volvió a casarse. Madre e hija comen sentadas a una mesa junto a la ventana de la cocina. Enfundada en un chándal azul, Elisa saluda a Melchor con una manzana recién mordida en la mano.

—¿Has comido ya? —le pregunta Lourdes—. Si quieres, puedo prepararte algo.

—Gracias —dice Melchor —. No tengo hambre. Además, deberíamos irnos.

La madre de Elisa lo mira con una combinación de extrañeza e inquietud. Melchor la conoce desde que sus dos hijas se hicieron amigas en la guardería. Según Rosa, aquella mujer menuda y alegre es de una eficacia germánica, y, aunque pasó una mala racha tras divorciarse del padre de Elisa, ha recobrado el entusiasmo vital desde que sale con el *maître* peruano del hotel Piqué, diez años más joven que ella. Luce un peinado juvenil con reflejos rojizos, una blusa estampada de colores vivos, una ajustada falda gris y zapatos de tacón; una discreta capa de maquillaje realza sus facciones angulosas.

—Es mejor que vayamos a comisaría —explica Melchor—. Hay que presentar una denuncia.

Elisa se pone en pie sin soltar la manzana.

—¿Estás seguro de que Cosette ha desaparecido? —pregunta su madre.

—No —responde Melchor—. Pero no contesta los mensajes ni las llamadas, su teléfono está apagado y no ha dormido en el hotel. Algo le ha pasado. O no. Pero, si queremos encontrarla, hay que empezar a buscarla ya. —Señala a Elisa y explica—: Ella es la última persona con la que habló, la última que la ha visto. Tienen que tomarle declaración. —Se vuelve hacia la adolescente y añade—: Tranquila, sólo se trata de contestar unas preguntas. Pero cuanto antes lo hagamos, mejor.

Elisa interroga sin palabras a su madre, que asiente y le pide que vaya a vestirse. La chica deja la manzana en su plato y sale hacia su dormitorio; entretanto, la madre le pregunta a Melchor:

—¿Puedo ir con vosotros?

—Deberías —contesta él—. Elisa no es mayor de edad y sólo puede declarar delante de sus padres. O de su tutor legal.

La madre de Elisa asiente.

—Voy a llamar al trabajo para avisar de que esta tarde no puedo ir.

Antes de que ella pueda echar mano de su teléfono, Melchor coge el suyo.

—Tranquila —dice—. Llamo yo a Rosa.

Mientras la madre de Elisa adecenta un poco la cocina, Melchor telefonea a Rosa y, mirando por la ventana (a través de la cual ve un prado en el que yace, asediado de yerba, el esqueleto oxidado de un tractor), le cuenta lo que está ocurriendo y le dice que su secretaria no irá por la tarde a trabajar, o que llegará con retraso, porque tiene que asistir a la declaración de su hija en comisaría. Rosa, que se ha quedado a comer una ensalada en su despacho, acompañada del estado mayor de Gráficas Adell, intenta quitar hierro a la desaparición de Cosette con argumentos semejantes a los que ha usado Blai hace unos minutos, o con argumentos que a Melchor le parecen semejantes.

—¿Quieres que vaya con vosotros a comisaría? —pregunta al final Rosa.

—Ni hablar —contesta él—. Ya te llamaré si te necesito.

Acompañado por Elisa y su madre, diez minutos después Melchor estaciona su coche junto al parque infantil que se extiende frente a la entrada de la comisaría de la Terra Alta. En la última década han edificado bastante en aquella zona, pero el paraje no ha perdido todavía su aire desolado de extrarradio, más allá del cual se desintegra el pueblo en una sucesión de descampados que parecen alargarse hasta la sierra de Cavalls, entre barrizales, montículos, pedruscos y hierbajos. Melchor no reconoce al agente que monta guardia en la recepción —un prisma rectangular de cristales blindados conocido en comisaría como La Pecera—, pero el agente sí lo reconoce a él; pese a ello, le pide preceptivamente su carnet de identidad y el de sus dos acompañantes.

—La sargento Poch les espera —anuncia, devolviéndoles sus documentos—. Ahora mismo la llamo...

—No hace falta. —Melchor no le deja terminar—. ¿Está en su despacho?

El agente dice que sí y Melchor le contesta que sabe dónde está y le pide que los deje pasar. Tras un instante de duda, el agente presiona un interruptor y la puerta blindada que comunica la recepción con las dependencias policiales se abre con un chasquido metálico. Melchor se adentra en la comisaría seguido por las dos mujeres, recorre a toda prisa un pasillo abierto a un patio interior que difunde por todo el edificio una claridad diurna, sube al trote las escaleras hasta el primer piso y, tras golpear con los nudillos la puerta del despacho del jefe de la Unidad de Investigación, la abre.

Paca Poch se levanta de su butaca para recibirlos.

—Adelante, Melchor —dice, bordeando el escritorio abarrotado de papeles y tendiéndole una mano. Mientras saluda a Elisa y a su madre, la sargento Poch explica que ha hablado con el inspector Blai y que este la ha puesto al corriente del asunto; luego indica dos sillas—: Sentaos, por favor.

Las dos mujeres toman asiento a la vez que Paca Poch llama la atención de un agente rubio y con barba de tres días que en aquel momento trabaja en la sala común de la Unidad, al otro lado de un gran ventanal, y le indica con un gesto que traiga una silla.

—Déjalo, Paca —intenta disuadirla Melchor—. Estoy bien de pie.

Paca Poch no le hace caso, se vuelve a sentar a su escritorio y, sin más prolegómenos, empieza a teclear en su ordenador mientras anuncia que va a redactar un atestado por desaparición y el agente de la sala común irrumpe en el despacho con una silla.

—Ponla ahí, Artigas —le ordena la sargento, señalando a Melchor sin apartar la vista de la pantalla—. Y no te vayas, te voy a necesitar.

Melchor apenas es capaz de reconocer, en la gravedad perentoria de la jefa de la Unidad de Investigación, a la treintañera habladora, ocurrente y burlona que le ha visitado varias veces en la biblioteca. Paca Poch es tan corpulenta como Blai, y salta a la vista que, como Blai, ha esculpido su musculatura de atleta en largas horas de gimnasio. Lleva el pelo largo y peinado hacia atrás con gomina, y sus ojos, de un verde arrogante, dominan un rostro de rasgos muy marcados: los labios grandes, los pómulos salientes, la nariz escarpada, el mentón duro. Viste unos tejanos ajustadísimos, desteñidos, y una camisa roja y suelta que revela un canalillo profundo entre sus pechos colmados.

Sin dejar de escribir, Paca Poch pregunta:

—Tenemos una foto reciente de Cosette, ¿verdad?

Nadie responde, y la sargento se vuelve hacia Melchor, que no se ha sentado en la silla que le ha traído Artigas y al instante comprende que, desde que tuvo la intuición o la certeza de que algo le ha pasado a Cosette, no piensa con claridad; de lo contrario, no hubiera olvidado que ni siquiera pueden empezar a buscar a su hija si no disponen de una fotografía reciente con el fin de poder colgarla en internet y mandarla a todos los puestos de policía, estaciones de tren y autobús, puertos y aeropuertos. Para sorpresa de Melchor, en ese momento interviene Elisa.

—Nos hicimos muchas fotos en Mallorca —apunta, tímidamente—. Están en mi cuenta de Instagram. No sé si alguna servirá...

—Servirá —se apresura a asegurar Paca Poch—. Dale el nombre de tu cuenta a Artigas, por favor. Y, ya puestos, dale los de las demás redes sociales que uses. También necesitaremos entrar en tu correo electrónico y tu móvil, vamos a vaciarlos para... —La sargento no acaba la frase porque Elisa se ha empezado a demudar—. No pongas esa cara, mujer. Sólo nos interesa lo que tiene que ver con tu amiga.

La afirmación no calma a Elisa, que se vuelve hacia Melchor.

—¿Es necesario? —pregunta—. Ahí sólo tengo mis cosas.

—Es indispensable —replica Paca Poch, suave pero tajante, antes de que pueda contestar Melchor—. Y hazme el favor de no mirarle a él: mírame a mí. —Elisa obedece, y la sargento gira hacia ella su butaca, apoya los codos en la mesa, cruza las manos y le clava los ojos—. Ahora escúchame bien. No sabemos dónde está Cosette. No sabemos si le ha pasado algo o no. No sabemos si corre peligro. Por eso tenemos que encontrarla cuanto antes. Y tú fuiste la última persona que la vio, así que eres fundamental para que la encontremos... Tienes que contarnos todo lo que hicisteis en Mallorca, dónde estuvisteis, con quién hablasteis, de qué hablasteis. Todo. Cualquier cosa puede servirnos. Además, vamos a entrar en tus redes sociales, vamos a escuchar tus llamadas telefónicas y vamos a leer tus mensajes... Podemos hacerlo por las buenas o por las malas. Por las malas es un poco más complicado y tardaremos un poco más, porque tendremos que pedirle una orden al juez, tendremos que vaciar tu móvil en presencia del secretario del juzgado y cosas así. Pero lo haremos de todos modos, mañana por la mañana a más tardar. En cambio, por las buenas es más fácil: tú nos das las contraseñas, nos lo abres todo y nosotros entramos ahora mismo y empezamos a trabajar. —Descruza las manos y las cruza otra vez—. Esa es la única diferencia. Pero hacerlo lo vamos a hacer igual, lo quieras o no lo quieras. Por Cosette. Pero también por ti: imagínate que le pasa algo a Cosette y que tú no nos has ayudado a evitarlo porque no querías que nosotros leyésemos tus conversaciones con tus amigas o con tus novios, que de todas maneras no vamos a leer porque no nos interesan para nada. ¿Cómo te sentirías si pasara eso, eh? —Paca Poch hace una pausa mientras busca la respuesta a su interrogante en los ojos asustados de Elisa; luego vuelve a separar las manos, levanta los codos de la mesa y se retrepa en su butaca—. En fin, tú eliges.

—Elisa, por favor... —interviene la madre.

La hija le alarga su móvil a la sargento. Quien lo coge sin embargo es Artigas, que de inmediato toma nota de las contraseñas que le dicta la chica. Mientras tanto, Paca Poch rellena con la ayuda de Melchor un formulario sobre la desaparición de Cosette. La sargento escribe a toda velocidad, la expresión reconcentrada y la vista fija en la pantalla. Cuando acaba de escribir, mira a Elisa y luego a Melchor.

—Bueno —dice tras un silencio—, ahora contadme exactamente qué es lo que ha pasado.

5

Durante la media hora siguiente, Melchor le cuenta a Paca Poch lo que hace un rato le ha contado por teléfono a Blai en pocos minutos. La sargento escribe en el teclado del ordenador o toma notas en una libreta, y en algún momento pregunta si es la primera vez que Cosette desaparece.

—La primera —contesta Melchor—. Siempre me ha dicho adónde va, dónde está, con quién está. Esto no es normal.

—¿Tienes idea de por qué lo ha hecho? Quiero decir...

—No lo sé —se adelanta Melchor—. Lo que sé es lo que te he dicho. Ayer, por WhatsApp, me dijo que necesitaba pensar. Es lo que le dijo también a Elisa, ¿verdad?

Un poco encogida junto a su madre, que tiene una mano protectora posada sobre su muslo, Elisa asiente.

—¿Sabéis sobre qué necesitaba pensar? —insiste Paca Poch—. ¿Se había peleado con alguien? ¿Tenía algún problema en casa?

Aunque era consciente de que iba a llegar, la pregunta pilla a Melchor descolocado; sin saber qué decir, aparta la vista de la sargento, la pasea por Elisa y su madre y luego busca a Artigas, que asiste al interrogatorio recostado en un fichero, junto a la puerta del despacho.

—Te lo cuento cuando llegue Blai —responde por fin Melchor—. Quiero que él también lo escuche.

La sargento, visiblemente descontenta con la respuesta, asegura que el tiempo apremia y que deberían dar curso a la denuncia cuanto antes.

—Mejor esperamos a Blai —se enroca Melchor—. Debe de estar al llegar.

Paca Poch se encoge de hombros y, entrecerrando los ojos y frunciendo los labios, acata la negativa. Luego se dirige a Elisa, que empieza a contar de nuevo lo que ayer le contó a Melchor; sólo que, presionada por la sargento y el expolicía, que la interrumpe y pregunta y corrige y matiza, añade ahora numerosos detalles a su relato inicial. Añade, por ejemplo, que el viernes anterior, nada más aterrizar en el aeropuerto de Mallorca, las dos amigas tomaron un autobús que las condujo a la estación Intermodal, en el centro de Palma, y que allí se montaron en otro autobús, este con destino a S'Arenal. Añade que en S'Arenal se alojaron en un hotelito llamado Caribbean Bay y que durante los dos días siguientes, además de bañarse y tomar el sol en la playa y salir a bailar por las noches, se perdieron por el casco antiguo de Palma, visitaron la catedral, el palacio episcopal, la Almudaina y el Parc de la Mar, curiosearon en las tiendas de la avenida Jaume III, se compraron un sombrero —Elisa— y una pulsera —Cosette— en los tenderetes de la plaza Mayor, y en los bares del centro cenaron tapas y helados. Añade que, antes de salir de la Terra Alta, habían reservado dos noches de hotel en Magaluf, al oeste de la isla, donde tenían previsto dormir el domingo y el lunes, pero el sábado de madrugada, mientras tomaban una copa en Tito's, una discoteca de Palma, una chica les dijo que Magaluf no merecía la pena, que era sucio y estaba abarrotado de turistas, mientras que Pollença, al otro extremo de la isla, era una joya, así que cancelaron sobre la marcha la reserva del hotel de Magaluf e hicieron una reserva en el hostal Borràs, en Port de Pollença. Añade que llegaron a Port de Pollença el domingo al mediodía, también en autobús, y que durante otros dos días se bañaron y tomaron el sol en la playa, muy cerca del hostal Borràs, y anduvieron sobre todo por sus alrededores, por el puerto y el paseo marítimo, menciona un restaurante hindú llamado Indian Curry, un bar de copas llamado Norai y una discoteca llamada Chivas, donde acabaron cada noche.

A mitad de la declaración de Elisa comparece Blai. El jefe de la comisaría le ordena a la sargento que continúe con el interrogatorio, se abre paso entre las sillas que abarrotan el despacho —«Esto parece el camarote de los hermanos Marx», murmura— y, después de darle a Melchor un apretón fugaz en el hombro, se sitúa a espaldas de Paca Poch, de pie, como si quisiera supervisar el atestado que está redactando. Elisa concluye su relato espoleada por la sargento. Cuando lo dan por terminado, Paca Poch se vuelve hacia Melchor y, señalando a Blai con un leve cabeceo, pregunta:

—¿Nos lo vas a contar ahora?

Antes de que el jefe de la comisaría pueda preguntar qué es lo que tiene que contar, Melchor se dirige a Artigas:

—¿Todavía tenéis abajo esa máquina de café asqueroso?

—Sí. —El aludido sonríe vagamente, descruza los brazos y señala la sala común, donde un compañero suyo continúa trabajando—. Pero puedo ofrecerte algo mejor.

—Ofréceselo a las invitadas. —Melchor alude a Elisa y a su madre, a quienes pregunta—: ¿Podéis dejarnos solos un momento, por favor?

Las dos mujeres se levantan y Artigas abre la puerta del despacho para cederles el paso.

—Aprovecha para vaciar ese móvil —ordena Paca Poch a su hombre, refiriéndose al teléfono de Elisa—. Las llamadas, los mensajes, las fotos, lo que tenga en sus cuentas de las redes sociales... Todo. A ver si con eso podemos reconstruir exactamente el itinerario de las chicas. Y mándame una foto de Cosette. La más reciente. La mejor. Si tienes algún problema, llama a los de la científica.

Apenas se queda a solas con Blai y la sargento, Melchor cruza la oficina, se llega hasta la puerta, se asegura de que está bien cerrada y se queda un instante de espaldas a los dos policías, con el pomo en la mano, escrutándolo igual que si fuera el dial de combinación de una caja fuerte cuya contraseña intenta recordar. Cuando se da la vuelta, el inspector y la sargento aguardan expectantes.

—Cosette no sabía que la muerte de Olga no fue un accidente —anuncia—. Se enteró hace unas semanas.

Un silencio pétreo sigue a aquellas palabras, que acaban de restallar como un látigo en la quietud del despacho. Frente a él, Blai y Paca Poch ni siquiera parpadean. Melchor le sintetiza a continuación la historia a la sargento, mientras, emergiendo poco a poco de su sorpresa, Blai escucha ese resumen de urgencia caminando con las manos a la espalda y mirando el suelo de linóleo. Aún no ha terminado de hablar el expolicía cuando el inspector se detiene, alza la vista hacia él y le interrumpe:

—¿Entonces era eso?

Melchor asiente. Los dos amigos se miran como si Paca Poch acabara de salir del despacho, como si no siguiera allí, observándolos.

—Bueno —dice Blai—. Me tranquilizas.

Melchor no trata de disimular la perplejidad que le produce el comentario.

—Ya tenemos una razón para que Cosette no quiera dar señales de vida —aclara el jefe de la comisaría—. Hasta ahora, no la teníamos. —Como Melchor no parece acabar de entender, Blai continúa—: Joder, Melchor, toda la vida creyendo que su madre murió en un accidente y ahora resulta que la asesinaron... Es natural que se haya sentido engañada, y que te eche la culpa a ti. ¿Cómo no se va a sentir mal? ¿Cómo no va a estar desorientada y enfadada? ¿Cómo no va a querer estar sola? Ojo, no te culpo de nada, seguramente yo habría hecho lo mismo. Lo único que intento es ponerme en su lugar. Lo entiendes, ¿verdad? —Melchor no contesta y, tras un silencio, Blai se vuelve hacia Paca Poch, señala la pantalla del ordenador y pregunta—: ¿Qué has puesto como causa de la desaparición?

La sargento abre los brazos y las manos en un ademán de disculpa.

—Nada —contesta.

—Pues pon pelea familiar —ordena Blai—. Luego cierras la denuncia y mandas una copia al juzgado y otra a la fiscalía de menores de Tarragona.

—En cuanto Artigas me mande la foto —acepta Paca Poch—. De todos modos, no he acabado con la chica. Me gustaría seguir interrogándola. Y también me gustaría que, si Cosette no aparece enseguida, alguien de Egara viniera a echarme una mano. Alguien de Desaparecidos.

—Buena idea —aplaude Blai—. Seguro que pueden sacarle a la amiga de Cosette mucha más información que nosotros. Pero mientras tanto mándales la denuncia al juez y al fiscal. Luego, cuando haya novedades, ya les pondremos al tanto de lo que vayamos haciendo.

—¿Le pedimos al juez la intervención del teléfono de Cosette? —pregunta Paca Poch.

—No nos la va a dar —contesta Blai—. Le conozco. No han pasado ni veinticuatro horas desde que desapareció la chica. Nos dirá que esperemos, que sigamos trabajando. De todos modos, se la pediré: el no ya lo tenemos. Por cierto, ¿quién lleva Desaparecidos en Egara?

—Aquí está la foto —anuncia Paca Poch, ignorando la pregunta.

La sargento amplía la imagen de Instagram en la pantalla del ordenador mientras Melchor y Blai se asoman tras sus hombros para examinarla. Es una foto de cuerpo entero y en color. Cosette está de pie en un paseo marítimo; tras ella se distinguen una franja de playa, un pedazo de mar, una confusión de barcas varadas y, más allá, al otro extremo de algo que parece una bahía, un entrante de tierra profundo, ondulado y boscoso. La hija de Melchor luce una piel bronceada y un pareo de colores vivos atado a la cintura; un bikini diminuto cubre sus senos minúsculos. Melchor reconoce la sonrisa titubeante (una sonrisa que a él se le antoja infantil, pero no lo es), y nota una oleada de calor afluyendo a sus ojos. La contiene a duras penas, mientras Paca Poch le pregunta si la foto le parece bien. Melchor contesta que sí y la sargento, con la colaboración del inspector y el expolicía y el auxilio de las notas que ha tomado a mano, se aplica a dar los últimos toques al atestado por desaparición. Antes de que concluya su tarea, Blai comenta:

—Acabo de acordarme de una cosa.

Melchor le pregunta de qué.

—Tengo un amigo en Palma —contesta Blai—. Se llama Zapata. No sé si te he hablado de él. Es inspector de la Policía Nacional.

—La Policía Nacional no tiene competencias en Pollença —le ataja Paca Poch, dejando de escribir y volviéndose hacia su superior—. Son de la Guardia Civil, en el puerto hay un cuartel. Es lo primero que averigüé.

Han llamado a la puerta mientras Paca Poch hablaba: un caporal uniformado solicita hablar con Blai. El inspector sale al pasillo y Melchor se queda a solas con Paca Poch, que se sumerge de nuevo en el atestado: relee lo escrito, añade o corrige, revisa sus notas, vuelve a corregir o a escribir. En la sala común, al otro lado del ventanal que la separa del despacho, Artigas y dos compañeros de la Unidad de Investigación siguen vaciando el móvil de Elisa, concentrados frente a un ordenador. Por su parte, la amiga de Cosette y su madre aguardan en un rincón, sentadas y en silencio, con sendos vasos de papel en las manos. Mientras espera a que Blai regrese, Melchor se desentiende un segundo del atestado y sólo entonces cobra conciencia de que es la primera vez en los últimos cinco años que entra en aquella comisaría en la que trabajó a diario durante más de una década; también se da cuenta de que aquel es el antiguo despacho de Blai, el primero que pisó al llegar a la Terra Alta casi veinte años atrás, y de que, a su alrededor, casi todo permanece tal y como estaba, desde el gran ventanal que da a un baldío en el que muere el pueblo y, más allá, a la sierra de La Fatarella —el perfil accidentado de la cual se recorta contra el cielo de la tarde, erizado de molinos eólicos cuyas blanquísimas aspas metálicas giran con el viento—, hasta el panel de corcho sujeto a la pared donde se exhiben notas, recordatorios y anuncios. Lo único que ha desaparecido es la pegatina con la bandera independentista catalana, que proclamaba: CATALUNYA IS NOT SPAIN. Durante una milésima de segundo, Melchor experimenta una especie de vértigo, como si aquellos casi veinte años hubiesen sido una alucinación o un sueño.

Pero sólo es una milésima. Apenas vuelve Blai al despacho, Paca Poch remata la denuncia y les pide a los dos que le echen un vistazo. Melchor y Blai se asoman otra vez tras sus hombros. El atestado contiene, además de los datos personales de Cosette, de Elisa y de Melchor, un relato sintético de las circunstancias que han rodeado la desaparición. Melchor aprueba el documento; Blai también.

—Métalo en Personas y se lo mandas a Desaparecidos y a PDyRH —ordena el inspector—. Y después se lo envías al juez y al fiscal de menores. Y al puesto de la Guardia Civil de Pollença.

Melchor conoce el protocolo policial porque sus años de policía lo familiarizaron con él, así que su amigo no le explica lo que están haciendo, aunque sí le recuerda, como tratando de infundirle seguridad o como si sus cinco años de bibliotecario hubiesen podido borrárselo de la memoria, que Personas es la Base de Datos Policiales, indispensable para difundir un atestado por desaparición, y que PDyRH es una aplicación del Centro Nacional de Desaparecidos, dependiente de la Secretaría de Estado de Seguridad, adonde van a parar todas las denuncias.

—En un pispás la foto de Cosette y la denuncia estarán en todas partes —le recuerda también Blai—. Incluidas las fundaciones dedicadas a buscar desaparecidos: SOS Desaparecidos, QSDglobal, Inter-SOS. Y, a través de Sirene, la tendrán todas las policías de Europa. ¿Te acuerdas de Sirene?

Antes de que Melchor pueda contestar, Paca Poch pulsa en su teclado el botón Enter, como quien toca en un piano la nota final de una sonata.

—Enviado —dice. Luego gira su asiento hacia Blai—: Sólo tengo una duda. ¿Pedimos la alerta Amber?

Blai y la sargento se escrutan sin responder. Melchor pregunta qué es la alerta Amber.

—Una cosa muy aparatosa —contesta Blai—. Demasiado.

Paca Poch asiente.

—Está pensada para desaparecidos que corren un riesgo inminente —explica—. Y grave. Un deficiente mental, una persona mayor que depende de un medicamento... Cosas así.

—La desaparición se anunciaría en las televisiones y las radios —encadena Blai—. La foto de Cosette aparecería en las pantallas de los aeropuertos, las estaciones de autobús y de metro... No sé si nos conviene.

—Para activarla habría que llamar a Egara y pedir a Desaparecidos que la autorizase —recuerda Paca Poch.

—¿Quién lleva Desaparecidos? —pregunta Blai.

—Cortabarría —contesta Paca Poch.

—¿Pol Cortabarría? —vuelve a preguntar Blai.

Paca Poch hace un gesto afirmativo. Blai se vuelve hacia Melchor.

—¿Te acuerdas de él?

Aunque apenas trabajó una semana con Cortabarría, Melchor se acuerda de él. Lo conoció la última vez que estuvo destinado en la central de Egara, cuando Blai dirigía el Área Central de Investigación de Personas y le pidió que le ayudara con el caso del chantaje a la alcaldesa de Barcelona, integrándose en comisión de servicio en la Unidad Central de Secuestros y Extorsiones, que mandaba el sargento Vàzquez. Melchor conserva de Cortabarría un recuerdo difuso, pero Blai, que lo tuvo varios años a sus órdenes, lo conoce bien.

—Cortabarría, aquí el inspector Blai, de la Terra Alta. —Melchor comprende que Blai no se dirige al aludido, sino al buzón de voz de su teléfono—. Llámame en cuanto puedas, por favor. Es urgente.

Blai cuelga y, al cabo de apenas unos segundos, su teléfono vuelve a sonar. Es Cortabarría. Tras un mínimo intercambio de saludos, el sargento confirma que tiene a su cargo la Unidad Central de Personas Desaparecidas y Blai le informa de que acaban de mandarle un atestado por desaparición, le explica el caso y le dice que Melchor y Paca Poch están junto a él.

—Vamos a hacer una cosa —añade—. Cuelgo, te llamo desde el teléfono fijo y así podemos hablar los tres.

Blai desconecta su móvil mientras Paca Poch le alarga el auricular del teléfono fijo y al mismo tiempo marca el número de Cortabarría, que contesta enseguida; ahora, todos oyen la voz del sargento jefe de Desaparecidos. Este saluda a Paca Poch y a Melchor y va al grano:

—Paca, cuéntame lo que habéis hecho hasta ahora.

La sargento le lee la denuncia y le explica los pasos que han dado. Cortabarría no pone ninguna objeción.

—Te hemos llamado porque tenemos una duda —interviene Blai—. No sabemos si pediros que activéis la alerta Amber. Yo creo que es mejor no hacerlo.

Cortabarría no contesta enseguida, y a través del teléfono llega un rumor que primero parece de lluvia o de gravilla pisada y luego de tráfico.

—Yo también —afirma el sargento—. Si la activamos, se va a armar la de Dios es Cristo, y a lo mejor no sirve para nada.

—Es lo que yo he dicho —recuerda Blai.

—Al contrario —argumenta Cortabarría, haciendo caso omiso del comentario del inspector y siguiendo con su propio razonamiento—. Esa alerta está pensada para otras cosas. En nuestro caso, puede ser contraproducente.

Melchor anima al sargento a que se explique. Cortabarría tarda de nuevo unos segundos en hablar, durante los cuales les llega, inconfundible, la protesta de un claxon.

—Mira, Melchor, no me voy a andar con paños calientes —empieza Cortabarría—. Por lo que contáis, yo también creo que a tu hija puede haberle pasado algo. Es lo que me dice mi instinto. A lo mejor me equivoco, ojalá, a lo mejor no le ha pasado nada y aparece en cuanto colguemos. Pero hay que ponerse en lo peor.

—Continúa —le pide Melchor.

—Imagínate que Cosette ha caído en malas manos —prosigue Cortabarría—. Tipos sin escrúpulos que la tienen retenida o secuestrada o lo que sea. Imagínate que esa gente sabe o sospecha que los han visto con ella, y que se asustan con el lío que monta la alerta y que, para quitarse el problema de encima, deciden matarla o hacerla desaparecer. Perdona que hable así, pero...

—Continúa —repite Melchor.

—Yo no activaría la alerta Amber —se reafirma el sargento—. Lo que hay que hacer es lo que habéis hecho vosotros: poner en marcha la investigación cuanto antes. Eso y dos cosas más.

—¿Qué cosas? —inquiere Blai.

Cortabarría responde a esa pregunta con otras dos.

—¿Qué hay en Pollença? —dice—. ¿Guardia Civil, Policía Nacional...?

—Guardia Civil.

—Pues preparad un expediente de traslado y mandadles toda la información que tengáis y todo la que vayáis recogiendo. Que ellos se encarguen de las diligencias.

—No estoy de acuerdo —se apresura a objetar Paca Poch—. Así perdemos el control de la investigación.

—No perdemos nada —la corrige Blai—. Cortabarría tiene razón: quien debe investigar es la Guardia Civil de Pollença, que es la que está sobre el terreno y sabe lo que hay que hacer. Nosotros, desde aquí, vamos a ciegas. Eso sin contar con que no tenemos competencias para actuar allí.

—¿Cuál es la segunda cosa? —apremia Melchor.

Cortabarría se hace repetir la pregunta. Luego contesta:

—Ponerles las pilas a los de Pollença para que empiecen a trabajar cuanto antes.

Blai vuelve a darle la razón.

—Ahora mismo llamaré al jefe del puesto —anuncia.

—No lo haga —le aconseja Cortabarría—. Mejor llamo yo. Del caso se va a encargar la unidad de Policía Judicial, y la

Policía Judicial no depende orgánicamente del jefe de puesto. La Guardia Civil funciona así... Déjeme a mí el asunto. Llamaré a la central de Desaparecidos de la Guardia Civil en Madrid. Hablo con ellos a menudo, tengo amigos allí. Ellos apretarán a los de Pollença. Y pondré en marcha a toda mi gente. Me habéis pillado llegando a casa, pero he dado la vuelta y en diez minutos estaré en Egara. Desde allí llamaré a Madrid.

—Estupendo —dice Blai—. Otra cosa. ¿Podrías mandarnos a alguien de confianza para que interrogue a la amiga de Cosette? Nosotros ya le hemos sacado lo que hemos podido, pero seguro que un especialista...

—Eso está hecho —asegura Cortabarría—. Mañana al mediodía lo tendréis ahí.

A continuación, pregunta quién va a ser su interlocutor en la Terra Alta, con quién va a comunicarse o a quién debe llamar.

—Paca se ha hecho cargo del asunto —contesta Blai—. Pero llámanos a Melchor o a mí cuando quieras.

Intercambian números de teléfonos y, antes de colgar, Melchor le da las gracias al sargento jefe de Desaparecidos.

—No hay de qué —contesta Cortabarría—. Y no te preocupes: encontraremos a Cosette.

6

Mientras Paca Poch redacta la solicitud de traspaso de competencias al puesto de la Guardia Civil de Pollença y Blai llama por teléfono al juez de Gandesa para solicitar la intervención del móvil de Cosette, Melchor busca en internet un billete de avión a Mallorca. El juez no contesta la llamada de Blai, que cuelga el teléfono y le dice a la sargento:

—Por si acaso, cuando acabes con eso prepara un oficio pidiendo al juzgado la intervención del teléfono de Cosette. No nos la van a dar, pero... ¿Qué estás haciendo, Melchor?

El expolicía se lo explica sin apartar la mirada de la pantalla del móvil. Añade:

—El último avión sale a las ocho. —Echa un vistazo a su reloj, que marca las cinco y cuarenta minutos y, como si hablase consigo mismo, asegura—: Si me doy prisa, lo cojo.

—¿Te has vuelto loco o qué? —pregunta Blai, consultando también su reloj.—. De aquí al aeropuerto hay dos horas en coche. Te vas a matar por la carretera.

Melchor ignora la advertencia de Blai y prosigue la búsqueda, hasta que al cabo de unos segundos maldice en voz alta su mala suerte: no quedan plazas libres en el último vuelo Barcelona-Mallorca del día. Felicitándose por ello, Blai coge de un brazo a su amigo y lo arrastra hasta la puerta del despacho.

—Anda, ven —dice—. Vamos a dejar trabajar a Paca.

Al salir al pasillo se topan con Elisa Climent, su madre y Artigas, que acaban de abandonar la sala común de la Unidad de Investigación. Un poco pálidas, las dos mujeres parecen estragadas por la tensión de las horas que llevan en comisaría. Artigas informa a Blai de que ya han vaciado por completo el teléfono de Elisa y de que están procesando el material que han hallado en él. Blai aprueba con la cabeza; la madre de Elisa inquiere:

—¿Hemos acabado ya?

—Por hoy, sí —contesta Blai—. Mañana por la mañana las necesitaremos otra vez.

La madre pregunta para qué y el inspector se lo explica: le habla de un nuevo interrogatorio, este más largo y más exhaustivo, y de un especialista que llegará de la central de Egara, le dice que les llamarán cuando sepan a qué hora deben presentarse de nuevo en comisaría; la madre de Elisa pregunta si al día siguiente puede acompañar a Elisa su padre y no ella, y Blai contesta que por supuesto. Ajeno a este diálogo, Melchor continúa enfrascado en su móvil, buscando un billete para el primer vuelo a Mallorca del día siguiente, y cuando Elisa y su madre se despiden de él, le pregunta a la amiga de Cosette si ha vuelto a intentar ponerse en contacto con su hija. Elisa dice que no.

—Pues hazlo de vez en cuando, por favor.

Elisa asiente y su madre asegura que, de producirse alguna novedad, le llamarán de inmediato, y luego las dos mujeres se alejan hacia la salida escoltadas por Artigas. En cuanto Melchor y Blai vuelven a quedarse solos, el inspector pregunta:

—¿De verdad vas a ir a Mallorca?

—¿Qué quieres que haga? —responde Melchor—. ¿Que me quede aquí, de brazos cruzados?

—No estás de brazos cruzados.

—No. Pero, mientras Cosette siga allí, yo no pinto nada aquí.

—A lo mejor ya no está allí.

—Peor me lo pones. —Melchor vuelve a clavar la vista en el móvil—. Sea como sea, allí es donde la vieron por última vez, y allí es donde hay que empezar a buscar.

—Tú no eres la persona más indicada para buscarla —le advierte Blai—. En realidad, eres la persona menos indicada. Y lo sabes: eres su padre, estás ofuscado, en Pollença no vas a hacer más que incordiar... ¿Les vas a hacer tú el trabajo a los guardias civiles? Esa gente conoce su territorio y sabe cómo hacer su trabajo. Lo mejor que puedes hacer para ayudarlos es dejarlos en paz.

Blai continúa intentando convencerle de que no tiene sentido que viaje a Mallorca, hasta que Melchor lo interrumpe.

—Ya está —anuncia—. Acabo de reservar una plaza en el vuelo a Palma que sale de Barcelona a las ocho. —Levantando la mirada hacia el inspector, pregunta—: ¿Qué decías?

Blai chasquea la lengua contra el paladar, derrotado.

—Nada —se resigna—. ¿Quieres un café?

Sólo entonces recuerda Melchor que no ha probado bocado desde que, a primera hora de la mañana, tomó café con Blai en el bar de la plaza, y de repente siente un vacío casi doloroso en el estómago; antes de que pueda responder a la pregunta del inspector, se abre la puerta del despacho de Paca Poch.

—Enviada a Pollença la solicitud de traslado de expediente —informa la sargento. Dirigiéndose a Blai, le dice que le acaba de mandar toda la documentación; luego le alarga tres folios impresos a Melchor—. Y esto es para ti: una copia de la denuncia.

Melchor coge los papeles al tiempo que suena el teléfono de Blai. Este consulta la pantalla de su móvil.

—El juez —anuncia.

Instintivamente buscando privacidad o silencio, el inspector se aleja de ellos. Melchor le explica entonces a la sargento lo que acaba de saber por Artigas —que sus subordinados ya han vaciado el teléfono de Elisa Climent y están trabajando en su contenido—, y todavía no ha terminado de hacerlo cuando recibe un wasap de Rosa Adell. «¿Cómo va todo?», lee. «¿Se sabe algo?»

—Perdona —dice Melchor— Tengo que contestar.

—Claro. —Paca Poch señala la sala común de la Unidad de Investigación—. Voy con mi gente.

«No se sabe nada», le escribe Melchor a Rosa. «Aún estoy en comisaría. Mañana por la mañana salgo para Mallorca.» Rosa responde con un signo de interrogación. «Aquí no pinto nada», explica Melchor. «Allí a lo mejor puedo echar una mano.» Manda el mensaje; pero, antes de que Rosa vuelva a responder, añade: «Si no aparece antes». Enseguida se arrepiente y borra esas cuatro palabras.

—Dice que ni hablar —anuncia Blai, acercándose por el pasillo y negando con la cabeza. Se refiere al juez, o más bien al permiso para intervenir el teléfono de Cosette que acaba de solicitarle al juez—. Dice que todavía es pronto. Que hay montones de casos como este y que los chicos aparecen al cabo de nada. Que esperemos cuarenta y ocho horas y entonces nos lo concederá. En fin... Ya te dije que diría eso: estos jueces jóvenes son la hostia. En la Escuela se han empachado de leyes, así que el país se puede estar yendo a la mierda que ellos siguen pendientes de una puta coma de la Constitución. Cuando aprenden que hay que ser flexibles y que son las leyes las que tienen que adaptarse a la realidad y no la realidad a las leyes, ya les toca jubilarse.

Melchor recibe otro wasap: «¿Quieres que pase a buscarte?».

—Es Rosa —dice, leyendo el mensaje.

—Contesta —le aconseja Blai—. Debe de estar preocupada.

«No», responde Melchor. «Espérame en tu casa.» «Ok», conviene Rosa. «Le diré a Ana que nos prepare algo de cenar.» Melchor zanja la conversación mandando un emoticono que muestra una cara amarilla y redonda como una luna llena, con dos corazones colorados en lugar de ojos.

Pasa el resto de la tarde encerrado en su antiguo despacho de comisaría, la sala común de la Unidad de Investigación, con Paca Poch y tres de los agentes que trabajan a sus órdenes, analizando la información que contienen el teléfono móvil y las cuentas en redes sociales de Elisa Climent. Examinan fotos, escuchan grabaciones y descifran mensajes, y gracias a ello empiezan a reconstruir con precisión el itinerario de Cosette y Elisa durante sus cinco días en Mallorca; este coincide en lo esencial con el que aquella tarde ha bosquejado Elisa, una prueba más de que —Melchor, Blai y Paca Poch están de acuerdo en ello— la amiga de Cosette no oculta información, no al menos información esencial, y de que está haciendo lo posible para que encuentren cuanto antes a Cosette. Mientras tanto, Blai no para de entrar y salir de la sala común, de impartir órdenes, de dar instrucciones y formular preguntas, de llamar por teléfono, de atender a los asuntos corrientes de la comisaría, de conversar con Melchor y con Paca Poch. Poco antes de las ocho, después de un par de intentos fallidos, Blai consigue hablar por teléfono con su amigo de la Policía Nacional de Palma, también inspector y destinado en Narcóticos. El amigo le asegura que en esas fechas previas a la Semana Santa, al empezar la temporada turística, las desapariciones se incrementan en todo el archipiélago y que, aunque la mayoría de ellas se aclara enseguida —«Los turistas tienen una afición tremenda a perderse en la sierra de Tramontana», ha ironizado—, otras se quedan sin resolver, cosa que de un tiempo a esta parte ocurre sobre todo, precisamente, en la zona de Pollença, que se está convirtiendo en la más concurrida por el turismo de las islas. Blai le pregunta si conoce a algún mando en el puesto de la Guardia Civil de Pollença o a algún responsable de la sección de Desaparecidos en la comandancia de Palma, y su colega le contesta que no y asegura que las relaciones entre la Policía Nacional y la Guardia Civil de Mallorca pasan por un momento delicado a causa de un caso de corrupción, destapado por la Guardia Civil en el barrio de Son Banya, Palma, que mantiene en prisión preventiva y pendientes de juicio a varios policías, entre ellos un oficial, lo que ha envenenado las relaciones locales entre los dos cuerpos. A pesar de ello, el amigo de Blai se compromete a hablar con un amigo de la comandancia de la Guardia Civil de Palma para que trate de presionar a los responsables del puesto de Pollença.

Ya son más de las diez cuando Blai le dice a Melchor que, si al día siguiente tiene que levantarse a las cuatro de la mañana para coger el primer vuelo hacia Mallorca, debería cenar un poco y meterse en la cama cuanto antes.

—Vamos a picar algo al Terra Alta —sugiere.

—He quedado en casa de Rosa.

—Ah —dice Blai.

Melchor, que se entiende con su amigo sin palabras, comprende que el inspector no quiere separarse de él, así que coge su móvil y, mientras le escribe un wasap a Rosa, dice:

—Donde comen dos comen tres.

—¿Qué tal cuatro? —se suma Paca Poch—. Tengo un hambre de lobo.

La cena en casa de Rosa transcurre envuelta en una atmósfera anómala, más bien sombría. Comen en la cocina lo que ha preparado Ana Elena —un par de ensaladas, una gran tortilla de patatas, un surtido de quesos, pan con tomate, macedonia—, y los dos policías y Rosa se beben mano a mano dos botellas de Clot d'Encís, un tinto de la Terra Alta. Melchor, que da cuenta de una Coca-Cola Zero, habla poco, consulta su móvil de manera compulsiva y en un determinado momento se levanta de la mesa para llamar por teléfono a Dolors, la auxiliar con la que comparte las tareas de la biblioteca.

—Márchate tranquilo —le asegura Dolors, después de que Melchor le pida el favor de sustituirle mientras esté en Mallorca—. Yo me ocupo de todo.

Cuando vuelve a la mesa, Blai y Paca Poch continúan poniendo al día a Rosa sobre las diligencias que han llevado a cabo durante la tarde, pero el asunto se agota enseguida, así como la discusión de las alternativas de búsqueda que ahora se abren ante ellos, y, para evitar silencios incómodos y tal vez para intentar distraer a Melchor, Rosa saca a colación la noticia político-mediática del día: Virginia Oliver, exalcaldesa de Barcelona y actual presidenta de la Generalitat, acaba de anunciar que, a pesar de que había contraído el compromiso solemne de no ocupar el cargo durante más de ocho años, volverá a presentarse a las próximas elecciones.

—Apuesto a que ha dicho que abandonar el barco ahora sería una irresponsabilidad —pregunta Blai.

—¿Cómo lo sabes? —pregunta Rosa.

—Porque es lo que dicen todos —sonríe el inspector—. Seguro que también ha dicho que no quiere dejar su proyecto político a medias, que en estos momentos de crisis su obligación ética es sacrificar su vida privada por su país y que bla, bla, bla. Menuda panda de impresentables: siempre con la moralina por delante.

—A mí me pasa lo mismo —confiesa Paca Poch, dirigiéndose a Rosa. Las dos mujeres acaban de conocerse, pero, a pesar de la diferencia de edad que las separa, o precisamente por ella, han congeniado enseguida—. Cuando oigo a un político hablar de moral, me echo la mano a la cartera. Por cierto —la sargento se vuelve hacia Blai—, ¿es verdad que usted y Melchor se ocuparon del chantaje que intentaron hacerle cuando era alcaldesa?

—Es verdad, pero todo lo que cuentan del caso es mentira —contesta Blai—. Y, por cierto, ¿cómo sabes tú que lo llevamos nosotros?

—¿Por qué va a ser? —tercia Rosa—. Porque lo ha leído en las novelas de Cercas.

—¿Lo de que intentaron chantajearla con un vídeo sexual también es mentira? —insiste Paca Poch.

—Eso es casi lo único que es verdad —matiza Blai—. Eso y que me cargaron el caso a mí cuando estaba en Egara. Fue justo antes de volverme aquí, harto de comerme marrones. ¿Verdad, Melchor?

Melchor asiente, pero no dice nada, y, mientras se toman la macedonia que ha preparado Ana Elena, los dos policías y Rosa hablan sobre el caso. Este fue muy sonado, no tanto por el asunto en sí, sino porque se había resuelto al mismo tiempo que perecían, en un incendio ocurrido en la Cerdanya, el exmarido de la alcaldesa, el primer teniente de alcalde del Ayuntamiento y el líder de la oposición conservadora, así como el jefe de la guardia pretoriana de la alcaldesa y otra persona cuyo cadáver jamás se llegó a identificar. La simultaneidad entre esas cinco muertes y el fin del chantaje a la primera regidora disparó las conjeturas, la más insistente de las cuales afirmaba que la escabechina había sido el resultado de una lucha gansteril por el poder de la capital catalana, que los muertos habían intentado extorsionar a la alcaldesa para

81

arrebatarle el bastón de mando y que la alcaldesa había aprovechado la coyuntura para desembarazarse de ellos ordenando aquella masacre disfrazada de accidente.

—Eso no es lo que cuenta Cercas —asegura Paca Poch.

—A Cercas, ni caso —recomienda Rosa—. Se lo inventa todo.

—No sé lo que cuenta Cercas, pero la del asesinato es la versión que se ha impuesto —sostiene Blai, con una mueca despectiva—. Y es falsa. Aquello fue un accidente, no un asesinato. Lo que pasa es que eso a la gente le parece demasiado prosaico. Prefieren inventarse una conspiración, que mola más. La realidad nos aburre, esa es la triste verdad. Preferimos la fantasía. No tenemos remedio, Paca: somos una panda de idiotas.

Apenas terminan de cenar, Melchor anuncia que se marcha.

—¿No vas a quedarte a dormir? —le pregunta Rosa.

—No —contesta Melchor—. Necesito cambiarme de ropa y preparar la maleta. Además, mañana tengo que levantarme muy temprano.

Melchor deja a Blai y a Paca Poch en comisaría y, después de dar un par de vueltas por el casco antiguo del pueblo, que a aquellas horas de la noche parece una fortaleza deshabitada o habitada sólo por un ejército de fantasmas, encuentra aparcamiento en la plaza de la iglesia de L'Assumpció, junto al monumento a los caídos en la Guerra Civil, y sin cruzarse con un alma camina hasta la calle Costumà. Al entrar en su casa mete en una mochila su ordenador portátil, la denuncia por la desaparición de Cosette y un par de mudas de ropa; también, su ejemplar de *Humo*. Mientras se está cepillando los dientes, suena el teléfono. Es Cortabarría.

—Acabo de hablar con el jefe de Desaparecidos de la Guardia Civil en la central de Madrid —dice—. Me ha dicho que va a intentar hablar esta misma noche con la gente del puesto de Pollença. Con la de la Comandancia de Palma también. Le he contado quién eres y me ha asegurado que va a tratar de poner toda la carne en el asador. Me ha dicho que te tranquilice. Que harán lo que puedan.

—Estupendo —dice Melchor—. Yo cojo un avión hacia Mallorca mañana por la mañana.

—¿Vas a presentarte en Pollença?

Melchor dice que sí. Al otro lado del teléfono se abre un silencio.

—Haces bien —lo cierra Cortabarría—. Yo haría lo mismo.

Melchor no está seguro de que su antiguo compañero piense de verdad lo que acaba de decir, pero se lo agradece sin palabras.

En cuanto se mete en la cama, Melchor comprende que no va a ser capaz de dormir. Piensa en encender la lámpara de su mesilla de noche y ponerse a leer *Humo,* pero, seguro de que no conseguirá concentrarse en la novela de Turguénev —y de que, si lo consigue, no le ayudará a conciliar el sueño—, resuelve permanecer a oscuras, tumbado en la cama y con los ojos cerrados. En su cabeza gira un furioso torbellino de ideas, sentimientos e imágenes asociados con Cosette o con la desaparición de Cosette, un caos que no consigue ordenar y que en algún momento le lleva a arrepentirse de no haberse quedado a dormir con Rosa, que tal vez hubiera conseguido apaciguarlo. Desvelado, en una ocasión se levanta de la cama a orinar. En otra, a beber agua. La última vez que mira el reloj son más de las dos y media. Ya ha decidido dar por terminada la noche cuando se duerme.

Segunda parte
Pollença

Poco después de que su padre abandonara la costumbre de leerle novelas por las noches —la última, Los miserables*—, ambos pasaron un fin de semana en Barcelona, en el piso heredado de Vivales. Llegaron como siempre el viernes por la noche y al día siguiente se levantaron tarde, dieron una vuelta por la Rambla y luego se acercaron al locutorio del Francés en el barrio del Raval. Lo encontraron cerrado. Preguntaron a los vecinos, que les dijeron que el negocio llevaba semanas inactivo y que desconocían el paradero del dueño. Su padre no tenía el teléfono de su viejo amigo de la cárcel de Quatre Camins e ignoraba cuál era su domicilio en Barcelona, suponiendo que no se hubiera mudado, así es que se resignó a la desaparición del Francés, y por la noche, mientras los dos cenaban en una pizzería, él dijo que aquella ciudad había dejado de ser la suya y anunció que iba a poner en venta el piso que le había legado el picapleitos.*

Cosette no puso ninguna objeción. Su padre vendió el piso sin dificultad y, con el dinero que obtuvo, compró el apartamento donde ambos vivían en Gandesa, el mismo en el que vivía su madre cuando su padre la conoció. Esa doble transacción le dejó un remanente apreciable de dinero, y decidió gastárselo reformando el baño y la cocina de la casa y haciendo un viaje con ella. Ninguno de los dos había salido nunca de España, y durante meses estuvieron discutiendo adónde irían, hasta que finalmente decidieron, por razo-

nes que ninguno de los dos hubiera podido explicar o que olvidaron con el tiempo, realizar un viaje por Estados Unidos. De modo que a principios de agosto de aquel año embarcaron en un vuelo hacia Nueva York, donde permanecieron casi una semana, al cabo de la cual montaron en un tren que los llevó hasta Boston y luego hasta Washington. Dos días más tarde alquilaron un coche con el que se desplazaron a Chicago, y allí tomaron la Ruta 66. Siguiéndola, en poco más de dos semanas atravesaron los estados de Illinois, Kansas, Oklahoma, Texas, Nuevo México, Arizona y California, hasta concluir el viaje en Los Ángeles. Viajaban sin prisa, durmiendo en moteles de carretera y parando donde les apetecía. En el curso de ese viaje ocurrió un incidente que Cosette nunca olvidó, pese a que ninguno de los dos volvió a mencionarlo, como si no hubiera ocurrido o como si ambos lo hubieran soñado.

Fue en un pueblecito cercano a Phoenix, Arizona, ya cerca del final del trayecto. En el motel donde se disponían a pernoctar, muy modesto, carecían de servicio de habitaciones, el restaurante estaba cerrado y el conserje les explicó que el único lugar donde podrían comer algo a esas horas era el restaurante de la gasolinera, que se hallaba a las afueras del pueblo. Hacia allí se dirigieron, muertos de hambre, y al llegar pidieron en la barra un par de hamburguesas con patatas a una camarera mexicana que, oyéndoles dialogar entre sí, les preguntó en español de dónde eran, les contó que había nacido en Ciudad Juárez, México, los invitó a sentarse a una mesa junto al ventanal que daba al aparcamiento y al cabo de unos minutos les sirvió su pedido. En el restaurante sonaba, muy amortiguado, un hilo de música country, y apenas quedaban unos cuantos parroquianos solitarios y dispersos por la barra y las mesas. Aún no habían terminado de cenar cuando irrumpieron en el local un par de jóvenes con aire de granjeros borrachos, que habían dejado su automóvil en la puerta, mal aparcado y con las luces encendidas, y que blandieron sendos pistolones. Uno de ellos trepó a la barra y gritó unas palabras que ni Cosette ni su padre entendieron del todo, *pero que tampoco tenían ninguna necesidad de entender. Entonces su padre le cogió la mano a Cosette, se la puso encima de la mesa y murmuró sin soltarla:*

—No te muevas. No te preocupes. No pasa nada.

Todo sucedió a continuación con mucha rapidez, como si los dos granjeros borrachos no estuviesen borrachos y hubiesen ensayado a conciencia el atraco. El granjero que no se había subido a la barra obligó a abrir la caja registradora a la camarera mexicana, que no paraba de sollozar, aterrada; luego, apuntándole a la cabeza con el arma, se metió con ella en la cocina y más allá, hacia las profundidades del local. Salieron enseguida, y entonces ese mismo granjero, cargado con una bolsa de basura industrial o con algo que parecía una bolsa de basura industrial, fue recogiendo las carteras de los parroquianos, de uno en uno, hasta que llegó a Cosette y a su padre. Este, como habían hecho los demás, depositó su cartera en la bolsa, sin protestar ni poner mala cara, pero el hombre se quedó un segundo escudriñando a Cosette, que le aguantó la mirada con los ojos abiertos de par en par, igual que si tuviera ante ella una serpiente venenosa a punto de picarla. Era un tipo sucio, sudado, de ojos muy azules, pelo largo y enmarañado y barba de una semana, que despedía un hedor rancio. Durante un instante, el tipo pareció sonreír, y Cosette se fijó en que le faltaba un diente frontal; luego oyó que su padre pronunciaba con una voz helada, en su inglés macarrónico, diez palabras olvidables que quedaron sin embargo grabadas para siempre en su memoria preadolescente.

—No la toques —susurró, como si no quisiera que nadie salvo el aludido le oyese—. Si la tocas, te mato.

El granjero se volvió hacia Melchor y se le quedó mirando también un instante, hasta que el segundo granjero, que entretanto se había sentado en la barra, dijo algo que sonó como una orden, saltó al suelo y emprendió la huida. El otro le siguió, no sin antes rozarse la frente a modo de saludo con la punta del pistolón, mientras ensanchaba su sonrisa mellada. Los dos fugitivos subieron al automó-

vil y, derrapando con escándalo en el aparcamiento, se perdieron en la oscuridad de la carretera.

Aquella noche llegaron muy tarde al motel —tuvieron que declarar en la comisaría local, donde también denunciaron el robo de la cartera—, y al meterse en su dormitorio les costó trabajo encontrar el sueño. Mientras lo buscaban a oscuras, tumbado cada uno en su cama, Cosette le preguntó a su padre:

—¿De verdad ibas a matarlo?

Su padre le pidió que repitiera lo que había dicho, y Cosette comprendió que no se esperaba la pregunta y que, para darse tiempo a preparar la respuesta, fingía no haberla entendido. Repitió la pregunta y él preguntó a su vez:

—¿Tú qué crees?

—Que no.

—Pues aciertas.

—¿Entonces por qué se lo dijiste?

Hubo un silencio.

—Por qué va a ser —dijo su padre—. Para asustarlo. Para que nos dejase en paz.

Otro silencio. Cosette insistió:

—Pero ¿no podía haberse enfadado y habernos hecho daño?

Esta vez el silencio fue más breve.

—No —contestó su padre—. Sólo era un matón. Y los matones son cobardes que tienen miedo si creen que tú no lo tienes.

—¿Y tú no tienes miedo?

Cosette se volvió hacia su padre y vio que sonreía en la oscuridad.

—Claro que sí. Pero me lo aguanto. Quien no tiene miedo no es valiente: es temerario. Y yo no soy temerario.

Cosette no preguntó más, se dio la vuelta en la cama y casi enseguida se durmió.

Apenas unos meses después de aquel viaje iniciático, su padre le comunicó que acababa de anunciarse la apertura de una plaza de *bibliotecario en la biblioteca de Gandesa y que pensaba presentarse a ella. Cosette se quedó estupefacta. Sabía desde años atrás que su padre estudiaba biblioteconomía en la Universitat Oberta de Catalunya, y él mismo le había dicho que, una vez que terminase la carrera, trataría de aprovechar la primera oportunidad que se le presentase de trabajar como bibliotecario en la Terra Alta o en los alrededores de la Terra Alta; pero ella había interiorizado de tal modo la condición de policía de su padre que siempre pensó que aquella idea era sólo uno de esas ensoñaciones que una y otra vez se acarician sin hacerse nunca realidad. Desde luego, él le había expuesto en más de una ocasión los motivos que le empujaban a querer cambiar de empleo: había perdido el interés por el trabajo policial, le encantaba la tarea de bibliotecario, cuando dejase la comisaría y trabajase en la biblioteca dispondría de más tiempo para ella; no obstante, Cosette nunca se tomó estas razones demasiado en serio y, cuando su padre le dijo que había llegado el momento —cuando le comunicó que había conseguido un empleo en la biblioteca municipal y que iba a dejar de ser policía—, lo primero que se le pasó por la cabeza fue preguntarle lo mismo que le hubiera preguntado cuando tenía seis o siete años y él aún le leía novelas de aventuras antes de dormirse: «¿Y ahora quién va a defender a los buenos de los malos?». No se lo preguntó, por supuesto: había cumplido doce años y comprendió que aquella era una pregunta infantil, impropia de su edad; tampoco protestó ni pidió explicaciones: se limitó a felicitar a su padre y a decirle que estaba muy contenta porque había conseguido el trabajo que deseaba. Pero, en su fuero interno, tal vez sin reconocérselo a sí misma (o sin reconocérselo del todo), Cosette sintió que la decisión de su padre era un error mayúsculo, una suerte de degradación o de traición, igual que si hubiera renunciado a sí mismo, o por lo menos a lo mejor de sí mismo; también sintió, más secretamente todavía, que aquello era una victoria póstuma de su madre: su padre había elegido el oficio de bibliotecario, que había sido el de su madre, para estar de algún modo con* ella y encerrarse con su fantasma o su espejismo en la biblioteca en la que ambos se habían conocido y en la que su madre había trabajado hasta su muerte. Eso fue lo que sintió, sin saber exactamente que lo sentía: que el espejismo había derrotado a la realidad, el fantasma al hombre de carne y hueso.

Fue la primera vez que se avergonzó de su padre. Para entonces hacía ya varios años que Rosa Adell se había incorporado a sus vidas. Cosette no recordaba exactamente cómo ocurrió, tal vez porque ocurrió de una forma progresiva y sutil, casi imperceptible. Lo cierto es que aquel cambio les hizo bien a los dos, entre otras razones porque oxigenó una relación que con los años se había vuelto claustrofóbica. Cosette sentía que Rosa sabía escucharla, que era dulce, atenta y afectuosa con ella, así que no tardó en transformarla en una aliada implícita contra el fantasma de su madre: Cosette imaginaba que, cuanto más espacio ocupase Rosa en la vida de su padre, menos ocupaba su madre y menos obligada se veía ella a combatir su presencia espectral. La de Rosa, por el contrario, era una presencia palpable y asidua, pero no invasiva: la propietaria de Gráficas Adell era lo bastante inteligente para no pretender sustituir a su madre biológica y, aunque frecuentaba el piso donde vivían padre e hija, no durmió una sola noche en él, no al menos estando presente Cosette; ella y su padre, en cambio, sí dormían a veces en la masía de Rosa, incluso pasaban fines de semana en ella, y a menudo, cuando las hijas de Rosa y sus maridos e hijos visitaban la Terra Alta, convivían con ellos, que se comportaban con Cosette y con su padre como si ambos formaran parte de la familia. Por lo demás, era evidente para Cosette que Rosa estaba muy enamorada de su padre (más de lo que su padre lo estaba de ella); también era evidente que la relación sentimental que mantenían había mejorado el carácter de él: sobre todo al principio, lo había vuelto más locuaz, más cálido y menos ensimismado.

Esta mejora compensó largamente a Cosette por la ruptura del vínculo exclusivo de intimidad y el fin del sentimiento de comunión que la habían atado a su padre cuando él todavía le leía en voz alta novelas cada noche. En aquel momento Cosette ya no era una niña, pero tampoco una adolescente y, después del fracaso aparatoso que supuso para los dos la lectura en común de Los miserables, los gustos literarios de padre e hija se bifurcaron. Él siguió confinado en su querencia anacrónica por la novela del XIX (reclusión de la que sólo conseguía arrancarle de vez en cuando el entusiasmo por ciertos autores contemporáneos que Rosa conseguía insuflarle), mientras que Cosette inició una gozosa singladura de lectora independiente. Sobre todo, independiente de su padre. No dejó de ser una aficionada empedernida a las novelas, pero durante años no volvió a frecuentar las del XIX; tampoco leía novedades ni comentaba con nadie lo que leía, como si la lectura fuera para ella una actividad exclusivamente íntima, un placer confidencial, del mismo modo que lo había sido para su padre antes de conocer a su madre. Leía lo que el azar le deparaba en la biblioteca del colegio o en la municipal, con la única condición de que su padre no lo hubiera leído antes, o como mínimo no se lo hubiera recomendado. Y, por algún motivo, más que libros leía autores; cuando algún autor le gustaba, agotaba todos sus libros, aunque no todos le gustasen, o aunque no los entendiera (una vez, en una redacción escolar, escribió que le gustaban más los libros malos de los autores que le gustaban que los libros buenos de los autores que no le gustaban): así leyó, antes de cumplir los diecisiete años, todo Stephen King, toda Ursula K. Le Guin, todo Pere Calders, todo John Irving, todo Eduardo Mendoza, todo Philip K. Dick, todo Roald Dahl, todo Sergi Pàmies, todo Haruki Murakami.

Estaba sumergida en la obra de Dahl cuando perdió la virginidad. Tenía quince años y no lo hizo porque le gustara el chico con el que la perdió, un compañero de curso a quien conocía desde siempre y que llevaba años enamorado ella; lo hizo porque estaba impaciente por perderla. La experiencia no le gustó, de hecho le pareció ligeramente repugnante, y, para disgusto de su compañero, no se repitió, por lo menos no se repitió con él. *Al año siguiente, sin embargo, se enamoró de un muchacho francés a quien conoció en Toulouse durante un viaje de fin de curso por el sur de Francia. El muchacho, que era nieto o biznieto de emigrantes o exiliados españoles y hablaba un español gracioso y aproximativo, viajó varias veces a la Terra Alta, donde dormía en casa de Cosette, quien por su parte fue a visitarlo en una ocasión a Toulouse, acompañada por Elisa Climent. Pasados unos meses la relación se rompió. El desenlace no fue consecuencia de una pelea entre ambos, ni siquiera de una discusión; simplemente perdieron interés el uno en el otro y dejaron de verse. Desde entonces Cosette no había vuelto a salir con nadie: apenas había tenido tres o cuatro aventuras agradables pero triviales, que nunca se habían prolongado más allá de una noche.*

Fue en esa época cuando se enteró de que su madre no había muerto en un accidente, como había creído siempre, y cuando se avergonzó de su padre por segunda vez. Acababa de cumplir diecisiete años y faltaban sólo unos meses para que desapareciese en Pollença.

1

El jueves de madrugada Melchor se despierta sobresaltado por el pálpito de que Cosette ha muerto. Mataron a su madre, mataron a su mujer y ahora han matado a su hija. La transpiración empapa su cuerpo.

Arrancándose de la cabeza restos de ese presentimiento venenoso, Melchor se ducha, se viste, baja a la calle Costumà, se monta en su coche y sale de Gandesa cuando todavía está oscuro. Apenas encuentra tráfico circulando a esas horas por las carreteras de la Terra Alta y, una vez cruza el Ebro por el puente de Móra, la noche es una burbuja gris que al tomar la autopista empieza a agrietarse y a la altura del Vendrell se ha roto del todo, convertida en un amanecer desgarrado y rojizo.

Antes de las siete llega al aeropuerto del Prat. Deja su coche en el aparcamiento de la Terminal 2, cruza los controles de seguridad con su billete electrónico y enseguida está sentado a una mesa del Starbucks situada frente a la puerta de embarque B22, con un expreso doble y una magdalena de arándanos. Es la primera vez en su vida que viaja a Mallorca, y se pasa la media hora siguiente examinando fotografías y leyendo en internet sobre la isla en general y sobre Pollença en particular. Cuando vuelve a levantar la mirada de su móvil, una cola de pasajeros se alarga ante la B22, y en la pantalla de embarque se anuncia la salida inminente del vuelo a Palma de Mallorca.

Durante el vuelo, encajonado en un asiento de ventanilla, Melchor abre su ejemplar de *Humo,* pero es incapaz de concentrarse en sus páginas y opta por buscar distracción en el espectáculo del cielo y el mar. Aquella noche ha dormido poco más de una hora, así que el sol empieza a pesarle enseguida en los párpados; reclina su asiento, y, mientras hace equilibrios entre el sueño y la vigilia, recuerda la pesadilla con que se despertó, aunque consigue mantener la toxicidad de sus efluvios a raya. Cuando emerge de ese duermevela vigilante, el mar ha sido sustituido en su ventanilla por una dilatada extensión de tierra llana, cuadriculada y multicolor, salpicada de pueblitos blancos y pardos, de árboles y casas aisladas. Un cielo tan puro que parece de cristal resplandece en el fuselaje del avión.

El avión aterriza puntualmente a las ocho y cincuenta y cinco minutos en el aeropuerto de Palma, que no parece el aeropuerto de una pequeña isla del Mediterráneo sino el de una metrópolis estadounidense. O al menos se lo parece a Melchor mientras camina a buen paso por un laberinto futurista de pasillos saturados de tiendas sofisticadas, cintas transportadoras y gigantescas pantallas de televisión a la vez que contesta los tres wasaps que ha recibido durante el vuelo: uno de Rosa, otro de Blai y otro de Paca Poch (la sargento le comenta que ella y sus hombres siguen procesando la información encontrada en el móvil y las redes sociales de Elisa, y de que al mediodía llegarán a la comisaría de la Terra Alta, procedentes de Egara, los especialistas de la Unidad Central de Personas Desaparecidas enviados por Cortabarría para volver a interrogar a la amiga de Cosette). Melchor alquila un Mazda eléctrico en la oficina de Sixt, y lo primero que hace al montarse en el coche es conectar el Bluetooth y escribir en el navegador la dirección del hostal Borràs: plaza Miquel Capllonch, 13, Port de Pollença. Mientras el navegador calcula trayecto, itinerario y tiempo de viaje, Melchor se ata el cinturón de seguridad y arranca el coche, y cuando sale del aparcamiento de Sixt, el aparato indica que, si no media ningún contratiempo y el automóvil circula a la velocidad prescrita, tardará cincuenta y tres minutos en llegar al destino señalado.

La previsión resulta exacta. Guiado por una voz de mujer enlatada, al salir del aeropuerto Melchor toma una vía de circunvalación de Palma y poco después, tras superar varias rotondas y pasar junto a un Decathlon, un Leroy Merlin y un Alcampo, se incorpora a la autopista Palma-Alcúdia. El tráfico posee una densidad inconfundible de mañana laborable y extrarradio urbano, un sol casi estival cae a plomo sobre el asfalto espejeante y sólo algunas nubes como hilachas o pinceladas blanquísimas perturban el azul perfecto del cielo. El Mazda abandona a su derecha una sucesión de polígonos industriales, mientras, a su izquierda, el macizo de la sierra de Tramuntana —un costurón rocoso que, según ha constatado Melchor en los mapas, recorre casi de punta a punta la isla— bloquea el horizonte. Al cabo de un rato, sin embargo, el paisaje empieza a cambiar, se torna más rural y más árido, casi mesetario: a uno y otro lado de la autopista, en medio del vértigo horizontal de la llanura, brotan campos cultivados de trigo, cebada y centeno, olivares y macizos de palmeras. El tráfico es ahora más escaso, y de vez en cuando Melchor adelanta a un pelotón de ciclistas, o se cruza con él. Deja atrás salidas de autopista que anuncian municipios de nombres desconocidos: Santa Maria, Consell, Binissalem, Inca, Sa Pobla. Más o menos a la altura del penúltimo, el paisaje se transforma otra vez: la vegetación se vuelve verde y exuberante, aquí y allá parecen surgir de la tierra marrón restos de arqueología agraria y, unos pocos kilómetros antes de llegar a Pollença, cuando muere la autopista y nace la carretera general, por un momento Melchor vislumbra entre rocas un fragmento lejano de mar. La carretera circula entre pinares y bosques de encinas y, siempre guiado por el navegador, Melchor pasa junto al casco urbano de Pollença. Cinco minutos después llega al puerto, rebasa un par de rotondas (una de las cuales luce la escultura metálica de un hidroavión), se desvía a la derecha por la tercera y se adentra en una cuadrícula de callejas angostas y edificios turísticos levantados en los años sesenta y setenta, hasta que, justo después de que el navegador anuncie el final del viaje («Ha llegado a su destino», advierte), aparca junto a la plaza Miquel Capllonch.

El lugar es un cuadrilátero empedrado, con bancos de madera y parterres meticulosos, ceñido por un cordón de tiendas para turistas y terrazas de bares, restaurantes y hoteles. Melchor localiza en una esquina el hostal Borràs, un edificio de tres plantas, de paredes blancas y persianas verdes, con grandes balcones y una terraza abarrotada de mesas y sillas protegidas por parasoles blancos, sombreada por las copas frondosas de dos almeces y vigilada por una cámara que sobresale junto al dintel de la puerta. El mostrador de recepción está a la izquierda de la entrada. Apoyado en él, se afana un tipo de más de sesenta años, de ojos saltones, barba entreverada de ceniza y vientre de batracio, vestido con unos vaqueros y una camiseta de Dropout Kings ornada con una calavera y dos enseñas en jirones de Estados Unidos y Gran Bretaña. A su espalda, el sol de la mañana entra a chorros por un ventanal abierto.

El tipo levanta la vista del mostrador, lleno de facturas y papeles garabateados a mano, y Melchor se presenta y menciona la fugaz conversación telefónica que los dos mantuvieron ayer al mediodía.

—Claro —recuerda el tipo—. ¿Ha aparecido la chica?

Él niega con la cabeza y le pregunta por su parte si ha tenido noticias de ella; el tipo contesta que no. Melchor le pregunta entonces si ha estado allí la Guardia Civil, haciendo averiguaciones, y el tipo vuelve a contestar que no.

—¿Está seguro? —pregunta Melchor, extrañado.

—Completamente —contesta el tipo—. En cuanto empieza la temporada, no me muevo de aquí en todo el día. Soy el conserje, el gerente, todo.

Melchor asiente y, durante un par de segundos, echa un vistazo a la recepción, una vasta sala de techos muy altos y suelo de baldosas, que parece un salón de baile, un teatro o un cine antiguo: el extremo está ocupado por un piano de cola y una pantalla blanca que recorre casi entera la pared. A la derecha hay una barra de mármol y, detrás, varios espejos ovalados de aire modernista, con cenefas y molduras; amplios ventanales abiertos a pie de calle iluminan el salón, de cuyo techo penden grandes lámparas circulares de color cobre. Todo tiene un aire vetusto y acogedor, como un híbrido improbable de casino decimonónico, centro cultural y club de señoritos incautado por una revuelta popular. Tras esa rápida inspección, Melchor vuelve a preguntar:

—¿Podría ver la habitación de mi hija?

—Lo siento —el gerente responde con gesto de contrariedad—. La he hecho limpiar. Ya le dije que la necesitábamos.

Es verdad: Melchor recuerda que ayer al mediodía, cuando ambos hablaron por teléfono, el tipo se lo advirtió; ahora se maldice por no haberle pedido que conservara el cuarto tal como lo dejó Cosette: eso hubiera podido ser muy útil para investigar la desaparición de su hija.

—Por cierto, la dejó a deber —le informa el gerente—. La habitación, quiero decir. —Enseguida, como arrepentido de esas palabras, abre sus brazos regordetes en un ademán de disculpa—. Pero no se preocupe por eso: ya me pagará cuando aparezca la chica.

Melchor pone encima del mostrador su tarjeta de crédito y le pide al gerente que se cobre. El gerente intenta decirle que no hace falta, pero Melchor no le deja acabar y, sin oponer más resistencia, el otro saca el datáfono y el antiguo policía marca el código de su tarjeta en el teclado. Cuando el gerente le entrega el recibo, Melchor inquiere:

—¿Y las cosas de mi hija?

Hay un segundo de desconcierto en la expresión del gerente.

—Ah, claro —se apresura a decir, antes de que Melchor aclare a qué se refiere—. Ahora se las traigo.

El seguidor de Dropout Kings se aleja pesadamente por la recepción y, al cabo de un par de minutos, vuelve cargado con la maleta de Cosette y la deposita sobre el mostrador. Es una maleta de color lila, llena a reventar, con ruedas, asa extensible y cierre de solapa.

—Lo metimos todo dentro —explica el gerente—. Puede abrirla si quiere, pero no se la puede llevar.

Melchor le interroga con la mirada.

—Lo siento —dice el tipo—. Una vez tuve un problema: no pienso repetir el mismo error. Ya sé que es usted el padre de la chica, pero no quiero líos.

Melchor comprende que lleva razón: sin una orden del juez o un oficio policial, el hotel no está obligado por ley a entregarle las pertenencias de su hija. Contrariado, revisa el exterior de la maleta, que lleva todavía atada en el asa la etiqueta de facturación de Vueling, y refrena el impulso de abrirla y registrarla allí mismo, sobre el mostrador: una vez limpia la habitación de Cosette, aquella maleta es el principal indicio al que puede aferrarse la búsqueda de su hija, y Melchor sabe por experiencia que, si la abre y empieza a registrarla a la caza de pistas del paradero de Cosette, corre el riesgo de malograr pruebas y perjudicar la investigación. Es mejor que se encargue de hacerlo la Guardia Civil, piensa. A continuación, somete al gerente a un interrogatorio sólo suspendido en un par de ocasiones, una por una pareja de mochileros y la otra por un niño de piel aceitunada que merodea detrás del mostrador y que, deduce Melchor, debe de ser familiar del interrogado, cuyas respuestas no desmienten de entrada ningún extremo del relato de Elisa Climent. En un determinado momento, Melchor le pregunta si notó algo anómalo en el comportamiento general de las chicas, y el tipo responde que no. Luego le pregunta si las vio relacionarse con otras personas y el tipo le responde que sólo las vio relacionarse entre ellas.

—¿No le pareció raro que anteayer mi hija se quedara en el hotel y su amiga en cambio se marchara?

El gerente dice que no.

—La verdad es que ni me enteré de que la otra chica se había marchado —reconoce—. Simplemente vi que el martes su hija iba sola de acá para allá, en vez de ir acompañada por su amiga. Pero, aunque hubiera sabido que se había marchado, ¿por qué iba a parecerme raro que su hija se quedase? Mis clientes hacen lo que quieren y, mientras no molesten a los demás, yo no me meto en sus vidas. Es lo normal, ¿no le parece?

Luego, exprimiendo su memoria a instancias de Melchor, el gerente afirma recordar que el martes, día de la desaparición de Cosette, la vio en tres ocasiones, una por la mañana, otra al mediodía y la otra por la noche, cuando se retiró a su cuarto después de cenar.

—¿Y ya no volvió a salir? —pregunta Melchor.

—No. No que yo sepa.

—Disculpe, pero no lo entiendo. ¿No me ha dicho que esa noche mi hija no durmió en su habitación?

—Y no lo hizo.

—¿Cómo lo sabe?

—Ya se lo dije: porque las camas no estaban deshechas.

—¿No hubiera podido dormir en su cama y haberla hecho antes de marcharse por la mañana?

El gerente vuelve a negar con la cabeza; pero esta vez, además, sonríe con un punto de suficiencia profesional.

—La gente no hace su cama cuando se marcha de un hotel —asegura—. Si su hija hubiera dormido en esa habitación, lo hubiéramos notado. Eso sin contar con que ayer no se presentó ni al desayuno ni a las doce, cuando tenía que hacer el *check out*.

A Melchor el argumento le parece persuasivo, pero también le parece abrir una fisura en el relato del gerente.

—Si Cosette subió a su habitación después de cenar, pero no durmió allí —razona—, la única explicación es que saliera del hotel sin que usted la viese.

—Eso podría ser —admite el gerente, encogiéndose de hombros y entrecerrando los párpados—. Una cosa es que yo esté aquí a todas horas y otra que vea a todo el que entra y sale. De modo que sí, pudo salir sin que yo la viera. Y, si volvió tarde, seguro que tampoco la vi entrar.

Melchor pregunta por qué y el gerente señala la puerta del hostal.

—Porque, a partir de las doce, eso se cierra —responde—. Los clientes tienen una llave y entran por la puerta de al lado.

Melchor echa un vistazo a la puerta del hostal, que permanece abierta, vuelve a mirar al gerente y advierte que detrás de él, encastrado en la pared junto al ventanal, hay un reloj de péndulo, un panel de corcho lleno de avisos en inglés, catalán y castellano, una bicicleta de niño y un patinete; luego se fija en la esfera del reloj y se da cuenta de que sus manecillas están detenidas en una hora imposible: las diez menos diez.

—Pero ya le digo que el martes por la noche su hija no durmió en su cuarto —insiste el gerente—. Eso puede darlo por seguro.

La insistencia saca de su abstracción a Melchor, que anota en un papel su número de teléfono, se lo entrega al gerente y le da las gracias.

—Llámeme si hay alguna novedad —añade.

Ya está saliendo del local cuando oye a su espalda:

—¿Eh, oiga? ¿Qué hacemos con esto?

Melchor se da la vuelta: el gerente sostiene en el aire la maleta de Cosette, como si fuera un trofeo.

—Quédesela —dice—. La Guardia Civil vendrá enseguida a buscarla.

2

Al salir del hostal Borràs, Melchor divisa a su izquierda, al final de una callecita muy corta y llena de tiendas, el paseo marítimo, y más allá el azul apacible del mar. Mientras se dirige hacia el sitio donde ha aparcado su Mazda de alquiler, distingue en la acera de enfrente un letrero apagado, que proclama: CHIVAS. Recuerda que ese es el nombre de la discoteca donde, según Elisa Climent, ella y Cosette acababan sus noches de Pollença, así que cruza la calle y se acerca a la entrada del local, de barrotes metálicos. Está cerrada y, más allá de los barrotes, sólo se vislumbra una puerta de madera, también cerrada. Encima de la puerta hay una cámara de seguridad; encima de la entrada, un bajorrelieve color fango compuesto por figuras que evocan instrumentos musicales y, entre el bajorrelieve y la entrada, una pegatina de una empresa de seguridad anuncia su nombre: Trablisa. La discoteca se halla a apenas treinta metros del hostal Borràs.

Monta en el coche alquilado y escribe en el navegador la dirección del puesto de la Guardia Civil: plaza Joan Cerdà, 1. El navegador calcula enseguida el trayecto; según él, su destino se halla a cuatro minutos. Antes de ponerse en marcha, Melchor le escribe un wasap a Cortabarría. «Estoy en Pollença», dice. «¿Por quién pregunto en el puesto de la Guardia Civil?» Siguiendo otra vez las instrucciones del navegador, Melchor tuerce por una callejuela y luego por otra, circula en paralelo al paseo marítimo por la segunda línea de mar —a su izquierda, el mar asoma de vez en cuando entre los edificios, brillando como un vidrio azogado bajo el sol del mediodía— y al cabo de un kilómetro llega a una plazoleta que se abre frente a la playa, con un parque infantil acurrucado bajo unos pinos. Allí, el navegador vuelve a anunciar el fin del trayecto, en el curso del cual Melchor ha recibido dos wasaps. Tras aparcar el coche, comprueba que ambos son de Cortabarría. «Estaba a punto de escribirte», reza el primero. «Mi contacto en Desaparecidos me dice que preguntes por el sargento Benavides. Es el jefe de la Policía Judicial. Acaba de hablar con él.» El segundo es un complemento del anterior: «También ha hablado con la comandancia de Palma. Me ha dicho que van a hacer lo posible». Melchor contesta con dos emoticonos que muestran dos manos amarillas con dos dedos cruzados: el índice y el corazón.

El puesto de la Guardia Civil ocupa un edificio viejo, apaisado y un poco decadente, circuido por una tapia de ladrillos enrejados, con las paredes amarillentas y salpicadas de persianas verdes, aparatos de aire acondicionado y cámaras de vigilancia, que ocupa una manzana entera en primera línea de mar. Melchor pasa bajo un arco de ladrillo flanqueado por naranjos, atraviesa un patio y abre una puerta de cristal sobrevolada por el emblema del cuerpo: una corona bajo la cual se cruzan una espada terciada en banda y una fasces. En la Oficina de Atención al Ciudadano le pregunta al guardia de la puerta por el sargento Benavides, y el funcionario le pregunta a su vez por qué quiere hablar con él. Melchor se lo explica. El guardia le señala una hilera de sillas metálicas en el vestíbulo vacío y le pide que aguarde un momento. Melchor aprovecha la espera para contestar con un emoticono a un wasap de Paca Poch en el que esta le informa de que han llegado a la Terra Alta los agentes que ha enviado Cortabarría para volver a interrogar a Elisa Climent. Una vez contestado el wasap, se fija en los anuncios que empapelan las paredes del vestíbulo; en el dintel de una puerta lee: «El honor, principal divisa de la Guardia Civil».

Al cabo de unos minutos aparece un guardia uniformado y le pide que le acompañe. Franquean una puerta que da a un segundo patio, lo cruzan y llegan a otra puerta; clavado en la pared junto a ella, un cartel anuncia: EQUIPO DE POLICÍA JUDICIAL. Más allá de la puerta se abre una oficina iluminada por luces led y amueblada con seis mesas de despacho; sólo dos están ocupadas en ese momento, una por un hombre y la otra por una mujer, ambos muy jóvenes, ambos vestidos de paisano, ambos tan enfrascados en la pantalla de su ordenador que apenas levantan un segundo la mirada para examinar a los recién llegados. Al final de la oficina hay otra oficina separada de la anterior por una mampara translúcida. El guardia que guía a Melchor llama a la puerta de la mampara, solicita autorización para entrar («A la orden, mi sargento, con su permiso...») y, cuando la obtiene, deja pasar a Melchor, que irrumpe en una estancia más reducida, con una sola mesa detrás de la cual se sienta un hombre que los acoge con un aire entre extrañado e inquisitivo. El guardia de uniforme intenta presentar al recién llegado, pero el ocupante del despacho —el sargento Benavides, infiere Melchor— parece caer de golpe en la cuenta de algo y le hace un gesto de que se retire. Luego, amablemente, indica una silla a Melchor.

—Gracias por recibirme —empieza este, tomando asiento frente al suboficial—. Vengo de Gandesa, en Tarragona. Supongo que habrá leído la denuncia de la desaparición de una chica que le mandaron anoche desde la comisaría de la Terra Alta. La desaparecida es mi hija.

—Lo siento, aún no he podido leerla —se disculpa el sargento, señalando la pantalla del ordenador que descansa sobre su mesa—. Pero sé que la hemos recibido.

—¿Aún no ha podido leerla?

—No —contesta el sargento—. Iba a hacerlo ahora. Acabo de llegar. De todos modos...

—Por lo menos ha hablado con la central de Desaparecidos de Madrid.

—No sé nada de la central de Desaparecidos.

—¿No?

—No.

Melchor mira al sargento sin entender. ¿Ha entendido mal a Cortabarría? ¿Le está mintiendo Benavides? Este es un hombre tal vez algo mayor que él, enteco, de cara alargada, facciones finas y ojos metálicos, vestido con una camisa de hilo blanca y una americana gris de buen paño. En sus labios flota una sonrisa levísima, que quizá busca ser tranquilizadora, pero que a Melchor se le antoja un poco extemporánea; los dedos de su mano derecha, largos y delicados, sostienen un lápiz cuya punta afilada tamborilea con suavidad en un folio en blanco, produciendo un ruido casi imperceptible. Detrás de él, pende de la pared un retrato del rey Felipe VI, con barba y uniforme de gala.

—Ya le digo que acabo de llegar —reitera el sargento.

Melchor aparta rápidamente su perplejidad inicial y decide ir al grano: tratando de no omitir detalles relevantes, resume el caso; subraya que el atestado por desaparición se ha trasladado desde la comisaría de la Terra Alta al puesto de Pollença y que por tanto es el equipo de Policía Judicial comandado por el sargento el que debe encargarse de la investigación; refiere que ha pasado por el hostal Borràs y que, aunque los responsables del local han limpiado la habitación de Cosette y las huellas del paso de su hija por allí deben de haber desaparecido, queda todavía la maleta; afirma que no ha querido abrirla para no destruir pruebas y que es preciso examinar cuanto antes su contenido en busca de pistas; informa de que ha visto cámaras de seguridad a la entrada del hostal Borràs y de la discoteca Chivas; asegura que es preciso pedir todas las grabaciones susceptibles de contener imágenes de su hija y de Elisa a los responsables de ambos locales y de todos aquellos por cuyas inmediaciones pudieron pasar las dos adolescentes. Todavía está enumerando posibles lugares de interés para la investigación cuando el sargento le interrumpe:

—Perdone. —La sonrisa ha desaparecido hace rato de sus labios—. ¿Cómo ha dicho que se llamaba?

Después de hacerse repetir la pregunta, Melchor dice de nuevo su nombre. Entonces el sargento abandona el lápiz sobre el folio en blanco, se retrepa en su asiento y, aunque en el despacho no hace frío, se frota las manos como si lo tuviese.

—¿Puedo hacerle una pregunta, señor Marín?

—Claro —dice Melchor.

—No se moleste, pero ¿podría decirme qué hace usted en Pollença?

Una parte de Melchor entiende de inmediato adónde apunta la pregunta del sargento, pero otra se niega a aceptarlo.

—¿Cómo que qué hago? —replica, un poco ansioso—. Ya se lo he dicho: mi hija ha desaparecido aquí, no sé qué le ha pasado, no sé con quién está, no sé nada. Ni siquiera sé si está viva o muerta. ¿Qué quiere que haga? ¿Que me quede en casa rezando para que ustedes la encuentren?

Melchor no habla con acaloramiento, y sus preguntas no son agresivas, o no pretenden serlo, aunque él es consciente de que podrían interpretarse así. Lo cierto es que una expresión ceñuda ha desplazado del rostro de Benavides la cordialidad profesional del principio. El sargento suspira.

—Me ha dicho usted que es policía, ¿verdad?

—No —dice Melchor.

—Pero lo es.

—Lo fui. Ya no lo soy. ¿Qué tiene esto que ver...?

—Tiene que ver. —El sargento adopta un tono didáctico, casi paternalista—. Si ha sido policía, sabe que no debería estar aquí, y mucho menos ponerse a investigar la desaparición de su hija. Suponiendo que sea una desaparición, claro está. —Hace una pausa, y un brillo receloso o alarmado destella de golpe en sus pupilas—. Dígame, ¿se lleva usted bien con su hija? Se lo pregunto porque a lo mejor la chica no ha desaparecido, sino que se ha largado. A lo mejor no quiere saber más de usted, o quiere perderle de vista por un tiempo, o ha encontrado un novio... Vaya usted a saber, a esa edad es algo que suele ocurrir. ¿Tiene idea de cuántos adolescentes desaparecen y aparecen al cabo de unos días en este país? —Para dar a entender que el número del que habla es alto, el sargento muestra sus manos a Melchor juntando y separando con rapidez las yemas de los dedos—. Pero da igual: si su hija ha desaparecido de verdad, peor que peor. De ninguna manera puede usted ponerse a investigar eso, su desaparición le afecta demasiado... Es normal que esté nervioso, que esté ofuscado, que lo esté pasando mal. Y así no se puede trabajar. Debería saberlo. —El sargento hace una pausa, sonríe de nuevo y, como Melchor permanece en silencio, añade recuperando su disposición afable—: En fin. Lo que debería usted hacer es volverse a casa y dejarnos hacer nuestro trabajo con calma.

—Usted no está haciendo su trabajo —se oye decir Melchor.

Al instante comprende que ha cometido un error, que no debería haber pronunciado la frase que acaba de pronunciar. Pero también comprende que lo que ha dicho es lo que piensa, y sobre todo que ya es tarde para echarse atrás. El sargento pregunta:

—¿Cómo dice?

Igual que si fuera otra persona quien habla por él —alguien que es él y no es él al mismo tiempo, alguien que busca de forma insidiosa perjudicarle—, Melchor le reitera al suboficial que no está haciendo su trabajo.

—En cuanto a lo de la calma... —añade, sin poder contenerse—. Mire, el tiempo va pasando y usted sabe mejor que yo que las primeras horas de una desaparición son decisivas. Hay muchas cosas que hacer, ya le he dicho algunas, y hay que hacerlas muy rápido, debería haber empezado con ellas hace muchas horas. En el hotel a alguien puede ocurrírsele abrir la maleta y tocar lo que hay dentro, o tirarlo, las imágenes que se grabaron en las cámaras de seguridad pueden borrarse, la gente que ayer trabajaba en la discoteca puede no trabajar hoy... Se lo repito: no hay tiempo que perder, y usted lo está perdiendo. Lo comprende, ¿verdad?

La segunda sonrisa de Benavides se ha trocado ya en un rictus entre avinagrado y perplejo. Visiblemente incómodo, el sargento vuelve a coger el lápiz y vuelve a tamborilear con su punta afilada contra la superficie del folio.

—Claro que lo comprendo —responde—. El que no comprende es usted.

El sargento abandona el lápiz sobre el escritorio, se levanta, camina hasta la ventana que se abre a su izquierda y, enterrando las manos en los bolsillos de su pantalón de pinzas a juego con la chaqueta, atisba el patio interior del puesto como si buscara algo o a alguien. Su cuerpo se perfila de espaldas contra la luz radiante de la mañana, más alto, más fornido y más enjuto de lo que parecía sentado. Melchor está a punto de pedirle que se explique cuando el otro se vuelve hacia él.

—¿Cómo sabes que no he empezado a trabajar? —pregunta sin agresividad, transitando sin previo aviso del «usted» al «tú». El rictus ha desaparecido de su rostro y sus ojos miran fijamente a Melchor, como si intentaran escanearlo—. Dime, ¿sabes lo que es el Mirador del Colomer? No, ¿verdad? Pues te lo digo yo: es un precipicio desde el que se matan los suicidas en esta isla. Ahora mismo hay dos guardias que van para allá, por si tu hija se ha tirado al mar... También estamos organizando un dispositivo de búsqueda por la sierra de Tramuntana.

—Mi hija no practica el montañismo —objeta Melchor. Reprimiendo el pálpito de pesadilla con el que se despertó por la mañana, añade—: Y no se ha suicidado.

—¿Cómo sabes tú eso, eh? Dime, ¿cómo lo sabes? —Melchor guarda silencio, impotente frente a la inesperada agresividad del sargento—. Y otra cosa —continúa el otro, ensañándose—, ¿a que no sabes que no es necesario practicar el montañismo para perderse por esa sierra? ¿A que no sabes que basta con hacer una excursión por allí sin conocerla? ¿Quieres que te siga contando cosas que no sabes?

Aturdido y a la defensiva, Melchor se impone responder a las preguntas, aunque sea con otra pregunta.

—¿Por qué no has mandado a nadie al hostal Borràs? —dice—. Es lo primero que deberías haber hecho.

Ahora el sargento se queda mirando a Melchor con una condescendencia burlona, un poco intrigada. Luego, como si acabase de entender algo evidente, que sin embargo se le había escapado hasta entonces, parece a punto de echarse a reír, o esa impresión tiene Melchor. Finalmente se limita a mover a un lado y otro la cabeza, chasqueando la lengua.

—¿Sabes cuánto tiempo llevo haciendo aquí este trabajo? —pregunta sin molestarse en disimular su desprecio—. Casi veinte años. ¿De verdad vas a decirme cómo tengo que hacerlo? Y, ya puestos, dime otra cosa. —Desentierra la mano derecha del bolsillo y señala con ella una caja de cartón rebosante de papeles, en un extremo de su escritorio—. ¿Ves esa pila de ahí? Es la de los casos pendientes. Algunos son de desaparecidos... ¿Ves cuántos hay? Y ahora dime una cosa: ¿qué quieres que haga? ¿Que los deje a un lado por tu cara bonita, porque eres poli como yo, o porque lo fuiste, o porque eres amigo de no sé quién en Madrid y estás enchufado? ¿Qué pasa? ¿Que tu hija es más importante que el resto? —Vuelve a menear la cabeza, vuelve a meter la mano en el bolsillo, vuelve a sonreír. Luego, en un tono tan apaciguador como condescendiente, concluye—: No, colega. Tu hija es una más. Ni más ni menos que los demás. Así que hazme el favor de tranquilizarte, coge el primer avión de vuelta a Barcelona y déjanos trabajar. Créeme: es lo mejor que puedes hacer por tu hija.

3

Melchor sale hecho un basilisco del puesto de la Guardia Civil y, mientras cruza la plaza que se extiende frente a él, en dirección al mar, llama por teléfono a Blai y le cuenta lo ocurrido en el despacho del sargento Benavides.

—Ese tipo es un zángano —concluye—. Me he quedado con ganas de pegarle un par de hostias.

Blai intenta apaciguar a su amigo ejerciendo de abogado del diablo: le dice que no es verdad que el sargento no haya hecho nada, le recuerda las diligencias que ha ordenado, repite los nombres del Mirador del Colomer y de la sierra de Tramuntana, añade sin convicción:

—Algo ha hecho.

—Eso y nada es lo mismo.

—A lo mejor eso es lo primero que había que hacer.

—Y una mierda —replica Melchor—. Tú sabes mejor que yo que lo primero que había que hacer era mandar a alguien al hostal Borràs y tirar del hilo de lo que Cosette ha dejado allí, empezando por su maleta. Y han pasado un montón de horas desde que llegó la denuncia y todavía no lo ha hecho. Y encima me ha mentido.

—¿Estás seguro?

—Me ha dicho que no ha recibido ninguna llamada de Madrid, pero Cortabarría dice que los de la central de Desaparecidos han hablado con él. Además, ¿cómo sabía que soy policía si ellos no se lo han dicho?

Blai no tiene más remedio que darle la razón.

—A lo mejor nos equivocamos trasladando el atestado —acepta.

—No nos equivocamos. —Melchor ha desembocado en la playa y, sin detenerse, empieza a caminar por la arena hacia el mar—. Desde ahí no podéis hacer nada. Es esta gente la que tiene que ponerse a trabajar. Y yo tengo que conseguir que alguien se tome esto en serio y le apriete las tuercas al mamón del sargento.

Melchor avanza por la playa mientras continúa reflexionando en voz alta, o simplemente desahogándose, hasta que Blai le interrumpe.

—¿Qué piensas hacer?

El expolicía se frena de golpe, con los zapatos medio hundidos en una arena finísima. Apenas a treinta metros frente a él, la superficie del mar parece una plancha de aluminio temblorosa y deslumbrante; más cerca aún, grupos de bañistas toman en la orilla el sol vertical del mediodía.

—No lo sé —contesta Melchor—. Podría ir a la comandancia de la Guardia Civil de Palma. Cortabarría me ha dicho que también ha hablado con ellos. A lo mejor tengo suerte y...

—No te harán ni caso —le desengaña Blai—. Te tomarán por un padre histérico y te dirán lo mismo que te ha dicho el sargento: que te vuelvas a tu casa y dejes tranquilo a su compañero, que él sabe cómo hacer su trabajo. No se pondrán contra él ni en broma. Lo llaman espíritu de cuerpo, ¿te acuerdas? Nosotros también lo tenemos.

—Entonces sólo me queda recurrir al juez.

Melchor oye un silencio y deduce que la comunicación se ha cortado.

—¿Blai?

—Pruébalo —le anima el inspector, como si se hubiera dormido durante una fracción de segundo y acabara de despertar—. El no ya lo tienes. Además, el juzgado te pilla más cerca.

Melchor pregunta dónde está.

—En Inca —contesta Blai—. A menos de media hora de ahí.

Girando sobre sí mismo y volviendo sobre las huellas de sus pasos en la arena, Melchor anuncia:

—Voy para allá.

—Y yo voy a volver a darle la vara al juez de aquí —le apoya Blai—. A ver si puede echarnos una mano. Por cierto, la gente que mandó Cortabarría lleva un rato interrogando a la amiga de Cosette.

—Me lo ha dicho Paca. ¿Alguna novedad?

—No, que yo sepa. Si hay algo, te lo digo.

Veinte minutos más tarde, tras deshacer parte del trayecto que ha realizado a primera hora de la mañana desde el aeropuerto de Palma, primero por la carretera general y luego por la autopista, Melchor entra en Inca y, siempre obedeciendo las instrucciones del navegador, se adentra en las calles de la ciudad hasta que aparca en una plaza grande, rectangular y desierta, cuyo centro está ocupado por un parque con columpios, balancines y bancos de piedra ceñido por una doble hilera de plátanos enfermos. El juzgado se halla a un lado, en un edificio de tres plantas, paredes de un gris amarillento, esquinas redondeadas y ventanas protegidas por persianas de madera, con gruesas columnas en la entrada y los cristales de las puertas cegados por anuncios. Melchor entra en el vestíbulo y, observado por un vigilante de seguridad, deposita en la bandeja de un escáner el móvil, la billetera y las llaves del coche, pasa bajo el arco detector de metales y recoge sus pertenencias. Hecho esto, se llega hasta el vigilante, que está sentado a una mesa, y le pregunta por el juzgado de guardia.

—Juzgado de instrucción número uno, tercer piso. —El hombre señala sin mirar la escalinata que arranca junto a él, y Melchor ya ha empezado a subirla cuando el otro le advierte—: Pero el juez acaba de marcharse.

El empleado se ha puesto en pie. Debe de medir más de dos metros, viste un uniforme demasiado estrecho y tiene el pelo tan rubio y la piel tan clara que parece albino; sus ojos, muy claros también, miran con una apatía que linda con el desdén. En el vestíbulo vacío reina un silencio de fin de jornada.

—¿Sabe cuándo volverá? —pregunta Melchor.

Un leve tono de sorna tiñe la respuesta del vigilante:

—Mañana, seguro.

—¿Esta tarde no?

—Puede que sí, puede que no. Por la tarde el juez de guardia sólo tiene que estar localizable. Pero, si quiere, pruebe a hablar con su secretaria. Todavía debe de andar por el despacho.

Melchor sube de dos en dos las escaleras hasta el tercer piso, donde localiza de inmediato el juzgado de instrucción número 1. En ese momento recibe un wasap de Rosa: «¿Qué tal?». «Todo bien», miente Melchor. «Te llamo luego.» Llama a la puerta del juzgado, pero no le contestan, así que la abre y se asoma a una amplia sala sin nadie, con las paredes forradas de madera y varias mesas, ordenadores y sillas. Al fondo hay otras dos puertas, una cerrada y la otra entreabierta; a través de esta última llega un rumor amortiguado de voces. Melchor atraviesa la sala y termina de abrir la puerta. Dentro del despacho, una mujer y un hombre levantan la vista hacia él: la mujer está sentada detrás de un escritorio;

a su lado, el hombre se inclina hacia ella con unos folios en la mano, como si se los estuviera mostrando o dando a firmar.

—Está cerrado —le advierte la mujer.

Melchor dice que lo sabe y pide disculpas.

—Es un caso urgente —explica—. Mi hija desapareció ayer en Pollença.

A continuación, se acerca al escritorio y, sin que nadie le haya animado a hablar, resume los pormenores del caso.

—Aquí tienen la denuncia —termina, alargándoles una copia del atestado por desaparición que le entregó ayer Paca Poch—. Debe de haberles llegado esta mañana.

Con la frente fruncida de contrariedad (o de extrañeza), la secretaria toma la denuncia y le echa un vistazo; el hombre, en cambio, ni siquiera mira el documento: con sus folios en la mano, permanece de pie junto a la mujer, observando al intruso como si intentara reconocerlo. Es bastante mayor que la secretaria y tiene un aspecto insalubre, de solterón con halitosis, la piel grisácea, las mejillas mal afeitadas, el vientre abultado y las gafas tristonas; Melchor no lo ha advertido de entrada, pero con una mano se apoya en un bastón con la empuñadura de madera. Sin saber por qué, la mirada del funcionario sume a Melchor en un brusco desaliento, y por vez primera se pregunta si será verdad que el hecho de ser el padre de Cosette lo invalida para investigar su desaparición, si estará en lo cierto el sargento Benavides y debería abandonar la búsqueda de su hija y dejarla en otras manos.

La mujer le devuelve la denuncia y dice con sequedad:

—Aquí no ha llegado nada.

Melchor no recoge el documento: venciendo el desánimo, le pregunta a la mujer si es ella la secretaria del juzgado. La mujer contesta que sí.

—¿Podría hacerme el favor de llamar por teléfono al juez y explicarle lo que ocurre? O dejarme explicárselo a mí.

La secretaria mueve la cabeza a izquierda y derecha, casi escandalizada.

—Ni hablar —contesta—. ¿Cree usted que el juez va a recibir a todo el que tiene un problema? Estaría bueno... Con quien debería usted hablar es con la Guardia Civil de Pollença. Si ha llegado allí la denuncia, estarán haciendo las diligencias pertinentes. Ya nos avisarán cuando lo crean oportuno.

—La denuncia les ha llegado, pero no han hecho nada —replica Melchor—. He estado allí, y por eso estoy aquí, para que ustedes me ayuden a que se pongan las pilas. Cualquiera sabe que las primeras horas de una desaparición son las más importantes, y ellos las están malgastando.

—Lo siento, nosotros no podemos...

—Se lo pido por favor —la ataja él, apoyando las dos manos sobre el escritorio, acercándose a ella y mirándola a los ojos: son oscuros, suspicaces; la mujer ha echado su torso atrás, un poco intimidada—. Ayúdeme a encontrar a mi hija. Hable por lo menos con el puesto de la Guardia Civil.

A regañadientes, tras un segundo de suspense, la secretaria le entrega al funcionario la denuncia, le pide que haga una fotocopia, descuelga el teléfono fijo y, mientras el funcionario sale del despacho apoyando su paso vacilante en el bastón, marca un número y pide que le pongan con el sargento Benavides. Durante los tres o cuatro minutos siguientes, la secretaria dialoga con el sargento; más que dialogar, escucha, asiente, formula un par de preguntas genéricas, esquivando siempre el escrutinio de Melchor, que le busca los ojos con el runrún de fondo de la fotocopiadora en la sala contigua. La secretaria no ha cumplido cuarenta años, pero su talante imperativo, su expresión severa y su rostro un poco caballuno, enmarcado por una media melena rubia, le hacen parecer mayor de lo que es; anudado al cuello, un pañuelo de seda azul claro contrasta con el negro azabache de la camisa.

La secretaria todavía está hablando con Benavides cuando vuelve el funcionario, deposita una copia de la denuncia en su escritorio y le entrega el original a Melchor. Enseguida, colgando satisfecha el teléfono, la secretaria asegura:

—Es lo que le decía, están en ello.

—¿Están en qué? —pregunta Melchor.

—En hacer lo que hay que hacer para encontrar a su hija —contesta la mujer, con renovado aplomo—. La están buscando por la sierra de Tramuntana, por el cabo de Formentor, por todas partes. Es lo que me ha dicho el sargento... Mire, entiendo que esté preocupado, yo que usted también lo estaría. Pero, créame, la Guardia Civil sabe lo que hace, son profesionales. ¿Por qué no se vuelve a su casa y les deja trabajar? Hágame caso, no se arrepentirá.

Melchor escucha a la secretaria con impaciencia, con creciente exasperación, y a punto está de decirle que se equivoca, que él ha sido policía y sabe que lo que viene haciendo la Guardia Civil de Pollença no es lo que hay que hacer en una situación como aquella, pero de golpe cree comprender que todo cuanto diga será inútil o contraproducente y experimenta una fatiga insondable, como si estuvieran a punto de vencerle la tensión acumulada y la falta de sueño. Aparta la vista de la secretaria y vuelve a reparar en el funcionario, de pie otra vez junto a ella, viejo, cariacontecido y un poco inclinado sobre su bastón, mirándolo igual que si quisiera decirle algo pero fuese incapaz de decírselo.

—Aquí les dejo mis señas. —Melchor se sobrepone de nuevo al abatimiento y apunta en un papel el número de su móvil y la dirección de su correo electrónico—. Voy a alquilar una habitación en el hostal Borràs, en Port de Pollença. Si averiguan algo, llámenme, por favor.

Baja a toda prisa las escaleras de los juzgados, pasa junto al guardia de seguridad del vestíbulo y, al salir a la plaza, se llena varias veces los pulmones del aroma polvoriento de los plátanos. Luego, mientras echa a andar hacia el automóvil, llama por teléfono a Rosa y, antes de que pueda plantearse siquiera la posibilidad de contarle la verdad, su instinto vuelve a mentirle: le asegura que la Guardia Civil está haciendo cuanto puede por localizar a Cosette, que encontrarán pistas, que más pronto que tarde darán con ella.

—No te preocupes —remata, encontrando un minúsculo consuelo en el hecho de que Rosa se trague sin protestas aquella mezcla de patrañas y buenos deseos—. Aparecerá.

Monta como un autómata en el Mazda, enciende el motor y enseguida comprende que no sabe adónde se dirige ni qué piensa hacer, así que vuelve a apagarlo. Aferrado al volante, intenta reflexionar, pero la parálisis y la frustración le enturbian el juicio, y de pronto su estómago vacío le recuerda que hace muchas horas que no come nada. Explora con la vista a su alrededor y descubre al otro lado de la plaza una cafetería. Sale del coche, cruza la plaza y entra en ella.

La cafetería es un local oblongo y recorrido por una barra de zinc, con varias mesas de fórmica ocupadas por comensales solitarios que acaban de almorzar o toman café en silencio, sin prestar mucha atención a la pantalla de plasma de un televisor donde una mujer gesticula ante un mapa de España recorrido por un laberinto de isobaras. Melchor se sienta a la barra y pide una Coca-Cola y un bocadillo de atún, y, mientras espera a que le traigan su pedido, recibe una llamada de Blai, que lo primero que le dice es que acaba de ponerse en contacto con el juez de la Terra Alta.

—Dice que ha hablado con la Guardia Civil de Pollença y que están trabajando —asegura Blai.

—No están haciendo lo que tienen que hacer —contesta Melchor, con la impresión de que lleva toda la mañana repitiendo la misma frase, igual que si hubiera ingresado en una pesadilla circular. Acaba de salir de la cafetería para poder hablar sin que le escuchen—. ¿Ha hablado con el juez de Inca?

—Es lo primero que le he preguntado —dice Blai—. Y me ha dicho que no tiene por qué hacerlo. Que tengamos paciencia. Que esperemos a ver qué consigue la Guardia Civil. Que ellos saben lo que se hacen y que les dejemos trabajar. La verdad, Melchor: me parece que tiene razón.

Por toda respuesta, Melchor le cuelga el teléfono. Regresa furioso a la cafetería y se sienta otra vez a la barra. Blai le llama de nuevo, pero él no responde y su amigo le manda un wasap con tres emoticonos en forma de corazón escarlata.

Durante los quince minutos siguientes, Melchor procura dejar la mente en blanco y comerse el bocadillo de atún y la Coca-Cola como si se hubiera prescrito a sí mismo un ejercicio zen. Luego pide un café doble y, al pagar sus consumiciones, ya ha decidido que, si la Guardia Civil y el juez no hacen lo necesario para encontrar a su hija, será él quien lo haga.

4

De vuelta en Port de Pollença, Melchor aparca otra vez junto a la plaza Miquel Capllonch, coge su mochila y entra en el hostal Borràs. El gerente, apostado detrás del mostrador, levanta los ojos de sus papeles y le pregunta si hay alguna novedad. Melchor contesta que no.

—¿Ha venido la Guardia Civil?

El gerente menea la cabeza. Sin furia ni perplejidad —en el fondo esperaba esa respuesta—, Melchor se dispone a preguntar si queda alguna habitación libre en el hostal cuando el otro se le adelanta.

—He estado pensando —dice. El silencio de Melchor le anima a continuar—. ¿Sabe? No es la primera vez que desaparece gente por aquí.

Recordando la pila de expedientes que Benavides le mostró en su despacho, Melchor observa:

—En todas partes desaparece gente.

—Sí, pero, aquí, más. Pregúnteselo a la Guardia Civil. Gente de todo tipo, sobre todo chicas jóvenes. La mayoría aparecen luego, pero otras no. Algunas se pierden en la sierra de Tramuntana.

—Eso he oído.

—Es que la sierra engaña. Parece una cosa, pero es otra.

—¿Qué quiere decir?

—Que, si subes arriba sin tomar las debidas precauciones y sin saber adónde vas, te puedes extraviar. Y en muchos sitios no hay móvil que valga, porque no hay cobertura. Sobre todo en esta zona, la sierra es muy traicionera. Se lo digo yo, que soy de aquí.

—Mi hija no es aficionada a la montaña.

—Peor que peor. Los montañeros no se pierden. Los que se pierden son los otros.

Melchor asiente sin convicción. El hombre parece ahora preocupado, deseoso de ayudarle; detrás de él, la ventana sigue abierta de par en par sobre la calle, y el reloj de péndulo detenido en las diez menos diez.

—La Guardia Civil está buscando a mi hija por allí —intenta tranquilizarlo Melchor—. Por la sierra, quiero decir.

—Es lo suyo: cuando alguien se pierde en esta zona, lo primero es buscar por la sierra. A lo mejor la chica durmió en casa de alguien y a la mañana siguiente salieron a dar una vuelta por allí. ¿Se ha denunciado alguna otra desaparición?

Melchor responde que no. Agrega:

—También la están buscando en el Mirador de El Colomer, en Formentor.

—Ah, eso es un clásico. —El gerente suspira, entrecerrando sus ojos saltones—. ¿Ha estado usted alguna vez allí?

—No.

—Es precioso. El lugar más bonito de la isla. Se ve que a la gente le gusta matarse a lo grande. —Como si hubiese caído en la cuenta de que Melchor puede malinterpretar la frase, intenta corregirse—: En fin, no quiero decir que...

—Sé lo que quiere decir —acude en su ayuda Melchor y, para superar la incomodidad del momento, formula su pregunta frustrada—: Dígame, ¿le queda alguna habitación libre?

—Le ha tocado la lotería. —Aliviado por el cambio de tercio, el gerente saca un formulario impreso y lo pone encima del mostrador—. Esta mañana me han anulado una reserva.

Melchor rellena el formulario y el gerente le entrega un papelito con la contraseña de la conexión wifi escrita en él.

—Vamos —dice, saliendo del mostrador con unas llaves en la mano—. Le enseñaré su habitación.

Mientras suben hasta el segundo piso por una escalera estrecha, el gerente le explica que su hotel está pensado para clientes sin grandes recursos económicos, excursionistas que apenas paran en él a dormir y a desayunar y que exploran la isla en autobús, en bicicleta o en moto, o veinteañeros que se pasan los días en la playa y las noches en los bares y las discotecas.

—¿Es lo que hacían mi hija y su amiga? —pregunta Melchor.

—Creo que sí —contesta el otro.

La habitación, de una austeridad monacal, huele a limpio. A la entrada hay un baño con ducha, y más allá una cama de matrimonio, un espejo de cuerpo entero, un televisor de plasma y un par de butacas; en el techo, las aspas de un ventilador permanecen inmóviles. Hay un armario de puertas correderas y un balcón con cortinas blancas, una puerta de madera y una persiana verde.

—La habitación de las chicas es como esta —asegura el hombre—. Está en el piso de abajo. La única diferencia es que, en vez de una cama doble, tiene dos individuales.

Salen al balcón, que se abre sobre la plaza Miquel Capllonch. A la izquierda, al fondo de una callecita, Melchor vislumbra el paseo marítimo y el mar; a la derecha se yergue la iglesia del pueblo, y más allá se recortan contra el cielo de la tarde, áridas y escarpadas, las últimas estribaciones de la sierra de Tramuntana, que, según explica el gerente, muere en aquel confín de la isla, a la orilla del mar. Debajo de ellos, las copas de los cipreses, palmeras, plátanos y almeces ocultan en parte el ajetreo vespertino de la plaza.

—Bueno —el gerente le alarga las llaves de la habitación a Melchor—, si me necesita, ya sabe dónde estoy.

A solas, Melchor se refresca en el baño: bebe agua del grifo, se lava la cara, las manos, el cuello. Luego vacía su mochila, enciende su ordenador portátil, se conecta a internet y entra en su correo electrónico. En el buzón hay varios correos sin abrir; todos son relativos a la biblioteca, así que no contesta ninguno. Sentado en la cama, telefonea a Paca Poch. Esta, a preguntas de Melchor, refiere que su equipo sigue trabajando con lo que han encontrado en el teléfono móvil, el correo electrónico y las cuentas en redes sociales de Elisa; también habla de los agentes de Cortabarría, quienes, después de una pausa para almorzar, prosiguen con el interrogatorio de la amiga de Cosette. Luego la sargento le pregunta a Melchor cómo van las cosas en Mallorca, y él la pone al corriente de lo sucedido desde que llegó por la mañana. Al terminar, Paca Poch pregunta:

—¿Y ahora qué piensas hacer?

—Lo que el capullo de Benavides no ha querido hacer —responde el expolicía—. Primero, conseguir la maleta de Cosette. Y, luego, buscar todas las cámaras que haya en los alrededores de este hotel y conseguir las grabaciones de los últimos días. Seguro que en alguna aparecen Cosette y Elisa. Eso es lo más urgente, después ya veremos. Y se lo voy a dar hecho a Benavides, para que no pueda seguir escaqueándose.

—Me parece bien —dice la sargento—. La pregunta es cómo piensas hacerlo.

—Para eso te he llamado, Paca —dice Melchor. De la terraza del hostal Borràs llega, apagado por los cristales de la ventana, un rumor de risas y conversaciones—. Necesito que me hagas los oficios para que me den la maleta de Cosette y las grabaciones.

—¿Hablas de oficios policiales?

—Claro.

—Eso es ilegal —le recuerda la sargento—. Un oficio policial sólo puede presentarlo un policía.

—¿Y quién va a saber que el mío es ilegal, si lo presento con un sello auténtico? —razona Melchor—. Nadie va a protestar. Y, si alguien tiene alguna duda, ya buscaré la forma de despejársela.

Paca Poch no dice nada. Melchor mira a la plaza por la ventana del balcón.

—¿Se te ocurre otra forma de hacerlo? —insiste—. Si se te ocurre, dímelo. Yo no la conozco.

—Ya... Dime otra cosa. ¿Has hablado de esto con Blai?

—¿A ti qué te parece?

Otro silencio, este más prolongado.

—De acuerdo —resuelve por fin Paca Poch—. Me instalo en mi despacho y voy redactando los oficios a medida que me llames. Si alguien no los acepta, pónmelo al teléfono y lo arreglamos.

El resto de la tarde es frenético. Melchor va y viene por los alrededores del hostal Borràs tratando de reconstruir los posibles itinerarios de Cosette en Port de Pollença. Primero localiza las cámaras de vigilancia que podrían haber grabado imágenes suyas y, una vez identificado cada uno de los locales que tienen esas cámaras, le pide a Paca Poch un oficio donde se solicitan las imágenes que le interesan; luego, ya con el oficio en su correo electrónico, entra en los locales, habla con los responsables, les muestra el oficio y una foto de Cosette y les pide las imágenes. Sólo un encargado de un bar nocturno —el Norai— y un camarero de un restaurante —el Indian Curry— reconocen a Cosette en la foto, aunque ninguno de los dos recuerda ningún detalle relevante o significativo sobre ella, aparte de que iba acompañada por una chica que, en ambos casos, responde a la descripción de Elisa. Melchor no puede pedir las grabaciones de las sucursales bancarias, porque estas se hallan cerradas hasta la mañana siguiente, pero sí las de los bares nocturnos, restaurantes y hoteles; también, las de dos peluquerías, una lavandería, un OpenCor, una academia de kárate (Dr. Nicks Academy), un Little Britain, e incluso las de la parada del autobús. De las catorce personas a las que solicita imágenes, seis se las entregan esa misma tarde: unos se las dan en mano, guardadas en un lápiz de memoria o un disco duro; otros, como el gerente del hostal Borràs (que además le entrega la maleta de Cosette), se las hacen llegar a su correo electrónico. El resto se las prometen para el día siguiente. Sólo un par de personas se resisten a confiarle las imágenes, pero Melchor vence su reticencia llamando a Paca Poch, que les da toda clase de garantías y les manda, con el sello de la comisaría de la Terra Alta, un correo electrónico donde consta por escrito el material que entregan al expolicía.

El único que se niega en redondo a ayudar a Melchor es el encargado de la discoteca Chivas, un tipo retaco, malcarado y maciliento que resulta ser el único que conoce con exactitud la normativa legal y sabe que sólo tiene la obligación de entregar las grabaciones de la cámara de vigilancia de su establecimiento a un policía que se presente con un oficio y se identifique como tal. De hecho, eso es lo que le contesta a Melchor cuando este le aborda a media tarde a la puerta de la discoteca.

—Vuelve con la Guardia Civil y te doy lo que haga falta —le promete a Melchor mientras ambos bajan las escaleras del local y se cruzan con una mujer de la limpieza que las sube cargada con una bolsa de basura—. Hasta entonces, olvídame, amiguito.

Melchor insiste, intenta ponerle al teléfono con Paca Poch, pero el encargado se lo quita de encima.

—Yo no tengo nada que hablar con nadie —le espeta, alejándose por la pista de baile vacía mientras manotea como si estuviese espantando un enjambre de insectos—. Que venga la Guardia Civil y hablamos.

Melchor es consciente de que necesita las imágenes de la discoteca, porque Cosette y Elisa estuvieron cada noche allí, pero decide continuar su ronda. Al rato, justo en el momento de entregarle al conserje de un hotel un oficio redactado por Paca Poch, se le ocurre cómo convencer al encargado de la discoteca para que le dé las imágenes. De modo que, al salir del hotel (es el Daina, en una esquina del paseo marítimo, muy cerca del hostal Borràs), llama por teléfono a Blai y, combinando verdades y mentiras, le engaña: le cuenta lo que lleva un rato haciendo, pero no que está haciéndolo gracias a los oficios que redacta con sello de su comisaría Paca Poch e incurriendo, por lo tanto, en el delito de usurpación de funciones públicas. Blai no le recrimina que le colgara el teléfono en su última llamada; sólo pregunta:

—¿Y la Guardia Civil?

—Sigue sin hacer nada.

—Es increíble.

—Por eso tengo que dárselo hecho. Y, la verdad, la gente se está portando bien: en cuanto les digo para qué necesito las grabaciones, me las dan.

—La gente suele ser buena —intercala Blai—. Siempre y cuando no la pongas en posición de ser mala.

—Sí, pero hay un tipo que se niega a dármelas —continúa Melchor—. Y lo malo es que es el encargado de la discoteca adonde fueron a bailar por las noches Cosette y Elisa. Chivas, se llama. Necesito esas imágenes, y no quiero pedírselas a la Guardia Civil.

—¿Entonces?

—Había pensado en tu amigo de la Comandancia de Palma. El inspector de la Policía Nacional, Zapata se llamaba, ¿no? ¿Crees que podrías pedirle otro favor?

—¿Qué favor?

—Que hable con alguien que conozca al encargado o al propietario de la discoteca. Apuesto a que tu amigo conoce a alguien, o a alguien que conoce a alguien. Alguien de la noche. En todas las comisarías hay gente así... Cuéntale a tu amigo la verdad, lo que está pasando. Dile que la Guardia Civil no está haciendo nada, que estamos perdiendo un tiempo precioso, que sólo necesito las imágenes que se grabaron tres noches, del domingo al martes. Seguro que puede hacernos ese favor. No estamos pidiéndole nada ilegal, tú sabes que no se me ocurriría pedírtelo, sólo le estamos pidiendo...

—Corta el rollo, españolazo —le interrumpe Blai—. Déjame ver qué puedo hacer.

Eso ocurre hacia las seis y media de la tarde. Horas después, Melchor se encierra en su habitación del hostal Borràs y, sentado en la cama con su ordenador encima de las piernas, con dos Coca-Colas, una bolsa de patatas y otra de almendras a mano, revisa las grabaciones que ha conseguido por la tarde mientras los ruidos que suben hasta él desde la plaza se atenúan poco a poco conforme avanza la noche. Melchor ralentiza o acelera las imágenes según le conviene, y en tres ocasiones reconoce a Cosette, siempre o casi siempre escoltada por Elisa; en ninguna de esas apariciones advierte nada anómalo, sospechoso o fuera de lugar, pero siempre anota el sitio y la hora exacta en que se grabaron. Poco después de las doce y media, recibe un wasap de Blai. «Acabo de mandarte un correo con las grabaciones que me pediste», reza. «Mantenme informado y, por favor, no hagas tonterías.» Melchor contesta con dos wasaps consecutivos. «Dale las gracias de mi parte a tu amigo», pide en el primero. El segundo contiene un mensaje idéntico al que Blai le mandó por la tarde, después de que él le colgara el teléfono: tres emoticonos en forma de corazón escarlata. El último wasap de Blai es otro emoticono: una cara amarilla y redonda con un ojo guiñado.

Melchor pone manos a la obra enseguida con los archivos que le acaba de mandar Blai. Son tres: uno contiene la grabación del domingo por la noche, otro la del lunes y el tercero la del martes. En las imágenes del domingo, Melchor identifica a las dos amigas llegando a Chivas a las once y veinticuatro minutos y marchándose a las tres y cuarenta y uno, cuando la entrada de la discoteca no está muy concurrida; nadie las acompaña. En las imágenes del lunes, Cosette y Elisa entran y salen más tarde: lo primero, a las cero horas y dos minutos; lo segundo, a las cuatro y diecisiete. Melchor repara también en que, esa noche, tanto a la entrada como a la salida del local las dos amigas saludan al portero, un tipo con el pelo recogido en una especie de moño y con un pendiente en una oreja; durante unos segundos, los tres parecen bromear o conversar como si se conocieran. Por fin, la noche del martes, que es la de su desaparición, Cosette entra sola en la discoteca a las diez y cincuenta y siete minutos, no sin antes saludar al portero. Melchor anota la hora de ingreso y, acosado por el sueño —cs la segunda noche consecutiva en que apenas duerme—, deduce que Cosette repetirá el ritual de las dos noches previas y acelera al máximo la velocidad de visionado para ganar tiempo, hasta que, cuando el reloj de la grabación marca las dos y media de la madrugada, vuelve a examinar a velocidad normal lo que queda de ellas; un rato más tarde termina el examen sin haber vuelto a ver a Cosette. El reloj de la grabación marca en ese momento las cinco: la hora de cierre de la discoteca. «Se ha quedado dentro», es lo primero que piensa Melchor. «Salió por otra puerta con alguien de la discoteca», es lo segundo. Y lo tercero: «O alguien de la discoteca se la llevó».

Bruscamente despierto, levanta la vista del ordenador y, pensando en el portero y el encargado de Chivas, se mira en el espejo de cuerpo entero que se alarga ante él, junto a la pantalla del televisor de plasma. Ya se dispone a levantarse y salir hacia la discoteca cuando una corazonada le retiene, a toda prisa recorre a la inversa las imágenes hasta dar con el momento en que Cosette entró en la discoteca y empieza a revisar las que se ha saltado. El presentimiento era exacto: al rato ve salir a su hija; el reloj de la grabación marca las cero horas y catorce minutos. En la imagen, una desconocida acompaña a Cosette. Melchor la congela, la estudia; pero sólo saca en claro que Cosette camina junto a la desconocida por su propia voluntad y que la desconocida (delgada, con un vestido estampado y el pelo suelto sobre los hombros) parece algo mayor que ella. Con una amalgama de ansiedad y de euforia, Melchor comprende que es la última imagen de Cosette, y que debe encontrar como sea a la desconocida.

Acto seguido, remite a Rosa Adell un correo con las imágenes en cuestión. «Mándaselo a Lourdes, por favor», escribe. «Dile que le enseñe a su hija la imagen de Cosette que aparece en la grabación a las 0:14 minutos del martes. La acompaña una chica. A ver si Elisa la reconoce.» Luego Melchor manda otros dos correos: uno, colectivo, es para Blai, Paca Poch y Cortabarría; el otro, individual, es para el sargento Benavides, aunque lo manda a la dirección del puesto de la Guardia Civil. El primero contiene una copia de todas las grabaciones que le han mandado a él por correo, con la anotación del día, la hora y el minuto donde, en aquellas que ha podido revisar, aparece su hija. «Fijaos en la última, es la última imagen de Cosette», escribe en él. «Va con otra chica. Hay que averiguar quién es.» El segundo correo es prácticamente idéntico, sólo que está dirigido al jefe del Equipo de Policía Judicial del puesto de Pollença; al final añade, también para el sargento Benavides: «Mañana por la mañana pasaré por ahí y te daré el resto de las grabaciones que tengo. Gracias y un saludo». A punto está de mandar el correo cuando siente el impulso de suprimir la última frase. No la suprime.

Baja a la calle y se llega hasta la discoteca. Acaba de cerrar. Esparcidos por la acera y la calzada, alrededor de la puerta, hay vasos de plástico, latas de cerveza, colillas, papeles, botellas rotas y huellas de orines. Melchor consulta la hora en su móvil: son casi las cinco y media. Desvelado por su hallazgo, dando vueltas sin parar a la imagen de su hija saliendo de la discoteca con la desconocida, echa a andar hacia el paseo marítimo por calles desiertas donde sus pasos resuenan a la luz anaranjada de las farolas. También el paseo marítimo está desierto, y sus terrazas erizadas de sillas puestas del revés sobre las mesas; sólo se oye el murmullo de las olas rompiendo contra la playa, los chillidos de las gaviotas que sobrevuelan la orilla y los crujidos de las jarcias de las embarcaciones fondeadas en el puerto deportivo. Melchor se sienta en un banco. A pocos metros frente a él, en una penumbra creada por el fulgor combinado de la luna casi llena y las farolas encendidas del paseo, se extiende la franja de playa donde según sus cálculos Cosette y Elisa se bañaban a diario, y donde ahora sus ojos distinguen en la media luz, cada vez con mayor acuidad, un pedazo de arena poblado de parasoles de palmas trenzadas, columpios y tumbonas, a la derecha del cual, en una suerte de espolón que se adentra en el mar, se entrevé la piscina del hotel Daina. Mientras el sueño disuelve la ansiedad y la euforia de Melchor y la humedad empieza a entumecer su cuerpo, al otro lado de la bahía las crestas de Cap de Pinar se dibujan contra un cielo que lentamente vira del azul nocturno al gris perla. Es el amanecer.

5

Al día siguiente le despierta el timbre del teléfono.

—Hola, Melchor, soy Lourdes —oye, medio dormido—. La madre de Elisa.

Melchor se incorpora en la cama y apoya la espalda desnuda contra el frío de la pared: por un segundo no sabe dónde está, ni en qué día vive, ni quién es Lourdes, ni siquiera Elisa; al siguiente segundo recobra la realidad.

—Buenos días, Lourdes. —Por la persiana entreabierta se filtran haces oblicuos de luz matinal, y un rumor de conversaciones y cubiertos asciende desde la terraza del hostal Borràs—. ¿Te ha mandado Rosa lo que le envié?

—Por eso te llamo —dice la mujer—. Espera un momento, ahora se pone Elisa. Tiene algo que contarte.

Elisa saluda enseguida a Melchor y le pregunta si se sabe algo de su amiga.

—Todavía no —contesta Melchor—. ¿Has visto la grabación? ¿Conoces a la mujer que sale con Cosette de la discoteca?

—Creo que sí —afirma Elisa—. Al principio me costó reconocerla, pero luego... Yo diría que es una chica que conocimos el sábado por la noche en Tito's, una discoteca de Palma. Me parece que le hablé de ella.

—¿Te refieres a la que os convenció de que cambiarais Magaluf por Pollença?

—Exacto. Aunque la verdad es que no fue ella la que nos convenció. Nos convencimos nosotras. Ella sólo nos dijo que Magaluf no valía la pena y Pollença sí.

—¿Y estás segura de que es ella?

—Segura no. Pero he visto varias veces las imágenes y yo diría que sí lo es.

—¿Sabes cómo se llamaba?

—No. En realidad, sólo hablamos un rato con ella. Iba con un grupo de gente y se marchó enseguida.

Melchor asedia a Elisa con preguntas sobre la chica de Tito's y sobre el grupo que la acompañaba, pero no saca en claro nada relevante o que le parezca relevante, y, después de comentar un momento el interrogatorio al que la sometieron ayer los agentes mandados desde Egara por Cortabarría, se despide de la amiga de Cosette rogándole que le llame si recuerda cualquier detalle sobre la desconocida. Elisa pregunta:

—¿Cree usted que es importante?

—Puede ser —contesta él—. Que sepamos, fue la última persona que vio a Cosette.

Melchor cuelga el teléfono y consulta la hora en su móvil: son algo menos de las nueve. Ha dormido apenas un par de horas, pero se siente descansado y sin sueño. En el móvil hay un nuevo wasap: Rosa le pregunta cómo va todo y si le ha llamado su secretaria. Melchor lo contesta mezclando de nuevo mentiras y verdades, luego se levanta de la cama y, mientras se ducha, vuelve a sonar el teléfono. Al salir del baño comprueba que la llamada es de Blai.

—Acabo de ver lo que nos mandaste anoche —dice el inspector—. ¿Estás seguro de que esa es la última imagen de Cosette?

—Que yo sepa, sí. —Mientras se viste, Melchor sostiene el móvil entre el hombro y la cabeza—. Nadie ha vuelto a verla desde entonces. ¿Crees que podréis identificar a la chica que la acompaña?

—Seguro —dice Blai—. En comisaría no tenemos fisonomistas ni programa de reconocimiento facial, ni siquiera una base de datos como es debido, pero en Egara sí. A más tardar, esta misma noche sabremos por Cortabarría quién es.

—Habla tú con él, por favor —le pide Melchor—. Y con Paca.

—Es lo que iba a hacer ahora mismo —asegura Blai—. ¿Qué vas a hacer tú?

—Llevarle la maleta y las grabaciones a Benavides —contesta Melchor—. Las que no le mandé anoche. Luego me pondré a buscar las que me faltan y a revisar las que no he podido revisar. A lo mejor encuentro algo más.

—Déjale la revisión a Paca y a su gente —dice Blai—. Tú ocúpate sólo de buscar las demás grabaciones. Y, sobre todo, consigue como sea que Benavides se ponga a trabajar.

—Descuida —dice Melchor—. Se pondrá a trabajar.

Cargado con su portátil y con la maleta de Cosette, Melchor baja al vestíbulo del hostal Borràs, donde el gerente atiende en el mostrador a una pareja con un niño. Se llega a la barra, pide un sándwich de jamón y queso y un café doble, localiza en la pantalla de su ordenador las últimas imágenes de su hija y, mientras desayuna, vuelve a revisarlas. El día ha amanecido oscuro y nublado, así que, aunque todas las ventanas del salón permanezcan abiertas, las lámparas del techo están encendidas.

Al rato, el gerente se acerca a la barra.

—¿Alguna novedad? —pregunta.

—Sí —se apresura a responder Melchor, volviéndose hacia él con la taza de café en la mano—. Mi hija salió del hotel el martes por la noche.

El gerente ha cambiado su camiseta de Dropout Kings por una camisa a cuadros y unas bermudas veraniegas.

—Ya le dije que podía ser —dice.

—Estuvo en Chivas.

—¿Cómo lo sabe?

Melchor señala con la taza la pantalla del ordenador, donde ha congelado la imagen de Cosette saliendo de la discoteca la noche del martes. Después deja la taza en la barra y posa un índice junto a la imagen de la desconocida que acompaña a su hija.

—¿La conoce?

El gerente acerca la cara a la pantalla, arruga el ceño, achina los ojos.

—No la he visto en mi vida —reconoce, separándose del ordenador—. ¿Quién es?

—No lo sé. —Ahora Melchor desliza el índice por la pantalla hasta posarlo en Cosette—. Pero esta que va a su lado es mi hija. Son imágenes de la cámara que hay a la entrada de Chivas. —Indica la hora que marca el reloj de la grabación—. Las doce y catorce minutos. Mi hija había entrado en la discoteca una hora y pico antes.

El gerente vuelve a aproximarse a la pantalla, vuelve a arrugar el ceño y a estrechar los ojos. Separándose de nuevo, se reafirma:

—A su hija la reconozco, pero a la otra no.

Melchor asiente sin apartar la vista de la pantalla. Después vacía de un trago su taza de café y, pidiéndole al gerente que le apunte el desayuno a su cuenta, cierra la tapa del ordenador y se marcha.

—Si la montaña no va a Mahoma, Mahoma va a la montaña —dice Melchor, vaciando con estrépito la maleta de Cosette sobre el escritorio del sargento Benavides—. Ahora ya puedes empezar a trabajar.

El jefe del Equipo de Policía Judicial se ha puesto lívido. Delante de él, revueltas con sus papeles, están desparramadas las pertenencias de Cosette: a simple vista se distinguen un par de vestidos, un par de pantalones, varias braguitas, un bikini, un sujetador, un par de toallas, un neceser, una maquinilla de depilarse, un bolígrafo. Atraídos por el escándalo, los agentes que trabajan en la sala contigua acaban de irrumpir en el despacho del sargento. De pie frente a este, Melchor no se vuelve hacia ellos.

—¿Hace falta que te diga lo que tienes que hacer con esto? —Melchor abarca con la mirada el caos que acaba de sembrar en el escritorio del suboficial—. Aquí hay curro para rato: fotografiarlo todo, buscar huellas dactilares, analizar restos biológicos... —Con una mano levanta la maleta vacía y con la otra sujeta la cinta de Vueling, atada a un asa con una goma—. Mira, ni el comprobante de vuelo te falta.

Sentado a su escritorio, el sargento frena a sus agentes alzando la mano en un ademán mínimo y, mientras Melchor abandona la maleta en el suelo, señala las cosas de su hija.

—¿De dónde has sacado todo esto?

—Ítem más —dice Melchor, desdeñando la pregunta—. Esta noche te he mandado un correo electrónico a la dirección del puesto. Va a tu nombre, así que supongo que ya lo habrás recibido. ¿Lo has recibido?

Benavides no responde. Los dos hombres se miran sin parpadear.

—Si no lo has recibido, hazme el favor de pedirlo —continúa Melchor—. Son grabaciones de varias cámaras de vigilancia de los alrededores del hostal Borràs, el hotel donde estaba alojada mi hija con su amiga, ayer te hablé de ella, ¿verdad?, se llama Elisa, vinieron juntas de vacaciones, es una amiga de toda la vida... Bueno. Te he mandado aparte un archivo con la lista de los momentos en que mi hija aparece en esas grabaciones. De todos modos, revísalas, a lo mejor se me ha pasado algo. La más interesante es la última, la de la discoteca Chivas. Ahí verás a mi hija poco después de las doce, acompañada de una chica. En las otras imágenes va con su amiga, pero la chica que aparece ahí no es ella, para ese momento Elisa ya había vuelto a casa. Esa chica no sé quién es. Le he enseñado la imagen a Elisa y la ha reconocido, dice que se encontraron con ella el sábado anterior en una discoteca de Palma, parece que fue ella la que les recomendó que vinieran aquí, a Pollença. Aunque no sabe cómo se llama... Da igual, hay que averiguar quién es. Es la última persona que vio a mi hija. Teniendo como tenemos su cara, no puede ser muy difícil identificarla. Hazlo. Identifícala. Encuéntrala. Interrógala. Esa chica nos puede llevar a Cosette. —Melchor hace una pausa, añade—: Te lo estoy poniendo a huevo, sargento. Aprovéchalo. Anótate un tanto.

A medida que hablaba Melchor, la lividez ha ido esfumándose del rostro de Benavides, y su desconcierto inicial ha dado paso a una expresión de irónica curiosidad con la que el sargento tal vez intenta salvar la cara ante sus subordinados. Detrás de Melchor, estos le preguntan sin palabras qué hacen con el intruso, y el sargento responde pidiéndoles que regresen a sus ocupaciones. Apenas se cierra la puerta del despacho, Benavides invita a Melchor a tomar asiento; Melchor permanece de pie. El sargento ensaya una sonrisa.

—Mira, Melchor —empieza—. Puedo llamarte Melchor, ¿verdad?

—Llámame como quieras.

Con cuidado de no tocarlo con los dedos, Benavides retira un poco el desorden que reina en su escritorio; hecho esto, apoya los codos en el espacio despejado, cruza las manos a la altura de la barbilla y vuelve a mirar al bibliotecario.

—Pues mira, Melchor. —El sargento afianza su sonrisa—. No voy a tenerte en cuenta esta entrada de caballo siciliano. Por mí, como si no hubiera ocurrido... Pero ahora dime una cosa. —Alzando las cejas, vuelve a señalar las pertenencias de Cosette—: ¿Cómo has conseguido esto?

Melchor no contesta. Benavides insiste:

—¿Y las grabaciones?

—¿Qué más da cómo las haya conseguido? —dice por fin Melchor.

El sargento enarca una ceja descreída.

—Pero ¿qué clase de policía has sido tú? —pregunta, abortando un amago de risa. Tiene una boca cavernosa y unos dientes pequeños, muy blancos y muy afilados, que recuerdan los de un roedor—. Si has conseguido las pruebas ilegalmente, toda la investigación se irá al traste. ¿No lo sabes o qué?

—Todo lo he conseguido de manera legal —miente Melchor—. Pero te voy a ser sincero: me da igual adónde se vaya la investigación. Lo único que me importa es encontrar a mi hija. Lo demás me trae sin cuidado.

—Pues a mí, no, y quien lleva esta investigación soy yo. —Fijas en los ojos de Melchor, las pupilas de Benavides parecen dos cabezas de fósforo—. Y, como soy yo quien lleva esta investigación, la voy a llevar a mi manera, no a la tuya. Lógico, ¿no te parece?

Melchor vuelve a guardar silencio, deseoso de saber adónde quiere ir a parar el otro.

—Muy bien —prosigue el sargento—. Y ahora dime una cosa: ¿no vas a dejarme en paz? ¿De verdad vas a decirme cómo debo hacer mi trabajo? ¿Tengo que repetirte lo que te dije ayer?... Porque, si me obligas a repetírtelo, a lo mejor te lo digo de otra manera.

Desbordada su capacidad de aguante, Melchor pregunta:

—¿Me estás amenazando?

El sargento descruza las manos y, sin perder la sonrisa, se retrepa en su asiento.

—Tómatelo como quieras —dice.

Incrédulo, Melchor aparta la mirada de Benavides. Busca primero el retrato de Felipe VI, frente a él, y enseguida, a su derecha y a través de la ventana, el patio interior del puesto; pero no ve ni una cosa ni la otra: lo único que ve es su propia incredulidad. Cuando vuelve a mirar al sargento, la voz de Melchor ha cambiado.

—Mira, chaval, eres el mamón más grande que he conocido en mi vida —dice—. Pero, tranquilo, no te voy a partir la cara, que es lo que te mereces. —Benavides sostiene la mirada de Melchor. Su cara se ha demudado, y la sonrisa parece congelada en sus labios; un destello de furia le brilla en los ojos metálicos—. Sólo voy a pedirte una cosa. Haz tu trabajo. Encuentra a mi hija. Es todo lo que te pido. Si haces tu trabajo y encuentras a mi hija, te dejo en paz para siempre. Te lo juro. Pero, si no haces tu trabajo, te jodo la vida, la tuya y la de tu familia. ¿Me has comprendido? ¿Tienes familia?

—Debería hacer que te echen a patadas de aquí —masculla el sargento.

Un silencio pétreo sigue a estas palabras; ahora es Melchor el que sonríe. Benavides insiste:

—Te lo digo por última vez. Lárgate en este momento o te meto en el trullo por resistencia a la autoridad.

Melchor suspira, como decepcionado por las palabras de Benavides.

—Ya veo que no lo has entendido —dice con suavidad—. Te lo voy a explicar de otra manera. —Acerca su cara a la cara del sargento y, en un susurro, continúa—: ¿Sabes? Soy un mal tipo. Malo de verdad. La gente que me conoce lo sabe.

Y, además de ser un mal tipo, no tengo nada que hacer salvo buscar a mi hija. Nada de nada... ¿Sabes lo que significa esto? Significa que, si no haces tu trabajo y no la encuentras, me voy a quedar aquí hasta que las ranas críen pelo. Y te voy a amargar la vida... Te voy a perseguir. Voy a acosar a tu mujer y a tus hijos. Te voy a joder vivo. A ti y a toda tu familia. —Melchor hace una pausa, durante la cual oye la respiración acelerada de Benavides y ve cómo tiemblan las aletas de su nariz—. Pero puedes evitarlo... Haz como es debido tu trabajo. Sólo te pido eso, te lo estoy poniendo fácil. Pon toda tu gente a trabajar. Busca a la chica de la grabación. Interrógala. Ella puede llevarnos a mi hija, ya te lo he dicho. Encuéntrala y no volverás a oír hablar de mí. Te lo juro... Pero, si sigues haciendo el capullo y mi hija no aparece, créeme: te vas a pasar el resto de tu vida deseando no haberte cruzado conmigo. ¿Lo has entendido ahora?

Cuando sale del puesto de la Guardia Civil, Melchor tiene en su teléfono dos wasaps de Paca Poch: uno de ellos incluye el informe sobre el interrogatorio de Elisa que han redactado los dos agentes enviados por Cortabarría desde Egara; el otro describe el itinerario completo que Cosette y su amiga siguieron desde su salida de la Terra Alta, tal y como se desprende de las declaraciones de Elisa y del material hallado en su teléfono y sus redes sociales por Paca Poch y su equipo. Sentado en un banco del paseo marítimo, frente al mar, Melchor dedica unos minutos a estudiar ambos documentos. El cielo sigue encapotado y unas nubes de borrasca amenazan desde el otro lado de la bahía, avanzando sobre la península de Cap de Pinar; pese a ello, grupos de turistas impertérritos empiezan a afluir a la playa, reacios a tolerar que la incomparecencia del sol les arruine las vacaciones. Cuando concluye la lectura, Melchor coge el coche y, mientras conduce de vuelta al hostal Borràs, llama por teléfono a Paca Poch. La conversación es breve: ambos coinciden en que los dos informes no se contradicen, en que ninguno de los dos aporta novedades sustanciales y en que la mejor pista de que disponen por el momento sigue siendo la imagen de Cosette saliendo de Chivas con la desconocida.

—Hay que averiguar quién es —insiste Melchor.

También en esto la sargento se muestra de acuerdo.

Melchor vuelve a aparcar en las proximidades de la plaza Miquel Capllonch, le deja su ordenador al gerente del hostal Borràs, para que se lo guarde en el vestíbulo, e inicia la ronda de los locales que la víspera le prometieron las grabaciones de sus cámaras de vigilancia; también entra en las sucursales de los bancos, que se hallaban cerradas. Está haciendo cola en una oficina del Deutsche Bank cuando recibe dos wasaps consecutivos y el corazón le da un vuelco.

Son de Cosette. El primero contiene una ubicación de la plaza del Duomo, en Milán; el segundo, un mensaje. «Papá, sé que me estás buscando», dice. «Déjame en paz, por favor. Estoy muy bien, pero no quiero saber nada más de ti. He conocido a una persona y no pienso volver a casa. No vuelvas a llamarme ni escribirme, porque no te voy a contestar. Adiós.» Melchor relee el texto y lo vuelve a leer. Cuando lo ha asimilado (o cuando cree haberlo asimilado), sale de la sucursal y llama al teléfono de Cosette. Nadie contesta. Llama varias veces más, siempre con el mismo resultado. Escribe un wasap. «Cosette, contéstame el teléfono y te dejaré en paz», reza. Lo envía y luego llama de nuevo a su hija: en vano. «Mándame una foto», escribe entonces. «Sólo quiero tener una prueba de que estás bien. Después no volveré a molestarte. Te doy mi palabra.» Melchor lo envía y aguarda unos minutos con el teléfono ardiéndole en las manos como una alhaja. Pero no recibe ni una llamada ni un mensaje. Nada. De repente se da cuenta de que ha roto a llover, y de que se está mojando.

Casi instintivamente, Melchor reenvía los dos wasaps de Cosette a Blai y a Paca Poch, y empieza a caminar hacia la playa entre gente que corretea a su alrededor tratando de guarecerse de la lluvia. El chaparrón ha envuelto la mañana en una turbia luz de tormenta y está vaciando el paseo marítimo. Todavía en bañador, algunos turistas buscan refugio bajo los toldos de las terrazas. Melchor se protege en una de ellas y, mientras aguarda la respuesta de Blai y Paca Poch, se limita a ver cómo cae la lluvia sobre el paseo, sobre el puerto, sobre la bahía y, más allá, sobre la península de Cap de Pinar. Trata de no hundirse en la autocompasión ni en el derrotismo; trata de pensar con orden. Ni se le pasa por la cabeza dejar de buscar a Cosette; no, al menos, hasta que tenga la certeza de que su hija se encuentra bien y de que es verdad que no quiere volver a verle. Puede ser, piensa. Quizá lo que ha descubierto Cosette, o lo que cree haber descubierto —sobre la muerte de su madre, sobre el papel que él desempeñó en esa muerte, sobre la relación que ambos mantienen, sobre ella misma—, la ha cambiado de cuajo, transformando en odio el amor que le tenía. Puede ser, vuelve a pensar. Lo piensa con pena, porque le entristece que su hija le odie, pero sobre todo porque no ha olvidado la frase de Olga que Blai le recordó hace tres días, mientras tomaban café en el bar de Hiroyuki («Odiar a alguien es como beberse un vaso de veneno creyendo que vas a matar al que odias»), y le entristece que su hija se envenene odiándole. Aunque tampoco ha olvidado la respuesta que le dio a Blai, y se dice que, en realidad, quizá Cosette no le odia, que tal vez le ocurra lo mismo que le ocurre a él con Salom, que simplemente no quiera verlo, que no tenga nada que decirle y que no le interese nada lo que él tenga que decirle a ella. Es posible, aunque, ¿de verdad no odia él a Salom? ¿No se sintió traicionado por el antiguo caporal como quizá Cosette se sienta ahora traicionada por él?

Melchor no ha sabido o no ha podido responder esa pregunta cuando suena el teléfono: es Blai, desde su despacho en comisaría. El inspector le avisa de que Paca Poch también le está escuchando y, sin mencionar siquiera los wasaps de Cosette, le pregunta si ha hablado con ella.

—Lo he intentado. —Melchor se aleja de la terraza en que se había refugiado y se instala bajo la marquesina de un hotel, donde puede hablar sin que le oigan—. También le he escrito.

—¿Y? —pregunta Blai.

—No me ha contestado. ¿Crees que ahora sí podrías pedirle al juez la intervención de su teléfono?

—Claro —asegura Blai—. Pero no sé si me la dará. Recuerda que ya no tenemos competencia sobre el asunto.

—¿Le has mandado los mensajes a Benavides? —interviene Paca Poch.

—No. Ni pienso hacerlo. Para no tener que mover el culo, ese zángano insinuó desde el principio que Cosette se había fugado. Si le mando los mensajes de Cosette, pensará que acertó.

—Ese mismo va a ser el problema con el juez —opina Blai.

Hay un silencio, durante el cual Melchor comprende que su amigo está en lo cierto, y que, leyendo los mensajes de Cosette, el juez puede llegar a la misma conclusión a la que llegó Benavides sin leerlos.

—De todos modos, lo intentaré —promete Blai—. Aunque creo que hemos tenido una idea mejor. ¿Has oído hablar de Sirene?

—Es un organismo de enlace entre policías europeas —tercia Paca Poch—. A través de él podemos pedirle a la policía de Milán que busque a Cosette en la plaza del Duomo. Sólo tienen que revisar las imágenes que han tomado las cámaras de vigilancia de la plaza a la hora en que recibiste los wasaps y ver si reconocen a tu hija en ellas.

—Estupendo —intenta animarse Melchor—. ¿Podéis hacerlo ahora mismo?

—Claro —vuelve a hablar Blai—. Hay que preparar un oficio con la solicitud y la foto de Cosette, y luego ellos lo traducen al italiano y se lo mandan a los Carabinieri. Dentro de una hora tenemos la respuesta. Quizá menos.

Melchor vuelve a decir «estupendo» y pide que le avisen cuando tengan noticias. Al colgar el teléfono ha cesado la lluvia.

6

A la espera de noticias de Milán, Melchor combate su impaciencia recogiendo o solicitando las grabaciones de Cosette que le faltan mientras deambula por las calles resbaladizas de lluvia reciente que circundan el hostal Borràs y desembocan en el paseo marítimo. En una ocasión habla por teléfono con Rosa y, aunque sólo entonces decide dejar de mentirle, enseguida comprende que en ningún momento la ha engañado: Blai debe de haber estado informándole sobre los pormenores de la búsqueda. En otra ocasión habla con Cortabarría, quien atribuye a unos problemas con el *software* de reconocimiento facial el hecho de que aún no hayan conseguido identificar a la desconocida que acompaña a Cosette en la grabación de Chivas.

—Tardaremos más de lo que esperaba en averiguar quién es —concluye—. Pero mañana como mucho lo sabremos.

También habla con Blai, que le telefonea para darle una noticia buena y otra mala: la buena es que ya han mandado la traducción italiana del oficio policial a los Carabinieri de Milán y que los Carabinieri han respondido poniéndose manos a la obra de inmediato; la mala es que el juez de Gandesa no autoriza la intervención del teléfono de Cosette.

—Ya te lo advertí —le recuerda.

—¿Le has mandado los wasaps? —pregunta Melchor.

—Claro —contesta Blai—. Según él, precisamente por eso no puede autorizar la intervención: dice que comprende que estés preocupado, pero en esos mensajes Cosette ya te ha dicho todo lo que te tenía que decir. En fin... Esperemos a ver qué dicen los Carabinieri.

En otro momento Melchor se queda con la mente en blanco, contemplando el descomunal arcoíris que nace frente al paseo marítimo, en el extremo de la península de Cap de Pinar, y parece morir en un pedazo soleado de cielo azul cobalto que ha abierto entre las nubes el final del chaparrón.

Hacia las dos y media vuelve al hostal Borràs y le pide al gerente el ordenador que dejó allí hace un rato. Alargándoselo por encima del mostrador, el otro anuncia:

—Acaba de marcharse la Guardia Civil.

—A buenas horas mangas verdes —contesta Melchor.

—¿Eso quiere decir que no le interesa lo que querían saber? Melchor responde que sí le interesa.

—Me han hecho unas cuantas preguntas sobre su hija —le informa el otro—. Ninguna que usted no me haya hecho ya. También me han preguntado por usted.

—¿Les ha contado alguna mentira?

—¿Usted qué cree?

Melchor se encoge de hombros, se aleja del mostrador y, después de ir al baño a orinar, pide en la barra un sándwich de atún y una Coca-Cola. Luego conecta el ordenador y revisa el correo electrónico. En la bandeja de entrada hay cuatro mensajes. Tres de ellos —uno de Caixabank, otro de Targobank, otro de Little Britain— pertenecen a establecimientos a los que ha solicitado las grabaciones de sus cámaras de vigilancia; el cuarto es anónimo: «Su hija», se titula. Lo abre de inmediato.

«Señor Marín, si quiere encontrar a su hija, vaya a Can Sucrer», lee. «Es una casa de campo, está en un bosque cerca de Pollença. Para llegar, tome la primera entrada al pueblo viniendo de Inca. Pasará por delante del colegio Costa i Llobera, allí gire a la izquierda y tome una carretera de montaña hacia la Vall de Colonya. La llaman el camino de Can Bosch. Sígala. Dos o tres kilómetros después verá otra carretera a la izquierda. Sígala también. Al final hay un sendero y una casa. Aquello es Can Sucrer.

»Allí vive un hombre llamado Damián Carrasco. Él puede ayudarle. Cuéntele lo de su hija. Escúchele. Lo que Carrasco le diga le parecerá una locura, pero es la verdad. Hágale caso, es un buen hombre, seguramente demasiado bueno.

»Por favor, borre este correo en cuanto lo lea, y no le diga a nadie que lo ha recibido. Esto es muy importante. También es importante que no pregunte por Can Sucrer. Nadie debería saber que ha estado usted allí, asegúrese de que nadie le sigue. Y, sobre todo, no intente averiguar quién soy. Sólo soy un hombre que tiene hijos, igual que usted. Créame, estoy corriendo un riesgo enorme por ayudarle. Le ruego que no haga que me arrepienta. Y le deseo mucha suerte».

Al terminar de leer, Melchor aparta la vista de la pantalla y la desliza por el salón del hostal Borràs: todo está exactamente igual que antes —los clientes sentados a las mesas, bebiendo cerveza y devorando tapas y pizzas, los camareros ajetreados detrás de la barra, el gerente apostado en el mostrador, la luz de la tarde abrillantada por la lluvia entrando a chorros por los ventanales— y, a la vez, todo es distinto, como si las palabras que Melchor acaba de leer hubieran teñido la realidad con un barniz amenazante, como si, a su alrededor, todos —comensales, camareros, el propio gerente— supieran dónde está Cosette y todos fingieran que no lo saben, como si todos estuvieran interpretando una obra cuyo único espectador es él. Melchor ahuyenta esa momentánea impresión de pesadilla y se pregunta qué es aquel correo.

¿Una broma sin gracia? ¿Un mensaje providencial? ¿Una trampa para incautos? Melchor se dice que, sea lo que sea, nada tiene que perder tomándoselo en serio, así que memoriza las instrucciones para llegar al sitio indicado y la dirección del correo electrónico desde el que se las mandaron, pide a un camarero que apunte en su cuenta lo que ha consumido, carga con su ordenador y, dejando en la barra la Coca-Cola a medias y el sándwich mordisqueado, va en busca de su coche.

Aún no ha salido del Port de Pollença cuando Paca Poch le llama por teléfono y le comunica que acaban de recibir los resultados de las pesquisas de los Carabinieri.

—No ha habido suerte —se lamenta—. A la hora en que Cosette mandó su mensaje había ocho personas conectadas al repetidor que da cobertura móvil en la plaza del Duomo, pero ninguna es ella.

—¿Están seguros?

—Sí.

—¿Podemos ver las imágenes?

—Las he pedido, pero no nos las mandarán hasta esta noche o mañana. De todos modos, no creo que eso cambie las cosas.

Melchor comprende que la sargento lleva razón. Está conduciendo por la carretera reluciente de lluvia que une Port de Pollença con Pollença, entre macizos de pinos y encinas lavados por el aguacero, con los últimos roquedales de la sierra de Tramuntana a su derecha, imponentes como un gigante dormido. Tras un silencio, Melchor pregunta:

—Dime una cosa, ¿se puede falsificar la ubicación que me ha mandado Cosette por wasap?

Paca Poch contesta sin dudar:

—Se puede.

—O sea, que alguien, Cosette o quien sea, podría haber

mandado esa ubicación desde Mallorca, o desde donde sea, para hacernos creer que ella está en Milán.

—Es posible.

—¿Cómo podríamos averiguar si es verdad? Quiero decir...

—Pidiéndole la geolocalización del teléfono de Cosette a su compañía telefónica.

—Pero para eso hay que tener la autorización del juez.

—Exacto. Y no nos la va a dar. Si no se la dio a Blai hace un rato, no veo por qué va a dárnosla ahora.

—¿No hay otra manera de averiguarlo?

—Legalmente, no.

—¿E ilegalmente?

Ahora el silencio es más largo y más denso. Melchor busca en el horizonte el arcoíris que vio hace un rato en la península de Cap de Pinar, pero no lo encuentra. A lo lejos se perfilan las primeras casas del casco urbano de Pollença.

—Déjame hacer una prueba —dice la sargento.

—Paca —la ataja Melchor, antes de que cuelgue el teléfono—. Tengo que pedirte otro favor. Necesito que averigües quién ha creado una dirección de correo electrónico. —Melchor le dicta la del correo que acaba de recibir—. ¿Crees que podrás hacerlo?

Paca Poch contesta que lo intentará.

Minutos después, siguiendo las indicaciones de su informante anónimo, Melchor se interna en Pollença por la última entrada del pueblo —la primera, viniendo de Inca—, enseguida identifica el colegio Costa i Llobera, tuerce a su izquierda y pasa junto a una ermita gótica que su informante no ha mencionado, lo que le extraña un poco. Pese a ello, avanza por una carretera estrecha, solitaria y sinuosa que se interna en un valle entre cercas de piedra, olivos, higueras, encinas, higos chumbos y algarrobos, hasta que, al cabo de unos pocos kilómetros, casi al mismo tiempo que avista al fondo una pared de roca viva y se pregunta si no se habrá perdido, ve un desvío a su izquierda, con un letrero donde se lee CAMÍ DEL RAFALET, y lo sigue hasta tomar un camino de tierra que desemboca en una vieja casa de campo asediada por un bosque de cipreses y encinas.

Melchor deduce que aquello es Can Sucrer y aparca el Mazda alquilado a la entrada, frente a una tranquera. Al salir del coche le llama la atención el silencio del valle, apenas roto por el goteo menguante de la lluvia cayendo desde los árboles, y, mientras abre la tranquera y avanza por un patio alfombrado de agujas de pino donde se yerguen un horno antiguo, una mesa de piedra, un pino frondoso y muy robusto y una pared cubierta de yedra, Melchor siente que, aunque aquel paraje quede muy cerca de Pollença, en realidad queda muy lejos, como en otra dimensión. Bajo un parral, la puerta de la casa está entreabierta.

Melchor la abre del todo y lo primero que distingue, a la izquierda de la entrada, es un hombre sentado en un sillón de orejas, que se vuelve hacia él. Su semblante no delata sorpresa: la expresión es más bien hosca, contrariada. El hombre lleva una camisa azul abierta sobre una camiseta imperio y unos pantalones de pijama a rayas, y viéndolo allí, descalzo, mal afeitado, con las manos muertas en los brazos del sillón y la cabeza recostada en el respaldo, a la mente de Melchor afluyen estampas de viejos guerreros, o de samuráis.

—Estoy buscando a Damián Carrasco —anuncia.

Una mano del otro resucita sin que su rostro se altere.

—Adelante —dice.

En ese momento Melchor repara en que el hombre está viendo un partido de fútbol en un televisor encaramado en una mesita, al otro lado de aquella estancia de muros gruesos y encalados y suelo de piedra, con una techumbre sostenida por maderos y con ganchos de hierro para el ganado sobresaliendo de las gruesas paredes. El hombre dice algo, que Melchor no entiende; señalando el aparato de televisión con la barbilla, vuelve a hablar:

—Le he preguntado si le gusta el fútbol.

Melchor contesta que no y el hombre, sin apartar la vista del juego, comenta:

—Una vez oí decir que, de todas las cosas que no importan, la más importante es el fútbol. —Durante un segundo parece abstraído—. Menuda tontería. La verdad es que el fútbol es una de las pocas cosas importantes de este mundo. Todo lo demás... En fin. —El hombre se vuelve otra vez hacia Melchor, como si acabase de recordar que sigue allí—. Damián Carrasco soy yo. Pero, si quiere comprar la casa, con quien tiene que hablar es con...

—No quiero comprar nada —le corta Melchor—. Vengo de Cataluña. Mi hija se perdió aquí hace dos días, y me han dicho que hable con usted.

De golpe, la cara de Carrasco se transforma: sus ojos buscan con desconfianza los ojos del intruso, su ceño se arruga, sus mandíbulas se tensan. Melchor se fija en él. Debe de rondar los sesenta años. Es un hombre corpulento, con unas manos muy grandes y un cráneo senatorial, cubierto por un vello ralo y ceniciento; más que recordarle a un viejo guerrero o a un samurái, ahora le recuerda a un viejo boxeador, con su nariz chata, sus mejillas sombreadas de barba, sus pómulos rocosos y su boca despectiva.

—¿Quién le ha dicho que hable conmigo? —pregunta Carrasco.

—No lo sé.

En los ojos de Carrasco la curiosidad desplaza a la desconfianza. Frente a él, en una mesa de cerezo que parece usar como escritorio, Melchor distingue un teléfono móvil, un iPad, un ordenador portátil, una libreta y un par de bolígrafos, varios libros, unas gafas, un vaso vacío y un plato sucio, con un cuchillo y un tenedor cruzados en el centro; en el suelo, a su izquierda, hay una botella mediada de agua mineral y, justo encima de él, clavado en la pared, un letrero antiguo de loza donde se lee: CALLE DEL TEMPLE. Alrededor de la mesa de cerezo hay dos sillas de anea.

—¿No lo sabe? —pregunta Carrasco.

Melchor vuelve a decirse que no tiene nada que perder y, cogiendo la silla de anea y sentándose en ella junto a Carrasco, le sintetiza lo ocurrido desde la desaparición de Cosette hasta que recibió el correo electrónico que le guio hasta Can Sucrer. Mientras él habla, Carrasco escucha con los ojos entrecerrados, sin mirarle, sin hacer preguntas ni pedir aclaraciones, como si le costara mucho esfuerzo procesar sus palabras o como si quisiera asimilarlas por completo o como si estuviera dormido y soñando. Cuando termina de hablar, Melchor insiste en que lo único que le importa es encontrar a su hija; también subraya la negligencia o la incompetencia de Benavides.

—Es un inútil —concluye.

La definición parece despertar de golpe a Carrasco.

—Se equivoca. —Abriendo los ojos de par en par, se gira hacia Melchor—. No es un inútil. Es un corrupto.

Carrasco sostiene un segundo la mirada perpleja de su visitante y luego busca el aparato de televisión con la suya; Melchor lo imita sin querer: en la pantalla, un futbolista se dispone a lanzar un córner oteando desde la esquina del campo el área abarrotada del rival. Antes de que el jugador pueda golpear el balón, Carrasco se vuelve otra vez hacia Melchor y sus pupilas lo fijan con una claridad inquisitiva.

—¿Ha oído hablar de Rafael Mattson?

Al pronto, Melchor no entiende la pregunta, como si estuviese fuera de lugar o la hubieran formulado mal.

154

—¿El financiero?

—El financiero, el magnate, el filántropo, el gran hombre —contesta Carrasco—. Tiene una casa aquí al lado, en Formentor. Una mansión, más que una casa. Lo más probable es que su hija esté ahí. O que haya pasado por ahí.

Melchor se queda de piedra. Por un momento se pregunta si aquel hombre está en sus cabales.

—Al menos, ahí es donde tiene que empezar a buscar —matiza Carrasco.

Sin salir de su asombro, Melchor recuerda la advertencia de su informante anónimo: «Lo que Carrasco le diga le parecerá una locura, pero es la verdad. Hágale caso».

—¿Cómo lo sabe? —pregunta Melchor—. ¿Cómo sabe que mi hija...?

—No lo sé. —Ahora es Carrasco quien no le deja terminar a él—. Me lo imagino. Pero tengo muy buena imaginación. Un policía sin una buena imaginación no es un policía.

—¿Es usted policía?

—Lo fui. Pero ya no lo soy. Guardia civil. Por eso sé que Benavides no es un inútil sino un corrupto. Y que Mattson es un depredador sexual.

—¿Benavides está a sueldo de Mattson?

—Aprende usted rápido.

—Yo también fui policía.

—No me lo había dicho.

—No me lo había preguntado. ¿Benavides está a sueldo de Mattson?

—Benavides y no sé cuánta gente más. Entre ellos, el capitán de la Policía Judicial de Inca y dos o tres magistrados de los juzgados de Inca, empezando por el juez decano. En esta isla, quien no está a sueldo de Mattson sabe que hay cosas sobre las que es mejor no preguntar... Mattson tiene cogida por los huevos a un montón de gente. En esta isla y fuera de esta isla. Y por eso hace lo que le da la gana. —Carrasco le alarga la palma de la mano a Melchor, como si estuviese mendigando—: ¿Tiene ahí la grabación? Quiero decir, la de su hija saliendo de Chivas la noche en que desapareció.

A fin de que los dos puedan ver las imágenes con la mayor claridad posible, desde su móvil Melchor manda la grabación al correo electrónico de Carrasco, que coge el ordenador, se cala las gafas, entra en el archivo que le acaba de enviar Melchor y, siguiendo sus instrucciones, localiza la imagen de las dos chicas a la salida de la discoteca.

—Lo que le decía. —Tras unos segundos, Carrasco señala con un índice a la acompañante de Cosette—. Se llama Diana Roger. Es una de las conseguidoras de Mattson.

—¿Conseguidoras?

—Chicas que reclutan a chicas para ese hijo de puta. Tiene unas cuantas en toda la isla. Víctimas suyas, que ahora trabajan para él. ¿Ha visto estas imágenes Benavides?

—Claro. Se las di yo mismo esta mañana.

—Mal hecho. Eso significa que Benavides ya sabe que usted sabe. O que puede llegar a saber.

En ese momento, como alertado por un sexto sentido, el antiguo guardia civil se quita las gafas y desvía la vista hacia la pantalla del televisor, donde un grupo de futbolistas celebra un gol abrazándose eufóricos en un extremo del césped. Mientras Carrasco examina la repetición de la jugada («Por toda la escuadra», murmura), Melchor vuelve a preguntarse si aquel hombre es un loco y todo lo que le ha contado un delirio y él está siendo víctima de una bufonada macabra que sólo va a hacerle perder el tiempo; pero vuelve a recordar la advertencia de su informante y vuelve a decirse que no tiene nada que perder, y a punto está de pedirle a Carrasco la dirección de Mattson cuando suena el teléfono. Es Paca Poch. Melchor duda si contestar o no.

—Cójalo. —El antiguo guardia civil se levanta de su sillón—. A lo mejor es importante. ¿Le apetece tomar un café? Usted y yo tenemos mucho de que hablar.

Melchor sale al patio sin responder a la pregunta de Carrasco.

—El correo electrónico que recibiste te lo mandaron desde los juzgados de Inca —le espeta la sargento—. Concretamente, desde un ordenador del juzgado de instrucción número uno. Lo curioso es que ese correo se ha creado esta mañana y sólo ha servido para mandar ese mensaje, luego se ha dado de baja. ¿Tiene todo esto algún sentido para ti?

Antes de que pueda contestar que no, Melchor recuerda al funcionario del bastón que le atendió en el juzgado de Inca, junto a la secretaria judicial.

—No lo sé —dice, de repente seguro de que sí tiene un sentido—. ¿Puedo pedirte un último favor?

—Aunque sea el penúltimo.

Melchor le pide que averigüe todo lo que pueda sobre Damián Carrasco.

7

—Ni se le ocurra pensar que esta casa es mía —le advierte Carrasco cuando irrumpe en la cocina—. El propietario es mi amigo Biel March, que no quiere vendérsela a los turistas y me la alquila por dos duros a cambio de que se la cuide. Más que un inquilino, soy un masovero. Pero la casa es estupenda y no hay mes que no pase algún comprador por aquí haciendo una oferta. Por eso le confundí con uno.

Carrasco habla con desenvoltura mientras llena de café el embudo de una cafetera, lo encaja en el depósito de agua, le enrosca el depósito de café y pone la cafetera sobre uno de los fogones de una cocina de camping gas. Melchor se fija en que conserva un poco de pelo en el occipucio; también repara en sus pectorales duros y su vientre plano bajo la camiseta imperio, en sus brazos poderosos, sus hombros erguidos y su cuello robusto y sin pliegues: aunque Carrasco tenga una mirada de viejo, físicamente se conserva bien. Observando a su anfitrión, Melchor decide que, antes de dar por buena su hipótesis —según la cual Cosette puede estar en la mansión que Mattson posee en Formentor, o puede haber pasado por allí—, debe convencerse de que tiene fundamento.

—Me estaba hablando de Rafael Mattson —le recuerda Melchor mientras Carrasco enciende el fogón con un fósforo—. Me había dicho que es un depredador sexual. Que tiene a un montón de gente cogida por los huevos.

—A un montón. —Carrasco apaga el fósforo de un soplido—. A unos cuantos los tiene en nómina. A otros les hace un regalo de vez en cuando. Y todo el mundo sabe que le conviene estar a bien con él, o por lo menos no meterse donde no le llaman. No hace falta que le diga que, para Mattson, el dinero que se gasta en tener a esa gente callada es calderilla... —Tira el fósforo medio quemado a un cenicero impoluto y prosigue—: Pero, claro, no se trata sólo de dinero. Por esa casa ha pasado todo el mundo: magistrados, ministros, celebridades, periodistas estrella, banqueros, presidentes del Gobierno... *La crème de la crème.* Y, como la casa está llena de cámaras, Mattson los ha filmado a todos. ¿Va entendiendo?

—No estoy seguro.

—¿Qué es lo que no entiende?

—¿Lo que Mattson filma...?

—Es lo que se está imaginando: las juergas sexuales que les organiza a sus invitados, y por supuesto las suyas, que para eso es un narcisista de manual. —Carrasco se acerca a un armario, saca dos tazas de café y dos cucharillas y las deposita junto al fregadero; de golpe, como si acabara de recordar algo importante, da media vuelta hacia Melchor—. Dígame, ¿le ha enseñado ya Benavides la caja donde guarda los casos sin resolver?

Melchor asiente. Carrasco responde con una sonrisa sarcástica.

—Claro. —Apoyando los riñones en el borde del fregadero y cruzando los brazos, explica—: Debería avergonzarse de ella, pero le encanta enseñarla. Normal, al fin y al cabo es su gran coartada: él hace lo que puede, está desbordado de trabajo, no tiene medios... Y una mierda. Lo que pasa es que no quiere hacer nada.

—Esa fue mi impresión.

—Una impresión correctísima. Pero usted la tuvo porque fue policía. El resto de la gente no la tiene, así que se traga sin más la milonga de Benavides. —Carrasco descruza los brazos y, abriendo mucho los ojos, da un paso hacia Melchor—. Mire, aquí la única verdad es que esos casos no se resuelven nunca. Se archivan, se extravían, se dejan morir. De eso no se encarga sólo Benavides, claro, en los juzgados de Inca le ayudan, y mucho... —Carrasco se pasa los nudillos de la mano derecha por la punta de la nariz, como si le picara—. Ojo, no me malinterprete. No estoy diciendo que todas las chicas que desaparecen en esta zona se pierdan en casa de Mattson. Lo que digo es que algunas desaparecen allí. Algunas no. Muchas.

—¿Y vuelven a aparecer?

—La mayoría, sí. —El café empieza a hervir en la cafetera y Carrasco retrocede hasta el fregadero y coge un paño de cocina—. Unas reaparecen al cabo de un tiempo. Otras se quedan con Mattson o con gente de Mattson, trabajando para él o haciéndole compañía o lo que sea. Las que desaparecen probablemente estén muertas. Algunas de ellas son de aquí, de la isla, chicas normales y corrientes, pero la mayoría son turistas... En fin, esa casa es un agujero negro. ¿Sabe por qué se la hizo construir Mattson aquí?

Melchor no dice nada.

—Porque pasaba aquí los veranos de su infancia —se contesta el antiguo guardia civil—. En Andratx. Su familia tenía una casa en el puerto. De hecho, su padre y su madre se conocieron allí, veraneando. Su padre era sueco, y su madre española, de Madrid, por eso él habla tan bien castellano, en realidad es su lengua materna. Y por eso se hizo construir la casa de Formentor y la convirtió en su picadero particular. Qué entrañable es todo esto, ¿verdad...? Claro que por aquí su mujer y sus hijos casi no paran, viven en Nueva York y en verano suelen ir a una casa que tienen en los Hamptons, o a la isla de Faro, en el Báltico, la mitad de la isla es suya... Pero, en cuanto él aparece por aquí, sea en la época que sea, su gente se despliega por la zona para conseguirle nuevas chicas. Y Mattson llegó hace una semana.

—¿Eso es lo que le hace pensar que mi hija está en su casa?

—Exacto.

El café lleva ya unos segundos hirviendo. Carrasco coge la cafetera con el paño y, de espaldas a Melchor, que siente un coágulo de angustia cegándole el cuello, empieza a llenar con cuidado las dos tazas que acaba de sacar del armario. En torno a él, la cocina reluce de limpia; es una cocina tradicional de campo, con una chimenea sobrevolada por su campana, una mesa de madera tosca rodeada de sillas y taburetes, un abrevadero, una repisa donde se alinean tinajas, jarrones, platos y tazas de cerámica, una cocina de leña en desuso y una pared erizada de ganchos de donde penden utensilios de cocina: una sartén, un colador, un mortero, un cazo, una espátula.

—¿Sabe una cosa que se aprende con los años? —reflexiona en voz alta Carrasco, mientras acaba de servir el café—. Que todos los lugares comunes son verdad, o que tienen una parte importante de verdad. Y que quien los desprecia es un idiota... Dígame, ¿cuántas veces ha oído decir en su vida que todo el mundo tiene un precio? —Carrasco se gira con la cafetera en la mano y, con una suerte de satisfacción, dice—: Bueno, pues es una verdad como un templo. Eso es algo que la gente como Mattson sabe desde que nace. Y que yo sólo aprendí gracias a Mattson.

Melchor interviene:

—¿Y cuál es su precio?

Apenas formula esa pregunta se arrepiente de ella, pero ya es tarde para rectificar. En los ojos de Carrasco la satisfacción se trueca en un interés teñido de curiosidad, una sonrisa levísima parece bailar en sus labios y una profunda ironía en sus ojos, igual que si aquel interrogante no fuera un interrogante sino la solución o la clave de un enigma que ni siquiera intentaba descifrar. Carrasco señala una taza llena de café y, por toda respuesta, dice:

—¿Lo quiere con azúcar?

Melchor responde que no, Carrasco le alcanza el café y, después de revolverlo un poco para no abrasarse la garganta, él se lo toma de un trago y deja la taza en el fregadero.

—¿Cómo puedo estar seguro de que lo que me ha contado es cierto? —pregunta después.

Carrasco tiene un momento de duda, o eso lee en su cara Melchor: de ella han desaparecido la sonrisa y la ironía, reemplazadas por una expresión interrogativa, como si ahora fuera el antiguo guardia civil quien estuviera evaluándolo a él.

—Eso es fácil —contesta Carrasco. Se toma su taza de café y la deja vacía junto a la cafetera—. Acompáñeme.

Seguido por Melchor, el otro abre una gruesa puerta de pino en un rincón de la cocina y entra en un cuarto de techo bajo y suelo de piedra rugosa, donde Melchor deduce que debieron de estar las cuadras de la casa y donde ve un frigorífico, un pesebre, dos grandes aceiteras y dos tinajas de tamaño humano. Al llegar a un rincón en penumbra, Carrasco hurga con sus manos en las vigas del techo, baja de allí una escalerilla de madera, que estaba oculta en la oscuridad, y la apoya en el suelo. Hecho esto, empieza a trepar los peldaños hasta perderse por una trampilla.

—Suba —le oye decir entonces Melchor—. No se quede ahí.

Melchor le hace caso, sube él también y al coronar la escalera se encuentra en un antiguo pajar transformado en desván, cuyo techo en pendiente apenas le permite mantenerse en pie sin inclinar la cabeza. Distribuidos por la estancia hay un arcón, un catre, un escritorio, sillas y archivadores; pero lo que sobre todo atrae la atención de Melchor son las paredes, todas ellas forradas de fotografías, recortes de periódicos y revistas, fotocopias, gráficos, diagramas, dibujos, croquis y toda clase de documentos —centenares, miles de ellos— relacionados con Rafael Mattson. Deslizando una mirada atónita en torno a él, Melchor siente que aquel lugar tiene la forma exacta de una de esas pesadillas irrespirables en las que el vértigo de la lucidez se confunde con el de la locura.

—Diez años de trabajo —musita Carrasco como si hablase consigo mismo, oteando a su alrededor. Pero enseguida sale de su abstracción y, con una voz átona y sin orgullo, se dirige a él—: Eso es lo que tiene usted aquí: diez años de trabajo. Bueno, de trabajo y de preparativos.

Durante la siguiente media hora, Melchor escucha la historia de Carrasco, que la cuenta con desapasionada precisión, deambulando por el antiguo pajar como un animal por su madriguera, igual que si no fuese su propia historia sino una historia ajena, o igual que si nunca la hubiese contado.

La historia arranca doce años atrás, cuando el antiguo guardia civil era un capitán recién ascendido y acababan de nombrarlo jefe del puesto de Pollença. Desde que entró en la Guardia Civil su carrera le había conducido de un lugar para otro, obligado por tareas muy exigentes, que no especificó. Llegado un momento, sin embargo, se enamoró de una mujer que le puso como requisito para continuar su relación que abandonara aquella existencia azarosa. Carrasco, que estaba enamorado hasta las cachas, aceptó. Se casaron, se asentaron en Bilbao, tuvieron dos hijos.

—Fue la época más feliz de mi vida —asegura Carrasco—. Tenía a mi mujer, tenía a mis hijos, tenía un destino tranquilo en el cuartel de La Salve... Pero uno siempre cree que puede estar mejor de lo que está. Craso error.

El ascenso a capitán le ofreció a Carrasco la oportunidad de elegir un nuevo destino. El cargo de jefe del puesto de Pollença no resultaba profesionalmente atractivo, ni siquiera adecuado para su nueva graduación —lo normal era que el jefe de un puesto de aquellas dimensiones fuera un teniente—, pero la fantasía de una nueva vida en un pueblito de mar, alejado del mundo o de lo que hasta entonces había sido su mundo, lo atrajo como un imán, y no le costó ningún esfuerzo convencer a su mujer de que aquel lugar paradisíaco era ideal para pasar los años siguientes viendo crecer a sus hijos.

Al principio la decisión pareció acertada. Su mujer y sus hijos estaban contentos con el cambio; su trabajo era cómodo; su vida en el pueblo, apacible. Hasta que Mattson se cruzó con él. Carrasco recuerda exactamente cómo ocurrió. Una mañana, cuando apenas llevaba cuatro meses destinado en Pollença, una mujer se presentó en el puesto denunciando que habían violado a su hija en la mansión del magnate.

—Era una señora humilde, ecuatoriana —precisa Carrasco—. Ana Lucía Torres, se llamaba, ese nombre no se me olvida. Trabajaba como empleada de la limpieza en un hotel, estaba separada, la hija era una adolescente y vivía con ella. Lloraba a mares.

En aquella época, Mattson ya era uno de los hombres más ricos del mundo, pero no hacía mucho tiempo que se había hecho construir la mansión de Formentor y, según Carrasco, aún no había acabado de tramar en Mallorca la red

164

de complicidades y sobornos que poco después lo volvería invulnerable. Tampoco le hizo falta en aquel caso. Aunque el Equipo de Policía Judicial del puesto inició una investigación, al poco tiempo se cerró porque la señora retiró la denuncia. El hecho no escamó a Carrasco: en casos semejantes, aquel tipo de arreglos bajo mano se dan con frecuencia. No le escamó, pero le puso sobre aviso.

Poco después el episodio se repitió con escasas variantes, y casi al mismo tiempo desapareció una chica que había sido vista por última vez en la terraza del hotel Formentor, en compañía de un grupo de huéspedes que se alojaba en casa de Mattson. En esta oportunidad la investigación fue más compleja y más larga, y Carrasco empezó a detectar irregularidades: lentitudes y torpezas inexplicables, pruebas que no se practicaban o se practicaban mal y a destiempo, testigos que no querían declarar después de haberse ofrecido a hacerlo. Las justificaciones del jefe del Equipo de Policía Judicial —un brigada llamado Martín, que llevaba doce años destinado en el puesto— no le convencieron, y elevó el caso a sus superiores en Inca y en Palma.

—Al principio no me hicieron ni caso —dice Carrasco—. Se me quitaban de encima... Pero insistí y volví a insistir, y al final conseguí que le quitaran a Martín el mando de su unidad. ¿Adivina a quién propuse para que lo sustituyera?

Melchor guarda silencio.

—Benavides —responde por él Carrasco—. Trabajaba con Martín, aunque no era su sustituto natural. Pero parecía un tipo capaz y decente. Y yo me llevaba bien con él. —Carrasco sonríe sin alegría—. La jodí. No se fíe de la gente que parece decente.

Benavides no encontró a la chica desaparecida, pero la destitución de Martín le valió a Carrasco la animosidad de la dotación del puesto, que la consideró una arbitrariedad.

Además, apenas tomó posesión de su cargo, Benavides se puso a conspirar en su contra («Hay personas que no pueden tolerar que les hagas un favor», apostilla Carrasco), y él empezó a sospechar que sus subordinados sabían cosas que él no sabía, que le ocultaban información y que, de una manera u otra, esa información siempre desembocaba en Mattson o guardaba relación con él. Carrasco ya no se hallaba en condiciones de pedir la sustitución de Benavides, y en los meses siguientes hubo más denuncias de abusos abortadas o denuncias que acababan en vía muerta. Por fin, harto de tanta negligencia y tanta ineptitud (o de lo que él todavía consideraba ineptitud y negligencia), al desaparecer otra chica Carrasco tomó personalmente cartas en el asunto y se hizo con el mando de la investigación cortocircuitando a Benavides y su equipo, que eran los encargados de llevarla.

Fue entonces cuando las cosas se complicaron de verdad. Un día su esposa mencionó que le parecía haber visto a dos hombres siguiéndola mientras iba y venía del pueblo de Pollença. Carrasco restó importancia al incidente, pero otro día su esposa le contó que un hombre se había acercado a ella (estaba tomando el sol en la Cala Sant Vicenç, con sus hijos), y la había amenazado: le había pedido que le dijera a su marido que tuviese mucho cuidado y que no metiera las narices donde no debía. Este segundo episodio inquietó sobremanera a la esposa de Carrasco y, tras una discusión conyugal que acabó entre lágrimas, le rogó al guardia civil que solicitara cuanto antes el traslado y se marcharan. Carrasco se negó: prometió a su esposa que aquello no volvería a ocurrir, puso escolta a su familia y ordenó hacer averiguaciones a varios hombres de confianza o que creía de confianza. Aún no habían dado ningún resultado cuando una tarde apareció por el puesto una mujer y pidió hablar con él. Carrasco la recordaba muy bien: madura y esbelta y de pelo plateado, impecablemente vestida, con un vago aire de cigüeña. Se presentó como abogada de Mattson; según dijo, venía ex profeso desde Barcelona para hablar con él.

—Font, se llamaba —evoca el antiguo guardia civil, que la recibió en su despacho—. Al principio no entendí lo que quería, o quizá lo entendí, pero no me lo acababa de creer. Luego la mujer se dejó de rodeos. Me dijo que dejara en paz a Mattson. Que, si le dejaba en paz, me recompensaría como es debido, pero, si le buscaba las cosquillas, me arruinaría la vida. No me lo dijo así, naturalmente, me lo dijo sin decírmelo, con medias palabras, pero con una claridad meridiana. Con una amabilidad total. Con una tranquilidad total. Como si no me estuviera proponiendo cometer un delito sino contribuir al bienestar de la humanidad.

—¿Y qué le contestó? —pregunta Melchor.

—Una estupidez —responde Carrasco—. O como mínimo una chulería. Le dije que saliera inmediatamente de mi despacho o la mandaba encerrar en el calabozo. ¿Y sabe lo que dijo ella? —Carrasco hace una pausa—. Nada. Lo único que hizo fue sonreír. Sonrió, se levantó y se marchó... Ah, esa sonrisa. Eso tampoco se me va a olvidar en la vida.

—¿Por qué no denunció a la mujer?

—¿Qué pregunta? Por lo mismo que no podía meterla en el calabozo. ¿Cómo iba yo a demostrar que había dicho lo que había dicho? Era su palabra contra la mía... En fin, lo que es seguro es que la mujer cumplió su amenaza. Pero, si le soy sincero, lo que más me jode no es eso. Lo que me jode es cómo la cumplió. O, más bien, cómo le dejé cumplirla. Con el truco más viejo del mundo. —Carrasco chasquea la lengua y vuelve a sonreír sin alegría—. La verdad es que me comporté como un pardillo.

Por entonces la Guardia Civil y la Policía Nacional de Mallorca investigaban desde hacía unos meses a un cártel

167

de tráfico de estupefacientes que operaba en todo el archipiélago y, poco después de la visita de la abogada de Mattson,
se desencadenó una operación contra esa red en la que detu-
vieron a doce personas, una de las cuales declaró durante los
interrogatorios subsiguientes que el jefe del puesto de la Guardia Civil de Pollença estaba vinculado a la organización. Ese
mismo día, agentes de la Guardia Civil de la comandancia de
Palma irrumpieron en casa de Carrasco y hallaron en un armario doscientos gramos de cocaína y trescientos mil euros
en billetes de cincuenta. Carrasco fue detenido, interrogado
y juzgado y, aunque se hartó de proclamar que ni la cocaína ni
el dinero eran suyos y que era víctima de un complot urdido
contra él por no haber cedido a las pretensiones de Mattson,
terminó expulsado de la Guardia Civil y condenado a ocho
años de prisión, de los cuales sólo cumplió dos y medio.

—El resto se lo puede imaginar —concluye Carrasco—.
Mi mujer no fue capaz de soportar lo que pasó y se separó
de mí. No se lo reprocho, seguramente yo hubiera hecho lo
mismo. Mis hijos viven con ella. De vez en cuando vienen
a verme... En cuanto a Mattson —Carrasco abarca el antiguo
pajar con un ademán de socarrona ampulosidad—, aquí lo
tiene, campando por sus respetos.

Mientras hablaba el antiguo guardia civil, Melchor ha intentado imaginárselo enclaustrado durante años en aquel viejo
caserón perdido en el bosque, sin dejar de pensar en Mattson,
indagando a tiempo completo sobre él, cociéndose en la neu-
rosis de su rencor y su obsesión. Cuando deja de hablar, todavía no ha sido capaz de imaginárselo, o no del todo, pero
se pone en pie y Carrasco le pregunta:

—¿Adónde va?

—A casa de Mattson.

—No diga tonterías. —Carrasco le frena con una mano
en el pecho. Melchor mira la mano, no a Carrasco—. ¿Cree

usted que podrá entrar? ¿Usted y cuántos más...? Otra pregunta: ¿y si su hija ya no está allí? ¿O está, pero le dicen que no está? ¿O está, pero está por gusto y no quiere saber nada de usted? ¿La va a sacar a rastras?

Melchor alza la vista hacia Carrasco.

—No sea ingenuo —argumenta el antiguo guardia civil—. Sólo hay una forma de recuperar a su hija, y es destruyendo a Mattson.

—Yo no quiero destruir a Mattson. Sólo quiero recuperar a mi hija.

—No puede recuperar a su hija sin destruir a Mattson.

La afirmación de Carrasco resuena en el pajar con el aplomo de un veredicto. En ese momento tintinea el móvil de Melchor, que de un vistazo comprueba que es Paca Poch. Esta vez Carrasco no le anima a que lo coja; sintiendo que el relato de aquel hombre ha desintegrado el coágulo de angustia que le obstruía el cuello, Melchor no lo coge. Ya ha decidido que, diga lo que diga Carrasco, en cuanto salga de allí se dirigirá a Formentor, a la casa del magnate, pero se oye articular:

—Dígame entonces cómo destruir a Mattson.

En la media luz del pajar remozado, Carrasco hinca sus ojos en los ojos de Melchor y sus labios amagan con una sonrisa.

—¿Sabe una cosa? —dice—. Llevo años esperando que alguien me haga esa pregunta.

—¿Y cuál es la respuesta?

Carrasco aparta la mano del pecho de Melchor.

—¿Quiere otro café?

8

—Sólo hay una forma de destruir a Mattson —sostiene Carrasco—. Entrando en su casa y llevándose su archivo.

Otra vez en la sala de estar, el antiguo guardia civil se ha sentado en su sillón de orejas y le ha ofrecido a Melchor una de las sillas que rodean la mesa de cerezo, pero Melchor prefiere permanecer de pie. Ambos tienen en las manos una taza de café recalentado. Frente a Carrasco, al otro lado de la mesa, un concurso de telerrealidad ha ocupado el lugar del partido de fútbol en la pantalla del televisor. Una ancha franja de luz dorada se filtra por la puerta que da al patio y tiñe de un color cobrizo las gruesas manos venosas del antiguo guardia civil.

—Hay que entrar a la brava, claro —continúa Carrasco, después de dar un sorbo de café—. No es fácil. La casa está muy bien protegida, y el archivo todavía más, en realidad es una habitación blindada. Por todas partes han instalado los sistemas de seguridad más sofisticados, y encima hay un batallón de gente que la vigila día y noche, los trescientos sesenta y cinco días del año. Es complicado entrar ahí... Pero llevo mucho tiempo tratando de averiguar la manera de hacerlo y la he descubierto. Por lo menos, he descubierto que hay una oportunidad. Una y no más, santo Tomás: si se falla, se acabó. Por eso hay que elegir muy bien el momento.

—Levanta la mano libre y muestra tres dedos—. Para acertar sólo hacen falta tiempo, gente y dinero... Pero no se asuste, no hace falta ni mucho tiempo, ni mucha gente, ni mucho dinero. Con diez o doce personas voy que ardo, y con cuarenta o cincuenta mil euros también, quizá incluso menos, todo depende de quién lo haga. En cuanto al tiempo, pueden bastar unas semanas, lo justo para preparar la operación y encontrar el momento adecuado para llevarla a cabo. En realidad, lo que hace falta sobre todo es decisión. Ganas de acabar de una vez por todas con ese hijo de puta.

Melchor se dispone a repetir que él no quiere acabar con Mattson, sino sólo recuperar a su hija, cuando vuelve a sonar el teléfono. Otra vez Paca Poch.

—Déjeme acabar —le ruega Carrasco, señalando su móvil—. Después lo coge.

Como sumido en una de esas pesadillas en las que uno obra contra la propia voluntad, Melchor aparta de su mente el grumo de ideas que le asedia —está perdiendo un tiempo precioso, su hija sigue desaparecida, diga lo que diga aquel hombre debería salir de inmediato hacia la casa de Mattson— y, después de tomarse de un trago el café, pregunta:

—Dígame, ¿qué hay en el archivo de Mattson?

—Yo lo llamo la cámara del tesoro. —Carrasco vacía también su taza, la deja en el suelo, a su lado, y posa de nuevo las manos en los brazos del sillón; Melchor vuelve a pensar en un viejo guerrero, o en un samurái—. Mattson es un depredador sexual, así que se puede imaginar lo que guarda allí. Fotos, grabaciones, papeles, trofeos de sus víctimas...

—¿Trofeos?

—Claro, ropa interior, pulseras, pendientes, pelo púbico, chicles mascados, de todo. Es posible que también guarde partes de cuerpo conservadas en formol, cosas como lóbulos de orejas, dientes o pezones... En fin, lo que necesita un depredador para revivir el momento en que abusó de sus víctimas.

—Carrasco se pasa otra vez los nudillos de la mano derecha por la punta de la nariz—. Lo que hay que hacer es entrar en esa habitación, llevarse el disco duro del ordenador donde Mattson guarda las fotos y las grabaciones y, si es posible, fotografiar el resto. Y luego hay que dar a conocer todo eso, enseñárselo al mundo, para que quede claro qué clase de individuo es Mattson. —Carrasco levanta las manos de los brazos del sillón y, casi sin ruido, vuelve a posarlas en él—. Esa es la forma de acabar de una vez por todas con ese hombre.

Carrasco se queda escrutando a Melchor como si tratara de leer en su cara el efecto de lo que acaba de explicar, o como si esperara su reacción; pero Melchor no reacciona, y su silencio se suma al silencio de la casa y del bosque en torno a ella. Hasta que, de repente, Carrasco se levanta del sillón, arranca una hoja de papel de la libreta que descansa sobre la mesa de cerezo, coge el bolígrafo y escribe algo en ella.

—Piénselo. —El antiguo guardia civil dobla la hoja por la mitad y se la tiende—. Hágame ese favor. Y, si decide echarme una mano, ahí tiene mi teléfono. Llámeme y hablamos. Hace mucho tiempo que espero una oportunidad. —Carrasco le pone el papel en la mano y se la cierra sobre él—. Usted decide si ese tipo sigue haciendo de las suyas o no. Pero recuerde bien lo que le he dicho: no va a recuperar a su hija sin destruir a Mattson.

Apenas sale de la casa, Melchor telefonea a Paca Poch.

—Cosette nos la ha intentado meter doblada —dice la sargento—. No estaba en Milán cuando te mandó el wasap.

—¿Estás segura de que fue ella la que lo mandó? —replica Melchor, con las palabras de Carrasco resonándole en los oídos mientras crujen bajo sus pies las hojas de pino que alfombran el jardín de Can Sucrer—. ¿Dónde estaba?

—En Pollença. Bueno, al lado de Pollença.

—¿En Formentor?

—¿Cómo lo sabes?

—Ya te lo contaré. —Abre la tranquera de la finca—. Dime una cosa: ¿tiene el teléfono conectado?

—Ahora no sé, pero hace cinco minutos no. Precisamente, la última vez que se conectó fue para mandarte el wasap. Se conectó en Formentor.

—Mil gracias, Paca.

—Otra cosa —prosigue la sargento. Melchor abre la puerta del Mazda y se sienta al volante—. El tipo por el que me preguntaste, el tal Damián Carrasco. Te he mandado al correo unas cuantas noticias sobre él.

—Dispara.

—Menudo elemento. Hace nueve años era jefe de la Guardia Civil en el puesto de Pollença. Hasta ese momento tenía un expediente impecable. Bueno, más que impecable. Se había tirado un montón de años en la UEI.

—¿La Unidad Especial de Intervención?

—Exacto. Un tipo duro. Pero la buena vida en las islas o lo que sea le reblandeció. El caso es que le pillaron con un montón de droga en su casa. Al parecer, colaboraba con un cártel de narcos que operaba en todas las Baleares. Le cayeron un montón de años. ¿La desaparición de Cosette tiene algo que ver con este pollo?

—Puede ser —responde Melchor. Arranca el coche y dice—: Eso también te lo cuento luego. Hazme ahora otro favor. Sabes quién es Rafael Mattson, ¿verdad?

—¿Y quién no?

—Tiene una casa en Formentor. Búscala y mándame su dirección.

—Oído, cocina. Pero no me jodas que Cosette está allí.

—Eso es lo que pienso averiguar ahora mismo.

Melchor cuelga el teléfono, llama a Blai y, mientras conduce, nota una resistencia en el volante, pero la atribuye al hecho de que está circulando por un camino de tierra.

—¿Has visto el correo de Cortabarría? —es lo primero que dice el jefe de la comisaría de la Terra Alta.

—No.

—Míralo. Nos lo ha enviado ahora mismo. Acaba de identificar a la chica que salía de la discoteca con Cosette. Se llama Diana Roger.

Melchor le dice a su amigo que ya lo sabía y empieza a contarle la conversación que acaba de mantener con Carrasco cuando, al doblar una curva, justo después de ingresar en la carretera de la Vall de Colonya, nota que la dirección del coche lo arrastra hacia la cuneta.

—Me cago en la puta —maldice, frenando—. Me parece que acabo de pinchar. Dame un minuto, Blai.

Cuelga el teléfono, baja del coche y comprueba que, en efecto, el neumático delantero derecho está aplastado entre la llanta y el asfalto, como un reptil destripado. Mientras Melchor se dispone a cambiar la rueda maldiciendo de nuevo, un coche se detiene detrás del Mazda, que casi bloquea la carretera. De su interior salen un hombre y una mujer; son jóvenes y se acercan a él sonriendo.

—¿Necesita ayuda?

Se despierta tumbado frente a un gran ventanal que da a mar abierto. Un dolor intenso ocupa por entero su cabeza y se difunde, compacto y vibrante, por todo su cuerpo, igual que si alguien estuviese manejando una taladradora silenciosa en el interior de su cerebro. Atardece en el horizonte. Más acá, a apenas unos centímetros, sus ojos sólo alcanzan a ver, entre parpadeos, la reluciente superficie de un parqué y el cuero gastado de una colchoneta morada.

Haciendo un esfuerzo lacerante, Melchor se incorpora un poco y apoya los omóplatos en unas espalderas. En ese momento le ponen delante de la boca un vaso de agua y un blíster con dos comprimidos; Melchor alza la vista: una mujer de rasgos aindiados, con uniforme de criada, se inclina hacia él.

—Tómeselas —susurra en un español cantarín, animándole a coger las pastillas—. Le harán bien.

Melchor lee en el blíster la marca Gelocatil, saca los dos comprimidos, se los traga con ayuda del agua y trata de negociar con la jaqueca mientras cobra conciencia de que el lugar adonde ha ido a parar es un gimnasio: bicicletas estáticas y elípticas, cintas de correr, pesas de todas clases y medidas, ruedas de abdominales, máquinas de remo, estimuladores musculares, barras de tracción y pelotas de pilates. No entiende qué hace allí, y, por mucho que lo intenta, no recuerda nada de lo ocurrido después de que la pareja de jóvenes se ofreciera a ayudarlo a la salida de Can Sucrer.

Veinticinco minutos más tarde, cuando el dolor sólo es un eco remoto en su cabeza y él ya se ha cerciorado de que no puede salir de aquel recinto rectangular iluminado por pequeños puntos de luz encastrados en el techo (en el horizonte, al otro lado del ventanal, flota todavía un resto de luz violeta), una de las puertas se abre e irrumpe en el gimnasio un hombre a quien Melchor reconoce al instante, no porque los medios de comunicación prodiguen desde hace años su imagen, sino porque esa misma tarde ha visto su cara repetida hasta el delirio en las paredes del pajar de Can Sucrer.

—Bienvenido a mi casa, señor Marín —lo saluda alegremente el hombre, abriendo los brazos en un ademán hospitalario—. No sabe cuánto lamento este malentendido.

De repente, cuando parecía ir a estrechar las manos de Melchor, el recién llegado se frena en seco, a metro y medio de él, como si temiera contagiarse de alguna enfermedad. En persona, Mattson exhibe la misma sonrisa resplandeciente y bondadosa y el mismo aire cardenalicio que en tantas fotos, aunque, como en tantas fotos, su vestimenta parece la de un catedrático emérito de Harvard en vacaciones: zapatillas de deporte, pantalones de pinzas beis y jersey violeta de angora, con un cuello de pico por el que sobresale una camisa blanquísima. Tiene unas facciones tersas, como erosionadas por la edad y, detrás de los cristales alargados de sus gafas de montura roja, que los medios han convertido en icónicas, los ojos muy azules expresan un punto de alarma.

—Dígame, ¿cómo se encuentra? —inquiere, solícito—. Alexandra me ha dicho que le dolía mucho la cabeza. No me extraña, con el golpe que le han dado esos energúmenos... Alexandra es el ama de llaves de esta casa, sin ella nada funcionaría, ¿se ha tomado usted los analgésicos que le ha dado? ¿Ya se encuentra mejor?

Melchor responde a esas dos preguntas con una tercera:

—¿Dónde está mi hija?

Mattson pone cara de extrañeza.

—¿Su hija? Aquí no está, desde luego. Creo que se marchó anoche. O quizá esta mañana. Yo he estado fuera y... —El hombre cambia la extrañeza por una especie de ironía benevolente—. Ah, entonces es verdad que ha estado usted con el guardia civil... Qué pesadilla, Dios santo. —Ya no hay ironía en su voz, tampoco en su cara; sólo una mezcolanza de contrariedad y de pena—. No sé qué barbaridades le habrá contado, pero, créame, ese pobre hombre no está en sus cabales. Le ruego que no le haga caso.

176

—¿Dónde está mi hija? —repite Melchor.

—¿Lo ve? Ya le ha predispuesto en mi contra... Dígame, ¿quién le habló de él? ¿Cómo supo dónde vivía?

—Le he hecho una pregunta.

—Y yo le he hecho dos. —Ahora Mattson sonríe con un brillo travieso en los ojos, como si el intercambio de exigencias le hubiera divertido, y su cara lisa se llena de arrugas en la frente y la comisura de los labios; enseguida, sin perder la sonrisa, recupera la gravedad—. Oiga, comportémonos como personas razonables, ¿no le parece?

—Dígame si mi hija está aquí o no.

Mattson suspira y, como haciendo acopio de estoicismo, mueve a un lado y a otro la cabeza.

—Claro que no. Lo estuvo, pero ya no lo está. ¿Cuándo llegó? ¿El martes, el miércoles? Ya no me acuerdo. Apareció con una amiga... La pobre. Estaba un poco nerviosa, un poco desorientada. Es lo que les pasa a tantas adolescentes, yo también tengo hijas, ¿sabe?... Nos dijo que se había quedado sola, que la amiga con la que había venido a Mallorca se había marchado y que no tenía dinero para pagar el hotel. Así que la acogimos lo mejor que pudimos. Es lo que hago con muchas chicas en su situación. Ayudarlas. Darles una oportunidad. Apuesto a que eso no se lo ha contado el guardia civil.

—¿Dónde está ahora?

—¿Su hija? No lo sé. Aquí no, desde luego. Creo que se marchó anoche. O quizá esta mañana. Yo he estado fuera y... ¿Ha perdido su móvil? Tenga, llámela desde el mío.

Melchor coge el teléfono que le alarga Mattson y llama a Cosette. Su móvil permanece apagado.

—¿No contesta? —pregunta Mattson—. Ya le he dicho que está un poco desorientada. Conozco poco a su hija, pero me ha parecido una chica estupenda. ¿Y si prueba a llamar a su hotel? Es el mismo en que usted se aloja, ¿no?

Melchor usa la conexión a internet del teléfono de Mattson para buscar el número de teléfono del hostal Borràs.

—Seguro que está allí, ya lo verá —comenta el magnate sueco—. ¿Sabe por qué le he hecho venir aquí? Para disculparme. Aunque la verdad es que la culpa de lo que ha pasado no es mía... Mire que cogerle a la fuerza, a quién se le ocurre semejante disparate. Pero usted puede imaginarse cómo son estas cosas, siempre hay gente que tiene demasiadas ganas de agradarme y se pasa de la raya.

—¿Se refiere a Benavides?

Mattson arquea inquisitivamente las cejas mientras Melchor, que acaba de marcar el número del hostal Borràs, aguarda la respuesta a su llamada con el teléfono pegado al oído.

—El otro guardia civil —aclara Melchor—. ¿Fue su gente la que me secuestró?

Mattson entrecierra los párpados, asintiendo con resignación.

—A saber lo que estaba pensando —se lamenta—. Cualquier estupidez, me parece que ese hombre no tiene muchas luces... El caso es que, en cuanto me he enterado de lo que había pasado, he exigido que lo suelten y le he hecho traer hasta aquí, para disculparme personalmente. Es lo mínimo que podía hacer.

—Ha aparecido su hija —le anuncia el gerente del hostal Borràs a Melchor, apenas este se identifica—. La he llevado a su habitación.

—¿Está bien? —pregunta Melchor.

—No lo sé. Supongo que sí.

—¿Supone?

—No soy médico. Parece cansada, sólo eso. Pero no está herida y no se queja de nada.

—No deje entrar a nadie en esa habitación —le pide Melchor—. Ponga a un camarero en la puerta y espéreme a la entrada del hotel. Voy para allá.

—¿Ve como estaba donde le decía? —Mattson recoge su móvil de manos de Melchor—. ¿Ve como ese desgraciado no dice más que disparates? Y dígame: ¿cómo se encuentra su hija?

De camino hacia la puerta por la que ha entrado Mattson, Melchor no responde a ninguna de sus preguntas. Abre la puerta para salir del gimnasio, pero le cierran el paso un par de hombrones inexpresivos.

—No, no, por favor —interviene Mattson detrás de Melchor, mientras este clava la vista en los dos desconocidos—. Márchese si lo desea, señor Marín. Faltaría más. Es usted mi invitado. Yo sólo quería disculparme y de paso charlar un rato, acaban de hablarme de usted y, créame, siento una gran admiración por lo que hizo. Me refiero a lo de Cambrils, claro... Matar a cuatro terroristas de una sola tacada no está al alcance de cualquiera, ¿sabe usted cuántas vidas pudo salvar? Supongo que se lo habrán preguntado muchas veces, pero...

—Dígales a sus dos matones que, si no me dejan pasar ahora mismo, les parto la cara.

Detrás de Melchor, Mattson suelta una risa afable, y los dos guardaespaldas desbloquean la puerta.

—Es usted como me han contado. —Añade—: ¿Sería mucho pedir que me concediera un segundo, ahora que gracias a mí ya ha encontrado a su hija?

Melchor se da la vuelta. Mattson se ha acercado a él, aunque sin violar la distancia de seguridad; en la mano lleva todavía el móvil que le acaba de entregar Melchor.

—Mire, sobre mí corren todo tipo de leyendas, a cuál más disparatada. Lo sabe, ¿verdad? Quiero decir que, salvo de organizar el ataque contra las Torres Gemelas, a mí me han acusado de todo... —Una pausa: de nuevo, fugazmente, la sonrisa traviesa—. Bueno, ahora que lo pienso también me han acusado de eso... En fin, lo que quiero decir es que la gente se aburre mucho y, para entretenerse, necesita inventar cosas. Para entretenerse y para dar sentido a lo que no lo tiene, y sobre todo para aliviarse de sus propias frustraciones. En ese sentido yo soy ideal... Gente como yo existe desde que existen los seres humanos, nos llaman chivos expiatorios, y estamos hechos para que los demás nos echen las culpas de todos los males y por lo tanto no asuman su propia responsabilidad en ellos. Mire por ejemplo lo que ocurre con ese hombre, ese guardia civil... ¿Cómo se llama?

—Carrasco.

—Carrasco, eso es, siempre se me olvida... Fíjese en él y dígame una cosa: ¿qué culpa tengo yo de que las cosas le hayan ido mal? ¿Quién le mandó relacionarse con narcos? Eso no se lo ha contado, ¿verdad? ¿A que no le ha contado tampoco que estuvo no sé cuántos años en la cárcel condenado por tráfico de estupefacientes? O, si se lo ha contado, seguro que también me echa a mí la culpa de eso... Es grotesco. Ese buen hombre se ha empeñado en que yo soy el demonio y esta casa es el infierno y no hay forma de quitárselo de la cabeza, está convencido de que todas las chicas que desaparecen en la isla están aquí. Es una locura, ¿no se da cuenta?

Mattson hace otra pausa, pero no aparta la mirada de Melchor. Detrás de él, la noche ha convertido el ventanal que da al mar en un rectángulo perfectamente negro.

—Yo no soy como ese hombre me pinta —continúa Mattson—. Como me pinta él y como me pintan tantos como él... Yo sólo soy un hombre que ha tenido mucha suerte en la vida y que trata de ayudar a los que no han tenido tanta. Ya sé que eso no tiene mucho morbo, pero es la verdad, que suele ser aburrida... Dígame, ¿cree usted que el monstruo sádico que le ha pintado Carrasco invertiría millones de dólares cada año en salvar niños en peligro de muerte por enfermedades y desnutrición en medio mundo? ¿O Loving Children también se dedica a violar a chicas perdidas? Por el amor de Dios, piénselo bien y comprenderá que es un disparate.

—¿Puedo irme ya?

La cara de Mattson pasa en un segundo de la frustración a la conformidad.

—Claro —contesta—. Pero prométame que no hará caso de las películas de Carrasco.

—Claro —repite Melchor—. Si usted me dice quién escribió el wasap.

—¿Qué wasap?

—El que esta mañana me envió alguien desde el teléfono de mi hija. Me lo envió desde aquí. Quería que yo creyera que mi hija estaba en Milán. ¿También fue Benavides?

Ahora la expresión de Mattson es de total ignorancia.

—No sé nada de ningún wasap. Le repito que hoy he estado fuera casi todo el día. Pero da lo mismo. —Recupera la sonrisa bondadosa y la actitud hospitalaria del principio—. Ya veo que no voy a convencerle de que ese hombre la ha tomado conmigo y de que no cuenta más que trolas sobre mí, igual que tanta gente... Bueno, ya se convencerá usted solo. Cuando lo haga, llámeme. Venga a verme, hablaremos tranquilamente. Me gustaría mucho poder ayudarles, a usted y a su hija. Esta noche tengo que marcharme, pero en cuanto pueda me escaparé otra vez aquí, me encanta venir a Mallorca, es el único sitio donde puedo olvidar mis preocupaciones y relajarme un poco... —Ensancha la sonrisa y abre los brazos en un gesto abacial—. En fin, no quiero entretenerle más. Pero, insisto, venga a verme y hablaremos. Estoy seguro de que podré serle útil.

Melchor recorre en poco más de diez minutos el trayecto que separa Formentor de Port de Pollença, con los neumáticos del Mazda agarrándose entre chirridos a las curvas de los acantilados sobre el mar, que a esa hora es un gran lienzo oscuro picoteado aquí y allá por lucecitas temblorosas. Aparca el coche en la plaza Miquel Capllonch y, antes de llegar al hostal Borràs, distingue al gerente a la entrada, entre los clientes que llenan la terraza, dando saltitos sobre el terreno como si tuviera frío o ganas de orinar.

—Menos mal que ha llegado —le saluda el gerente, abriéndole la puerta—. Su hija está arriba.

—¿Está bien?

—Creo que sí. Me parece que se ha dormido.

Melchor empieza a subir de dos en dos las escaleras, con el gerente a su zaga.

—Le he llamado varias veces a su teléfono, pero no me contestaba. —Resopla el hombre, esforzándose por seguir a Melchor—. Un coche la ha dejado tirada en la acera. Eso me han dicho. Yo no lo he visto. La pobre chica... No sé qué le ha pasado, pero algo le ha pasado.

Sentada en el último escalón del descansillo aguarda una muchacha embebida en la pantalla de su móvil, pero al oír a Melchor y el gerente se pone en pie sobresaltada y los deja pasar. Melchor abre la puerta del dormitorio, que se halla casi a oscuras, y enciende la luz. Cosette está acostada en la cama, de espaldas a él, en posición fetal. Se vuelve un poco, lo justo para distinguir en la penumbra a Melchor, que se sienta con cuidado junto a ella. Cosette se queda un segundo mirándolo sin abrir del todo los ojos, como si acabara de despertarse o como si no lo reconociera; luego se incorpora, le echa los brazos al cuello y murmura:

—Papá.

Tercera parte
Terra Alta

Cosette acababa de cumplir diecisiete años la segunda vez que se avergonzó de su padre. Sólo que en esa ocasión, además de avergonzarse, lo despreció, se sintió estafada por él.

Todo había empezado a principio del último curso de bachillerato, meses antes del viaje a Mallorca con Elisa Climent, cuando una nueva profesora de física llegó al Instituto Terra Alta. En rigor, la profesora no era nueva: había ganado una plaza fija en el instituto años atrás y llevaba más de un lustro de excedencia; tampoco daba clases a Cosette, que estudiaba física, pero había sido asignada al grupo de otra profesora. El caso es que una tarde de otoño, mientras salía del instituto con dos compañeras, Cosette se cruzó con ella, y, cuando la dejó atrás, una de las chicas le preguntó si sabía quién era. Dijo que sí, claro: la nueva profesora de física. La compañera preguntó si eso era todo lo que sabía de ella.

—¿Qué más tengo que saber? —contestó Cosette.

Su interlocutora hizo una mueca rara, de perplejidad o de disgusto (como si hubiera percibido un mal olor), miró a la otra compañera, se volvió hacia Cosette, espió a un lado y a otro como si quisiera comprobar que nadie las escuchaba y, bajando la voz, comentó:

—Su padre era policía. Lo condenaron por el caso Adell y se pasó un montón de años en la cárcel.

—¿Y eso qué tiene que ver conmigo?

—Era amigo de tu padre —argumentó la compañera—. Fue a la cárcel por su culpa. Tu padre lo delató. Por lo visto había ayudado al asesino, o al que pagó a los asesinos. ¿De verdad no lo sabías?

Cosette se apresuró a mentir: dijo que sí lo sabía, que había fingido que no lo sabía para averiguar lo que ellas sabían, se aturulló un poco y, cuando se separó de sus compañeras, comprendió que no la habían creído. «Búscalo en internet», le dijeron al despedirse. «Está todo ahí.»

Cosette no lo buscó; no, por lo menos, inmediatamente. De hecho, inmediatamente no hizo nada: ni siquiera se atrevió a intentar salir de dudas preguntando a Rosa Adell sobre el asunto, y mucho menos a su padre; tampoco lo comentó con nadie. Lo único que hizo fue esforzarse por olvidar aquella conversación, tratar de fingir que no había ocurrido. Sin embargo, unas semanas más tarde, después de convencerse sin razones de que sus compañeras no habían podido inventarse la historia y de que todo el mundo a su alrededor la conocía, Cosette volvió a toparse en el instituto con la nueva profesora. No se saludaron, pero tuvo la certeza de que la mujer sabía quién era ella, porque ambas se dirigieron una de esas miradas que no dicen nada y lo dicen todo. Aquella misma noche Cosette resolvió averiguar la verdad.

No tardó en descubrir que sus compañeras llevaban razón: todo cuanto necesitaba saber podía encontrarse en internet. La profesora se llamaba Clàudia Salom y era hija de Ernest Salom, un policía que había pasado una temporada en la cárcel a raíz del caso Adell. Igual que cualquier habitante de la Terra Alta, Cosette había oído hablar del asesinato del principal empresario de la comarca y su mujer, los padres de Rosa Adell, un crimen múltiple que había sacudido el país catorce años atrás, cuando ella apenas contaba tres. Lo que Cosette había oído al respecto eran sobre todo hipótesis descabelladas, teorías de la conspiración, leyendas insensatas, medias verdades o simples mentiras; la explicación de esta nebulosa de invenciones es que el caso Adell se había convertido con el tiempo, más que en un hecho de la crónica negra y la vida social y política de la Terra Alta, en una suerte de mito, el punto exacto donde convergían todos los demonios de la historia reciente de la comarca y el coagulante o uno de los coagulantes que la habían dotado de una identidad que, por lo demás, siempre había sido tenue y precaria, extremadamente frágil (si no fabulada). Pese a ello, a Cosette nunca le había intrigado aquel episodio: jamás se le había ocurrido interrogar al respecto a su padre, aunque sabía que había estado involucrado en él; menos aún, a Rosa, quien por motivos obvios (eso pensaba Cosette) no debía de sentir el menor interés en volver sobre aquella masacre que había sellado con sangre su vida adulta.

De modo que, durante varios días, Cosette se sumergió a escondidas en el océano de informaciones generado a lo largo de casi tres lustros por el caso Adell, al principio buscando simplemente establecer con la máxima exactitud los hechos —sobre todo, la participación de su padre en ellos y su relación con el padre de la profesora Salom—, pero enseguida subyugada por el caso en sí, por el intrincado laberinto de supuestos, conjeturas y especulaciones que habían tejido en torno a él el periodismo convencional, internet, las redes sociales y la fantasía popular. Hasta que una noche encontró por casualidad, en una base de datos de jurisprudencia llamada Iberley, la sentencia del tribunal que había juzgado el caso. Para ese momento ya sabía o creía saber lo fundamental sobre él: que Albert Ferrer, el marido de Rosa Adell, había pagado a unos sicarios para que torturaran y asesinaran a los padres de Rosa (los sicarios también habían asesinado a su criada rumana); que Ernest Salom, amigo de infancia de Ferrer, caporal de la comisaría de la Terra Alta y compañero de su padre en la Unidad de Investigación, había colaborado con el marido de Rosa en la comisión del crimen y había tratado de borrar sus huellas después; que, además de compañero de su padre, Salom había sido íntimo amigo suyo, pese a lo cual Melchor había contribuido a desenmascarar su actuación en el triple asesinato, si bien el primer responsable de ello había sido el entonces sargento Blai, también amigo de su padre y actual jefe de la comisaría de la Terra

Alta, que en aquella época comandaba la Unidad de Investigación de la susodicha comisaría; que Ferrer había sido condenado por inducción al asesinato y Salom por complicidad y encubrimiento del mismo... Antes de leer la sentencia, todos estos eran o le parecían ya a Cosette hechos esenciales e incontrovertibles del caso Adell; la lectura de la sentencia sirvió para confirmarlos, pero añadió otro mucho más esencial, no para el caso Adell pero sí para ella, y es que Albert Ferrer también había sido condenado por homicidio: el tribunal consideró probado que el reo, inquieto por el empeño de Melchor en proseguir con las investigaciones cuando el caso ya se había archivado de manera provisional, había tratado de intimidarlo embistiendo a su esposa con un coche de alquiler, en la avenida de Catalunya de Gandesa, un atropellamiento que le provocó a la víctima una fractura de cráneo y, como consecuencia de ella, la muerte.

Cosette tuvo que leer tres veces aquella noticia increíble, y durante varias semanas se esforzó por asimilarla. No lo consiguió. De repente, que su padre hubiera metido o contribuido a meter en la cárcel durante años al padre de la profesora de física —y que por lo visto todo el mundo salvo ella lo supiera en la Terra Alta— se le apareció como un hecho anecdótico. Desde niña había creído que su madre había sido víctima de un atropello accidental, un infortunio que había terminado provocándole la muerte; ahora, cuando ya era una adolescente, descubría que eso no era verdad, que toda su vida se había construido sobre una ficción: la muerte de su madre no había sido accidental sino deliberada; su madre no había muerto: la habían matado. ¿Eso también lo sabía todo el mundo en la Terra Alta, todo el mundo salvo ella? ¿Todo el mundo sabía igualmente que el causante de la muerte de su madre no era sólo el hombre que conducía el coche que la atropelló, el exmarido de Rosa, sino también, o sobre todo, su padre? Porque era evidente que, si su padre no se hubiera empeñado en continuar investigando un caso archivado —una investigación por lo demás en gran parte inútil, pues no podía devolverles la vida a los muertos—, si no hubiera permitido que le cegara su espíritu justiciero de paladín de armadura resplandeciente o héroe de novela de aventuras o sheriff o pistolero de wéstern, nadie hubiera atropellado a su madre, y esta seguiría viva. ¿Eso también lo sabía todo el mundo salvo ella? Y, aunque nadie lo supiera, ¿por qué había tenido ella que enterarse de aquella manera, catorce años después de ocurridos los hechos? ¿Por qué todo el mundo se lo había ocultado? ¿Por qué, sobre todo, se lo había ocultado su padre?

Igual que si la tierra se hubiera abierto bajo sus pies, Cosette sintió vértigo; también sintió que aquella revelación no sólo tenía el poder de determinar el porvenir, sino de alterar el pasado, dotando de un sentido distinto a una parte determinante del suyo. Cosette creyó comprender, por ejemplo, que el carácter de su padre no era frío, evasivo, ensimismado y un poco ausente porque ese fuera el carácter natural de los héroes, sino porque se sentía culpable de la muerte de su madre. También creyó comprender que, cada vez que su padre la miraba buscando a su madre muerta, no encontraba una versión pedestre y devaluada de ella (como siempre había creído), sino una versión incriminatoria, que le recordaba la responsabilidad que había contraído con aquella muerte. No se trataba sólo de que él le hubiera ocultado la verdad sobre la causa de la desaparición de su madre, pensaba ahora; era que se la había ocultado por cobardía: para no verse obligado a cargar ante ella con el peso tremendo de su yerro. De repente tuvo la impresión, en definitiva, de que todo lo que creía saber sobre su padre era falso, y de que todos los valores que su padre había encarnado hasta entonces para ella —los valores que asociaba desde su infancia a los paladines de armadura resplandeciente o los héroes de las novelas de aventuras o los sheriffs o los pistoleros de los wésterns— eran tóxicos, equivocados: la prueba es que, de no haberse guiado por ellos su padre, su madre aún estaría viva. De repente tuvo la impresión de que todo era un fraude inmenso.

Durante las semanas posteriores no le reveló a nadie su descubrimiento. No sabía qué hacer con él. Intentó guardarlo en su interior, pero escocía como una quemadura. Para combatir el suplicio, se entregó a la cerveza y la marihuana, y un par de noches vomitó al llegar a casa. Descuidó los estudios. Suspendió exámenes. Con su padre se mostraba hosca y distante y, cuando él le preguntaba si le ocurría algo, contestaba que no y le pedía que la dejara en paz. Un día, su padre habló con Elisa Climent, que le dijo que a Cosette, en efecto, le pasaba algo, pero no sabía lo que le pasaba, y le contó que su amiga le había dicho que al curso siguiente no pensaba proseguir sus estudios en Barcelona, como llevaba años planeando, y que ni siquiera estaba segura de presentarse al examen de Selectividad, paso previo para iniciar una carrera universitaria. Tras esa conversación, su padre le pidió a Rosa Adell que hablara con ella.

—Yo no sé cómo hacerlo —reconoció—. Tengo la impresión de que me odia. De que me odia y de que no la conozco.

—Los adolescentes son como príncipes enfermos —sentenció Rosa, que había convivido con cuatro—. Pero luego se curan, y entonces eres tú el que echa de menos su enfermedad. —Añadió—: No te preocupes, hablaré con ella.

Lo hizo. O como mínimo lo intentó.

—Elisa tiene razón: algo le pasa —le dijo Rosa a Melchor, días más tarde—. Pero no sé qué. No ha soltado prenda. Lo que es seguro es que está enfadada.

—¿Enfadada con quién? —quiso saber él.

—No lo sé —admitió Rosa—. Contigo. Con el colegio. Con sus compañeros. Con el mundo. Probablemente consigo misma. Es natural: tiene diecisiete años. A los diecisiete años uno a veces está enfadado con todo.

Su padre no supo o evitó recordarse a sí mismo a aquella edad, pero aceptó sin contradecirlo el diagnóstico de Rosa.

—Déjala tranquila —añadió esta—. Cuando quiera contarte lo que le pasa, ya te lo contará.

Una noche, casi una semana antes de que emprendiera con Elisa el viaje a Mallorca, Cosette llegó a casa a las tres y media de la ma-

drugada. *Su padre la aguardaba en el comedor leyendo una novela de Turguénev titulada* En vísperas, *pero Cosette no entró a saludarle y se dirigió a su dormitorio. Era sábado, las Coca-Colas que había ingerido después de la cena le habían quitado el sueño y al día siguiente no debía madrugar, así que, tranquilizado por la llegada de su hija, decidió terminar de leer el capítulo que estaba leyendo. Al cabo de unos minutos Cosette abrió de golpe la puerta del comedor.*

—Eres un mentiroso —le espetó, a bocajarro.

Estaba descalza y vestía un pijama azul con topos blancos; jadeaba ligeramente, tenía los ojos violentos y la boca espesa. Su padre tuvo el pálpito inmediato de que había llegado el momento anunciado por Rosa, y la esperanza de que, fuera lo que fuese lo que aquella noche había tomado su hija, le ayudase a afrontarlo.

—¿Qué? —preguntó.

—Lo de mamá no fue un accidente —escupió Cosette—. La mataron. Y el responsable de que la mataran fuiste tú.

De pie frente a él en el umbral del comedor, Cosette le contó a su padre lo que había averiguado sobre el caso Adell, o más bien lo que había averiguado sobre su intervención en él. Hablaba a borbotones, atropellándose y manoteando, y él la permitió desahogarse. No la corrigió: no le dijo que, en realidad, había sido él y no Blai quien había resuelto el caso, había desenmascarado a Salom y lo había mandado a la cárcel; tampoco le reveló quién había sido el verdadero responsable del crimen, ni por qué lo había perpetrado. Ni siquiera negó que la madre de Cosette hubiera muerto por culpa de su empecinamiento suicida en seguir investigando el caso Adell. Aceptó en silencio el castigo de su hija, más o menos como un gladiador que acepta sin combate las heridas de muerte que le infligen sus adversarios en la arena, entre los alaridos de la muchedumbre y la fetidez de la sangre.

—Lo siento —fue lo único que alcanzó a articular cuando Cosette por fin se calló, todavía furiosa—. Me equivoqué.

Cosette sonrió con una mueca sarcástica.

—¿Eso es todo lo que tienes que decir? —preguntó—. ¿Ni siquiera me puedes explicar por qué no tuviste el valor de contarme la verdad, por qué me has tenido todos estos años engañada? Y, por cierto, ¿sobre qué más me has mentido? Mejor dicho, y así acabamos antes: ¿me has contado alguna cosa que sea verdad?

Melchor guardó silencio: le pareció increíble no haber previsto que, tarde o temprano, aquel momento iba a llegar, y no haberse preparado para afrontarlo. Carecía de respuestas a las preguntas de su hija. No sabía qué decir, y recordó una noche remota en Barcelona, cuando, después de haberse pasado ambos la tarde con el Francés, Cosette le preguntó de qué conocía al antiguo bibliotecario y él no se atrevió a contarle la verdad, no fue capaz de hablarle de su madre prostituta, de su infancia salvaje en el barrio de Sant Roc, de su padre ausente, de su rabiosa adolescencia de huérfano, de su estancia en correccionales y su trabajo de camello y pistolero para un cártel colombiano, de su detención y juicio, de su encierro en la cárcel de Quatre Camins y su amistad con el Francés y su descubrimiento de Los miserables y de su vocación de policía. Se arrepintió de no habérselo contado entonces (o de haberle contado apenas una falsedad entretejida de verdades), porque ahora hubiese sido mucho más fácil explicárselo todo y no tendría la sensación paralizante de que ya era tarde. ¿Lo era? Cosette aguardó unos pocos segundos, mirando con ira a su padre, y luego farfulló algo, que él no entendió, y se marchó a su dormitorio.

En toda la semana no volvieron a hablar del asunto y apenas se dirigieron la palabra. Su padre le comentó la conversación a Rosa, que le aconsejó esperar a que Cosette volviera de su viaje a Mallorca para darle una explicación; Cosette, en cambio, no mencionó a nadie lo ocurrido, ni siquiera a Elisa Climent.

El viernes por la mañana, las dos amigas tomaron el primer autobús a Barcelona, y poco después del mediodía aterrizaban en Mallorca.

1

Los primeros días tras el regreso de Melchor y Cosette a la Terra Alta son días de pesadilla, o así por lo menos los recordará siempre Melchor.

Pasadas las vacaciones de Semana Santa, las clases se reanudan en el Instituto Terra Alta, pero Cosette no asiste a ellas. Tampoco sale de casa ni ve a sus amigas, algunas de las cuales intentan visitarla sin conseguirlo, porque Cosette le dice a su padre que no quiere verlas; tres veces lo intenta Elisa Climent, todas ellas en vano. De hecho, Cosette se pasa los días enteros encerrada en su habitación, tumbada en la cama, la mayor parte del tiempo durmiendo o mirando el techo o acurrucada en la misma postura fetal en que Melchor la encontró en su habitación del hostal Borràs al salir de la mansión de Rafael Mattson, de vez en cuando leyendo o mandando wasaps o viendo programas o series de televisión en su tableta. Come poco y mal, y parece víctima de un agotamiento permanente y una tristeza sin fondo, cada vez más delgada, más pálida y más encogida en sí misma.

Su hermetismo es absoluto. Al día siguiente del reencuentro entre padre e hija, durante el viaje de regreso desde Mallorca en un vuelo que la madre de Elisa Climent logró reservarles por encargo de Rosa Adell y que cogieron en el último minuto, Melchor trató de que su hija le contara qué había pasado durante los dos días y medio en que estuvo perdida, pero lo único que pudo sacar en claro es que, en efecto, había estado en casa de Mattson; no consiguió arrancarle una palabra, en cambio, sobre lo que había ocurrido allí. Tras ese fracaso inicial, Melchor ha intentado una y otra vez sonsacarla, con idéntico resultado. Curiosamente, no tiene pese a ello la sensación de que su hija no quiera comunicarse con él, de que le odie o desprecie o rechace, que era lo que pensaba con anterioridad a su viaje a Mallorca; se trata de algo distinto: es como si alguien hubiese levantado un muro de un grosor insensato entre ambos, de manera que, por mucho que ella se esfuerce, no puede oír lo que él le está diciendo, o puede oírlo, pero no puede entenderlo. A esa primera sensación se une una segunda todavía más extraña, más perturbadora también: la sensación de que nunca ha querido a su hija como la quiere ahora, o la de que sólo ahora empieza a quererla de verdad.

Finalmente, Melchor vuelve a pedirle a Rosa Adell que hable con Cosette y, cuando ha cumplido el encargo, Rosa vuelve a decirle más o menos lo mismo que le dijo unas semanas atrás, cuando habló por vez primera con ella: algo le pasa, pero no sabe lo que le pasa. Pero en esta ocasión añade:

—Yo que tú la llevaría a un psicólogo.

Rosa le aconseja una especialista de Reus que hace años visitó a dos de sus hijas. Melchor acepta la recomendación y, después de un áspero tira y afloja con Cosette, que se prolonga durante un par de días, consigue que acceda a visitar a la psicóloga. Esta tiene su despacho en un edificio del paseo Jaume I de Reus, muy cerca de la estación de autobuses. Melchor acompaña a Cosette hasta allí y, durante media hora, padre e hija conversan con la mujer y responden sus preguntas, ninguna de las cuales guarda relación con lo ocurrido en Mallorca. Luego la psicóloga, una viejecita escuálida y sonriente, con el pelo blanco recogido en un moño y la voz aflautada, que se llama Roser Pallissa, le pide a Melchor que la deje a solas con su hija y que vuelva a buscarla al cabo de una hora. Melchor obedece y, para su sorpresa, Cosette sale bastante contenta de ese encuentro a solas con la psicóloga, aunque durante el viaje de regreso a la Terra Alta no acierta a averiguar por qué. Dos días más tarde repiten la visita, sólo que en esta ocasión Melchor no sube al despacho y se pasa la hora de consulta tomándose un expreso tras otro en una cafetería cercana. La tercera visita la hace Melchor solo, a petición de la psicóloga.

—Su hija padece una depresión provocada por un episodio de abuso sexual —dictamina la mujer; no ha perdido la sonrisa del primer día, pero la alterna con un rictus de circunstancias que la vuelve más joven—. También tiene anemia.

Apenas escucha el diagnóstico, Melchor comprende que lo estaba esperando. Ese, o alguno muy parecido a ese.

—¿La violaron? —pregunta.

—Depende de lo que entienda usted por violación —contesta la psicóloga—. No hubo violencia, si es a eso a lo que se refiere. Pero durante dos días y medio estuvo sometida a abusos y vejaciones.

—¿Se lo ha dicho ella?

—Más o menos. En realidad, ella no sabe exactamente lo que le ha pasado. Pero eso es lo que le ha pasado. No tengo la menor duda. Varios hombres abusaron de ella. Y no una vez sino varias. Por suerte no era su primera experiencia sexual, pero, sea lo que sea lo que pasara exactamente en aquella casa, la ha dejado en estado de shock.

La psicóloga guarda silencio a la espera de la reacción de Melchor. Este no reacciona: no se mueve, no pregunta, no dice nada; una bola de angustia le tapona la garganta. En vista del mutismo de su interlocutor, la psicóloga desliza una tarjeta por la superficie del escritorio que los separa, hasta colocarla delante de él.

—Lo mejor sería que Cosette pasase una temporada ahí —dice, mientras Melchor lee en la tarjeta un nombre («Clínica Mercadal») y, debajo, una dirección postal en Vallvidrera, otra de correo electrónico y dos teléfonos—. Es una institución que se dedica a curar a víctimas de depresiones y desequilibrios nerviosos debidos a maltratos o abusos sexuales. No es barata, pero es muy buena. Por poco que pueda permitírselo, ingrese en ella a su hija. Allí la ayudarán.

—El problema es que no puedo permitírmelo —se lamenta Melchor, que acaba de resumirle a Rosa la conversación con la psicóloga y la llamada que ha hecho a la clínica para averiguar las condiciones económicas del hipotético ingreso—. Así que tendré que pedir un crédito.

Es media mañana y están los dos en el despacho de Melchor en la biblioteca, donde Rosa acaba de irrumpir cargada con un par de capuchinos en vasos de cartón y unos minicruasanes rellenos de crema, de chocolate y de queso, todo recién comprado en Can Pujol.

—No digas tonterías —contesta ella, repantingada en la única butaca de la estancia y cruzando las piernas—. ¿Quieres hacer a los banqueros más ricos de lo que son? La clínica la pago yo. Ya me devolverás el dinero cuando lo tengas.

Melchor se niega en redondo y Rosa acepta sin discutir su negativa, pero esa misma mañana ingresa veinte mil euros en la cuenta del bibliotecario. Tres días más tarde, después de que la psicóloga de Reus haya hablado con los responsables de la Clínica Mercadal y haya convencido con inesperada facilidad a Cosette de que debe ingresar por un tiempo en esa institución, Melchor va en coche con su hija hasta Vallvidrera.

La Clínica Mercadal resulta ser un hermoso pabellón modernista con un parque bien cuidado y lleno de árboles, ubicado en el corazón de la sierra de Collserola y dirigido por el doctor Mercadal, un psicólogo y psiquiatra especializado en tratar pacientes que sufren depresiones y trastornos nerviosos ocasionados por accidentes, maltratos y traumas diversos, así como anorexia, alcoholismo y drogadicción. Es el propio director —un sesentón de modales oxonienses, con pajarita y tirantes y una melena a lo Beethoven— quien les recibe en su despacho, les detalla el funcionamiento de la clínica y les muestra sus instalaciones. Al final del recorrido les presenta a la doctora Ibarz, una mujer joven, sonriente, pequeñita y con gafas de intelectual que, según explica el doctor, será la encargada de seguir día a día junto a él la evolución de Cosette. La doctora habla lo indispensable, y enseguida conduce a su cuarto a Cosette mientras Mercadal acompaña a Melchor hasta la salida de la clínica.

—Quédese tranquilo —se despide en la puerta, estrechando la mano de Melchor—. Vuelva dentro de una semana y ya le contaremos.

Melchor no se queda tranquilo, pero al cabo de una semana vuelve a la Clínica Mercadal y encuentra a Cosette un poco mejorada, menos triste y con más color. O eso quiere pensar. Durante una hora exacta, padre e hija conversan sin salir del recinto, paseando por senderos de grava entre setos de boj; al final se sientan en un banco de piedra, a un extremo del parque. Cosette le cuenta a Melchor la vida que lleva en la clínica, donde se acuesta y se despierta muy temprano, hace mucho ejercicio, come a horas regladas y habla con mucha gente, pacientes y médicos y enfermeros. También le pregunta por sus amigas y por Rosa.

—Todas están bien —contesta Melchor—. Esperándote.

—¿Saben lo que me pasa?

—¿Cómo quieres que lo sepan si no lo sabes ni tú?

Los dos se miran de soslayo y Cosette sonríe débilmente: es la primera vez que Melchor la ve sonreír en mucho tiempo. Su hija se ha cortado el pelo, calza unos zuecos blancos y viste unos pantalones de chándal y una camisa de franela cuyos faldones sobresalen por debajo de un jersey marrón.

—Te estoy haciendo sufrir mucho, ¿verdad? —pregunta Cosette.

—Esa es una pregunta de novela sentimental —contesta Melchor—. Y a ti no te gustan las novelas sentimentales.

Cosette vuelve a sonreír, esta vez para sí misma. Los dos tienen la vista clavada frente a ellos, en el macizo de buganvilias que crece al otro lado del sendero por el que han llegado hasta aquel rincón. Aunque es primavera, hace una mañana de sol enérgico, casi veraniego; un roble de copa espesa sombrea el banco.

—Lo que tienes que hacer es curarte cuanto antes —añade Melchor.

Cosette asiente.

—No has contestado a mi pregunta —dice después.

—Sufrir no hace mejor a nadie —responde Melchor—. Tampoco sirve para nada. Así que yo intento sufrir lo mínimo. No siempre lo consigo, pero...

Cuando llega la hora de comer, se despide de Cosette y se dirige al despacho del director, que lo recibe enseguida y le ofrece una taza de café mientras aguardan a la doctora Ibarz. Esta aparece poco después, cargada con una libreta de apuntes, y, sin más preámbulos, entran en materia, los dos especialistas sentados frente a Melchor, en el sofá del tresillo de cuero que preside aquella estancia iluminada por un gran ventanal que da al parque.

—Todavía no hemos conseguido reconstruir qué es lo que ocurrió exactamente durante aquellos dos días y medio —afirma la doctora Ibarz con las manos sobre la libreta que descansa cerrada sobre sus piernas—. Sabemos que estuvo en casa de Rafael Mattson y que abusaron de ella, pero no sabemos mucho más. En realidad, ni siquiera la propia Cosette lo sabe. O no lo recuerda.

—Es lo que me dijo la doctora Pallissa —interviene Melchor.

—Cosette tiene flashes, recuerda cosas, escenas —prosigue la doctora Ibarz—. Pero nada más, no tiene la historia completa. Que fue víctima de una situación de abuso, insisto, es indudable, pero no sabemos en qué consistió. Nuestra impresión ahora mismo es que, durante aquellos días de encierro, Cosette se construyó con la imaginación una realidad paralela para protegerse de lo que estaba sufriendo, se fue a vivir a ella y enterró la auténtica realidad en lo más profundo de sí misma. Y ahí sigue lo que le pasó de verdad, como si ella tuviera miedo o vergüenza de sacarlo a la luz. O como si no fuera capaz de desenterrarlo.

—Eso es lo primero que hay que hacer —asegura el doctor Mercadal—. Desenterrar lo que ocurrió, conseguir que Cosette sea consciente de ello, que comprenda que lo que sufrió fue una situación de abuso brutal y no otra cosa. Esa es nuestra primera tarea, y no será fácil que su hija la lleve a cabo. —El doctor se pasa una mano por la melena gris y desordenada, se incorpora un poco y se sienta en el borde del sofá, con las manos cruzadas sobre las piernas abiertas—. Mire, ante una situación como la que vivió, Cosette sólo tenía tres posibilidades: la huida, el enfrentamiento y el bloqueo. Dadas las circunstancias, rodeada como estaba de gente y aislada en la casa de un multimillonario, las dos primeras salidas quedaban descartadas. Y menos mal que las descartó, porque si hubiera optado por el enfrentamiento las consecuencias hubieran podido ser muchísimo peores... Así que optó por lo sensato, por el bloqueo. Es un mecanismo de supervivencia ancestral que tenemos los seres humanos ante una situación límite. Y eso es lo que hizo su hija: para soportar la brutalidad que estaba sufriendo, se encerró en sí misma, se inmovilizó, se disoció.

—¿Se disoció? —pregunta Melchor.

—Se separó de sí misma, se evadió —responde la doctora Ibarz—. El dolor era tan grande que la mente se fue por un lado y el cuerpo por otro; mejor dicho, que la mente abandonó el cuerpo a su suerte, para que el cuerpo padeciera solo, como si la mente se desenchufara del cuerpo para no tener que sufrir con él... Es la forma extrema de bloqueo. Aquí estamos hartos de verlo. —La doctora estira un brazo hacia el techo, abre la mano y hace como si esta fuera una cámara que la enfocara a ella misma—. Hay mujeres que nos dicen que, mientras dura el maltrato, se ven desde arriba, con una vista aérea, como si no las estuvieran maltratando a ellas sino a otra persona. —Baja de nuevo la mano hasta la libreta, devolviendo el brazo a su posición natural—. A eso es a lo que llamamos disociación. Y eso es lo que probablemente le pasó a su hija: que el trauma la disoció. La convirtió en dos. Eso, en aquel momento, fue bueno, la protegió, quizá la salvó... Pero ahora tiene que volver a integrarse, tiene que volver a ser una sola, tiene que volver a reconciliarse consigo misma, con su propio cuerpo, que no ha olvidado nada y sigue sufriendo.

—Sí, pero todavía no estamos en esa fase —previene el doctor Mercadal—. La integración vendrá más tarde y además será un proceso lento y doloroso. Cuando culmine, su hija estará curada. Mientras tanto lo que hay que hacer es algo mucho más elemental. Se trata sólo de que ella sepa lo que le ha pasado. Que cobre conciencia de ello. De aquí a que lo entienda, lo digiera y se cure hay un trecho muy largo... Pero hay que empezar por ahí para llegar a lo otro. Es un proceso complejo y a la vez muy sencillo. Como les digo siempre a nuestros pacientes: si sabes lo que te ha pasado, y lo entiendes, puedes dominarlo; si no lo sabes y no lo entiendes, entonces es eso lo que te domina a ti. Y te come por dentro.

—Es lo que le ocurre a Cosette —vuelve a hablar la doctora Ibarz—. Que aquella experiencia terrible se la está comiendo. No decimos que las otras cosas no influyan, pero...

—¿Las otras cosas? —pregunta Melchor.

—Que usted le ocultara lo que ocurrió con su madre —aclara la doctora—. Es lo primero de lo que me habló Cosette, yo creo que para evitar hablarme de lo otro... ¿Sabe? Su hija tiene un concepto altísimo de usted, es posible que tenga miedo de no estar a su altura, o a la altura que usted espera de ella.

—Yo no espero que ella esté a ninguna altura.

—Puede ser, pero Cosette no lo siente así —objeta la doctora—. Es un sentimiento habitual de algunos adolescentes en relación con sus padres: sienten que no podrán cumplir con todas las expectativas que han depositado en ellos, que no serán capaces de devolverles todo lo que ellos les han dado, y ese sentimiento se puede manifestar de muchas formas, algunas muy destructivas, o más bien autodestructivas... Pero, en el caso de su hija, eso se mezcló con la decepción de saber que usted le había mentido, y que le había mentido con algo trascendental para ella.

—Sintió que yo le había fallado.

—Exacto —dice la doctora, señalándolo con un énfasis aprobador—. Y ahora es posible que sienta que es ella la que le ha fallado a usted.

—¿Quiere decir que se siente culpable de lo que pasó en Mallorca?

La doctora Ibarz tiene la respuesta en los labios, pero se vuelve hacia el doctor Mercadal, que ha seguido el intercambio entre ella y Melchor recostado otra vez contra el respaldo del sofá, y se contiene, como si hubieran llegado a la clave del problema y juzgara que no está autorizada a revelarla. El doctor se incorpora de nuevo.

—Es muy posible que se sienta culpable, sí —sentencia Mercadal, otra vez en el borde del sofá—. Usted le falló a ella, y ella le falló a usted. En resumen, su mundo entero se ha venido abajo, y ahora tiene que recomponerlo. Puede ser... Es lo que tenemos que averiguar... Pero lo esencial en todo caso es lo otro, lo que ocurrió en Mallorca, esa es la experiencia que su hija debe asimilar para poder seguir adelante y que no la destruya, o para que no cargue con ella de por vida. Y de eso también se siente culpable, probablemente. Sin duda está avergonzada por lo que ocurrió, al fin y al cabo acudió voluntariamente a la casa de Mattson, y es muy posible que piense que no hizo lo suficiente por pararlo, o que fue ingenua, o que no se opuso a aquello y se dejó hacer... En fin, debe desenterrarlo, como le decía la doctora. Enfrentarse a ello. Afrontar lo que pasó para poder reconciliarse consigo misma y con su propio cuerpo, volver a integrarse, volver a ser quien era... Al principio le costará, es muy posible que lo pase mal, pero será poco tiempo, y en cualquier caso no le queda más remedio que hacerlo, si de verdad quiere superarlo... Este es el lugar ideal para hacerlo, nosotros le ayudaremos... De todos modos, no quisiera sonar pesimista. Ni la doctora ni yo lo somos. Cosette es más fuerte de lo que usted cree, y esto la hará más fuerte todavía. Tardará más o menos tiempo, pero saldrá adelante. No tengo la menor duda.

Al lado del doctor, la doctora Ibarz asiente.

2

Durante el trayecto de vuelta a casa, Melchor no deja un segundo de darle vueltas a su conversación con Cosette y a lo que le han dicho el doctor Mercadal y la doctora Ibarz, y al abandonar la autopista de Tarragona y tomar la carretera que conduce a la Terra Alta se pregunta si debe presentar una denuncia contra Rafael Mattson.

Es la primera vez que se lo pregunta. A su regreso de Mallorca estaba demasiado absorto en el trastorno de Cosette y demasiado enfrascado en encontrar la forma de ayudarla a salir de la parálisis como para preocuparse de hacerlo; de hecho, entonces ni siquiera tenía la certeza de que Mattson o alguien próximo a Mattson hubiera abusado de su hija. Ahora, en cambio, sí la tiene, o al menos tiene el testimonio de Cosette, o al menos podría tenerlo en el momento en que Cosette se recupere y esté en condiciones de darlo. ¿Querrá hacerlo? ¿Serviría de algo que lo hiciese? ¿Qué pruebas tangibles del maltrato podría aducir Cosette, que fue voluntariamente a casa de Mattson y a quien Mattson, y quienquiera que abusara de ella además de Mattson, se cuidó muy bien de no hacer un solo rasguño? ¿Valdría más ante un tribunal de justicia la palabra de Cosette que la de Mattson, el testimonio de los doctores que están tratando a su hija que el de los testigos que podría aportar el magnate? ¿Y dónde presentaría Melchor la denuncia? ¿En el puesto de la Guardia Civil de Pollença, que es el lugar natural donde presentarla, para que Benavides la rompa en pedazos o la meta en un cajón? ¿En los juzgados de Inca? ¿En los de Palma de Mallorca? ¿Tenía razón Carrasco y todas esas instancias protegen la impunidad de Mattson? Y, suponiendo que la verdad se abriera paso y, gracias a la denuncia interpuesta por él, la justicia pudiera encausar a Mattson, ¿cuánto tiempo llevaría eso? ¿Cuántos obstáculos tendría que vencer y por cuántas penalidades y humillaciones tendría que pasar Cosette antes de conseguirlo? ¿Está dispuesto a que su hija pase por ellas, sin tener la más mínima garantía de que acabará haciéndose justicia y condenándose a Mattson? ¿Merece la pena que pase por ellas? ¿No terminará arruinando ese viacrucis la juventud de Cosette, tal vez su vida? ¿Y qué había sido de la vida de las demás chicas de las que habían abusado Mattson y los amigos de Mattson? ¿Había acabado también arruinada? Porque, si a Cosette la habían maltratado en la mansión de Mattson, cosa de la que ya no le cabía ninguna duda, tampoco había motivo para dudar de que el resto de lo que le había contado Carrasco era cierto, y de que en consecuencia había decenas o centenares de chicas que habían sido víctimas de Mattson, decenas o centenares de chicas que podrían serlo en el futuro, decenas o centenares de padres que habían padecido o padecerían por sus hijas como él estaba padeciendo ahora por Cosette. «Esa casa es un agujero negro», recuerda que le había dicho Carrasco en Can Sucrer. Y también: «Mattson tiene cogida por los huevos a un montón de gente. En esta isla y fuera de esta isla». ¿Tenía también razón Carrasco cuando vaticinó que sólo recuperaría de verdad a su hija si acababa con Mattson? ¿Acaso Cosette podría volver por completo a ser quien era sin que Mattson pagase por lo que había hecho? La idea de acabar con Mattson recurrien-

204

do a los tribunales de justicia le parece remota o imposible, o demasiado onerosa, pero ¿y la de acabar con él de otro modo, como había propuesto Carrasco? ¿No era una idea más disparatada e irrealizable todavía, una ocurrencia que sólo podía ser el fruto desesperado de una fantasía enferma?

Melchor intenta quitársela de la cabeza.

Pero no puede. Aquella noche, cuando Rosa le llama por teléfono desde Córdoba, Argentina —adonde ha acudido a visitar la filial que Gráficas Adell tiene desde hace años en aquel país—, Melchor no le habla del asunto, pero luego se pasa la madrugada en vela, dando vueltas en la cama y leyendo sobre Carrasco en internet. No encuentra demasiada información, no mucha más en todo caso de la que Paca Poch mandó a su correo electrónico cuando él se la pidió desde Pollença, y que entonces apenas leyó. Ahora la lee con cuidado. En lo esencial, la información se divide en dos partes: la dedicada a su detención y juicio en Mallorca, que es escasa, y la dedicada a su vida anterior, más escasa todavía. De hecho, lo que Melchor averigua en esencia sobre el periplo de Carrasco antes de su caída en desgracia es que nació en 1978 en el barrio madrileño de Vallecas —ha cumplido, por lo tanto, cincuenta y siete años—, que ingresó con dieciocho en la Academia de Oficiales de la Guardia Civil, sita en Aranjuez, que cinco años después se había licenciado con el número tres de su promoción y que al salir de la Academia fue destinado a diversos lugares —Madrid, La Línea de La Concepción, Bruselas— hasta que recaló en la Unidad Especial de Intervención, momento en el cual el rastro de sus actividades se pierde. Sólo se recupera quince años después, cuando es destinado al cuartel de La Salve, en Bilbao, donde permanece otros tres años antes de ser destinado a la jefatura del puesto de Pollença. Carrasco tiene entonces cuarenta y siete años, y hasta ese momento su trayectoria profesional se halla jalonada por viajes de formación, cursillos especializados y ascensos en la escala de oficiales; también, o sobre todo, por la concesión de las más altas medallas y condecoraciones del cuerpo, todas las cuales corresponden al dilatado período de su pertenencia a la UEI. Leyendo estas fechas y datos, Melchor constata que ninguno desmiente la autobiografía que Carrasco improvisó para él en el desván secreto de Can Sucrer; igualmente constata que, en el curso de aquel relato, Carrasco no omitió sus deméritos, pero sí sus méritos, y se dice que un hombre que esconde sus méritos sólo puede ser un hombre de fiar. Tampoco desmiente el relato de Carrasco la información que encuentra Melchor sobre su detención y juicio, pero sólo porque la lee al trasluz del propio relato del antiguo guardia civil: de hecho, únicamente las revelaciones que le hizo Carrasco explican, a juicio de Melchor, que este fuera condenado a ocho años de cárcel por prevaricación, pertenencia a organización criminal y tráfico de estupefacientes (además de ser expulsado del cuerpo y desposeído de todas sus distinciones) con el único testimonio en su contra de dos narcos y la única prueba incriminatoria del hallazgo en su domicilio familiar de doscientos gramos de cocaína y trescientos mil euros, sobre todo teniendo en cuenta que, en contra del criterio de su defensa, Carrasco se negó a llegar a un acuerdo con la acusación y continuó proclamando hasta el final del proceso que era inocente y que había sido víctima de una conjura orquestada por Rafael Mattson para impedir que investigara sus fechorías sexuales.

Aquella noche, Melchor duerme apenas un par de horas, y antes de que amanezca ya se ha levantado a buscar el número de teléfono de Carrasco. No lo encuentra entre sus papeles ni entre su ropa, y tampoco en internet, así que le pide a Blai que se lo busque mientras toman café como cada mañana en el bar de Hiroyuki, antes de dirigirse cada uno a su trabajo. El inspector le pregunta quién es Damián Carrasco y Melchor le contesta que un viejo amigo a quien le ha perdido la pista.

—Sí, claro, y yo soy el Mahatma Gandhi, ¿no te jode? —replica Blai—. Cuéntame, ¿qué estás tramando?

—Nada —responde Melchor; al instante comprende que no ha debido pedirle el favor a Blai, sino a Paca Poch, que ya tiene localizado a Carrasco—. Pero da igual: no hace falta que lo busques.

—Y tú tampoco hace falta que te pongas así por una broma, joder —replica Blai—. ¿Cuándo lo necesitas?

—Cuanto antes.

—Hoy mismo lo tendrás. Y, por cierto, ¿cómo encontraste ayer a Cosette?

Blai sabe que Cosette está ingresada en una clínica próxima a Barcelona por una depresión, pero no sabe lo que ha causado esa depresión; tampoco lo que ocurrió en Pollença: la explicación que ha dado Melchor es vaga y confusa, pero, salvo Rosa Adell, que ha exigido la verdad y la ha obtenido (al menos parte de la verdad), todo el mundo se ha conformado con ella. Acorazado en su experiencia de padre de dos hijas, Blai por su parte está convencido de que la depresión fue la causa de la desaparición de Cosette, no su consecuencia.

—Bien —contesta Melchor sin mentir—. Pronto estará en casa.

Aún no es mediodía cuando Melchor recibe un wasap de Blai con el número de Damián Carrasco, al que responde con un emoticono que muestra un puño amarillo con el pulgar levantado. Una hora después cierra al público la biblioteca y llama a Carrasco desde el teléfono de su despacho. El antiguo guardia civil no contesta, y Melchor vuelve a llamarle, con idéntico resultado. A punto está ya de salir de la biblioteca cuando suena el teléfono; regresa al despacho y lo coge.

—Aquí Carrasco —dice una voz perentoria—. ¿Quién llama?

—Soy Melchor Marín —se apresura a identificarse—. No sé si me recuerda. Estuve en su casa hace un mes. Mi hija había desaparecido en Pollença y me dijeron que fuera a verle.

Carrasco guarda silencio, como si no supiera de qué le están hablando o como si estuviera tratando de hacer memoria, y el bibliotecario escucha su respiración en el teléfono.

—Seguro que se acuerda de mí —insiste Melchor, extrañado—. Estuvimos mucho rato hablando.

—Ha tenido suerte —dice por fin Carrasco; su voz se ha vuelto lenta y ronca, desconfiada—. Nunca cojo el teléfono si no sé quién llama.

—Se acuerda de mí, ¿verdad?

—Claro que me acuerdo —reconoce Carrasco—. He oído que apareció su hija.

—Es verdad. ¿Cómo lo sabe?

—Esto es un pueblo, aquí se sabe todo.

Melchor no esperaba que Carrasco respondiera con ese desapego a su llamada; tampoco, que intentara engañarle. Casi veinte años atrás, cuando llegó a la Terra Alta siendo un urbanita irredento, oyó muchas veces decir que en los pueblos se sabe todo; ahora sabe que es falso: no hay ningún pueblo, por pequeño que sea, en el que todo se sepa; además, la desaparición de Cosette en Pollença duró menos de setenta y dos horas, no la recogieron los medios de comunicación y muy poca gente se enteró de ella. ¿Cómo se ha enterado Carrasco de su reaparición?

—Dígame, ¿por qué me llama? —pregunta el antiguo guardia civil.

—¿Por qué va a ser? —contesta Melchor, consciente de que algo ha ocurrido y de que el hombre con el que ahora está hablando no es del todo el mismo que semanas atrás conoció en Can Sucrer—. Por lo que me contó en su casa, claro. ¿Tampoco se acuerda de eso? Estuvimos hablando de Rafael Mattson. Me contó que...

—Me acuerdo perfectamente de lo que le conté —le ataja Carrasco—. Lo que no puedo creer es que usted se lo creyera. ¿Será posible que sea tan ingenuo?

—¿Cómo dice?

—Lo que ha oído. —Carrasco ha recuperado la seguridad expeditiva del principio, sólo que corregida y aumentada—. Que no entiendo cómo es posible que se creyera lo que le conté el otro día. ¡Por Dios santo, si no eran más que disparates! ¿Cómo es posible que no se diera cuenta? —Carrasco hace una pausa, tal vez destinada a que Melchor conteste la pregunta; pero Melchor no sabe qué contestar y no contesta nada—. Oiga, hágame un favor, ¿quiere? Olvídese de todo lo que hablamos. Rafael Mattson es un tipo decente, todo el mundo lo sabe, y yo soy un pobre hombre que se jodió solito la vida y que por eso a veces pierde los papeles... Es lo que me pasó con usted. ¿Hace falta que le pida disculpas? Pues se las pido. Sea como sea, no debió hacerme caso. Lo que le dije no tiene ni pies ni cabeza. Me lo inventé todo.

—Pero, oiga...

—No, óigame usted a mí. Le repito que Mattson es una buena persona, uno de esos escasísimos tipos que hacen de este mundo un sitio menos horrible de lo que es. Ya sé que no descubro nada diciéndole esto y que es algo que todos sabemos, al fin y al cabo está cada día en la televisión y los periódicos, pero yo se lo digo por experiencia... Aunque, claro, hay mucha gente que odia a Mattson precisamente por lo que es. Por eso y porque, gracias a su esfuerzo y su talento, ha conseguido lo que ha conseguido. Esas cosas no se perdonan, y menos en nuestro país, donde el éxito está siempre mal visto. Así que discúlpeme por lo que dije sobre él y tómelo como el desahogo inofensivo de un hombre que está todavía resentido por sus propios errores... Olvídelo, por favor, deje en paz a Mattson, cuide a su hija y haga como si no nos hubiésemos visto. Y ahora discúlpeme, tengo que colgar.

Melchor se queda con el teléfono en la mano durante dos, tres segundos, escrutando el aparato como si no fuera un teléfono sino un enigma indescifrable o como si estuviera a punto de cobrar vida propia, y luego alza la vista y la fija en lo primero que encuentra, que resulta ser un cartel de la feria del libro antiguo de Barcelona donde aparece una Rambla hirviente de flores y libros y, al fondo, la estatua de Cristóbal Colón señalando en teoría a América con el índice. No puede creer lo que acaba de escuchar. ¿De verdad era falso todo lo que le había contado Carrasco en Can Sucrer? ¿Y qué sentido podían tener aquellas mentiras? ¿Para qué se las había contado el antiguo guardia civil? ¿Para aliviarse de su fracaso por la vía de atribuir su responsabilidad a otro, como le había dicho Mattson, convirtiendo a este en su chivo expiatorio y haciéndole responsable de su caída en desgracia? No podía creerlo. Además, si todo lo que le había contado Carrasco era mentira, ¿por qué razón un funcionario del juzgado se habría tomado la molestia de darle sus señas y remitirle a él, corriendo un riesgo que no tenía por qué correr? ¿Qué sentido tenía aquello si no era que el funcionario abrigaba la certeza de que el antiguo guardia civil no mentía —«lo que Carrasco le diga le parecerá una locura, pero es la verdad», le había escrito, «hágale caso»— y que podía ayudarle a encontrar a su hija? ¿Acaso no era verdad que Mattson o alguien relacionado con Mattson había abusado de ella? ¿Era ese abuso un episodio aislado o formaba parte de una cadena de abusos? ¿No le habían sonado con el tintineo inconfundible de la verdad los horrores que Carrasco le había contado de Mattson en Can Sucrer, y no había reconocido el no menos inconfundible metal de la mentira en la hagiografía de Mattson que acababa de endilgarle Carrasco, y que era el negativo exacto de aquellos? Y, por cierto, ¿qué era el pajar de Can Sucrer, con su archivo sobre Mattson y sus paredes forradas de fotografías, documentos, anotaciones y esquemas sobre el magnate? Sin duda el testimonio de una dilatada obsesión, pero ¿qué clase de obsesión? ¿Una obsesión surgida de la lucidez o segregada por la locura? Cuando subió a aquel altillo no supo de entrada con cuál de las dos opciones quedarse. ¿Con cuál se quedaba ahora?

—No veo por qué va a mentirte Carrasco —razona a su vuelta de Córdoba Rosa, después de que Melchor le haya referido, mientras cenan en su casa, la conversación con el antiguo guardia civil—. No tiene ningún motivo para hacerlo.

—¿Y qué motivo tenía para mentirme antes?

—¿No te lo ha contado él? ¿No te ha dicho que eran las mentiras de un resentido? ¿No reconoció que a veces pierde los papeles? Hay gente así: enloquece y luego recupera la cordura. Y no hay nada que enloquezca tanto como el fracaso... En fin, no quise decirte nada cuando me hablaste de él, pero la verdad es que lo que te contó no me cuadra.

—¿Qué es lo que no te cuadra?

—Que un hombre haya estado abusando de tantas chicas durante tantos años sin que nadie le haya denunciado. Y encima un hombre tan conocido como Mattson.

—Precisamente porque es tan conocido no le denuncian. ¿Le he denunciado yo?

—No, pero le denunciarás en cuanto Cosette se recupere.

Melchor mira a Rosa sorprendido.

—¿Y eso cómo lo sabes?

—Porque es lo que yo haría. Y porque te conozco.

—Pues yo no estoy tan seguro. Dime, ¿qué precio va a pagar Cosette por denunciar a Mattson? ¿La voy a meter en un calvario después de salir de otro? ¿Y qué garantías tenemos de que, incluso pagando ese precio, condenen al tipo?

—No lo sé. El policía eres tú.

—Pues yo te lo diré, aunque ya no sea policía: ninguna. ¿Que no es creíble que Mattson lleve un montón de años abusando de chicas sin que nadie le tosa? Claro que es creíble... Primero, porque no es verdad que nadie le haya denunciado. Le han denunciado, pero luego retiraron la denuncia. Adivina por qué. Y segundo, y sobre todo, porque Mattson tiene dinero suficiente para comprar, intimidar y extorsionar a quien haga falta. De hecho, eso es lo que Carrasco me contó el primer día. Y es verosímil, ya lo creo que es verosímil. A Mattson le sobra dinero para comprar la isla entera de Mallorca, ¿qué puede suponerle comprar a unos cuantos testigos, unos cuantos policías y unos cuantos jueces...? No. Carrasco podría estar loco, pero lo que me contó tiene todo el sentido, sobre todo sabiendo lo que le pasó a Cosette. Lo que es inverosímil es que un loco recupere la cordura.

—Don Quijote la recuperó.

—Don Quijote tampoco estaba loco.

Rosa sonríe con una sonrisa deliciosa.

—Tú no has leído el *Quijote*, Melchor.

—No, pero no hace falta leerlo para saber que don Quijote no está loco. Sólo se hace el loco. A lo mejor le pasa lo mismo a Carrasco.

Rosa se encoge de hombros.

—A lo mejor. Sea como sea, ese hombre tiene razón en

212

una cosa, y es que lo más sensato es que ahora te olvides de Mattson. De Mattson y de él... Ahora lo esencial es que Cosette se recupere. Luego ya veremos si denunciamos a Mattson o no.

Melchor le agradece mentalmente el plural.

3

Durante los días posteriores, Melchor trata de hacer caso a Rosa y olvidarse de Carrasco y de Mattson. Inesperadamente lo consigue. Duerme en casa de Rosa tres noches seguidas, cosa que no había hecho nunca, y en algún momento se pregunta si necesita suplir con la presencia de Rosa la ausencia de Cosette; en otro momento se pregunta por qué cada vez que Rosa le ha propuesto mudarse con Cosette a su masía, donde sobra espacio para los tres, él se ha negado a aceptar la invitación. No tiene una respuesta clara para la primera pregunta; tampoco para la segunda: como alberga la certeza de que Rosa y Cosette vivirían muy a gusto juntas bajo el mismo techo, a veces se dice que no quiere convivir con Rosa porque teme decepcionarla, y otras veces se dice que no quiere hacerlo porque está seguro de que no podrá repetir con ella la plenitud que experimentó con Olga. En cualquier caso, esa negativa reiterada le resulta ahora tanto más incomprensible cuanto que aquellas tres noches con sus días le deparan un vislumbre feliz de lo que podría ser la convivencia con Rosa.

Al cuarto día, mientras valora la posibilidad de proponerle a Cosette que se muden los dos a casa de Rosa, con la esperanza de que ese cambio opere como un revulsivo que acelere su recuperación, Melchor recibe en la biblioteca una carta sin remitente, con su nombre escrito a mano y con un matasellos de Palma de Mallorca. No recuerda cuándo fue la última vez que recibió una carta personal, así que la curiosidad le empuja a abrirla de inmediato.

La carta es de Damián Carrasco. También está escrita a mano, con una letra clara y sin tachaduras, como si fuera el resultado final de numerosos borradores. Consta de cinco folios escritos por las dos caras y empieza así: «Estimado señor Marín, antes que nada, le pido disculpas por nuestra conversación telefónica del otro día. Su llamada me alegró mucho, pero no tuve más remedio que comportarme como lo hice y esconder mi alegría detrás de una sarta de mentiras. Le explico por qué». Carrasco cuenta que, al día siguiente de su conversación en Can Sucrer, se presentó allí un grupo de sicarios de Mattson. El término «sicario» es de Carrasco, que añade: «Me pillaron desprevenido, pero, créame, no volverá a pasar, la próxima vez les estaré esperando. El caso es que, aunque alguno se fue bien caliente a su casa, me pegaron una paliza, destrozaron Can Sucrer y se despidieron diciéndome que, si volvía a hablar de Mattson con usted, nos matarían a los dos. Yo sé cómo las gasta esa gente, así que estoy seguro de que hablaban en serio. De todos modos, la verdad es que tuve suerte. Sólo pasé unos días en el hospital de Inca, y al volver a casa mi amigo Biel March me ayudó a acabar de recuperarme y a arreglar Can Sucrer. También tuve suerte en otra cosa. ¿Se acuerda del archivo sobre Mattson que le enseñé? Pues sus sicarios no lo descubrieron. Si llegan a descubrirlo, a lo mejor las cosas hubieran sido distintas.

»Bueno, le cuento todo esto para que entienda por qué el otro día le contesté como le contesté. Y para pedirle que no vuelva a llamarme a ese número. Esto es importante. Lo más probable es que ese teléfono esté intervenido por la gente de

Mattson, es posible que el suyo también, pero el mío seguro. Y no descarte tampoco que a usted le vigilen como me están vigilando a mí, de modo que ándese con cuidado, Mattson tiene las manos muy largas, es capaz de llegar a todas partes, incluida la Terra Alta». Luego Carrasco le pide a Melchor que, en adelante, le llame a un número de teléfono que sólo usará para comunicarse con él, y le sugiere que él también se compre un teléfono y que lo use de la misma manera, sólo para las comunicaciones entre ambos. Luego le da su nuevo número y le ruega que, cuando conteste su misiva, le mande su nuevo teléfono. Luego escribe: «De momento seguiremos comunicándonos así, por carta, y sólo para lo indispensable, es lo más seguro. Si hubiera algo urgente, tenemos el WhatsApp o los mensajes de texto. El teléfono es mejor usarlo sólo si es estrictamente indispensable. Todo esto le parecerá exagerado, pero no lo es, créame, todas las precauciones son pocas».

«Pero voy a lo que importa de verdad», prosigue Carrasco. «Antes le he dicho que su llamada me alegró, aunque tuve que tragarme mi alegría. Bueno, pues me quedé corto, en realidad su llamada me puso eufórico. Supongo que no hace falta que le explique por qué, ya le conté que llevo años esperando esta oportunidad, la oportunidad de acabar con Mattson, y entiendo que su llamada significa que ha llegado el momento. No sabe cómo lo celebro. Me imagino que hablar con su hija le habrá hecho entender que todo lo que le conté era verdad y que no se trata sólo de que me ayude a ajustarle las cuentas a Mattson, en el fondo eso importa poco, y además sólo me importa a mí, en realidad hay algo muchísimo más importante, y es que su hija y todas las chicas que han sido víctimas de Mattson necesitan que se les haga justicia, aunque sólo sea para que otras como ellas no caigan en manos de Mattson. De eso se trata aquí, de justicia y no de venganza, de eso estamos hablando, usted ha sido policía como yo y estoy seguro de que lo entiende mejor que nadie. Las chicas que han sido víctimas merecen justicia, y las chicas que van a ser víctimas no merecen ser víctimas. Y usted y yo podemos impedir que lo sean.

»Pero, claro, también me puso eufórico su llamada por otra cosa, o sea, porque significa que ha entendido usted que la única forma de acabar con Mattson es hacerlo tal y como le expliqué. No hay otra, créame también en esto, después de tantos años dándole vueltas a este asunto estoy seguro de que cualquier intento de denunciar a Mattson a la justicia está condenado al fracaso. No sé si se lo dije ya el otro día, pero es así, puedo garantizárselo. Y la razón es que, en Mallorca, Mattson está blindado, completamente blindado, no le quepa la menor duda, lo sé por experiencia, eso también se lo conté.» A continuación, la prosa de la carta se tiñe por momentos de un tono académico o pseudoacadémico que le sirve a Carrasco para pergeñar una disquisición histórico-política un tanto confusa, que de entrada Melchor no sabe a cuento de qué viene, que lee a trozos y un poco por encima y que en algún momento le hace dudar otra vez del equilibrio mental del antiguo guardia civil. Este empieza afirmando que, en Mallorca, existen dos sociedades que viven prácticamente de espaldas una de otra, como si ambas habitaran mundos paralelos, independientes y casi opuestos: la de los extranjeros y la de los mallorquines. Para los extranjeros, sostiene Carrasco, Mallorca es un lugar paradisíaco: seguro, barato y cosmopolita, con un mar omnipresente y cordial, con un clima benigno, con buenos hospitales y buenas conexiones a todo el mundo. «¿Qué más se puede pedir?», escribe Carrasco. «Para los mallorquines, en cambio, la cosa cambia.» Según el antiguo guardia civil, la mallorquina ha sido siempre una sociedad encerrada en sí misma, un tanto claustrofóbica, poco menos que asfixiante. «Esto es una isla», recuerda. «Y eso imprime carácter.» Carrasco describe un grupo humano muy conservador, jerarquizado y endogámico, un mundo dominado por terratenientes agrarios que, durante siglos y siglos, hasta hace un par de generaciones, permaneció casi en la Edad Media, inmovilizado en el tiempo. «Esta estructura tradicional, caciquil, es la que determina el rasgo que mejor define la sociedad mallorquina», señala Carrasco. «La corrupción. Este es un sitio acostumbrado a ella, aquí, desde hace ochocientos años, la corrupción no es una cosa excepcional, es la forma natural de vida, los mallorquines han convivido con ella desde siempre. Y eso explica muchas cosas.»

«¿Adónde voy a parar con todo esto?», continúa Carrasco, justo cuando Melchor empieza a intuirlo. «Voy a que Mallorca es el sitio ideal para que Mattson haga lo que está haciendo sin que nadie le incordie. A lo mejor él lo eligió por eso, no lo sé, es posible, al fin y al cabo conoce la isla desde que era un crío, y dudo mucho que se atreva a hacer en su país o en Estados Unidos lo que está haciendo aquí. O quizá sí se atreve, no lo sé ni me interesa. En fin. El otro día le dije que el cliché de que todo el mundo tiene un precio es la pura verdad, ¿se acuerda? Pero lo que no le dije es que en Mallorca esa es una verdad ancestral, una cosa metida en la mentalidad de la gente, y que todo el mundo está acostumbrado a convivir con ella. Para colmo, Pollença es un sitio pequeñito y aislado en un rincón de la isla, con un puesto de la Guardia Civil pequeñito y aislado que depende de un juzgado pequeñito y aislado... En resumen, pan comido para Mattson.

»Por eso le decía que este hombre, aquí, está completamente blindado. Es muy posible que fuera de aquí también lo esté, ya le expliqué que por esa casa pasa gente muy importante, y que Mattson los graba a todos, así que es probable que pueda chantajearlos a todos. Casi seguro. Pero aquí en Mallorca está acorazado, y esa coraza es la que nosotros tenemos que romper.»

Carrasco le recuerda a continuación a Melchor lo que ya le contó en Can Sucrer: la forma de traspasar el blindaje de Mattson y acabar con él. La idea consiste en colarse en la mansión de Formentor, entrar en su archivo de depredador sexual —lo que Carrasco llama «la cámara del tesoro»—, hacerse con la máxima cantidad de material posible y difundirlo a los cuatro vientos. Luego insiste, como hizo en Can Sucrer, en que, aparte de decisión, sólo son indispensables tres cosas: tiempo, personal y dinero. «El tiempo es cosa mía, lo administro yo, porque soy yo el que diseña el plan y el que dice cuándo y de qué manera ejecutarlo», escribe. «Así que de eso olvídese, corre de mi cuenta, a su debido tiempo se lo explicaré todo. Pero del resto tiene que encargarse usted, yo no dispongo ni de dinero ni de gente, bueno, salvo una persona que será fundamental para nosotros, ya se la presentaré cuando llegue el momento. Pero, aparte de eso, lo demás es cosa suya.» Carrasco explica que, para realizar la operación con éxito, necesitan contar con siete efectivos, aparte de ellos dos y de la persona que él aportará: diez, en total. «Todos deben ser profesionales. Si conserva amigos en la policía, antiguos compañeros que quieran ayudarle, estupendo, aunque, eso sí, tienen que ser de absoluta confianza. Si no, tendrá que espabilarse y contratar a alguien. No es lo ideal, supongo que es consciente de eso, pero a lo mejor no le queda más remedio, podría recurrir a cualquier empresa de seguridad, en internet se anuncian a patadas y muchas aceptan trabajos de este tipo. Si no, siempre queda la opción de meterse en la *darknet*. Allí, con dinero, puede conseguirse de todo.» Carrasco enumera a continuación el equipo y las armas que van a necesitar: la lista incluye pistolas, sub-fusiles, munición, cargadores, chalecos antibalas, puntos de mira con láser, esposas, linternas, trinchas, pasamontañas, dos coches, un inhibidor de frecuencia, motosierras, teléfonos móviles, matrículas y documentación falsa. «Para comprar todo eso necesitará dinero», aclara Carrasco. «¿Cuánto? No lo sé exactamente, lo averiguará cuando se ponga con los preparativos, pero piense que, además de contratar a profesionales, si es que le hace falta contratarlos, y conseguir el armamento y el equipo, tendrá que comprar billetes de avión o de ferry para ir y venir de Mallorca, habrá que alquilar apartamentos, coches, etc. No será poco.» Carrasco le pregunta a Melchor si puede conseguir todo eso y está dispuesto a llevar a cabo la operación. «Si la respuesta es sí, dígamelo cuanto antes, mándeme un wasap con una frase, "Tuya es la Tierra", así sabré que está listo y yo terminaré de planearlo todo y me pondré a buscar el momento ideal. ¿Cuándo podría ser eso? No lo sé. Debería ser pronto, lo más pronto posible, pero tampoco querría precipitarme, lo importante como le digo es encontrar el momento adecuado. Tengo algunas ideas, pero podría tardar en encontrarlo, hay que estar seguro de que es el bueno para no correr el riesgo de fallar. Sea como sea, si se compromete a hacerlo, usted debería empezar con los preparativos en cuanto me dé el banderazo de salida. Luego, si por lo que sea la cosa se pospone, no importa, al contrario, ya lo tendremos todo a punto. Sea como sea, también le digo que, cuanto antes lo hagamos, mejor. Muchísimo mejor... Piense en su hija. Recuerde lo que está en juego. Recuerde que no se trata de venganza, se trata de justicia. Y recuerde sobre todo que sólo tenemos una oportunidad. Si fallamos, no habrá otra, de eso puede estar seguro, y entonces ese hijo de puta se irá de rositas. Piénselo bien. Y, cuando esté listo, escríbame. No se le olvide: "Tuya es la Tierra". Como se puede imaginar, espero con toda la impaciencia posible.

»Un saludo.»

Melchor lee muy despacio la carta de Carrasco, como si estuviera escrita en un idioma que no acaba de entender. Después vuelve a leerla. Tras la tercera lectura se la mete en un bolsillo trasero del pantalón, y durante todo el día no se la quita de la cabeza. De vez en cuando la lee a trozos, pero por la noche evita mencionársela a Rosa.

A la mañana siguiente, Rosa y él parten cada uno por su lado hacia Barcelona: ella, a pasar el fin de semana con sus hijas; Melchor, a visitar a Cosette. Confía en que su hija haya mejorado desde el sábado anterior, y su esperanza parece confirmarse cuando la ve en el vestíbulo de la Clínica Mercadal. Al salir al parque y empezar a pasear con ella, sin embargo, se da cuenta de que en realidad ha empeorado de manera alarmante: su aspecto físico no es malo, pero tiene la mirada extraviada, está abstraída y apenas habla; pese a ello, cuando él le pregunta si ha ocurrido algo malo, contesta que no. El día ha amanecido tan sombrío como su hija. Sopla un viento desapacible que agita las ramas de los árboles, pero no acaba de barrer las nubes del cielo de Collserola, que desfilan por encima de ellos como un cortejo fúnebre. Aunque hace algo de frío, padre e hija se sientan en el banco de piedra de la primera vez, frente a la mata de buganvillas, y, notando el bulto de la carta de Carrasco en el bolsillo de su pantalón, Melchor se pone a hablarle sobre la Terra Alta: sobre la gente que pregunta por ella, sobre su trabajo en la biblioteca, sobre un cuento de Turguénev que le ha encantado —se titula «Un sueño» y trata de un personaje que no se sabe si está vivo o muerto—, sobre un nuevo sacerdote que acaba de llegar a la parroquia, un joven cura latinoamericano, colombiano o boliviano o panameño, que está volviendo a abrir iglesias cerradas en toda la comarca y a decir misa en ellas. También le habla de Rosa y le cuenta que, en su ausencia, ha estado toda la semana durmiendo en su casa. Luego vacila. Dice:

—He estado pensando. —En torno a ellos sólo se oyen unas voces remotas e indistinguibles y el gemido del viento entre las ramas de los árboles—. No sé, se me ha ocurrido que podíamos irnos a vivir con ella. Con Rosa, quiero decir... No ahora, claro. Cuando vuelvas. Cuando nos apetezca. Su casa es muy grande, cabríamos todos de sobra, y ella estaría encantada. ¿Te gustaría?

Cosette guarda silencio. Melchor reformula la pregunta, girándose hacia ella, que hace finalmente un gesto de indiferencia. Tiene los brazos cruzados y los antebrazos cogidos con las manos, como si intentara entrar en calor; pero su padre le pregunta si tiene frío y ella contesta negando con la cabeza, la vista perdida en la mata de buganvillas zarandeada por el viento, la mirada vuelta hacia dentro. Impacientado por el mutismo de su hija, Melchor está a punto de volver a preguntarle si ha ocurrido algo durante la semana cuando nota que mueve los labios y emite un murmullo.

—¿Qué? —se apresura a preguntar.

Cosette no parece oír y no contesta, ni siquiera le mira. Al cabo de unos segundos, no obstante, vuelve a murmurar, igual que si hablase dormida. Melchor cree entender la palabra «lobos», pero luego se dice que en realidad la palabra era «locos» y le pregunta a Cosette si ha tenido algún problema con los otros internos. Cada vez más sumida en sí misma, Cosette tampoco le responde. A Melchor le parece entonces recordar, vagamente, noticias o rumores sobre la presencia de lobos en la sierra de Collserola, y le pregunta a su hija, explorando el parque a su alrededor con la mirada como si buscase cánidos entre los árboles, si es verdad que hay lobos por allí. Entonces Cosette se vuelve hacia su padre y lo mira como si no lo reconociera, mientras él cree distinguir en los ojos de su hija algo que no ha visto nunca y que al principio no reconoce. Luego sí: es terror.

—¿Te encuentras bien? —Alarmado, Melchor le pasa un brazo por el hombro y le coge una mano. Está helada—. ¿De qué tienes miedo? ¿Alguien te ha hecho algo? ¿Estás mal aquí? ¿No te tratan bien? ¿Quieres que te saque? Si quieres, te saco hoy mismo... Dime qué te pasa, por favor.

Cosette baja la cabeza y la mueve a un lado y a otro sin decir nada, como si negase o como si algo le impidiera hablar, y enseguida sus ojos se llenan de lágrimas y se echa a llorar sin ruido mientras vuelve a desviar su mirada hacia la mata de buganvillas. Impotente, con la garganta cerrada y una espuma fría creciéndole en el estómago, Melchor aprieta contra su cuerpo el cuerpo de Cosette, que apoya la cabeza en su hombro y esconde la cara en su cuello. Transcurre así un tiempo durante el cual se pregunta si debe subir a la habitación de Cosette, recoger sus pertenencias y llevársela de vuelta a casa o si debe seguir confiando en la clínica. Al final resuelve hablar con el doctor Mercadal y decidir en consecuencia. A lo lejos, algunos internos y familiares empiezan a subir las escalinatas del pabellón. La hora de visita ha terminado.

4

La secretaria del doctor Mercadal le dice que su jefe no puede atenderle porque en aquel momento tiene una visita.

—No importa —asegura Melchor—. Esperaré.

—Luego tiene otra —insiste la secretaria.

Melchor contesta que aguardará hasta que el doctor encuentre un hueco para recibirle, y la secretaria —una mujer entrada en años y en carnes, vestida con uniforme blanco de enfermera— hace un mohín escéptico de conformidad antes de indicarle una hilera de sillas. Melchor toma asiento y, cuando ve salir del despacho del doctor a una mujer, aprovecha que la secretaria se distrae un momento con ella para colarse. Más allá de la puerta, el doctor está de pie, contemplando el parque a través del ventanal que se abre al otro lado de su escritorio. A su espalda, Melchor oye la voz molesta de la secretaria:

—Oiga.

El doctor Mercadal se da la vuelta para enfrentar a Melchor y a la mujer, que ha irrumpido en el despacho tras él.

—Sólo quiero hablar un momento con usted —se apresura a excusarse Melchor—. Es urgente.

El doctor le pregunta a su secretaria si la próxima visita está esperando; la secretaria contesta que no, y el doctor le pide a la mujer que le avise cuando llegue.

—Siéntese. —Le señala a Melchor una silla frente a su escritorio—. Y disculpe, los días de visita son siempre complicados.

Melchor no se sienta.

—No le quitaré mucho tiempo. —Repite—: Sólo será un momento. —Mercadal también permanece de pie. Melchor confiesa—: Estoy preocupado.

—Si es por Cosette, no debería estarlo.

—Acabo de verla y está mucho peor que la semana pasada.

—Lo parece, pero no lo está. —El doctor esboza una sonrisa tranquilizadora—. Al contrario, está mucho mejor.

Melchor se queda mirándole, entre perplejo y expectante. Mercadal bordea su escritorio mientras se retira de la frente un mechón de su melena.

—¿Se acuerda de lo que le dijimos el otro día la doctora Ibarz y yo? —pregunta—. Que Cosette tenía que sacar lo que lleva dentro, que tenía que desenterrar lo que enterró... Bueno, pues es lo que está haciendo: enfrentarse a la realidad de lo que pasó en casa de Mattson. Y, la verdad, lo está haciendo con una rapidez que no nos esperábamos. Su hija es muy valiente.

—Se me ha echado a llorar.

—¿Y eso es malo? —El doctor mete las manos en los bolsillos de los pantalones y su sonrisa se torna más amplia y más segura—. Yo le respondo: no lo es. Al contrario, es bueno... Entiendo que usted se haya asustado, pero no debe hacerlo. ¿No le dijimos que el proceso iba a ser doloroso? Cuando llegó aquí, su hija estaba deprimida. Ahora todavía lo está, pero la depresión ha aflorado del todo y se ha convertido en un impulso vehemente, en un deseo de autodestrucción... Tiene la autoestima por los suelos, su cuerpo le da asco, le parece repulsivo, siente ganas de castigarse a sí misma, probablemente tiene ensoñaciones suicidas. Pero, pierda cuidado, aquí está bien, siempre bajo control, y no le ocurrirá nada... Al contrario. Todo eso significa que ha entrado en contacto con el dolor, con lo mucho que sufrió, con lo que le ocurrió en casa de Mattson... Es algo que todavía la desborda, que no es capaz de digerir, y por eso llora. Es normal. Es bueno. Quiere decir que vuelve a conectar con su cuerpo, que el proceso curativo está empezando... Luego vendrá el momento de entender lo que pasó, pero de momento con eso basta.

—¿Está seguro?

—Desde luego. El otro día también se lo dije: si sabes lo que te pasa y lo entiendes, puedes gobernarlo; si no, es eso lo que te gobierna a ti... Hasta ahora, Cosette no sabía lo que le había pasado, porque se lo había escondido a sí misma y había encerrado el secreto bajo siete llaves. Ahora está averiguándolo. Es un proceso duro y doloroso, y es normal que lo sea, ya se lo advertí... Pero también le advertí que es indispensable, que tenía que hacerlo. De hecho, casi le diría que, cuanto más le duela ahora, menos le dolerá luego, porque podrá gobernarlo mejor. Y más rápidamente se curará. Es como una herida. —El doctor saca las manos de los bolsillos y frota con fuerza el índice de la derecha sobre el envés de la izquierda, como si intentara borrar algo escrito allí—. Para que cicatrice bien, hay que limpiarla, curarla y coserla. Y eso duele... Dígame, ¿le ha hablado Cosette de los lobos?

Melchor no responde, pero el otro deduce de su silencio que la respuesta es sí. En ese momento la secretaria los interrumpe: anuncia que la visita ha llegado; Mercadal responde que enseguida la atenderá y la secretaria vuelve a retirarse.

—Esa es una de las cosas que ya sabemos con seguridad, y ella también. —El doctor reanuda su explicación—. No abusó de ella un solo hombre. Hubo varios. Les llama los lobos... Todavía no sabemos exactamente lo que pasó con ellos, qué es lo que le hicieron o, más bien, qué le obligaron a hacerles, pero sí sabemos que les tiene pánico, y que así es como les llama. Los lobos... Cosette tenía eso enterrado y bien enterrado, no quería que aflorase, pero no ha habido que sacárselo con fórceps, ella misma lo ha hecho... ¿Le ha contado también que la tuvieron encerrada en una bodega o un sótano o algo parecido, como a un animal en una jaula?

—No.

—Pues eso es lo que pasó. Algún día también se lo contará a usted... O no. En realidad, basta con que se lo cuente a sí misma, basta con que asuma exactamente lo que pasó y por qué pasó. Y con que entienda que ella no fue culpable de nada, que hizo lo que debía hacer, para protegerse, y que fueron los otros los que le hicieron todo lo malo a ella. Que esos hombres fueron los verdugos y ella la víctima... En fin, en eso estamos. Pero nos hace falta tiempo. Y a su hija también. Tiempo y tranquilidad. Esas son las dos cosas que más necesita su hija. Y lo mejor que puede usted darle ahora mismo.

Vuelven a llamar a la puerta y, aunque en esta ocasión la secretaria no entra en el despacho ni pronuncia una palabra, el doctor Mercadal vuelve a pasarse la mano por la melena, toma a Melchor de un hombro y lo acompaña hacia la salida.

—De todos modos, le repito lo que le dije el otro día —prosigue—. Puede estar tranquilo. Ya sé que ahora no lo parece, pero Cosette saldrá adelante. Se lo aseguro. —Antes de abrir la puerta del despacho se frena y, sin quitar la mano del hombro de Melchor, le busca los ojos—. Su hija me ha dicho que es usted aficionado a las novelas. ¿Cómo se llamaba aquella? *Lo que no te mata te hace más fuerte*, ¿no? Bueno, a lo mejor era una película. O una canción. Da igual. En realidad, la frase es de Nietzsche, y es verdad. Una verdad como un templo... Lo que intento decirle es que lo que le ha ocurrido a Cosette es horrible, pero no la va a matar. Hay mujeres que mueren por mucho menos, se quedan con eso dentro y eso las destroza, las inhabilita de por vida. A Cosette no le va a pasar. Gracias a que usted reaccionó rápido. Y sobre todo gracias a ella... Ese es mi consejo: confíe en su hija.

Melchor sale de la Clínica Mercadal angustiado, y durante algunos kilómetros conduce su coche sin saber exactamente adónde se dirige. Al salir de Barcelona, el día no parece el mismo: el viento está dispersando las nubes y abriendo el cielo a un sol que por momentos le deslumbra. Tiene la garganta seca y unas ganas desaforadas de parar en cualquier sitio, comprar una botella de whisky y bebérsela entera; también tiene ganas de llorar. No para en ningún sitio. Ni derrama una lágrima. Pero le viene a la memoria la última vez que lloró, catorce años atrás, mientras nadaba al amanecer en la playa de la Barceloneta después haber pasado la noche en una suite del hotel Arts y haber resuelto el caso Adell. Entonces lloraba por su mujer y por su madre, las dos muertas, y ahora se dice que en ambos casos los asesinos acabaron pagando por lo que hicieron: unos, casi de inmediato; los otros, años después; unos con la cárcel y los otros con la vida. Pero ninguno de los dos crímenes quedó sin castigo. ¿Quedará ahora impune el crimen de Mattson?, se pregunta. ¿No va a pagar ese hombre por lo que le ha hecho a Cosette? ¿Pagará si ellos lo denuncian a la justicia? Mientras conduce, Melchor nota el bulto de la carta de Carrasco presionando contra el asiento y se pregunta si es viable el proyecto del antiguo guardia civil. En realidad, no lo conoce con detalle, porque Carrasco no se lo ha explicado, o sólo en lo esencial, pero sabe que aquel hombre es un policía con experiencia y no un orate, que lleva años preparando la operación y que nadie está más interesado que él en que se salde con éxito. ¿Qué es entonces más verosímil?, se pregunta Melchor. ¿Que una policía y una justicia maniatadas por Mattson hagan su trabajo y condenen al magnate, o que un grupo de profesionales resueltos lleve a cabo el plan de Carrasco? ¿Está en condiciones él de ayudarle a culminarlo? ¿Está dispuesto a intentarlo?

Melchor se detiene a poner gasolina en el área de servicio de El Mèdol, poco antes de tomar la carretera de la Terra Alta. Luego entra en la cafetería y se pide un bocadillo de queso y una Coca-Cola. Mientras se los toma sentado a una mesa desde la que se domina la autopista, sigue rumiando sobre el proyecto de Carrasco. No sabe si Rosa le prestaría el dinero necesario para realizarlo, pero sí que podría engañarla asegurándole que lo necesita para algo distinto; y también sabe que, si Blai aceptase participar, la suma de dinero sería más asequible: al fin y al cabo, como jefe de la comisaría de la Terra Alta su amigo tiene a su disposición una cantidad considerable de armamento y de equipo (y fácilmente podría tener acceso a más). ¿Aceptaría Blai unirse al operativo? Melchor no lo cree. No, como mínimo, de entrada. No, a menos que se sienta obligado y no tenga más remedio que aceptar. En su carta, Carrasco daba a entender algo evidente, y es que, para asaltar la casa de Mattson, lo ideal sería que Melchor reclutara a alguno de sus antiguos compañeros. ¿Cabría la posibilidad de que alguno aceptase acompañarlo? El primer nombre que se le ocurre a Melchor es el de Vàzquez, su antiguo jefe en la Unidad Central de Secuestros y Extorsiones de Egara, ahora retirado en La Seu d'Urgell; el segundo, el de Paca Poch.

Todavía sentado a la mesa de la cafetería, Melchor llama por teléfono a la sargento.

—Sólo te acuerdas de santa Bárbara cuando truena, bibliotecario —dice Paca Poch nada más descolgar el teléfono—. ¿Qué tripa se te ha roto ahora?

—Ninguna —contesta Melchor—. ¿Te apetece tomar una copa?

—La duda ofende —dice la sargento—. ¿Dónde quedamos?

—¿Estás en tu casa?

—Sí.

—Yo estoy comiendo en el área de servicio de El Mèdol. Dame tu dirección y dentro de un rato me tienes ahí.

Melchor acaba de comerse el bocadillo mientras camina hasta su coche, mete en el navegador las señas de Paca Poch y una hora y diez minutos después entra en el aparcamiento subterráneo de la plaza Alfons XII, en el casco antiguo de Tortosa. Desde allí camina hasta el edificio de la calle Argentina donde vive la sargento; esta contesta al interfono, abre el portal y le espera apoyada en el marco de la puerta de su apartamento.

—¿A qué se debe tanto honor? —saluda.

Melchor dice que viene de visitar a Cosette en Barcelona; Paca Poch le pregunta cómo está su hija y él contesta que bien: pronto volverá a casa.

El apartamento de la sargento es minúsculo e impersonal, como si su inquilina no planease vivir mucho tiempo allí, pero dispone de un comedor-cocina grande, dividido en dos espacios por una barra americana e iluminado por un gran ventanal, que da al río, por el que entra a raudales la claridad de la tarde. En el centro hay una mesa escoltada por varias sillas, y más allá un televisor apagado, un par de estanterías casi huérfanas de libros, un sillón y un sofá de cuero blanco en el que se yerguen dos pilas de ropa limpia y recién doblada; entre el sofá y el televisor se alarga una mesa de planchar con una plancha de vapor encima.

—Hoy tocaba zafarrancho —explica Paca Poch, cargando con un montón de ropa—. Dame un minuto y estoy para ti.

Mientras la sargento despeja el comedor, yendo y viniendo de su dormitorio (viste una camiseta blanca y holgada, unos pantalones de chándal y unas zapatillas viejas; unas pinzas de carey le sujetan el pelo en la nuca, formando un moño caótico), Melchor se asoma al ventanal y se queda unos segundos contemplando el centelleo del sol en los remolinos del río y en las fachadas de la ribera opuesta. Más tarde curiosea entre las estanterías, donde sólo descubre un par de novelas: *Terra Alta* e *Independencia*, de Javier Cercas.

—He bajado al súper a comprar Coca-Cola y whisky —oye a su espalda—. El whisky para mí y la Coca-Cola para ti... ¿Con hielo o sin hielo?

Paca Poch saca de un armario dos vasos, llena uno con trozos de hielo y Coca-Cola y se lo entrega a Melchor; en el otro vaso se sirve dos dedos de The Famous Grouse, oliendo el whisky y espiando a Melchor por encima del borde del vaso, pregunta:

—¿Es verdad que si bebes te vuelves loco?

—¿Quién dice eso? —Melchor señala la estantería con su vaso de Coca-Cola rebosante y vuelve a preguntar—: ¿Cercas?

La sargento mira un segundo la estantería.

—¿Lo has leído?

Melchor dice que no con la cabeza.

—¿Debería hacerlo?

Paca Poch se encoge de hombros. Después levanta su whisky hacia él:

—A la salud de Cosette.

Durante el resto de la tarde conversan sentados en el comedor mientras la luz del día se extingue poco a poco detrás del ventanal. La conversación disuelve la angustia de Melchor, que no encuentra o no busca el momento o la manera de hablar de Mattson y de plantearle a la sargento el proyecto de Carrasco, en parte porque teme su negativa, en parte porque sospecha que, en cuanto se oiga a sí mismo hablar del plan de Carrasco, lo juzgará un disparate irrealizable. En un determinado momento la sargento le pregunta por qué dejó de ser policía.

—Es fácil —contesta Melchor—. Porque prefiero mil veces vivir entre libros que vivir entre polis y chorizos. ¿Y tú?

—¿Que por qué me hice poli? Eso todavía es más fácil. —Paca Poch le guiña un ojo—. Porque me encantan los polis.

—¿Y los chorizos?

—Todavía más.

En otro momento, cuando Paca Poch lleva ya un par de whiskies encima, le pregunta por los atentados de Cambrils, o más bien por su papel en los atentados de Cambrils. Él intenta eludir el asunto, pero la sargento insiste:

—Dime sólo una cosa. ¿Tuviste miedo?

La pregunta sorprende a Melchor, tal vez porque él mismo no se la ha formulado nunca, lo que aún le sorprende más.

—No lo sé —dice—. No me acuerdo.

—Eres un mentiroso, bibliotecario —sonríe Paca Poch—. Anda, dime la verdad.

Melchor se esfuerza por revivir aquel instante que cambió su vida. Hace diecisiete años que ocurrió, pero de golpe se da cuenta de que es como si hubiera ocurrido la víspera; más que sorprenderle, este hecho le desconcierta.

—No lo sé —repite. Quizá contradictoriamente, añade—: Todo fue tan rápido que yo creo que no me dio tiempo de tenerlo.

—Menudo topicazo —se burla Paca Poch.

Melchor reflexiona un momento: para no decepcionar a la sargento, busca una respuesta mejor. Pero no la encuentra, así que se encoge de hombros.

—No lo sé —dice, por tercera vez—. A lo mejor los tópicos son tópicos porque son verdad.

Hacia las ocho, cuando ya está cayendo la noche, Paca Poch propone ir a ver un partido de fútbol con unos amigos.

—¿Qué partido? —pregunta Melchor.

—¿Qué partido va a ser? —contesta la sargento—. El Barça-Juve. La semifinal de la Champions. El que gana, juega la final con el Madrid.

El expolicía guarda silencio. Paca Poch pregunta:

—¿No te gusta el fútbol?

—No mucho.

—Este partido te gustará. Ya lo verás.

Melchor, a quien ni siquiera la afición infantil de Cosette consiguió que se interesase por el fútbol, rechaza la propuesta y anuncia que se va a casa.

—¿Rosa te está esperando? —vuelve a preguntar Paca Poch.

—No —contesta Melchor—. Está en Barcelona.

La cara de la sargento se ilumina como si dentro de ella se hubiera encendido una lámpara.

—Entonces, ¿qué prisa tienes? —pregunta y, antes de que Melchor pueda contestar, se levanta del sofá y propone—: Quédate aquí esta noche. Lo pasaremos bien, mis amigos te gustarán. Luego, si gana el Barça, nos vamos a bailar. Y si pierde también, para espantar las penas. Esta ciudad no es gran cosa, pero hay un par de garitos estupendos. Dime la verdad, ¿cuánto tiempo hace que no te corres una farra como Dios manda?

Melchor no responde, pero en ese momento siente que aquellas horas de conversación, Coca-Cola y whisky han convertido a Paca Poch en una amiga, y que ha encontrado el momento que buscaba. Con un suspiro, desvía la vista hacia el ventanal: las luces encendidas en la ribera de enfrente tiemblan en las aguas del río.

—Antes te mentí —reconoce, volviendo a mirar a la sargento—. La verdad es que tengo un problema.

Paca Poch se sienta otra vez en el sofá; la lámpara se ha apagado en el interior de su cara, y sus facciones expresan una suerte de decepción burlona.

—Ya decía yo. ¿Qué clase de problema?

—En realidad no es un problema. Es una cosa que tengo que pedirte.

—¿Importante?

—Sí.

—Concedida.

Melchor enarca las cejas.

—Aún no te he explicado qué es.

—Da igual. Concedido.

—Es peligroso.

—Mejor.

—Peligroso y también ilegal.

—Me estás poniendo cachonda.

Melchor sonríe; luego señala la botella medio vacía de Famous Grouse. Paca Poch se le adelanta.

—El que se vuelve loco cuando bebe eres tú —le advierte—. No yo.

Melchor no corrige a la sargento, y acto seguido se saca del bolsillo la carta de Carrasco, la desdobla y se la entrega, empieza a contarle lo que le ocurrió a Cosette en la casa de Mattson, o lo que sabe que le ocurrió. Paca Poch escucha con cuidado y después lee la carta y le hace a Melchor tres o cuatro preguntas muy concretas sobre Carrasco, sobre lo que conoce acerca del plan de Carrasco, acerca de Mattson y de lo ocurrido en Pollença, preguntas que él responde con la mayor precisión de que es capaz. Luego la sargento dobla la carta y, sonriendo como si la lámpara se hubiera encendido otra vez dentro de ella, se la devuelve a Melchor y pregunta:

—¿Cuándo salimos hacia Pollença?

234

5

Melchor pasa la noche en el sofá de Paca Poch, y a la mañana siguiente, antes de marcharse de su casa, arregla un poco
el comedor, se ducha, se viste, se toma un café y le deja en
la barra americana una nota a la sargento, que todavía duerme a pierna suelta en su cuarto. «Gracias por todo», escribe.
Ya tiene el pomo de la puerta del apartamento en la mano
cuando recuerda que la víspera, una vez que decidieron salir
a cenar juntos, su anfitriona desapareció y, al cabo de un cuarto de hora, regresó recién duchada y maquillada, el pelo húmedo cayéndole sobre los hombros, calzada con unos zapatos de tacón alto y enfundada en unos tejanos ceñidos, una
cazadora de cuero y una camiseta que resaltaba sus pechos.
«¿Qué te parece?», le preguntó; tenía las manos en la cintura,
los ojos desafiantes y la sonrisa provocadora. «¿A que estoy
como un tren?» Ahora Melchor da media vuelta y regresa a la
barra americana. «Y por cierto», añade en la nota. «Es verdad:
estás como un tren.»

Recoge el coche en el aparcamiento subterráneo, escribe
una dirección de La Seu d'Urgell en el navegador de su coche, sale a la superficie en la plaza Alfons XII y, en vez de
tomar la carretera de Xerta en dirección a la Terra Alta, para
volver a casa, se aleja en dirección a Tarragona. Hace un día
espléndido, de cielo azul clarísimo y sol primaveral, y por la

autopista del Mediterráneo el tráfico es escaso a esa hora del domingo. Poco después de tomar la salida 35 y la carretera de Reus, llama a Rosa, con quien anoche habló un momento por teléfono desde la taberna irlandesa del casco antiguo en la que Paca Poch le invitó a cenar una hamburguesa.

—¿Qué tal la farra? —pregunta Rosa.

—Estupenda —contesta Melchor—. He dormido tres horas.

—¿En casa de Paca?

—Claro. Esa chica es un gran fichaje.

—¿Tengo que ponerme celosa?

Melchor ni siquiera contesta la pregunta: le habla de una taberna irlandesa donde Paca Poch parecía conocer a toda la parroquia y donde cenaron y vieron por televisión la victoria del Barça sobre la Juve en la semifinal de la Champions; también le habla de una discoteca situada a pocos kilómetros de Amposta a la que, al parecer, la sargento suele acudir cada fin de semana («Ya sabes: sábado, sabadete, camisa nueva y un polvete»), un local que por fuera parecía un trasatlántico varado en mitad de la noche y por dentro un inmenso, hormigueante y destartalado garaje acribillado por fogonazos de luces estroboscópicas. Luego le pregunta a Rosa por su fin de semana en Barcelona. Ella se lo resume en un par de pinceladas y al final le explica que ha surgido un imprevisto y que, aunque en principio habían quedado a comer en su casa, si no le molesta pensaba hacerlo en Barcelona, con sus hijas, sus nietos y sus yernos.

—No me molesta para nada —asegura él—. De hecho, te iba a decir que yo tampoco puedo comer hoy.

—¿Y eso?

Melchor siente la tentación de contarle adónde se dirige en aquel momento, de hablarle sobre la carta de Carrasco y el apoyo sin reservas de Paca Poch a su plan; pero se dice que es prematuro hacerlo y que quizá al final del día las cosas estén más claras. Además, recuerda las advertencias de Carrasco, según el cual es posible que su teléfono esté intervenido («No descarte que a usted le vigilen como me están vigilando a mí, de modo que tenga cuidado»), y se dice que, en cualquier caso, lo mejor es explicárselo todo a Rosa cara a cara.

—Te lo cuento mañana.

Dos horas y cuarto más tarde, después de dejar atrás Tàrrega, Cervera y Guissona, Melchor llega a La Seu d'Urgell y, siguiendo las directrices del navegador, se para a echar gasolina en un área de servicio que encuentra a la salida del municipio, ya en la carretera de Puigcerdà. Mientras paga el combustible en la caja, le pregunta a la encargada por un criadero de perros llamado Canis.

—Está muy cerca —contesta la mujer, que le da unas pocas indicaciones y añade—: No tiene pérdida.

Siguiendo ahora las directrices de la encargada, Melchor se incorpora a la carretera y conduce un par de kilómetros en dirección a Puigcerdà, hasta que toma a la derecha un camino de tierra, cruza un riachuelo por un puente, se interna en un bosque de encinas, deja de lado un racimo de casas y al cabo de un par de kilómetros aparca en una explanada que se abre frente a una vieja masía, junto a un cartel de madera clavado en la tierra que anuncia el nombre del criadero.

Melchor apaga el motor del coche: el ladrido cercano de unos perros es lo único que oye a su alrededor, en la quietud inmaculada del valle. La puerta de la masía está entreabierta; empujándola, atisba un zaguán en penumbra adonde dan varias puertas cerradas y, al fondo, una escalera que sube hacia el primer piso. La voz de Melchor retumba en el vacío:

—¿Hay alguien?

Aguarda unos segundos, pero nadie responde y da la vuelta a la casa, en cuya trasera se abre un portalón por el que accede a un corral; una ristra de jaulas ocupadas por perros se alinea allí, a su izquierda. Apenas franquea el portalón, el tono y la intensidad de los ladridos aumentan hasta volverse escandalosos y de una de las jaulas emerge, agachándose un poco, un hombre con un cubo de metal en una mano que, al ver a Melchor avanzando hacia él, se pasa un antebrazo por la frente y lo escudriña con los ojos entrecerrados.

—Ver para creer —masculla el exsargento Vàzquez—. Pero si es el mismísimo héroe de Cambrils.

Melchor se para a un metro de Vàzquez y los dos hombres permanecen un momento frente a frente, observándose entre el guirigay atronador de los perros. Hasta que el antiguo sargento abandona el cubo en la tierra del corral y se funde en un abrazo con su excompañero. Mientras siente el cuerpo de Vàzquez contra él, pétreo bajo unas ropas que huelen a pienso, el cerebro de Melchor le devuelve dos recuerdos fulgurantes, o más bien dos imágenes.

Las dos son lejanas. Melchor conoció a Vàzquez poco después de la muerte de su mujer, cuando se alejó por un tiempo de la Terra Alta huyendo de aquel recuerdo ponzoñoso y acabó destinado en la Unidad Central de Secuestros y Extorsiones de Egara, a las afueras de Barcelona. Vàzquez, por entonces un cuarentón rapado, musculoso e hiperactivo, con aire de bulldog y fama de policía rectilíneo y peleón, dirigía la Unidad, y Melchor trabajó a sus órdenes durante dos años; hasta que, poco antes de su regreso a la Terra Alta, la Unidad se desintegró a raíz de un episodio que terminó con Vàzquez ingresado durante una semana en un hospital y más tarde enviado a petición propia a la comisaría de La Seu d'Urgell, de donde es natural. El episodio fue el rapto de la hija de un narco venezolano por parte de una banda adver-

238

saria. Durante meses, la Unidad al completo trabajó en el caso, con Vàzquez como negociador principal entre narcos. Fue una negociación áspera, compleja y nerviosa, durante la cual el venezolano recibió en su casa, uno tras otro, tres deditos cortados de su hija, que acababa de cumplir cinco años. Por fin, Vàzquez creyó localizar a la niña en un almacén de las afueras de Molins de Rei y armó un dispositivo de rescate integrado por ochenta personas, incluidos guardias civiles y policías nacionales. La operación fracasó. Hubo tres detenidos y un muerto, pero los policías no consiguieron salvar a la hija del narco, y el recuerdo más vívido que Melchor conservaba de aquel día funesto era el de Vàzquez sentado sobre un charco de sangre en el suelo de cemento del almacén, con la cabeza seccionada de la niña en el regazo y los ojos desorbitados, temblando y chillando como un poseso.

Esa es la primera imagen del antiguo sargento que ahora, mientras lo abraza en el corral de la masía, le viene a la memoria. La segunda es de tres años después, cuando Melchor se reintegró durante unos días en la misma Unidad con el fin de ayudar a resolver un intento de chantaje sexual del que estaba siendo víctima la alcaldesa de Barcelona; lo hizo a petición de Blai, que dirigía en Egara el Área Central de Investigación de Personas, y se encontró con Vàzquez de regreso en su puesto. Volvió a trabajar a las órdenes del sargento durante un par de semanas, de las que conserva un recuerdo también muy vívido que ahora resucita sin proponérselo: la imagen de Vàzquez sollozando en sus brazos, como un niño sucio, febril y apestoso, en el salón en penumbra de su apartamento de divorciado en Cerdanyola, la mañana en que Melchor descubrió que desde hacía muchos años el tipo más duro que conocía era presa de un trastorno bipolar que lo sumía en períodos alternativos de euforia y de depresión, durante los cuales quedaba aniquilado como policía y como persona.

Cuando los dos hombres deshacen el abrazo, Vàzquez le pregunta a Melchor qué hace allí. Melchor sonríe y se encoge de hombros; después pregunta por Verónica.

—Ha ido a comprar al pueblo —responde Vàzquez, que vuelve a coger el cubo y añade—: Anda, acompáñame a dar de comer a esta peña.

En las jaulas bullen decenas de perros de razas variopintas, la mayoría muy jóvenes, que se vuelven locos de alegría cuando Vàzquez entra en su cubículo y les echa de comer. El antiguo sargento trata a sus animales con una familiaridad sin carantoñas, les da órdenes y les riñe mientras conversa sobre ellos con Melchor. Siete años atrás, cuanto todavía estaba destinado en Egara, Vàzquez había sucumbido a un nuevo embate de su enfermedad y se había visto obligado a poner fin a su carrera de policía. Para entonces ya llevaba un tiempo saliendo con Verónica Planas, que en aquel momento ejercía de jefa de prensa del cuerpo. Verónica lo ayudó a derrotar la depresión y abandonó su trabajo en Barcelona para mudarse con él a La Seu d'Urgell, donde al cabo de un tiempo se casaron. Desde el día de su boda, y va ya para cinco años, los dos amigos no han vuelto a verse.

Vàzquez sigue echando de comer a los perros, pero, a preguntas de Melchor, deja de hablar de ellos para hablar de la masía donde vive y donde ha instalado su negocio.

—Era de mi madre —cuenta sin abandonar su tarea—. Bueno, de la familia de mi madre... Mi padre no nació aquí. Era guardia civil. De Badajoz. Pero lo destinaron aquí, aquí conoció a mi madre y aquí se quedó.

Vàzquez pregunta por Cosette, por Rosa y por Blai; Melchor dice la verdad sobre los dos últimos, pero no sobre la primera. Cuando Vàzquez sale de la última jaula y la cierra, los dos hombres entran en la masía por una antigua cuadra, donde hay un fregadero en el que el exsargento se desnuda de cintura para arriba y se lava con agua fría las manos, la cara y el torso. Melchor repara en sus abdominales sin un átomo de grasa, y Vàzquez le adivina el pensamiento.

—¿Qué te creías? —Sonríe con sorna, golpeándose la caja torácica con los puños cerrados—. ¿Que me había vuelto un viejo fofo? Los cojones... Salgo a correr cada día, hago pesas, bicicleta, de todo. Modestia aparte, estoy hecho un mulo.

—Ya lo veo.

—Hay que estar preparado, chaval. Nunca se sabe cuándo habrá que volver a la guerra. —Mientras se seca con una toalla el cuello y el cráneo rapado, añade—: ¿Sabes? También leo novelas.

Melchor arquea las cejas, intrigado.

—Vero me obliga. —Vàzquez compone un mohín mitad resignado y mitad pícaro, como si acabara de admitir una travesura—. Dice que a la gente que no lee le salen telarañas en el cerebro. También dice que, cuanto menos leo, más me parezco a mis perros. No te jode: como si eso fuera malo... Por cierto, ¿a que no sabes lo que acabo de leer?

Sin aguardar la respuesta de Melchor, Vàzquez le anima a seguirle hacia el interior de la masía.

—Una pista —dice—. No es *Los miserables.*

Melchor no recuerda haber intercambiado una sola palabra sobre literatura con Vàzquez, así que se pregunta cómo ha descubierto que, durante años, la novela de Victor Hugo fue su libro de cabecera. Al ingresar en el zaguán en penumbra que ha entrevisto hace un rato, cuando se asomó al interior de la masía, Vàzquez se detiene y proclama:

—Las novelas de Cercas.

Melchor se queda mirándolo sin curiosidad.

—Leí la segunda porque Vero me dijo que salía yo —explica Vàzquez—. *Independencia,* se titula... Luego leí la primera. ¿Y sabes lo que te digo? —En su cara, la resignación y la picardía se han trocado en escepticismo—. Que no están mal. Por lo menos son entretenidas, no como otros rollos macabeos que me he tenido que tragar... Hombre, es verdad que el tío se lo inventa todo. Bueno, casi todo: ya te digo yo que ese cabrón se ha informado bastante, por lo menos para escribir la segunda, seguro que ha hablado con gente de Egara que le ha contado cosas... Ahora, cuando hay que meterle imaginación, se queda solo, el tío. ¿A que no sabes lo que dice del chantaje a la alcaldesa?

—No, pero me lo figuro.

—Pues me juego lo que quieras a que no... Quiero decir que no dice lo que ahora dice todo el mundo, o sea, que a los tres tenores y a Hematomas se los cepilló la alcaldesa... Lo que dice es que te los cepillaste tú, porque descubriste que habían matado a tu madre. —En la semioscuridad del zaguán, Vàzquez sonríe con todos los dientes, abriendo mucho los ojos y moviendo a un lado y otro la cabeza—. ¿Qué te parece?... En fin, es lo que dice siempre Vero: las mentiras venden más que la verdad, porque son más resultonas y más fáciles de contar.

—Eso dice también Blai.

Vàzquez, que había echado a andar de nuevo, se vuelve a parar.

—Sí, pero Vero sabe más que Blai sobre esto —le advierte a Melchor, golpeándole con un índice admonitorio en el pecho—. Vamos, sobre esto y sobre cualquier cosa.

La mujer de Vàzquez aparece poco después, cargada con dos bolsas y un periódico bajo el brazo, y los sorprende sentados a la mesa de la cocina, tomando el aperitivo.

—Me estaba preguntando de quién era el coche de la entrada. —Sin reprimir la alegría, deja las bolsas y el periódico en la encimera de mármol y se arroja al cuello de Melchor para darle dos besos—. ¿Se puede saber qué haces aquí?

Melchor responde sin responder, como hace un rato con Vàzquez, pero sus amigos no insisten y entre todos se ponen a preparar el almuerzo. Luego, mientras se comen una ensalada de tomate y atún, unos ñoquis al pesto y un pastel de manzana, Verónica le explica a Melchor que, después de muchos años dedicada a labores de comunicación corporativa, ha vuelto a ejercer de periodista y está encantada escribiendo por libre para varios diarios y pasando tres días a la semana en Barcelona, donde conserva un *pied-à-terre*.

—Así puedo ver a mis amigos, ir al cine, al teatro y a conciertos —enumera—. La verdad es que estoy al día de todo, chico. —Señalando a Vàzquez con el tenedor, agrega—: No como este botarate, que es un asocial.

Vàzquez prorrumpe en una risotada feliz, buscando con su boca la boca de Verónica, que lo rechaza de un empujón mientras se le escapa la risa. Aunque su matrimonio dura ya un lustro, parecen una pareja de recién casados, pero Melchor sabe que a Vàzquez le costó mucho trabajo conquistar a Verónica.

En realidad, Melchor conoce a la mujer de Vàzquez desde hace más tiempo que su amigo. Cuando ocurrieron los atentados yihadistas de 2017, Verónica ya era la jefa de prensa de los Mossos d'Esquadra, y poco después le propuso a Melchor que, sin revelar su identidad, contase su experiencia del 17 de agosto en Cambrils ante las cámaras de la televisión catalana, que preparaban un reportaje sobre el episodio. Verónica, con quien por entonces Vàzquez apenas había coincidido de pasada en alguna ocasión, argumentó que la aparición de Melchor en el reportaje serviría para levantar la moral de sus compañeros, por los suelos desde que el jefe del cuerpo, el mayor Trapero, fuera imputado por la justicia a causa de su papel en la intentona secesionista de otoño de aquel mismo año, cuando el gobierno autonómico catalán decretó de forma unilateral la separación de Cataluña del resto de España. Melchor rechazó la proposición de Verónica. Sin embargo, años después, mientras estaba destinado en Barcelona a las órdenes de Vàzquez, Verónica insistió en su propuesta con el cebo añadido de un documental realizado por un prestigioso cineasta. Fue en esa época, o poco después, mientras la jefa de prensa insistía en visitar a Melchor en la Terra Alta para intentar convencerle, cuando Vàzquez se enamoró como un verraco de ella, así que le pidió a su amigo que aceptase las visitas de Verónica con la condición de que él la acompañase desde Barcelona. Melchor accedió. Y, aunque esas visitas a la Terra Alta no sirvieron para que Verónica persuadiera a Melchor, sí sirvieron para que Vàzquez sedujera a Verónica.

—También tengo planeado escribir un *best-seller* —bromea esta, dirigiéndose a Melchor—. ¿Sabes cómo se va a titular?

—¿Cómo? —se adelanta Vàzquez, mirándola extasiado.

Verónica se pasa una mano por delante de la cara, en una especie de floreo flamenco, y anuncia:

—*Me casé con el hombre de Cromañón.*

Vàzquez suelta de nuevo la carcajada mientras pega un puñetazo en la mesa.

—Nos vamos a forrar —pronostica.

Una vez terminan de comer, Verónica anuncia:

—Yo, con vuestro permiso, voy a dormir la siesta. ¿Duermes la siesta, Melchor?

Melchor contesta que no.

—Este salvaje tampoco. —Señala con el pulgar a Vàzquez—. Así os va. Es importante dormir la siesta. Una costumbre buena que teníamos en este país y la estamos perdiendo. La siesta es buena para todo. Lo dicen todos los médicos. Debería ser obligatoria y castigarse con penas de cárcel al que no la duerma... No os riais. Hablo en serio. En todo caso, la gente que trabaja mucho, como yo, no puede permitirse el lujo de no dormir la siesta. He dicho.

Los dos hombres recogen la mesa y friegan los platos; cuando terminan, salen a dar un paseo. Primero siguen el camino de la masía, pero este muere al cabo de unos metros y se transforma en un ancho sendero de montaña bordeado de pinos. Durante un rato caminan en silencio, oyendo únicamente los rumores del bosque y el ruido de sus pisadas en la tierra. El aire del valle es transparente, limpísimo. Se ha quedado una tarde tibia, de sol dulce y cielo sin nubes.

—Dime una cosa, Melchor —Vàzquez habla cuando ya llevan un rato andando—. Tú no has venido a vernos sólo de visita, ¿verdad?

Melchor se detiene en mitad del sendero.

—No —dice Melchor. Vàzquez frena un poco más allá y se vuelve para mirarlo—. He venido a pedirte un favor.

6

El lunes a primera hora, mientras toma café con Blai en el bar de Hiroyuki («¿Qué tal el imperio del sol naciente?», ha saludado el inspector al japonés), Melchor no le cuenta a su amigo que la víspera estuvo en La Seu d'Urgell con Vàzquez, ni tampoco que durmió el sábado por la noche en Tortosa, en casa de Paca Poch, y se limita a escucharlo vagamente, un poco distraído mientras busca la manera de convencerlo de que él también se sume a la operación. No la encuentra. Casi veinte años de amistad le alcanzan para adivinar que, en un caso como aquel, Blai se negará a secundarlo a menos que concurran circunstancias muy especiales y sienta que no tiene más remedio que hacerlo.

Antes de irse a trabajar, Melchor entra en una tienda de telefonía móvil de la avenida de València, compra un teléfono móvil a nombre de Cosette y, mientras camina a toda prisa hacia la biblioteca, manda un wasap al móvil de Carrasco. «Tuya es la Tierra», reza. Igual que si el antiguo guardia civil hubiera estado pendiente del mensaje, Melchor recibe una respuesta inmediata. «Aleluya», dice. «¿Adelante? ¿Todo a punto?» «Estoy en ello», responde a su vez Melchor, notando que Carrasco le trata de tú y no de usted, como había hecho hasta entonces; le responde con la misma moneda: «Prepáralo todo mientras tanto y, cuando hayas decidido el día, avísame. Para entonces espero estar listo». «Debes estar listo», subraya Carrasco. «Lo estaré», asegura Melchor, sin saber si lo estará. La respuesta de Carrasco es un emoticono que muestra una mano amarilla con dos dedos levantados en signo de victoria.

Melchor pasa el resto de la jornada laboral robándole tiempo a su trabajo para invertirlo en navegar por internet en busca de información acerca de los profesionales, el armamento y el equipo necesarios para asaltar la casa del magnate. Sobre todo, acerca de los profesionales, que es lo que más le preocupa. Según los cálculos del antiguo guardia civil, necesitan un total de diez, incluidos el propio Carrasco, Melchor y una persona que aportará Carrasco; si a ellos tres se les añaden Paca Poch y Vàzquez, que ya se han comprometido con la operación, el resultado es que faltan todavía cinco personas para completar el equipo. Melchor entra en la página web de varias empresas de seguridad españolas, estudia sus características, llama por teléfono a tres de ellas (Segur, Security Services y Virela) y, entre eufemismos y medias palabras, describe el tipo de operación para la que necesita profesionales («Entrada en un domicilio sin cobertura legal», es la fórmula que emplea). Las tres le aseguran que no prestan esa clase de servicios, pero un responsable de la última le llama al cabo de un rato desde otro teléfono, le insinúa que podrían hacerlo y le sugiere que vaya a visitarlos a su sede central, sita en Alcalá de Henares. Cuando Melchor pregunta cuánto dinero costaría contratar a cada profesional por uno o dos días, la respuesta es:

—Depende de lo compleja que sea la operación y del riesgo que entrañe.

—Supongamos que es compleja y que el riesgo es alto.

—Sesenta mil euros. Tal vez un poco menos.

Melchor decide entonces recurrir a la *darknet,* a la que accede de forma anónima a través del navegador Tor. Es la primera vez que lo hace desde que abandonó la policía, cinco años atrás, y le asombra el crecimiento elefantiásico que ha experimentado en aquel tiempo el internet profundo; no así el descaro absoluto y la abundancia mirífica con que se ofrecen al consumidor todo tipo de bienes y servicios, desde lotes de armamento pesado hasta francotiradores especializados en asesinatos selectivos. Pese a ello, y por mucho que busca, no es capaz de encontrar una página donde se ofrezca un profesional para una operación de riesgo por menos de treinta mil euros. Esto significa, calcula, que el coste del asalto a la casa de Mattson ascendería como mínimo, sólo en material humano, a ciento cincuenta mil euros; a ello habría que añadir, también en el mejor de los casos, treinta o cuarenta mil euros en material técnico, armamento y demás gastos. Total: en torno a doscientos mil euros. Es verdad, razona Melchor, que, una vez que concluya la operación (y aún en el caso de que fracase), el armamento y el material técnico podrían revenderse en algún lugar de la propia *darknet*, pero no es menos verdad que, al menos de entrada, habría que disponer de esa suma exorbitante de dinero. ¿Puede conseguirla? No sabe si Rosa se la daría, y menos aún para destinarla a lo que piensa destinarla, pero descarta pedírsela. ¿Cómo obtenerla, entonces? ¿Le concedería su banco un crédito de esa envergadura? Aún no ha terminado de formularse la pregunta cuando vuelve a pensar que, si Blai se uniese a la operación, los costes de esta se abaratarían sustancialmente y su éxito se volvería mucho más verosímil, y se le ocurre una idea que, piensa, tal vez podría convencerle de que se uniese a la operación, o al menos obligarle a considerar en serio la hipótesis de hacerlo.

A las cinco y media, cuando termina su turno en la biblioteca y Dolors llega para relevarle, Melchor vuelve a casa, coge el coche y sale de Gandesa por la carretera del cementerio, en dirección a Vilalba dels Arcs. Diez minutos después llega al pueblo, sin cruzarse con un alma se adentra en él y, a la altura de un campo de fútbol, tuerce a la derecha por la calle de la Bassa Bona. Poco antes de que el casco urbano se desintegre en un descampado, aparca delante de un tractor, junto a una acera rota. Melchor baja del coche, desanda un poco la calle y llama a la puerta de una vieja casa remozada, en cuyo frente hay un balcón con un letrero donde se lee: CAN SALVI. TURISME RURAL. El golpe de la balda de hierro contra la madera de la puerta resuena en la calma vespertina del arrabal. Es una tarde sin viento, y a lo lejos, en las crestas de la sierra de La Fatarella, los molinos eólicos se perfilan contra el azul cobalto del cielo, inmóviles como gigantescos insectos dormidos.

Ya se dispone a llamar otra vez a la puerta cuando esta se abre y al otro lado aparece Salom. Los dos hombres se quedan mirándose durante unos segundos eternos, igual que si no se reconocieran. Melchor no se encuentra a esa distancia del antiguo caporal desde hace casi quince años, cuando ambos aún convivían a diario, y tiene la certeza de que la última vez que Salom lo vio fue la noche en que él resolvió el caso Adell al descubrir que su compañero estaba implicado en el múltiple asesinato, lo sacó de su casa y le obligó a entregarse a Blai, que lo aguardaba en comisaría. Y ahora están otra vez los dos allí, frente a frente, sin saber qué decirse. Por fin, es Salom quien habla.

—¿Quieres pasar? —pregunta.

El antiguo caporal precede en silencio a Melchor por un vestíbulo y un comedor en penumbra que huelen a limpio, amueblados de una forma un tanto impersonal. Hasta que llegan, a través de un largo pasillo, a una cocina iluminada por una ventana y una puerta vidriera que dan a un patio; en la cocina, que parece recién arreglada, hay una mesa camilla con un hule a cuadros, rodeada de taburetes y sillas de Ikea, en una de las cuales está sentada Mireia, la hija más joven de Salom, una mujer de treinta y tantos años que se incorpora en cuanto aparece Melchor y lo mira con una expresión avinagrada, de pasmo. Melchor y ella se conocen desde hace muchos años, pero también hace muchos años que no se ven. O, si se ven, se eluden. O más bien es Mireia quien elude a Melchor, lo mismo que Clàudia, la primogénita de Salom.

—Estábamos haciendo unas cuentas —explica el excaporal, simulando una desenvoltura de la que siempre ha carecido—. ¿Te acuerdas de Mireia?

—Claro —responde Melchor, dirigiéndose a la mujer—. ¿Cómo estás?

La hija de Salom es alta y morena, tiene unos grandes ojos oscuros y lleva un vestido azul. Mientras aguarda la respuesta a su saludo, Melchor se arrepiente de no haber llamado por teléfono a su antiguo compañero antes de intentar entrevistarse con él. Para acabar con el silencio, Salom le pregunta:

—¿Te apetece tomar un café?

—No quiero molestar —dice Melchor.

—No es ninguna molestia —asegura Salom.

—Sí es una molestia —interviene Mireia.

Las palabras de la mujer restallan en la cocina como un latigazo. Mireia observa sin afecto a Melchor, con la cara un poco desencajada; sus labios, finos y endurecidos por la estupefacción (o por el desprecio), parecen cuchillas.

—¿A qué has venido? —pregunta.

—Mireia, por favor —interviene Salom.

—¿No sabes que no eres bienvenido en nuestra casa? —vuelve a preguntar Mireia, ignorando a su padre—. Pues deberías saberlo.

—No le hagas caso, Melchor.

—Cállate, papá. —La hija de Salom no aparta de Melchor una mirada glacial—. ¿A qué has venido? —repite—. Ya nos destrozaste la vida una vez, ¿no tuviste bastante? ¿Qué quieres? ¿Destrozárnosla otra vez?

Antes de que Salom trate de interceder de nuevo, Melchor lo frena con un gesto.

—No —dice—. Tu hija tiene razón. Esto ha sido un error, no debería haber venido.

Añade rápidamente una disculpa y, sin más, da media vuelta y se va. Salom no le acompaña a la salida.

Durante el viaje de regreso a Gandesa, Melchor se pregunta si no debería aceptar que el proyecto de Carrasco está por encima de sus posibilidades y si no debería mandar un mensaje al antiguo guardia civil anunciándole que deben cancelarlo.

Al llegar a casa se responde que no y vuelve a sumergirse en la *darknet*. Hora y media después ha llegado a la misma conclusión a la que llegó a primera hora de la tarde: para hacer lo que quiere hacer, necesita doscientos mil euros. Casi enseguida recibe un wasap de Rosa, que le dice que ha surgido un problema y no podrá estar en su casa a las nueve, como habían acordado. Melchor, que casi prefiere no cenar hoy con ella, para no ceder a la tentación de contarle lo que pasa y pedirle ayuda, le pregunta si el problema es grave. «No», contesta Rosa. «Pero no acabaré de trabajar hasta tarde. Un día de estos voy a cerrar este maldito negocio y me voy a largar contigo a Bora-Bora. ¿Hace?» Melchor contesta con un emoticono que muestra un puño con el pulgar levantado. «Ana nos ha dejado la cena preparada», continúa Rosa. «Cena tú, yo iré cuando termine.» «No te preocupes», contesta Melchor. «Estoy en mi casa, me da pereza salir. Nos vemos mañana.» Rosa acepta la decisión de Melchor y este se prepara una ensalada con aguacate, queso fresco, tomate Cherry, nueces y vinagre de Módena y se la come de pie en el comedor, mirando por la ventana que da a la calle Costumà, envuelta a esa hora en la luz amarillenta de las farolas. Luego intenta distraerse leyendo un libro de Turguénev, titulado *Nido de hidalgos,* pero no consigue leer más que el primer capítulo, que le gusta mucho aunque por alguna razón le recuerda a Mattson, lo que hace que abandone el libro, coja su portátil y vuelva a buscar información sobre el magnate. Sólo entonces repara en que, a pesar de la cantidad ingente de noticias sobre Mattson que registra internet, apenas se menciona la mansión de Mallorca, y ni siquiera es capaz de encontrar una sola imagen de ella. Melchor interpreta este hecho como una nueva confirmación de que Carrasco no se equivoca: Mattson se ha construido en Formentor un refugio secreto o casi secreto donde puede disfrutar con discreción de sus placeres y agasajar a sus invitados a la vez que los filma para poder chantajearlos.

Esa noche no se mete en la cama hasta después de las dos, pero tarda todavía mucho tiempo en conciliar el sueño, y antes de hacerlo ya ha decidido que a la mañana siguiente llamará a su banco para pedir un crédito de doscientos mil euros.

Al día siguiente, al llegar a la biblioteca tras haber tomado café con Blai en el bar de la plaza, Melchor se encuentra a Salom esperándole en la puerta. El bibliotecario se detiene ante el antiguo caporal, que parpadea en la acera desierta como deslumbrado por el sol.

—He venido a disculparme por lo de ayer —dice Salom.

—No tienes por qué disculparte —replica Melchor—. Mireia tiene toda la razón. —Hay un silencio; Melchor oye el tráfico escaso de la avenida de Catalunya circulando a su espalda—. ¿Quieres entrar?

Salom no dice que no y Melchor abre la puerta de la biblioteca y le invita a pasar. Mientras él revisa en el mostrador de atención al cliente las notas que Dolors le ha dejado y sigue la rutina diaria con el fin de poner a punto el local para que entren los usuarios, Salom echa una ojeada a la sala de lectura, un vasto rectángulo de techos altísimos, lleno de estanterías e iluminado por el gran ventanal que ocupa la fachada entera.

—¿Sabes que es la primera vez que vengo aquí? —pregunta Salom.

—Mal hecho —contesta él—. El otro día le oí decir a un amigo que al que no lee le salen telarañas en el cerebro.

Salom asiente sin convicción, examinando los lomos de los libros que se alinean en una estantería. Melchor abre al público la biblioteca sin dejar de espiar por el rabillo del ojo a su antiguo compañero. Este sólo le lleva un par de años a Blai, aunque siempre pareció mayor que él. Ahora sigue pareciéndolo: luce la misma barba boscosa y entreverada de gris que lucía hace quince años, pero ha perdido pelo en la cabeza, y el poco que conserva se le ha teñido de blanco; usa sus gafas de costumbre, grandes, anticuadas y de pasta, se mueve con la cachaza habitual y se le nota que no practica deporte y que come en exceso, porque ha engordado.

—Aquí fue donde conociste a Olga, ¿verdad? —pregunta Salom.

Melchor contesta que sí y, cuando la biblioteca aún no lleva ni cinco minutos abierta, entra el primer usuario, un anciano llamado Antoni Bes, que viene a menudo a leer los periódicos, a interrumpir de vez en cuando a Melchor y a dormitar un rato en alguna butaca. Salom saluda al recién llegado y, mientras Melchor escucha el rumor de la conversación de los dos hombres, los observa de reojo y por momentos cree volver a reconocer en el expresidiario al amigo lento, cauteloso, austero, desdichado y querible que fue para él durante sus primeros cuatro años en la Terra Alta.

Cuando Salom se separa de Bes y se acerca al mostrador de la biblioteca, Melchor resuelve volver a intentarlo.

—Ven —le dice—. Te voy a enseñar una cosa.

Entran en su despacho y, una vez que Melchor cierra la puerta a su espalda, sin más prolegómenos le habla a Salom del viaje de Cosette a Mallorca, del sargento Benavides, del juzgado de Inca, de Mattson y de Carrasco. Salom lo escucha de pie, sin interrumpirle ni hacer el menor comentario; tras los gruesos cristales de las gafas, la expresión de sus ojos transita desde el desconcierto a la inquietud y desde la inquietud al espanto. Melchor no ha contado todavía la historia completa cuando le muestra a Salom la carta de Carrasco, la deja sobre su escritorio, entre facturas y albaranes, e invita al antiguo caporal a sentarse.

—Lee esto, por favor —le ruega—. Luego hablamos.

Melchor deja a su antiguo compañero y regresa a la sala de lectura. Salom tarda más tiempo del que Melchor esperaba en leer la carta, o al menos en salir de su despacho. Cuando sale por fin, lo hace con la carta en la mano y el desconcierto de nuevo en los ojos; antes de que pueda decir nada, Melchor se lo lleva de regreso al despacho y vuelve a cerrar la puerta. Salom pregunta:

—¿Qué significa esto?

—Significa que estoy reclutando gente para asaltar la casa de Mattson —contesta Melchor—. De momento tengo a dos compañeros. Dos sargentos. Uno está en activo y el otro no.

254

No creo que los conozcas. Los dos son muy buenos. —Hace una pausa y añade—: ¿Puedo contar contigo?

Ahora los ojos de Salom escrutan a Melchor a la vez que sus labios se estiran en una sonrisa descreída.

—Es una broma, ¿verdad?

Melchor contesta con otra pregunta:

—¿Tú crees que iba a bromear sobre una cosa así?

Melchor ve cómo la sonrisa de Salom se congela en su boca, cómo el antiguo caporal aparta la mirada de él y la pasea por su despacho, igual que si buscara una respuesta en aquel desorden de pilas de libros y cajas de cartón, unas abiertas y otras por abrir.

—Ya sé lo que estás pensando —dice Melchor. Salom vuelve a mirarlo—. Estás pensando que soy un hijo de puta. Que pasas por mi culpa siete años en la cárcel y la siguiente vez que me digno a hablar contigo es para pedirte un favor.

—Y medio —le corrige Salom—. Fueron siete años y medio. Y tú no tuviste la culpa de eso.

—Es verdad —acepta Melchor—. Pero, si no hubiera sido por mí, no te habría pasado nada. Eso también es verdad... Así que a lo mejor fui un hijo de puta, a lo mejor debería haberme callado. Puede ser. El día que quieras lo discutimos. No sé para qué va a servir, pero estoy dispuesto... Sea como sea, ahora la cuestión es otra. La cuestión es que hay un hijo de puta mucho más grande que yo. Un grandísimo hijo de puta. Y que hay que acabar con él. Como sea. La pregunta es sencilla: ¿vas a ayudarme a hacerlo?

Salom parece meditar un momento. Luego chasquea la lengua y, de manera casi imperceptible, su cabeza empieza a moverse a izquierda y derecha. Pregunta:

—¿Cómo está Cosette?

—¿Cómo quieres que esté? —contesta Melchor—. Ahora mismo, ingresada en una clínica. Repito: ¿vas a ayudarme, sí o no?

El cabeceo de Salom se vuelve más patente, pero cada vez se parece menos a una negativa que a un gesto de piedad o resignación.

—Estás loco. —Deja la carta de Carrasco en el escritorio y, sin mirarla, posa un dedo sobre ella—. Este tipo está loco y tú estás más loco que él... Mira, siento muchísimo lo que le ha pasado a Cosette. Muchísimo. Y, si ha sido Mattson el que lo ha hecho, que lo pague. —Se aparta del escritorio y da un paso hacia Melchor—. Entiendo que te sientas mal, pero lo que deberías hacer es denunciar ahora mismo lo que ha pasado y dejar que la justicia haga su trabajo.

—Denunciar a Mattson no serviría de nada. —Melchor también señala la carta—. ¿No has leído lo que dice Carrasco? ¿No te he contado lo que me pasó en el puesto de la Guardia Civil? Carrasco tiene razón: ese tipo está blindado, no serviría de nada... Y aunque sirviese. ¿Ya se te ha olvidado cómo funcionan estas cosas en los juzgados? ¿Crees que voy a meter a Cosette en un calvario de años para que al final absuelvan a Mattson? ¿Meterías tú a tus hijas en una cosa así?... No, Carrasco está perfectamente cuerdo, te lo digo yo que he hablado con él, y lleva casi diez años preparándose para este momento. Si él no sabe cómo acabar con Mattson, nadie lo sabe. Y yo quiero averiguar si lo sabe o no. Sólo eso. Y también quiero saber si tú me vas a ayudar a averiguarlo.

—Si pudiera ayudarte, te ayudaría. Créeme. Pero lo que me propones es un disparate.

—No es ningún disparate. Y no te engañes: claro que puedes ayudarme. Y mucho. Tienes experiencia. Eres policía.

—Lo fui. Pero ya no lo soy. Y tú tampoco.

—No es verdad. Cuando uno es policía, nunca deja de ser policía.

Salom da un manotazo en el aire, como quitándose de encima una mosca.

—Esa frase es digna de Blai, Melchor —dice—. No de ti.

—Puede ser, pero es verdad.

—Bobadas.

Melchor sabe que Salom tiene razón, pero le aguanta la mirada como si no la tuviera. Luego echa el resto.

—Además —dice—, si lo que querías era una oportunidad de arreglar lo que hiciste mal, aquí la tienes.

Salom mira ahora a Melchor con verdadera curiosidad. El silencio del despacho se ha vuelto más compacto, más denso.

—¿Eso también te lo ha dicho Blai?

—Eso lo digo yo.

Ahora Salom camina hasta quedarse a un metro de Melchor; hace rato que la sonrisa se ha borrado de su boca, transformada en una mueca desabrida.

—¿Ves cómo estás loco? —pregunta—. Eso de la redención es un cuento. Un cuento chino. No sé cómo será en esas novelas que te quitan las telarañas del cerebro, pero en la realidad es así. Te equivocas una vez y cargas con ese error para siempre. Se llama remordimiento, Melchor. Supongo que te suena.

Melchor piensa en su madre, piensa en su mujer, piensa en Cosette; pero no dice nada y, como si callar fuera una forma de asentimiento, Salom vuelve a sonreír y se aleja de él hasta detenerse frente al cartel de la feria del libro antiguo de Barcelona, con su rambla llena de flores y libros y su estatua de Colón. Se queda examinándolo mientras Melchor observa el pelo escaso, blancuzco y circular que, alrededor de la coronilla, le forma una especie de tonsura; al cabo de unos segundos, durante los cuales Melchor busca en vano un argumento que quiebre la resistencia de Salom, este se vuelve hacia él.

—Dime una cosa, Melchor. —Su tono de voz ha cambiado—. ¿Por qué me propones esto?

—Ya te lo he dicho —contesta Melchor—. Porque te necesito. Porque creo que puedes hacerlo.

—¿Estás seguro?

Melchor detecta en los ojos de Salom una lucecita sarcástica; el antiguo caporal pregunta:

—¿Tú te crees que me chupo el dedo o qué?

—No te entiendo.

—Claro que me entiendes. —Salom vuelve a acercarse a Melchor, que ve un puñadito de pelos sobresaliendo de sus fosas nasales—. Aquí la clave de todo es Blai. Tú sabes que, si Blai se apunta, la cosa se hace, porque Blai es Blai y sobre todo es el jefe de la comisaría y tiene medios y gente para hacerlo. No sé quiénes son esos dos sargentos que ya te han dicho que sí, pero seguro que piensas que no bastan para convencer a Blai. De modo que se te ha ocurrido que yo soy el peso que te falta en la balanza para inclinarla a tu favor y que, si yo voy, Blai viene detrás. ¿Me equivoco o no?

Salom no se equivoca, no al menos en lo esencial, pero Melchor no tiene ninguna intención de admitirlo, y la pregunta de su antiguo compañero flota todavía en el silencio del despacho cuando unos golpecitos providenciales en la puerta eximen a Melchor de responderla: es una profesora de historia del Instituto Terra Alta, que, según dice, está buscando un libro de Eric Hobsbawm y no consigue encontrarlo.

—Espera un momento —le pide Melchor a Salom. Y acompaña a la profesora a la estantería donde debería estar el libro.

En efecto: no está. Melchor lo busca en vano en el registro de los libros prestados y en el carro de los libros devueltos que todavía no ha tenido tiempo de colocar en su sitio, y después de un rato localiza el volumen en una estantería contigua a la que le corresponde, donde alguien lo ha dejado por equivocación. Melchor registra el libro en el programa de préstamo, desactiva el sistema antihurto y se lo entrega a la profesora.

Al regresar a su despacho, Salom se ha marchado.

7

Resignado a no poder contar con Blai ni con Salom, a la una de la tarde, después de cerrar la biblioteca, Melchor se encierra en su despacho, llama desde el teléfono fijo a la única sucursal de su banco que queda en la Terra Alta y pide hablar con el director, un tipo llamado Martí Descarrega que tiene un hijo de la edad de Cosette y vive en Batea. Tarda en poder hablar con él, pero al final lo consigue y le pregunta sin rodeos si cree que el banco le concedería un crédito de doscientos mil euros.

—Uf —contesta el director—. Eso es mucho dinero. De todos modos, depende.

—¿Depende de qué?

—De quién te avale.

—Tengo un sueldo y una casa. ¿No es suficiente aval?

—Tal y como están las cosas, no lo sé. Puede que sí, puede que no. Si lo hubieses pedido hace cinco o diez años, no digamos hace quince, te lo hubiésemos concedido al momento y sin pestañear. Ahora las cosas han cambiado... Pero, en fin, tampoco es imposible. Habría que estudiar el caso.

—¿Cuánto tardaríais en estudiarlo?

—Unos días.

—¿Y cuánto tardaría yo en tener el dinero?

—No lo sé. Cuatro o cinco semanas.

—¿No podría ser menos?

—Podría intentarlo. Aunque no es tan fácil... Suponiendo que podamos concedértelo, además del estudio están los trámites, el papeleo, en fin, ya sabes cómo son esas cosas. Aunque insisto: todo sería mucho más sencillo si alguien solvente te avalase. Y más rápido también.

Melchor sabe a quién se refiere el director, pero no dice nada.

—De todos modos —prosigue el director—, si me dices que siga adelante y empiezo a moverme hoy mismo, como mucho dentro de una semana te digo algo en firme. Mientras tanto, piensa en lo del aval.

Melchor le dice que siga adelante.

Está atardeciendo cuando llega a la masía de Rosa. Aparca en la explanada de gravilla que se abre frente a la casa, junto al coche de la propietaria, sube al primer piso y entra en la cocina, donde Ana Elena corta verduras sobre la encimera de mármol.

—La señora está en la terraza —anuncia.

Melchor encuentra a Rosa derramada en un sofá, contemplando el crepúsculo con una copa de vino en la mano. El sofá es de cuero blanco y está bajo un toldo de tela beis.

—Ven —Rosa le reclama a su lado, palmeando el asiento mientras señala el poniente—. Mira.

Melchor se sienta junto a ella. Frente al sofá, los roquedales de la sierra de Cavalls devoran los últimos restos de un sol enorme, redondo y rojizo, que pigmenta el cielo de una suave tonalidad granate.

—¿Tú crees que Bora-Bora es mejor que esto? —pregunta Melchor.

Rosa concede una sonrisa fatigada, y, mientras acaba de beberse su copa, empieza a contarle a Melchor lo ocurrido durante los dos últimos días: al parecer, no han sido fáciles por culpa sobre todo de un problema de suministro de cartón en la fábrica de Timişoara, que a punto ha estado de obligarla a viajar de urgencia a Rumanía. Cuando termina de hablar, o cuando se cansa de hacerlo, en el cielo ya sólo queda un resto de luz violeta y la noche empieza a congregar sombras en torno a ellos. Ha hecho un día de calor veraniego, pero al atardecer refresca y la propietaria de Gráficas Adell se ha echado una rebeca sobre los hombros.

—En fin, yo sigo sin descartar la opción Bora-Bora —dice—. Mientras tanto, esta noche voy a emborracharme. —Levanta su copa vacía hacia Melchor y pregunta—: ¿Por qué no te portas como un caballero y me vas a buscar otra?

—Claro. —Melchor se levanta y, sacándose del bolsillo trasero del pantalón la carta de Carrasco, se la entrega a Rosa—. Entretanto, lee esto.

De camino hacia el interior de la vivienda, él ahuyenta la oscuridad que se ha apoderado de la terraza pulsando un interruptor que enciende dos globos de luz blanca encastrados en una pared. Ya en la cocina, mientras Ana Elena le sirve una Coca-Cola con hielo en un vaso de cristal, Melchor rellena la copa de Rosa y le pregunta a la mujer por sus hijos. Ana Elena contesta sin dejar de trajinar, y, después de haber conversado unos minutos con ella, Melchor regresa a la terraza. Varios folios escritos por Carrasco están dispersos en el sofá, pero Rosa no ha terminado de leer la carta, o quizá la está leyendo por segunda vez. Melchor se para frente a ella, que masculla:

—Ya sabía yo que volvería a oír hablar de este hombre.

Él le entrega la copa de vino llena, deja su vaso mediado de Coca-Cola en el suelo, recoge los folios de la carta, los dobla y se los vuelve a meter en el bolsillo. Enseguida se sienta otra vez junto a Rosa, que da un trago de vino y dice:

—Supongo que no merece la pena que intente convencerte de que no lo hagas.

La respuesta de Melchor consiste en dar un sorbo de Coca-Cola. Rosa se incorpora un poco y pregunta:

—¿Ya le has dicho que sí?

Melchor cabecea afirmativamente. Rosa sonríe y se recuesta de nuevo contra el respaldo del sofá. Más allá de la terraza iluminada, una masa impenetrable de oscuridad ha sustituido al espectáculo cambiante del ocaso. La propietaria de Gráficas Adell bebe otro trago de vino y luego coge la copa con dos manos y se la encaja entre los pechos, como si quisiera esconderla allí o como si fuera un bebé. Viene directamente de su despacho y no ha tenido tiempo o ganas de cambiarse de ropa: aunque está descalza, viste un traje sastre de color morado sobre una blusa blanca de cuello redondo.

—Lo que no entiendo es por qué me lo dices —murmura.

—Porque no quiero escondértelo —contesta Melchor—. Y porque tengo que pedirte un favor

—Si es para eso, mejor no me lo pidas.

Haciendo caso omiso de la advertencia de Rosa, Melchor le explica la conversación que ha mantenido aquella tarde con el director de la sucursal de su banco. Rosa le escucha con una expresión reconcentrada, sin mirarlo.

—Necesito que avales el crédito —concluye él—. Sólo eso. En el peor de los casos, si la cosa se precipitase, te pediría que me adelantes unos días el dinero. No más. En cuanto el banco me lo dé, te lo devuelvo.

—¿Tan pronto lo vais a hacer?

—No lo sé... Depende de Carrasco. Él es el que debe ele-

263

gir el día. Podría tardar, pero yo quiero tenerlo todo preparado cuanto antes. Por si la cosa se precipita.

Rosa arquea los labios y, sin dejar de observar la oscuridad, asiente. A juzgar por su expresión, las explicaciones de Melchor le parecen convincentes; la realidad es la opuesta.

—Es un disparate —sentencia.

—No es ningún disparate —la corrige Melchor—. Sólo es algo que hay que hacer. Si se hubiera hecho hace tiempo, Cosette no estaría donde está. Y todas esas chicas no habrían sufrido lo que han sufrido.

—Y, como no lo ha hecho nadie, lo haces tú.

—Alguien tiene que hacerlo, ¿no?... Además —se incorpora un poco y, con su mano libre, palmea la carta de Carrasco en el bolsillo trasero de su pantalón—, no lo haré solo, lo haré con el tipo que mejor puede hacerlo. Para eso necesito el dinero: para hacerlo bien. Y por eso no es peligroso. Lo peor que puede pasar es que tengamos que volver a casa con las manos vacías.

—¿Y si os cogen?

—No nos van a coger.

—¿Cómo lo sabes?

Melchor no lo sabe, pero contesta:

—Porque lo sé.

Sin dejar de asentir, Rosa levanta la copa de vino y se queda mirándola mientras remueve el líquido a la luz lechosa de la terraza, igual que si buscara algo en él; luego da otro sorbo y se vuelve hacia Melchor apoyando la rodilla en el sofá y la copa en la rodilla.

—El otro día no me contestaste una pregunta.

—¿Qué pregunta?

—¿Te acostaste con Paca Poch?

Melchor no contesta enseguida, así que Rosa repite la pregunta.

—¿Tú qué crees? —pregunta Melchor.

—Lo que yo crea da igual —contesta Rosa—. ¿Te acostaste con ella sí o no?

—Claro que no. Si me hubiera acostado con ella, te lo habría dicho.

—¿De verdad?

—De verdad.

Rosa se queda un segundo mirando a Melchor; luego sonríe, levanta su copa, la hace chocar contra el vaso de Coca-Cola y da un largo trago de vino. Melchor explica entonces para qué fue a Tortosa el sábado y el domingo a La Seu d'Urgell, y las respuestas que le dieron Paca Poch y Vàzquez. Bruscamente vivaz, como si el alcohol hubiera acabado con el cansancio del principio, Rosa inquiere:

—¿Y Blai?

—¿Qué pasa con Blai?

—¿Has hablado con él?

—No.

—¿Por qué?

—Porque sé que no voy a convencerle.

—Eso quiere decir que lo que vas a hacer es una locura.

—Eso quiere decir que Blai es como es. Nada más. —A Melchor ni se le pasa por la cabeza contarle a Rosa que, en parte para convencer a Blai, ha intentado también convencer a Salom: aunque el antiguo caporal era amigo de Rosa mucho antes de que él conociera a ninguno de los dos, no le parece una buena idea contarle que también ha tratado de reclutar a quien cumplió años de cárcel como cómplice y encubridor del asesinato de sus padres—. De todos modos, si conoces alguna forma de convencerle, me lo dices.

—No la conozco. Pero, ya que vas a hacerlo, deberías contar con él.

Melchor se muestra de acuerdo con ella en el momento en

que Ana Elena aparece en la terraza anunciando que la cena está lista. Rosa dice que enseguida van, apura su copa y se levanta del sofá; él permanece sentado. Sólo el canto de un grillo perturba el silencio de la terraza.

—Bueno —pregunta Melchor, levantándose también—, ¿qué me dices?

Rosa le rodea el cuello con los brazos; tiene los ojos brillantes y su aliento huele a menta y a vino.

—Lo que te digo es que tú estás loco —responde—, pero yo todavía estoy más loca que tú.

Al día siguiente, en cuanto se abre la sucursal de su banco, Melchor llama por teléfono al director para decirle que tiene el aval de Rosa Adell.

—Estupendo —le dice el director—. Ya puedes contar con el crédito. Cuando estén listos los papeles, os llamo para firmar.

Poco después, Melchor toma café con Blai en el bar de Hiroyuki, igual que cada mañana, y al llegar a la biblioteca recibe una llamada de Salom, que le espeta a bocajarro que se suma al operativo. Melchor no se ha repuesto todavía de la sorpresa cuando recuerda a Carrasco y se dice que, del mismo modo que su teléfono puede estar intervenido, también puede estarlo el de la biblioteca.

—Perdona, Salom —contesta, tomando nota del número que aparece en la pantalla del teléfono—. Ahora no puedo hablar. Te llamo luego.

Sin más explicaciones, cuelga el auricular, coge el móvil que compró a nombre de Cosette y llama a su antiguo compañero.

—¿Salom? Soy otra vez Melchor. Perdona que te haya colgado. Ha sido por precaución. Carrasco cree que puedo tener el teléfono pinchado... No sé si es verdad, pero lo mejor es que, cuando tengas que hablar conmigo sobre lo de Mallorca, me llames a este teléfono. No lo uso para otra cosa.

—De acuerdo. Yo también me compraré un teléfono.

—Sería lo mejor. Guarda la factura y te lo pagaré.

—No hace falta. Dime, ¿quieres que hable con Blai?

Melchor reflexiona un par de segundos.

—Déjame intentarlo primero a mí —contesta después—. Si no lo convenzo, te lo digo. Así, en vez de una oportunidad, tenemos dos.

—¿Y si no lo convencemos ni tú ni yo?

—Lo hacemos sin él.

Al otro lado del teléfono se hace un silencio. Por un momento, Melchor piensa que la comunicación se ha cortado.

—¿Salom?

—Dime una cosa —reacciona el antiguo caporal—. ¿Cuándo lo hacemos?

—No lo sé. En cuanto Carrasco encuentre el momento.

—¿Y tú? ¿Lo tienes todo preparado?

—Casi. Tengo a los dos sargentos de los que te hablé. Te tengo a ti. Sé dónde contratar el equipo y la gente que necesitamos... Y dentro de poco tendré el dinero para contratarlos.

—Si entra Blai, a lo mejor no te hace falta.

—Por eso hay que conseguir que entre. Hoy mismo intentaré quedar con él.

Lo hace. Apenas cuelga el teléfono, escribe un wasap al inspector invitándole a comer en su casa. «No puedo, tengo un compromiso», contesta este. Como acaban de verse hace poco más de una hora, añade: «¿Ha pasado algo?». «Sí», contesta Melchor. «Tenemos que hablar.» «¿Es tan urgente? ¿No puedes esperar hasta mañana?», vuelve a preguntar Blai. «Mejor que no», vuelve a contestar Melchor. Blai propone: «Si quieres, puedo pasar por la biblioteca después de comer. ¿A las cuatro?». Melchor acepta. Un rato después, sin embargo, recuerda que la víspera estuvo Salom en la biblioteca y piensa que tanto ir y venir de tantos antiguos compañeros por su lugar de trabajo puede llamar la atención. Así que, diciéndose que en aquel momento todas las precauciones son pocas, llama a Dolors y le pide intercambiar entre ambos el turno de tarde: que ella se ocupe de la biblioteca de cuatro a seis y él de seis a ocho. Dolors acepta y Melchor vuelve a escribir a Blai. «Quedamos en mi casa, no en la biblioteca. Estaremos más tranquilos.» Blai contesta: «Ok».

8

—Oye, Melchor —dice Blai, sentado a la mesa de la cocina de su amigo con la carta de Carrasco en una mano y las gafas de leer en la otra—, este picoleto está zumbado, ¿verdad?

Son las cuatro y media de la tarde y Melchor ha tenido tiempo de contarle por encima al jefe de la comisaría de la Terra Alta la verdadera peripecia mallorquina de Cosette y, con más detalle, la suya propia. Luego le ha hablado de la Clínica Mercadal y del estado de salud de su hija, y al final le ha entregado la carta del antiguo guardia civil. Ahora, mientras termina de preparar el segundo café, como si no hubiera oído el comentario de Blai le explica que ha aceptado el plan de Carrasco, que está ultimando los preparativos para llevarlo a cabo, que ha hablado con Paca Poch, con Vàzquez y con Salom y que los tres se han mostrado dispuestos a ayudarlo. Blai lleva casi media hora escuchando a Melchor mientras salta de sorpresa en sorpresa, sin interrumpir su discurso más que para reprocharle de vez en cuando que no le haya contado desde el principio la verdad, pero ahora le corta en seco:

—¿Has hablado con Salom?

Melchor asiente.

—Y él también me ha dicho que sí —insiste.

—No puedo creérmelo.

Melchor aparta la carta de Carrasco, le sirve la taza de café a Blai y, con la suya en la mano, se sienta frente a él.

—Le he explicado lo que hay y lo ha entendido. Igual que Vàzquez y Paca. Espero que tú también lo entiendas. A Salom y a mí nos han separado algunas cosas, pero esta nos va a unir. Ojalá contigo no pase lo contrario.

—¿Eso qué es? ¿Un chantaje?

—Te estoy diciendo lo que hay. Pero, si después de casi veinte años de amistad no eres capaz de entender algo que entiende incluso Salom, es que nuestra amistad no era lo que yo creía.

Boquiabierto, el inspector ni siquiera parece haber reparado en la taza que Melchor le ha puesto delante.

—Vamos a ver si entiendo lo que hay —dice, clavando sus ojos azules en los ojos del expolicía—. ¿Me estás diciendo que piensas asaltar a la brava la casa de uno de los hombres más ricos del mundo? ¿Y que piensas hacerlo con un pirado, un expresidiario, un enfermo y una ninfómana? ¿Es eso lo que me estás diciendo?

—Expresidiarios somos tres —le enmienda Melchor—. Carrasco también pasó una temporada en la cárcel.

—Vete a la mierda, españolazo.

Melchor responde señalando la taza de Blai:

—Se te va a enfriar el café.

El jefe de la comisaría de la Terra Alta tira sus gafas sobre la mesa y, levantándose, empieza a despotricar mientras camina arriba y abajo por la cocina.

—Tú también estás zumbado, Melchor —se lamenta—. Ese puto guardia civil te ha sorbido el seso... Pero ¿cómo se te ocurre pensar una cosa así? ¿No te das cuenta de que es una barbaridad? Lo que deberías hacer es ponerle ahora mismo una denuncia a ese hijo de la gran puta de Mattson y dejar a la Guardia Civil y a los jueces que hagan su trabajo... De verdad, Melchor, ¿quién te has creído que eres? ¿Supermán?

—No me he creído nadie, Blai —contesta Melchor—. Y lo que vamos a hacer no es ninguna barbaridad. Te digo lo mismo que le dije ayer a Rosa: esto es algo que hay que hacer. Simplemente. Si alguien lo hubiera hecho antes, Cosette no estaría donde está. Y todas esas chicas no habrían sufrido lo que han sufrido. Por cierto, Rosa también va a ayudarme.

Blai se frena en seco.

—No me lo creo.

Melchor hace un mínimo gesto afirmativo.

—Os habéis vuelto todos locos —rezonga Blai, volviendo a caminar—. Y yo debería meterte ahora mismo en el trullo. Eso es lo que debería hacer.

—Blai.

—¿Qué?

—Siéntate, por favor. Y tómate el café.

Furioso y resoplando, Blai vuelve a sentarse. Nadie ha echado azúcar a su café, pero él lo remueve con fuerza.

—Déjame que te diga una cosa —le pide Melchor.

Antes de que pueda continuar, Blai lo señala con la cucharilla.

—No intentes chantajearme.

Melchor alza un poco las manos, mostrando sus palmas vacías.

—Tranquilo —dice—. No lo intentaré. Me rindo, acepto tu negativa. ¿Contento?

Blai no parece contento. De un solo trago, se toma el café.

—Déjame que te diga lo que te quería decir —repite Melchor, bajando las manos—. ¿Sabes lo que le hizo ese tipo a Cosette?

—Me da igual lo que le hiciera —contesta Blai—. La cuestión no es esa. Y tú lo sabes.

—De acuerdo, pero ¿me dejas que te lo cuente?

Blai se le queda mirando, sin dejar de resoplar. Entonces, con una frialdad desprovista de inflexiones o dramatismo, Melchor evoca sus diálogos con la psicóloga de Reus, el doctor Mercadal y la doctora Ibarz, menciona encierros, masajes, felaciones y violaciones, alude a los lobos. Al otro lado de la mesa de la cocina, el inspector le escucha con una expresión cada vez más ensombrecida, toqueteando sus gafas de leer; se ha aflojado la corbata del uniforme y se ha desabrochado el botón del cuello de la camisa, como si no pudiese respirar bien.

—Eso es lo que sabemos por ahora —concluye Melchor—. Los médicos dicen que el resto acabaremos sabiéndolo, pero para el caso da igual. ¿Qué te parece? —Hace una pausa; Blai no contesta—. Diecisiete años, tiene Cosette. Diecisiete... Una niña. Y yo me pregunto: ¿a cuántas niñas les habrán hecho lo mismo en casa de Mattson? ¿A decenas? ¿Cientos? —Otra pausa—. Y ahora dime, ¿qué harías tú si les hubieran hecho algo parecido a tus hijas? A Glòria, a Raquel. ¿Qué habrías hecho, eh?

Blai levanta la vista hacia Melchor.

—No lo sé —dice en un tono distinto, más calmado—. Si te dijera que lo sé, te mentiría... Pero lo que sí sé es lo que debería hacer. Que es denunciarlo a la Guardia Civil.

—¿Y si la Guardia Civil no te hiciese caso, como me pasó a mí?

—Ahora sí te harán caso.

—¿De veras? ¿Por qué? ¿Cómo lo sabes? ¿Cómo sabes que Mattson no tiene controlada a la mitad de la isla, como dice Carrasco? Porque la impresión que yo tuve fue esa...

—Ahora es Melchor quien habla con un punto de énfasis,

casi con vehemencia—. Blai, por favor, tú sabes cómo funciona el mundo, tú sabes que lo que cuenta Carrasco es verosímil. Más que verosímil, en realidad no tengo un solo dato que me permita pensar que lo que dice es falso o que está loco o cualquier cosa parecida. Pero, bueno, supongamos que Carrasco miente o exagera, y que lo que me pasó en Pollença fue sólo mala suerte y que, esta vez sí, la Guardia Civil y el juzgado hacen como es debido su trabajo y llevamos a juicio a Mattson... Dime, ¿a quién va a creer el juez? ¿A una niña de diecisiete años, hija de un puto bibliotecario de la Terra Alta, o a Rafael Mattson? ¿Crees que el testimonio de Cosette va a poder con las artimañas de los mejores abogados del mundo, que son los que van a defender a Mattson? ¿Cómo sabes que no voy a meter a mi hija en un infierno, otro, sólo que peor que el otro, tan malo que a lo mejor de este no puede salir? ¿Eso es lo que harías tú con tus hijas?

La ristra de preguntas de Melchor queda flotando en el silencio de la cocina como un gas tóxico o como una pestilencia. Blai tiene la mirada perdida en el fondo de su taza y el semblante muy serio; Melchor oye su respiración.

—No —reconoce el inspector—. Supongo que no. Pero esa no es forma de arreglar las cosas.

—De acuerdo —acepta al instante Melchor—. Dame otra y te la compro.

Blai se calla.

—No la hay —asegura Melchor—. La única es esa. Lo tomas o lo dejas. Si lo tomas, hay alguna posibilidad de que Mattson pague por lo que ha hecho. Si lo dejas, no hay ninguna, o la que hay es tan remota que es como si no existiese. Así están las cosas. Eso es lo que ha entendido Salom. Y lo que han entendido Vàzquez y Paca. Y Rosa. Y eso es lo que tú también deberías entender, tú mejor que ellos... Mírame,

273

Blai. —El inspector le mira. Melchor apoya los codos en la mesa y adelanta la cabeza hacia él—. Yo no digo que el plan de Carrasco sea infalible. Lo que digo es que no tenemos otro. Y tampoco digo que debamos hacer exactamente lo que dice Carrasco... Lo que digo es lo siguiente: ese hombre no es un cantamañanas, te lo aseguro, echa un vistazo a internet y verás que era un policía de verdad. De paso verás también cómo se las gasta Mattson con la gente que no le baila el agua, por eso estuvo Carrasco en la cárcel, se lo quitaron de encima acusándolo de estar enredado con un cártel de narcos... Pero a lo que iba. Carrasco lleva años dando vueltas a la forma de acabar con Mattson, no hay nadie más interesado en cargárselo que él. Así que hagámosle caso, preparémoslo todo como él propone, vayamos a Pollença. Y, si una vez sobre el terreno vemos una forma mejor de hacerlo, lo hacemos así, a nuestra manera. Te digo más: si llegamos a la conclusión de que todo es una locura, como tú dices, lo dejamos y en paz. Te doy mi palabra de honor... Tú me conoces, Blai. No soy un loco. No soy un kamikaze. Pero, si hacemos lo que te digo, por lo menos no podremos reprocharnos no haberlo intentado todo. Es lo único que te pido. Que lo intentemos.

Blai ha seguido casi sin un parpadeo la explicación y, una vez que Melchor deja de hablar, aparta su mirada de él y la desliza por la cocina: el fregadero, la escurridera con un par de platos y varios cubiertos recién fregados, el microondas, los armarios, la máquina de café Nespresso, el reloj de pared en forma de manzana. El inspector arruga la frente y, como a veces le ocurre al reflexionar, aprieta con tanta fuerza las mandíbulas que su mentón palpita. Cuando vuelve a mirar al expolicía, este le ruega:

—Piénsalo, por favor.

Blai suspira, y se pone en pie casi al ralentí mientras se mete las gafas en el bolsillo de la camisa, justo debajo del escudo del cuerpo. Antes de que pronuncie una palabra, Melchor adivina cuál va a ser su respuesta.

—No tengo nada que pensar —dice, en efecto, y se ajusta la corbata sin abrocharse el botón del cuello—. Lo que vas a hacer es una barbaridad, ya te lo he dicho, y yo no pienso participar en ella. Tampoco voy a intentar convencerte de que no sigas adelante. Para qué, si ya tienes la decisión tomada... Pero puedes estar tranquilo: eres mi amigo, no te voy a denunciar, que es lo que debería hacer en este momento. Tú sabrás lo que haces, ya eres mayorcito. Y lo mismo digo de los demás, incluida la tarada de Paca: si quiere jugarse su carrera, allá ella. Pero que no me entere de que recluta a nadie de su equipo. Ni de su equipo ni de ninguno. Díselo de mi parte.

—Blai...

—No insistas, la discusión se ha acabado, no tengo nada más que decir. Salvo una cosa. No vuelvas a hablar conmigo de este asunto, por favor. No quiero saber nada más. Ni una palabra. Ni un mensaje. Nada. Es como si, hoy, tú y yo no hubiésemos hablado. ¿Me explico?

Blai se explica perfectamente, pero Melchor no se da por vencido: por alguna razón, ahora más que nunca alberga la certeza de que el apoyo del jefe de la comisaría de la Terra Alta puede ser fundamental para el éxito de la operación y, aunque no ha detectado una sola fisura en su negativa, de momento no tiene la menor intención de resignarse a ella, así que se vuelca en intentar revertirla. Aquella misma tarde llama por teléfono a Salom, le cuenta lo ocurrido y le pide que trate de convencer a su antiguo compañero. Salom se compromete a intentarlo.

Al día siguiente, Blai no se presenta a tomar café en el bar de la plaza.

—¿Tu amigo dejar solo a ti? —pregunta Hiroyuki—. ¿Enfermo? ¿Los dos amigos de Terra Alta peleados? ¿Ya no más amigos?

Melchor contesta al encargado japonés con una evasiva, y durante el resto de la mañana le envía al inspector tres o cuatro wasaps que el otro ni siquiera responde. Poco después de comer le llama por teléfono Salom.

—Acabo de hablar con Blai —dice—. La cosa está jodida: no quiere ni oír hablar del asunto. Me parece que tendremos que hacerlo sin él.

—No podemos hacerlo sin él.

—Pues tendremos que hacerlo.

Feliz por la determinación de Salom, Melchor se pone de inmediato en contacto con Vàzquez y le pide lo mismo que le pidió al antiguo caporal.

—No ha habido manera —le cuenta al cabo de un rato el antiguo jefe de la Unidad Central de Secuestros y Extorsiones de Egara, que acaba de hablar con el inspector—. Mucho alegrarse de oírme, mucho alegrarse de oírme, pero al final me ha mandado a la mierda. Es el mismo de siempre: un maldito cabezota. La verdad, no creo que vayamos a convencerle.

Melchor descarta la opción de recurrir a Paca Poch para volver a presionar a Blai, porque está casi seguro de que resultaría contraproducente. Y ya está empezando a hacerse a la idea de que no van a poder contar con su amigo, cuando le llama por teléfono Carrasco. La llamada le sobresalta: el antiguo guardia civil le advirtió que sólo le llamaría si tenía algo urgente que comunicarle; es lo primero que le recuerda Melchor.

—Es que esto es urgente —replica Carrasco—. Ya tenemos día D.

276

—¿Tan pronto?

—Cuanto antes, mejor. Me dijiste que no eras futbolero, ¿verdad?

Melchor contesta que no. Carrasco insiste:

—Pero por lo menos sabrás que este año la final de la Champions la juegan el Madrid y el Barça.

—Vi la semifinal entre el Barça y la Juve.

—Ah, me alegra saber que me voy a jugar los cuartos con alguien que no vive fuera del mundo. Dime, ¿qué te pareció?

—¿El partido?

—Claro.

La pregunta desconcierta a Melchor. ¿Van a ponerse a hablar de fútbol? Contesta lo primero que se le ocurre:

—Que la Juve mereció ganar.

—Te equivocas. Quien mereció ganar fue el Barça. Me jode reconocerlo, pero es así. Eso es lo bueno del fútbol: que no se parece en nada a la vida. En el fútbol siempre gana el mejor, aunque a veces no lo parezca.

—¿Lo vamos a hacer el mismo día de la final?

—Bingo. El mismo día y a la misma hora. Ya casi había decidido que el momento ideal era la noche de San Juan, por la verbena, pero he cambiado de idea. Esa noche es mucho mejor. ¿No te das cuenta?... Una cosa así no ha ocurrido en la historia. Es un acontecimiento único. Todo el mundo estará delante de la tele, el país entero paralizado, el mundo entero. Una oportunidad como esa no se presenta dos veces. Es, este sábado no, el que viene. Ese es nuestro día. ¿Lo tienes todo a punto?

—Más o menos —miente Melchor, pensando que debe pedir de inmediato a Rosa que le adelante los doscientos mil euros del crédito—. Me faltan algunos detalles, pero...

—No te preocupes. Quedan nueve días. ¿Crees que será suficiente?

—Eso espero.

—Yo ya he hablado con las personas que necesitamos aquí, en Mallorca. En realidad, es solo una, cuando llegue el momento os la presentaré... Otra cosa. Ya te dije que a mí la gente de Mattson me tiene controlado, así que es mejor que seas tú el que alquile desde ahí los apartamentos que vais a necesitar. Es facilísimo, echa un vistazo a la web de Airbnb y encontrarás un montón de apartamentos baratos por una noche. No hará falta más. Eso sí, alquílalos en sitios distintos, para no levantar sospechas. Lo de los coches es todavía más fácil, quizá lo mejor es que los alquiles ahí y vengáis con ellos hasta aquí en ferry, aunque lo ideal es que unos vengáis en ferry y otros en avión... En fin, es de sentido común, la discreción es fundamental, nadie debe sospechar que venís juntos, tú verás cómo lo haces. Si me das un correo electrónico seguro, te mando todo esto por escrito y también una lista completa con el armamento y el equipo necesario, para que no se te olvide nada.

—Tengo la lista. Me la mandaste por carta.

—Ah, se me había olvidado. Me imagino que ya tendrás los hombres necesarios... ¿Son de confianza?

—Los que tengo, sí. Son compañeros. Bueno, excompañeros.

—¿Cuántos tienes?

—Cuatro —responde Melchor, contándose a sí mismo—. A lo mejor hay que contratar el resto, pero ya sé dónde hacerlo.

—Fantástico. Yo que tú los reuniría cuanto antes. A los que ya tienes, me refiero. Para que se conozcan, si es que no se conocen, y para contarles lo esencial, si es que no se lo has contado ya. Los detalles os los daré cuando nos veamos.

—¿No puedes dármelos ahora?

—Mejor que no. De ese asunto no conviene hablar por teléfono. Por si acaso. En realidad, cuanto menos hablemos todos por teléfono y por WhatsApp, mucho mejor... Además, yo no puedo contarte algunas cosas esenciales, para eso hace falta un especialista, es la persona de la que te hablaba, a su debido tiempo la conocerás. De todos modos, te aseguro que la operación es compleja pero no difícil de ejecutar, tú y tus amigos podéis estar tranquilos, la tengo preparada al milímetro, aunque hay que hacerlo todo muy bien para que no surjan problemas. Por eso el grupo tiene que estar muy compenetrado, al menos el núcleo duro del grupo, y por eso es bueno que los reúnas cuanto antes. Mañana mejor que pasado... No hará falta que estéis mucho tiempo en Pollença, con un par de días será suficiente. Lo ideal sería que llegarais el viernes al mediodía. Por la tarde os daríamos los detalles de la operación y al día siguiente por la noche la ejecutaríamos. El domingo por la mañana deberíais estar de vuelta en Barcelona.

—Estupendo.

—Hay otra cosa. El material que nos llevemos de la casa de Mattson: las fotos, las grabaciones, todo lo que debe servir para incriminarlo.

—¿Qué pasa con eso?

—Hay que darlo a conocer. Y a lo mejor no es tan fácil... Quiero decir que lo más probable es que los medios de aquí no se atrevan a difundirlo. Los de Mallorca, seguro que no, ya te he dicho que Mattson tiene a un montón de gente cogida por los huevos. Pero yo tampoco me fiaría de los del resto de España, ni siquiera de los de Europa y Estados Unidos.

—¿No estás exagerando? Los medios, en cualquier parte, viven de airear mierda, y esta mierda es irresistible. Cualquiera la comprará.

—Eres un optimista, Melchor. Cuando se trata de Mattson, no hay forma de exagerar. Se te olvida con quién estamos

lidiando. ¿Crees que es tan fácil meterse con ese hombre?...
Pero, en fin, ojalá tengas razón. Aunque yo empezaría a pensar sobre este asunto, por si acaso... De todos modos, este es un problema importante pero menor. Cuando hayamos conseguido el material, seremos nosotros los que tendremos a Mattson cogido por los huevos. Y hablaremos. Hasta entonces, manos a la obra.

La noche en que desapareció, Cosette estaba tan desorientada como una niña perdida en un bosque.

Se había pasado horas tomando el sol en la playa y deambulando por el puerto. Al anochecer volvió al hostal Borràs, subió al cuarto que hasta entonces había compartido con Elisa Climent y que ahora era sólo suyo, orinó, se duchó, se vistió y bajó a cenar entre el bullicio vespertino de la terraza. En algún momento, mientras revisaba las fotos que había colgado en Instagram desde que aterrizó en Mallorca y se comía un sándwich acompañándolo con una lata de 7 Up, su padre la llamó por teléfono. Esperaba la llamada, pero no contestó. Al cabo de unos segundos escuchó el mensaje del contestador. «Cosette», decía. «Soy papá. Estoy en la estación de autobuses con Elisa, acaba de llegar. Llámame, por favor.» Cosette había pensado muy bien la respuesta; aun así, tardó en contestar. «Papá, no me llames, por favor», escribió. «No quiero hablar contigo. Estoy bien. No te preocupes y déjame respirar un poco.» La respuesta de su padre también tardó. Contra lo que esperaba, no fue otra llamada; tampoco un mensaje insistiendo en que volviera: sólo un escueto interrogante. «¿Tienes dinero?», decía. «Sí», mintió Cosette. «Volveré cuando se me acabe.» El último wasap de su padre llegó enseguida y le sorprendió aún más que el anterior: consistía en un emoticono que mostraba un puño amarillo con el pulgar levantado.

Cogió de nuevo el sándwich, volvió a llevárselo a la boca y, masticando un trozo, pensó que Elisa había sido muy persuasiva con su padre. Al instante sintió que se había equivocado: no debería haber permanecido en Pollença; debería haber vuelto a casa con su amiga; debía hablar de inmediato con su padre, desahogarse con él, aclarar la situación. Era verdad que su padre había cometido un grave error —tan grave como para haberla mantenido engañada durante toda su vida—, y por eso era lógico que estuviera furiosa con él; pero como mínimo debía concederle la posibilidad de explicarse, de disculparse, de intentar enmendar su yerro.

No llamó a su padre, no le puso un wasap. Bruscamente aliviada, abandonó las fotos de Instagram y empezó a buscar billetes de avión Mallorca-Barcelona y horarios de autobuses desde Port de Pollença a Palma y desde Palma al aeropuerto. Acababa de encontrarlos cuando el alivio desapareció, tan bruscamente como había aparecido: de golpe supo que no podía volver a casa. Aún no. No hubiera podido decir exactamente por qué, pero no podía. Estaba demasiado herida, demasiado angustiada, demasiado confusa. Aún no se sentía lista para perdonar a su padre, ni siquiera para escuchar sus explicaciones, suponiendo que él quisiera o pudiera dárselas. No: había decidido tomarse unos días más en la isla y se los iba a tomar. Nunca hasta entonces se había sentido tan sola y nunca hasta entonces había sentido tanta necesidad de estarlo. Tenía que serenarse. Necesitaba reflexionar. Era mejor que se quedase.

Cargó la consumición a su cuenta en el hostal, subió a su habitación, se cepilló los dientes, se puso el pijama, prendió el televisor y se tumbó en la cama sin abrirla. Durante un rato estuvo haciendo zapping, pero no encontró nada que atrajese su atención, apagó el televisor y cogió la novela de Angela Carter que se había traído consigo. Se titulaba Niños sabios *y, aunque le gustaba mucho, no consiguió concentrarse en ella, así que la dejó en la mesilla de noche y apagó la luz. De la plaza Miquel Capllonch ascendía un rumor de risas, cubiertos y conversaciones y, en medio de una oscuridad* sólo rota por las rayas de luz que se filtraban a través de la persiana entrecerrada, un torbellino de ideas o retazos de ideas giraba sin control en su cabeza. Pronto entendió que no se iba a dormir, así que encendió una lámpara, se levantó, se vistió y bajó a la calle.

Eran las diez y media, las terrazas seguían llenas de turistas y, bajo los árboles que crecían en el centro de la plaza, empezaba a organizarse el botellón de cada noche. Se dirigió al paseo marítimo y echó a andar hacia la derecha, en paralelo al mar, iluminado a esa hora por el resplandor bullicioso de la costa y por una luna pletórica que permitía vislumbrar, al otro lado de la bahía, el perfil en sombra de la península de Cap de Pinar. La noche era cálida, y allí también hervían de gente las terrazas de bares, hoteles y restaurantes; incluso permanecían abiertas algunas tiendas, igual que si se hallaran en plena temporada turística y no apenas en su arranque. En una heladería compró un helado de cucurucho con dos bolas —una de fresa y otra de coco— y las fue lamiendo hasta que, a la altura de una placita arbolada que se abría sobre la arena de la playa, el helado acabó de derretírsele en las manos, momento en el cual dio media vuelta y emprendió el regreso. Trataba de no pensar, intentaba extenuarse tras un día de ocio sedentario, para poder dormir; pero, al llegar a la puerta del hostal Borràs, se notó más desvelada que cuando había salido. Eran ya casi las doce, el botellón continuaba creciendo en el centro de la plaza y tomó una calle que hacía esquina con el hostal, hasta que se detuvo ante un establecimiento presidido por un letrero luminoso: CHIVAS.

El portero, un fortachón con el pelo recogido en una especie de moño y con un pendiente en una oreja, la saludó, le preguntó dónde había dejado a su amiga y, sin aguardar respuesta, le franqueó la entrada. Bajó unas escaleras que daban a una pista de baile donde sonaba un reguetón; estaba desierta: por su experiencia de las noches precedentes, Cosette sabía que no empezaba a llenarse hasta bien entrada la madrugada, cuando se disgregaba el botellón, se cerraban los bares de copas del puerto, y la plaza Miquel Capllonch y el paseo marítimo se quedaban sin nadie. El reguetón no le gustaba, o no demasiado, pero empezó a evolucionar a su ritmo en el centro de la pista. Lo hacía sin separar los párpados, embebida en la música, como si tratara de confundirse o disolverse en ella. Así estuvo un buen rato, bailando todo lo que sonaba y notando a su alrededor que, poco a poco, la discoteca se animaba. Hasta que, en un determinado momento, mientras una canción se encabalgaba con otra, alguien le tocó un hombro. Abrió los ojos: a la luz epiléptica de los focos, distinguió una chica que le sonreía como si fueran amigas.

—¿No te acuerdas de mí? —preguntó la desconocida, gritándole al oído mientras la música volvía a atronar en la pista.

Era diez o doce años mayor que ella, lucía una melena corta y oscura y un vestido estampado, de vuelo amplio; una sonrisa insistente le animaba la cara. De golpe, Cosette recordó quién era.

—Claro —le gritó al oído.

Le pareció una casualidad increíble. Se había encontrado con ella tres noches atrás, en Tito's, una discoteca emblemática de Palma; había sido aquella chica quien las había convencido a ella y a Elisa de que abandonaran su proyecto inicial de pasar en Magaluf los dos días de vacaciones que les quedaban y cambiaran ese destino por el de Pollença. «Magaluf es una cutrada para guiris», les había advertido. «Quien no ha estado en Pollença no ha estado en Mallorca.»

—Al final me hicisteis caso —volvió a hablar la mujer. Ella asintió, contenta de que la hubiesen reconocido, casi como si alguien la hubiera encontrado en la oscuridad del bosque—. ¿Dónde está tu amiga?

Cosette contestó que Elisa había vuelto a casa. Sin dejar de sonreír, la chica puso cara de extrañeza.

—¿Y tú? —preguntó.

Esta vez su respuesta consistió en encogerse de hombros. La otra siguió mirándola, inquisitiva, así que se sintió obligada a dar una explicación que no era una explicación.

286

—Voy a quedarme unos días —alegó.

Menos sorprendida que interesada, la chica asintió. Luego dijo algo, que Cosette no entendió y, cogiéndola de un brazo, la arrastró hacia la barra y le preguntó qué quería tomar.

—Nada —respondió Cosette—. No tengo dinero.

La chica la interrogó con una mirada inequívoca. «Entonces, ¿cómo es que te has quedado?», significaba. Cosette volvió a encogerse de hombros. La otra soltó una risa inaudible y, cuando la camarera apareció tras la barra, le pidió algo. Al cabo de un momento la camarera reapareció con dos combinados; a una indicación de la chica, Cosette cogió uno de los dos y lo probó: era vodka con naranja. Entrechocaron los vasos y bebieron un sorbo. Luego la chica dijo:

—Espera un momento. Vuelvo enseguida.

Cosette la vio salir a la calle y regresar al cabo de unos minutos. Entonces la chica dio otro sorbo y, volviendo a acercarse a su oído, preguntó:

—¿Quieres ganarte quinientos euros?

—¿Qué?

—Que si quieres ganarte esta noche quinientos euros. —Añadió—: Con ese dinero podrías pasar unos días más aquí.

La chica se separó un poco de ella y la miró a los ojos. Durante un segundo, Cosette pensó que bromeaba; al segundo siguiente supo que no bromeaba.

—¿Has oído hablar de Rafael Mattson? —preguntó la chica.

Cosette entrecerró los ojos y sonrió vagamente, como diciendo: «¿Y quién no?».

—Tiene una casa aquí cerca, en Formentor —explicó la chica—. Esta noche da una fiesta. ¿Quieres que vayamos?

—¿Ahora?

La otra asintió. Cosette no salía de su asombro.

—¿Es amigo tuyo?

—Sí. Y es un tipo estupendo. Muy normal. Muy simpático. La primera vez que estuve en su casa le hablé de una amiga mía que *estudiaba en Barcelona y aquella misma noche la hizo traer en su avión. —La chica se apartó un poco para medir el impacto que la anécdota dejaba en su interlocutora—. Te encantará, ya lo verás. —Le tendió una mano y señaló con la cabeza la puerta de la discoteca—: Si quieres, vamos ahora mismo.*

Cosette arrugó el ceño y volvió a acercarse a la chica para hablarle al oído.

—¿Me van a pagar quinientos euros sólo por ir a una fiesta?

—Exacto —insistió la otra—. Es una cosa de vejestorios. Políticos, empresarios, gente así. Quieren chicas jóvenes, ya sabes, para animar, ellos solos se aburren... No tienes que hacer nada especial. Estar allí. Tomar una copa. Charlar. Luego, si les caes bien, a lo mejor te ayudan. Mattson lo ha hecho con muchas chicas. A algunas les ha pagado los estudios. El tipo es así, espléndido, ya lo verás... —Volvió a alargarle la mano, pero ahora no aguardó a que Cosette tomara la iniciativa—. Anda, vamos —dijo, cogiéndola del brazo—. La casa está a quince minutos de aquí.

El automóvil de la chica, un Ford Escort, se hallaba aparcado muy cerca de la discoteca, junto a la esquina del hostal Borràs. Antes de montarse en él, Cosette pidió que, ya que iban a una fiesta, le diera un minuto para subir a su cuarto y cambiarse de ropa, pero la otra aseguró que no era necesario, que estaba muy bien como estaba, y ambas subieron al coche, salieron del pueblo y tomaron a la derecha hacia el cabo de Formentor. Enseguida la calzada se empezó a empinar hasta convertirse en una carretera de montaña que zigzagueaba entre el mar y una masa de sombra de la que los faros del coche arrancaban grandes farallones de piedra, pinos y palmitos. Mientras conducía, la chica continuó hablando de Rafael Mattson, de lujo y generosidad y jovialidad y extravagancias; de vez en cuando se cruzaban con un coche que bajaba en dirección contraria. Unos minutos después, tras coronar la cima del promontorio, empezaron a descender abruptamente. Ahora las curvas se enrevesaban, el mar quedaba abajo y a su izquierda, y a su derecha la oscuridad se vol-

vía cada vez más compacta y apelmazada. La chica había dejado de hablar, como si la carretera absorbiera toda su atención; en el interior del coche sólo se oía el ruido del aire desplazando el viento, de vez en cuando el rumor del mar estrellándose contra las rocas. En algún momento Cosette preguntó si faltaba mucho y la chica le contestó que enseguida llegaban.

—Por cierto —añadió—. Me llamo Diana.

Ella dijo su nombre.

—¿Eres francesa? —preguntó Diana.

Cosette contestó que no, pero no explicó por qué tenía un nombre francés si no era francesa —la chica tampoco se lo preguntó— y, sin saber por qué, en ese momento sintió que no debía haber aceptado aquella invitación. Pese a ello, no se atrevió a pedirle a su nueva amiga que diera media vuelta y la devolviese a Port de Pollença; pero decidió que, aunque iba a entrar en la fiesta y a pasar unos minutos allí, se marcharía en cuanto se presentase la primera oportunidad.

No tardaron en alcanzar el pie de la montaña, momento en el cual los focos alumbraron sendos letreros que anunciaban: CAP DE FORMENTOR y FORMENTOR. *Tomaron el rumbo del segundo, dejaron a la derecha una playa plateada por la luna, que se extendía más allá de un bosquecillo de pinos, se internaron por una vereda asfaltada que circulaba entre paredes vegetales y pasaron junto a un gran edificio punteado de luces que volvió a desatar la locuacidad de la chica: mientras se internaba por un sendero de tierra que trepaba por una colina, con el mar a la derecha, contó que el edificio que acababan de dejar atrás era el hotel Formentor, aseguró que se trataba de un establecimiento histórico donde se habían alojado numerosas celebridades, mencionó a Charles Chaplin y a Grace Kelly. Por fin, justo después de torcer una curva, el sendero pareció morir ante un gran portón de madera y metal.*

—Aquí es —anunció Diana, que había recobrado la vivacidad del principio. Sin detener el motor cogió su teléfono y, mientras tecleaba un mensaje, aseguró—: Ahora nos abren.

Al cabo de unos segundos, en efecto, el portón empezó a abrirse con lentitud. Una vez abierto del todo, bajaron una rampa iluminada por una doble hilera de focos que apenas sobresalían de un bordillo, al otro lado del cual se adivinaba una gran extensión de césped que se deslizaba hacia el mar. Más allá se erguía la mansión: enorme, oscura, construida sobre el acantilado, de paredes blancas y grandes ventanales, un poco espectral. Aparcaron junto a una explanada vacía. A su alrededor reinaba un silencio tan profundo que, de no haber sido por el rumor cercano del oleaje rompiendo contra las rocas, se hubiera dicho que la casa estaba sumida en el pozo de una mina.

—¿Estás segura de que la fiesta es aquí? —preguntó Cosette.

En ese momento, una luz alumbró la entrada de un ala lateral del edificio; un segundo después la puerta se abría y una figura femenina se recortaba en el dintel.

—Mira —dijo Diana—. Ahí está Alexandra.

—¿Quién es Alexandra? —preguntó Cosette.

—El ama de llaves de Mattson. —Diana se arreglaba el pelo frente al espejo retrovisor—. Vive todo el año aquí, con su marido, los dos son chilenos. —Tirando de la manija para salir del coche, añadió—: Ya verás. Lo vamos a pasar muy bien.

1

El domingo, seis días antes de la noche fijada para el asalto a la mansión mallorquina de Rafael Mattson, Melchor convoca una reunión en su casa. El encuentro es a las tres y media de la tarde; los convocados son Paca Poch, Vàzquez y Salom. Faltan todavía cuatro personas para completar el equipo que Carrasco considera necesario a fin de llevar a cabo la operación y, aunque Melchor ignora si sus tres compañeros conocen a alguien que pudiera sumarse a ellos, el viernes dedica gran parte de la jornada a tratar de reclutar cuatro profesionales experimentados en las profundidades de la *darknet*. Al final, después de intercambiar distintos mensajes con personas que se anuncian con nombres palmariamente inventados, concierta una cita en un local de la Zona Franca de Barcelona con cuatro mercenarios que se ofrecen a realizar el trabajo por una suma total de setenta mil euros, gastos aparte. La cita es el miércoles por la mañana, momento en el que él ya debe haber desembolsado en la cuenta de los profesionales seis mil euros en concepto de adelanto. Por la tarde de aquel mismo día, Melchor ha concertado otra cita, esta en un piso de Nou Barris, con un tipo de apellido alemán que, a cambio de veinticinco mil euros, se ha comprometido a proporcionarle casi todo el equipo y el armamento que precisan. Melchor alquila asimismo dos automóviles en el aeropuerto de Palma de Mallorca, dos apartamentos en Pollença y otros tres en Port de Pollença. En cuanto a los billetes de ferry y avión indispensables para el traslado del grupo a Mallorca, así como al resto del equipo, prefiere acabar de perfilarlo todo en la reunión del domingo.

El sábado por la mañana visita a Cosette en la Clínica Mercadal. Melchor saca la impresión de que su hija se encuentra mejor que hace siete días —su aspecto es más saludable, está menos triste y más comunicativa, en ningún momento llora—, aunque no tiene la certeza de que ese restablecimiento aparente refleje una mejoría auténtica, porque no consigue hablar ni con el doctor Mercadal ni con la doctora Ibarz. Aquella noche cena en casa de Rosa y le detalla los preparativos que está realizando (lo único que omite, como siempre, es la participación de Salom). No lo hace porque ella se lo pida, sino porque, en especial después de que le haya adelantado los doscientos mil euros del crédito bancario, la considera a todos los efectos como un miembro más del grupo, con el mismo derecho que el resto a ser informada. Rosa le escucha con atención, igual que si se hubieran disipado todas sus dudas y objeciones, pero, al enumerar Melchor los asistentes a la reunión del día siguiente, le interrumpe para asegurarse de que Blai no será uno de ellos.

—No he sido capaz de convencerlo —se lamenta Melchor—. Estaba seguro de que lo conseguiría, pero no he sido capaz. Me fastidia. Aunque también le entiendo. De todos modos, no importa: lo haremos sin él.

Para sorpresa de Melchor, Rosa no deplora la ausencia de Blai y se limita a ofrecerle su casa para el encuentro del día siguiente.

—Será más discreto —añade—. Y estaréis más cómodos que en la tuya. Le doy el día libre a Ana y en paz. Además, a lo mejor puedo echaros una mano. Al fin y al cabo, cuatro cabezas piensan más que tres.

—Gracias, pero no —dice Melchor, recordando de nuevo a Salom—. Prefiero que lo hagamos en mi casa. Y también que tú te mantengas un poco al margen. A lo mejor te necesitamos para otras cosas. A lo mejor no: seguro.

Melchor menciona la inquietud de Carrasco respecto a la forma de difusión del material incriminatorio que deben sacar de la residencia de Mattson. Rosa pregunta:

—¿No es mejor esperar a que lo tengáis para pensar en eso? ¿No os estáis precipitando un poco?

—Puede ser —contesta Melchor—. Pero Carrasco insiste en que hay que tener ese asunto previsto. Y quizá lleva razón... No puedes poner simplemente esa información en internet, porque para Mattson sería facilísimo contrarrestarla, hacerla pasar por uno más de los bulos que circulan sobre él. El que dé a conocer lo que consigamos tiene que ser un medio autorizado, y no sé yo si hay en España muchos dispuestos a montarle un escándalo de semejante calibre a Mattson. Carrasco sostiene que no. Ni en España ni en Europa, dice. Tampoco en Estados Unidos. Mattson tiene intereses en todo el mundo.

—Es verdad, pero nadie puede controlar a todo el mundo, todo el tiempo y en todas partes. Ni siquiera Mattson. ¿Nadie va a atreverse a sacar eso a la luz?

—¿Se te ocurre alguien?

—Ahora mismo, no. Pero déjame que lo piense.

A la mañana siguiente, mientras desayunan en la terraza, Rosa le pregunta a Melchor:

—¿Has oído hablar de Gonzalo Córdoba?

—No.

—Es el presidente de Caracol Televisión, el canal más importante de Colombia. ¿Te acuerdas del fin de semana que pasé en La Inés, la finca de mi amigo Héctor Abad, el escritor? ¿Recuerdas que te dije que habíamos estado con unos amigos suyos?... Bueno, pues Gonzalo era uno de ellos. Hicimos muy buenas migas, luego nos hemos visto un par de veces. No es el propietario de Caracol Televisión, pero tiene libertad para hacer lo que quiera, y es un hombre valiente y honesto. Lo digo por lo que hablamos anoche: si hay que sacar a la luz los trapos sucios de Mattson, él puede ser nuestro hombre. No se arrugará.

Vàzquez llega a las dos y media de aquella tarde a casa de Melchor, que ha preparado una ensalada de tomate y anchoas y unos espaguetis a la carbonara para los dos. Se los comen en la cocina, hablando sobre Blai, sobre el rechazo de Blai a integrarse en el grupo y sobre la repercusión de esa ausencia en el dispositivo que están organizando; Vàzquez expresa también su recelo ante la perspectiva de tener que operar con mercenarios, su desconfianza en ellos.

—No es que a mí me entusiasme la idea —conviene Melchor—. Pero ¿qué alternativa tenemos?

Después de que el antiguo sargento sugiera sin mucha convicción un par de nombres de antiguos compañeros a quienes podría intentar reclutar para sustituir a los mercenarios, Melchor sigue dudando:

—No sé. A ver qué dicen Salom y Paca. De todos modos, el miércoles conoceré a esta gente y saldremos de dudas.

Luego cambian de conversación y Melchor le pregunta a Vàzquez si su mujer está al corriente de sus planes.

—¿Tú estás loco o qué? —responde Vàzquez—. Si Vero se entera de este lío, me cuelga de los huevos. Y a ti también. Le he dicho que estoy con un amigo en Prades, al sur de

Francia, en un concurso de perros pastores. Y que el fin de semana que viene me voy contigo y con Blai a Mallorca, para recordar viejos tiempos y tal... La pobre, se lo traga todo.

Poco antes de la hora acordada, cuando los dos hombres están todavía colocando los platos y vasos de la comida en el lavavajillas, se presenta Paca Poch; Salom lo hace poco después. Ninguno de los tres amigos de Melchor se conoce personalmente, pero todos han oído hablar de todos. El anfitrión hace las presentaciones y, ayudado por Salom, prepara café. Aún no han terminado de servirlo cuando suena el interfono; tres pares de ojos convergen en Melchor.

—¿Falta alguien? —pregunta Paca Poch.

Melchor contesta con una mueca negativa, pero de camino al vestíbulo se le ocurre que Rosa ha decidido sumarse a la reunión. Se equivoca: la cámara del interfono encuadra el corpachón de Blai, vestido de civil.

—Ábreme, Melchor.

El jefe de la comisaría de la Terra Alta aparece en el descansillo de la escalera con un aire inconfundible de cabreo.

—¿Qué ha pasado? —pregunta Melchor.

Blai no contesta hasta que la puerta se cierra tras él.

—¿Qué va a pasar? —El inspector clava un índice acusatorio en el esternón de su amigo—. Que me he tirado la mañana oyendo llorar a Rosa. Eso es lo que pasa. ¿Puedo pedirte un favor?

—El que quieras.

—Quítate esa media sonrisa de la boca, anda.

Dos larguísimos segundos de silencio acogen la entrada de Blai en el comedor, donde Vàzquez, Salom y Paca Poch se vuelven hacia él con diversos grados de perplejidad en el rostro. El inspector los mira uno por uno, sacudiendo la cabeza.

—Menuda panda de tarados —masculla.

Blai abraza a Salom y luego a Vàzquez, a quien, según recuerda en voz alta, no ve desde el día de su boda con Verónica. A Paca Poch, en cambio, sólo la señala con el mismo dedo con el que acaba de presionar el pecho del anfitrión.

—Tú y yo tenemos una conversación pendiente, sargento.

—Cuando quiera, jefe.

—No me llames jefe. Y, por si acaso, estate bien calladita.

—A la orden, jefe.

Vàzquez se ríe y Paca Poch le guiña un ojo, y enseguida los cuatro se enredan a conversar mientras, reprimiendo un punto de euforia, Melchor termina de servir los cafés. Al rato se hallan todos sentados a la mesa del comedor, Blai y Paca Poch frente al dueño de la casa, Vàzquez a su izquierda y Salom a su derecha. Para ponerlos a todos en situación, Melchor recapitula: habla de Cosette, de Benavides, de Carrasco, de Mattson. Cuando acaba de resumir el diálogo que mantuvo con el antiguo guardia civil en Can Sucrer, Blai admite:

—Es posible que lo que cuenta ese tipo tenga fundamento.

—No te jode —interviene Vàzquez—. Claro que tiene fundamento. ¿Por qué te crees que estamos aquí?

Melchor le pide a Blai que se explique.

—¿Te acuerdas del amigo del que te hablé? —pregunta el inspector, dirigiéndose a él—. El policía nacional que trabaja en Palma, el que nos ayudó a conseguir la grabación de la discoteca... —Melchor asiente—. Ayer le llamé por teléfono. Le pregunté por Mattson, le dije que corren rumores sobre cosas que pasan en la mansión de Formentor y me dio

296

a entender que ese asunto más vale no tocarlo. Que me aparte de él. La verdad: me olió a cuerno quemado.

Pensando que tal vez el llanto de Rosa no ha sido el único motivo que ha hecho cambiar de opinión a Blai, Melchor prosigue recordándoles de forma sumaria el plan de Carrasco o más bien lo que conoce del plan de Carrasco, les explica que el antiguo guardia civil dará a conocer los detalles del operativo la víspera del asalto, en una reunión que tendrá lugar en Pollença, revela la fecha y la hora elegidas así como las razones de su elección e intenta tranquilizarlos repitiendo lo que días atrás le dijo a Blai: aunque en principio van a seguir el plan de Carrasco, si una vez en Pollença su propuesta no les gusta o no les convence o la juzgan temeraria o insatisfactoria, en conjunto o en alguno de sus extremos, ellos llevarán a cabo la operación como mejor les parezca; en definitiva, la decisión última será siempre suya.

—En el peor de los casos —remata Melchor, que busca con sus palabras tranquilizar del todo a sus compañeros y despejar cualquier atisbo de duda o inquietud que puedan albergar todavía—, si llegamos a la conclusión de que la cosa no está clara, o no está madura, o lo que sea, cancelamos la operación y nos volvemos a casa. De eso siempre estamos a tiempo.

—Yo no tengo ninguna intención de volverme a casa de vacío —advierte Vàzquez.

—Yo tampoco —le apoya Paca Poch.

—Tú te callas —dice Blai.

—¿Quién ha hablado de volver de vacío? —se interpone Melchor—. Lo importante es que las cosas salgan, aunque no sea a la primera. Y a veces hay que fracasar en parte para poder triunfar luego.

—Eso es verdad —dice Salom.

Hay un silencio tenso. Melchor pregunta:

—¿Estamos de acuerdo?

Su mirada salta de uno a otro en busca de signos de conformidad. Todos acaban asintiendo, también con diversos grados de convicción. Melchor pasa entonces a abordar el asunto del equipo, el armamento y los hombres necesarios para el asalto y, cuando menciona las dos reuniones que ha concertado el miércoles en Barcelona, Blai vuelve a interrumpirle. Melchor esperaba la interrupción, pero no el tono terminante de su amigo.

—Ya puedes cancelarlas —dice—. Y ya puedes ir devolviéndole el dinero a Rosa.

—¿Dinero? —pregunta Vàzquez, a quien Melchor no ha dicho una sola palabra del préstamo bancario que le ha adelantado Rosa, como tampoco se la ha dicho a los demás—. ¿Qué dinero?

—Ninguno. —Blai señala con la cabeza a Melchor—. Este, que es un macarra. —Luego continúa—: Los subfusiles, las pistolas, los cargadores, las esposas, los pasamontañas, las trinchas y la munición los sacaremos del búnker. Nadie tiene por qué notarlo, y menos un fin de semana. Las linternas se pueden conseguir en cualquier supermercado y las motosierras en cualquier Bauhaus o Leroy Merlin.

—¿Para qué coño necesitamos tres motosierras? —pregunta otra vez Vàzquez.

—¿Qué más hace falta? —pregunta Blai.

—Nueve chalecos antibalas, nueve puntos de mira láser, un inhibidor de frecuencia y dos matrículas dobladas —enumera Melchor.

—Todo eso nos lo puede prestar Cortabarría —asegura Vàzquez, jefe directo del aludido cuando mandaba la Unidad Central de Secuestros y Extorsiones—. Está llevando Desaparecidos en Egara.

—Había pensado en él —admite Blai—. Cuando lo de Cosette nos echó una mano.

—Una no —le corrige Paca Poch—. Las dos.

—A mí me debe un par de favores —explica Vàzquez—. De modo que ya podéis contar con él.

—Los coches también se los deberíamos pedir —añade Blai—. Para hacer una cosa así yo no iría con un cacharro cualquiera. Y, ya puestos, tampoco andaría por ahí sin documentación falsa.

—Todo eso nos lo consigue Cortabarría —insiste Vàzquez.

—¿Lo ves? —Ahora Blai se dirige a Melchor—. El material y las armas no son un problema. El problema es la gente.

—Somos cinco —contabiliza Vàzquez—. Más los dos que hay en Pollença, siete. Faltan tres.

—Ya os he dicho que el miércoles tengo una cita en la Zona Franca —dice Melchor—. Me han prometido cuatro buenos profesionales. En vez de contratar a cuatro, contrataré a tres.

—Y yo ya te he dicho que de esa gente no me fío —dice Vàzquez—. Un mercenario es un mercenario.

—Uf —resopla Paca Poch—. Yo con pollos de esa clase no voy ni a la esquina.

Melchor lee en los ojos de Blai y Salom que ninguno de los dos discrepa del escepticismo o el abierto rechazo que acaban de escuchar. Conformado, abre el juego:

—Se aceptan ideas.

Vàzquez vuelve a aducir el nombre de los dos compañeros que ha mencionado durante la comida, pero lo hace con la misma falta de entusiasmo que entonces. Y cuando Melchor ya está a punto de sondear a Paca Poch acerca de los miembros de su unidad, recuerda que Blai se opuso de forma tajante a que la sargento implicase en la operación a ningún otro efectivo bajo su mando, y aborta la pregunta. En ese momento vuelve a intervenir el inspector.

—Quizá no necesitamos a nadie más —conjetura—. ¿No bastan siete personas bien compenetradas para asaltar esa casa?

—Depende de cómo sea la casa —razona Paca Poch.

—Lo que hacen diez también pueden hacerlo siete —aventura Blai.

—Puede ser —acepta Melchor—. Pero eso sólo lo sabe Carrasco. Él es el único que conoce la casa, los sistemas de seguridad, la gente que la protege y demás. Así que, al menos de momento, hay que fiarse de él. Si Carrasco dice que tenemos que ser diez como mínimo, lo mejor es conseguir otras tres personas.

—O no —persevera Blai—. ¿No habíamos quedado en que esto lo vamos a hacer a nuestra manera, no a la de Carrasco? Además, cuantos más seamos, más probabilidades hay de que alguien se vaya de la lengua y todo se joda. Yo, de los que estamos aquí, me fío. De otros, no sé.

—Eso es verdad, Melchor —opina Salom—. ¿Vamos a jugarnos el tipo con gente que no conocemos?

—Yo, no —dice Paca Poch.

—Yo, tampoco —dice Vàzquez.

—Me parece más arriesgado hacerlo con esos tipos, por buenos que sean —argumenta Salom—, que hacerlo nosotros solos, aunque no seamos tantos como le gustaría a Carrasco. Si él quiere hacerlo con los que somos, lo hacemos; si no quiere, no lo hacemos... Pero, después de tanto tiempo esperando una oportunidad, yo apuesto a que querrá. Por la cuenta que le trae.

Melchor se queda mirando al antiguo caporal. Luego mira a Blai, que le muestra las palmas de sus manos en un ademán entre interrogativo y concluyente.

—Me parece que los cuatro estamos de acuerdo —constata—. Faltas tú.

Melchor reflexiona un momento.

—Está bien —acepta—. Lo haremos solos.

La reunión termina poco antes de las siete de la tarde, después de que hayan tomado las decisiones esenciales para llevar a cabo la operación, o las que, en aquel momento, sin conocer todavía los detalles que Carrasco debe desvelarles en Mallorca, juzgan esenciales. Al final, Blai sintetiza lo dicho y Melchor insiste en un asunto en el que, de repente se lo parece, no ha insistido lo suficiente. Les recuerda a todos que es posible que los hombres de Mattson hayan intervenido su teléfono, porque Carrasco tiene el suyo intervenido, y les pide que se comuniquen siempre por teléfonos seguros, que limiten las llamadas a los casos de máxima urgencia o necesidad y que restrinjan al máximo las comunicaciones entre ellos. Paca Poch les ha persuadido de que es más seguro escribirse por Telegram que por WhatsApp, así que Melchor les pide que, si tienen que mandarse mensajes, lo hagan siempre por Telegram.

Cuando Melchor termina de hablar, Blai interviene de nuevo:

—¿Preguntas? ¿Comentarios?

Todos se interrogan entre sí con la mirada, pero nadie pronuncia una palabra. Siguen sentados a la mesa del comedor, todos salvo Paca Poch, que se ha levantado varias veces durante la reunión y lleva ya un rato de pie, recostada en el marco de una ventana que da a la calle Costumà, por la que entra una luz declinante. Reina en la mesa un desorden de desbandada: dos botellas de agua mineral vacías, cinco tazas vacías de café, cinco vasos vacíos, tres bolígrafos y una libreta de tapas azules de la que han arrancado varias hojas cuadriculadas donde Melchor, Paca Poch y Salom han tomado notas o hecho dibujos. Ninguno de los presentes fuma, pero, después de más de tres horas ininterrumpidas de encierro, la atmósfera del comedor necesita ventilación.

—Bueno —concluye Blai, apoyándose en la mesa para levantarse—, si no hay nada más...

Melchor le agarra de un brazo.

—Sólo una cosa —dice.

Blai se vuelve hacia él.

—¿Qué cosa?

Melchor aparta la vista del jefe de la comisaría de la Terra Alta y la posa en Salom, luego mira a Vàzquez y a Paca Poch; al final regresa otra vez a Blai. Entonces dice:

—Gracias.

2

El lunes por la mañana, Hiroyuki recibe a Blai en el bar de la plaza dando saltos de alegría.

—¿Qué pasa, tío? —El japonés interpela al jefe de la comisaría, señala a Melchor y se protege la cara como un boxeador en el cuadrilátero—. ¿Dos amigos de Terra Alta ya no peleados? Yo preguntar por ti a tu amigo. ¿Te dijo? ¿Dónde estar tú? ¿Enfermo?

—¿Dónde voy a estar, nipón? —Blai posa en el hombro de Hiroyuki una mano apaciguadora—. Persiguiendo a tus amigos de la yakuza. Para que no hagan hamburguesas contigo.

Durante el resto de la mañana, desde la biblioteca, Melchor cancela el crédito bancario de doscientos mil euros, así como la reserva de uno de los dos automóviles que alquiló para el próximo fin de semana en el aeropuerto de Mallorca y la de dos de los cinco apartamentos donde pensaba alojar al equipo, uno en Pollença y otro en Port de Pollença. También cancela la cita con el traficante de armas alemán en el piso de Nou Barris y la entrevista en el local de la Zona Franca con los cuatro mercenarios (esto último significa que pierde los seis mil euros del adelanto, lo que no le importa demasiado). Por la tarde, Vàzquez le comunica por Telegram que, tal y como acordaron la víspera, acaba de hablar con Cortabarría, quien se ha comprometido a conseguir el material que necesitan y a entregárselo a Blai y a Melchor el jueves por la noche en la central de Egara. «No le he contado para qué lo queremos», concluye. «Y él no me lo ha preguntado. Ya os dije que es un tío legal.» «Perfecto», le felicita Melchor. «Me ha dicho que nos tendrá preparado un coche», prosigue Vàzquez. «Y me ha pedido que todos le mandemos hoy mismo una foto tamaño carnet. La necesita para la documentación. Mientras tanto, me ha dado cinco nombres supuestos y cinco números de pasaporte, así puedes ir comprando los billetes.» En el último mensaje, Vàzquez afirma que él mismo se hará cargo de pedirles la foto a los demás compañeros y de hacérsela llegar a Cortabarría, y le adjunta la lista de nombres y números falsos. Apenas la recibe, Melchor se pone a buscar los billetes. En la reunión de la víspera decidieron que, el viernes por la mañana, Vàzquez, Paca Poch, Salom y él mismo viajarían en vuelos distintos desde Barcelona hasta Palma de Mallorca, pero Melchor descubre que durante la primera mitad de aquel día apenas hay tres vuelos directos Barcelona-Palma y decide que Paca Poch y él viajarán en el último. En cuanto a Blai, Melchor le consigue un billete de ida con vehículo incluido en el ferry que zarpa del puerto de Barcelona a primera hora del viernes, y otro de vuelta en el ferry que parte el domingo a primera hora de la tarde del puerto de Palma. Una vez que obtiene los cuatro billetes, todos de ida y vuelta, se los manda a sus respectivos beneficiarios por correo electrónico.

Por la tarde Melchor conduce hasta una Bauhaus que se yergue en el kilómetro cuatro de la autovía Reus-Tarragona, donde adquiere dos motosierras Husqvarna, y luego se dirige a Tortosa. Allí compra otra motosierra de la misma marca en el Leroy Merlin de la avenida de la Generalitat y un lote de ocho linternas a pilas en el Lidl de la avenida de Catalunya; también se hace cuatro fotos de carnet en un estudio llamado Gerard Fotògraf. Más tarde, al llegar a casa de Rosa para cenar, escanea las fotos y se las manda por correo electrónico a Vàzquez.

Durante la cena no incurre en la hipocresía de reprocharle a Rosa que intercediera por él ante Blai, pero tampoco le da las gracias por haberlo hecho. Se limita a resumirle las decisiones que tomaron el domingo y las que han empezado a ejecutar hoy. Rosa formula algunas preguntas, que Melchor intenta contestar, y expresa algunas dudas, temores y preocupaciones, que Melchor intenta disipar. Luego él pregunta:

—¿Has hablado con tus amigos colombianos?

—He hablado con Héctor Abad —contesta Rosa—. Sólo le he dicho que a lo mejor puedo conseguir material que demuestra que Mattson es un depredador sexual.

—¿Y?

—Me ha asegurado que, si lo consigo, Gonzalo Córdoba estará encantado de joderle la vida a ese hijo de puta. Y él también.

A primera hora del día siguiente, Melchor llama por teléfono a la Clínica Mercadal y pregunta por el director, pero le dicen que está ocupado y le piden que llame al cabo de diez minutos. Invierte cinco de esos diez minutos en telefonear a Dolors, su ayudante. Le explica que ha surgido un imprevisto y que el viernes no podrá ocuparse de la biblioteca porque debe ir a Barcelona.

—¿Está peor Cosette? —se inquieta la chica.

—No —contesta él. Y, como si formulase un deseo, afirma—: Cosette se está recuperando. Poco a poco, pero se recupera. —A continuación, justifica su ausencia del viernes con el pretexto de una serie de gestiones, que no especifica. Y añade—: ¿Podrías sustituirme?

Dolors acepta y Melchor vuelve a llamar a la clínica. Esta vez le pasan de inmediato con el doctor Mercadal, a quien Melchor se precipita a dar un parte esperanzado de su visita del sábado.

—Está mejor —confirma el terapeuta—. Ya le dije que debía tener confianza en su hija. Y que saldrá adelante.

El doctor Mercadal enumera algunos progresos que realiza Cosette e insiste en que lo más importante es que está sacando a la superficie los hechos acaecidos en la mansión de Mattson, para poder afrontarlos y entenderlos.

—Es una chica muy valiente —repite Mercadal—. Y por eso se está recuperando con mucha más rapidez de lo que pensábamos. No quisiera pecar de optimista, pero, si las cosas siguen como en los últimos días, dentro de dos o tres semanas podría tenerla en casa. De todos modos, el sábado podemos hablar con calma de todo esto, la doctora Ibarz también tiene cosas que contarle.

—Precisamente por eso le llamaba —dice Melchor, contento con las buenas noticias—. El sábado tengo un compromiso. ¿No podría ver a Cosette y hablar con ustedes el viernes por la mañana?

—Imposible —se lamenta el doctor—. Las reglas de esta casa son las que son, y están para cumplirse. Precisamente lo que le ha permitido mejorar a Cosette es cumplirlas. No las vamos a violar ahora... Lo entiende, ¿verdad? Eso sí, si quiere, el viernes puede hablar por teléfono con ella, pero sólo de doce a una.

Melchor no insiste, coge al vuelo la alternativa que le ofrece el doctor y se despide de él. Durante el resto del día se consagra a repasar los preparativos del asalto, un repaso que incluye el intercambio de algunos mensajes, sólo los indispensables, con Vàzquez, Paca Poch y Salom; a Blai no necesita escribirle, porque le ve cada mañana en el bar de Hiroyuki. Por fin, al atardecer, manda un mensaje a Carrasco. «Todo a punto por aquí», dice. «Por aquí también», contesta Carrasco. «¿Cuándo podríamos reunirnos todos en Pollença?» Melchor reflexiona un par de segundos. «¿Qué tal el viernes a las 19 h?», teclea. «Perfecto», responde Carrasco. «Mándame las señas de los apartamentos donde vais a alojaros.» Melchor hace lo que le dice. «¿Sólo tres?», vuelve a preguntar Carrasco. Melchor no tiene ninguna intención de revelarle por adelantado al antiguo guardia civil que no son siete sino cuatro las personas que viajan con él desde Barcelona, así que se limita a contestar: «No te preocupes. Serán suficientes». Poco después recibe el último mensaje de su interlocutor. «Ok. Quedamos a las 19 h del viernes en el apartamento de la calle Sant Sebastià», lee Melchor, pensando que Carrasco no desea que la reunión previa al asalto se celebre en Can Sucrer. «Está en el casco antiguo de Pollença. Pídeles a todos que sean puntuales.»

A la mañana siguiente, miércoles, Melchor y Blai se despiden hasta la noche en la plaza de la Farola, después de haber tomado café en el bar de Hiroyuki. Melchor pasa el resto de la mañana y la mitad de la tarde concentrado en las tareas de la biblioteca, que ha dejado casi por completo de lado durante la semana, y, al llegar a casa una vez concluido su horario laboral, acaba *Nido de hidalgos,* la novela de Turguénev que ha estado leyendo en los últimos días. Más tarde, después de cenar y poner en marcha el lavavajillas, empieza a leer los *Relatos de un cazador,* también de Turguénev, que le gustan más que la novela y que consiguen abstraerle por completo. Hacia las doce vuelve a salir de casa, se monta en su coche, toma la carretera de Zaragoza y, una vez llegado al desvío que conduce al polígono industrial La Plana, donde Gráficas Adell conserva sus oficinas y su fábrica matriz, tuerce a la derecha, sigue por una carretera asfaltada y luego por un camino de tierra que se extingue en un descampado. Allí detiene el coche y apaga el motor, pero permanece sentado frente al volante. En torno a él, el silencio es espeso y casi total la oscuridad: apenas brilla en el cielo una luna con forma de alfanje, y a lo lejos, en los cerros invisibles de la sierra de La Fatarella, parpadean las lucecitas rojas de los molinos eólicos. Durante veinte minutos Melchor no pone la radio ni escucha música ni se mueve de su asiento, hasta que, al cabo de ese lapso de tiempo, brotan en el espejo retrovisor dos manchas difusas de luz plateada que se aproximan hasta convertirse en los focos de un vehículo que aparca a su lado. Melchor se baja del suyo y, mientras ayuda a Blai y a Paca Poch a trasladar al maletero los subfusiles, pistolas, cargadores, esposas, trinchas, pasamontañas y cajas de munición que ellos acaban de sacar de comisaría, pregunta:

—¿Todo en orden?

—Todo en orden —contesta Blai—. Mientras no pase nada este fin de semana y nadie eche de menos este arsenal, claro.

—¿Sabes lo primero que me dijo Salom cuando llegué a la Terra Alta? —le comenta Melchor a Paca Poch.

—¿Qué? —pregunta la sargento.

—Tranquilo —recuerda Melchor—. Aquí en la Terra Alta nunca pasa nada.

Paca Poch se ríe.

—Tenía razón.

—Claro —murmura Blai—. Nunca pasa nada. Hasta que pasa.

Melchor y Blai parten hacia Barcelona al atardecer del día siguiente. Viajan en el coche del primero, cargados con el armamento y el material, pero se pasan el viaje hablando de cosas cotidianas, como si fuese un día cualquiera y estuviesen en la terraza del bar de Hiroyuki, tomando café; también hablan de Cortabarría, que les espera en el Complejo Central de Egara y a quien ninguno de los dos ha visto en los últimos diez años.

Justo antes de las once se detienen en la entrada de Egara, que se halla entre Sabadell y Terrassa, en las cercanías de Barcelona, y, tras identificarse en el cuerpo de guardia, un compañero les comunica que el sargento Cortabarría los aguarda en el garaje. Melchor y Blai recorren la explanada frontal del complejo, donde a esa hora de la noche apenas quedan unos cuantos vehículos aparcados, bordean el edificio principal, bajan al garaje y, sin salir del coche, empiezan a buscar al sargento a la luz desabrida de los fluorescentes, hasta que divisan a un tipo alto y fornido que les hace señas caminando hacia ellos desde el fondo del subterráneo.

—El séptimo de caballería de la Terra Alta —bromea Cortabarría al bajarse ellos del automóvil—. Bienvenidos a casa.

El sargento estrecha la mano de Blai y abraza a Melchor. Físicamente ha cambiado poco —sigue luciendo el mismo pelo rubio y revuelto, la misma mirada directa, el mismo aspecto vigoréxico—, aunque se ha dejado crecer un mostacho que oculta casi por completo su labio leporino. Viste unas zapatillas de deporte flamantes, tejanos gastados y una gastada cazadora de cuero. Los tres hombres se dirigen hacia un extremo del garaje mientras, a preguntas de Blai, Cortabarría cuenta que hace dos años se casó con una caporal y acaban de tener gemelos. En cuanto avistan un Audi Q7 negro, el sargento lo señala.

—Ese es el coche —anuncia—. Es mío. De Desaparecidos, quiero decir. Se lo decomisamos a un narco, le pusimos placas reservadas y lo hemos estado usando para nuestras cosas. Pero las placas que lleva ahora son las dobladas, las que usaba el narco, se las he vuelto a poner. Así nadie puede relacionarlo ni con vosotros ni con nosotros.

Cortabarría abre una puerta del vehículo y les muestra el interior: está vacío y recién limpiado; huele vagamente a lima.

—¿Y el material? —pregunta Blai.

El jefe de Desaparecidos los conduce hasta el maletero y lo abre. Es muy amplio, pero está tan vacío como el resto del coche. Un brillo zumbón relampaguea en las pupilas de Cortabarría cuando Melchor y Blai se vuelven hacia él sin entender. Entonces el sargento desaparece y, al cabo de unos segundos, el motor del automóvil arranca y se encienden el intermitente de la izquierda y las luces de posición mientras el respaldo del asiento trasero se abre y revela un doble fondo, profundo como una cueva, en el que Melchor distingue a simple vista varios chalecos antibalas.

—Es totalmente indetectable. —Cortabarría ha vuelto a su lado dejando el vehículo en marcha—. Cuando el respaldo está en su sitio, lo tocas y no suena a hueco. El narco lo usaba para llevar droga, ni los perros olían lo que había dentro.

—¿Cómo lo has abierto? —pregunta Blai.

Melchor aventura:

—¿Metiendo marcha atrás y poniendo el intermitente de la izquierda?

—Ni más ni menos —responde el sargento—. En fin, si tenéis que ir a Mallorca en ferry con toda la artillería, creo que esto es lo que os hace falta.

Los tres hombres admiran un momento el escondite del coche.

—Eres un puto crack, Cortabarría —dice Blai.

—Dentro lleváis lo que Vàzquez me pidió —prosigue el aludido, impermeable al elogio—. Nueve chalecos antibalas, nueve puntos de mira láser, un inhibidor de frecuencia y dos matrículas dobladas... Ah, otra cosa. —Ahora señala una especie de *router*, dotado de una antena y una palanca—. El inhibidor de frecuencia. Es potente, el más potente del mercado. Tanto como para anular un antiinhibidor. Pero no os confiéis.

—¿Eso quiere decir que no podemos estar seguros de que nos proteja del todo?

—Eso quiere decir que no os confiéis —repite Cortabarría. A continuación, saca de los bolsillos de su cazadora un mazo de cinco pasaportes y se lo entrega al inspector—. La documentación. La ha preparado un amigo de Documentoscopia que tiene un contacto en la Policía Nacional de Canillas. Ese sí que es un crack.

Mientras Blai examina uno a uno los pasaportes falsos, Melchor se llega hasta su coche, lo trae hasta donde está aparcado el Audi Q7 y, en un abrir y cerrar de ojos, los tres hombres trasladan al doble fondo las armas y el material procedentes de la comisaría de la Terra Alta y vuelven a colocar en su sitio el respaldo del asiento de atrás, dejando de nuevo el maletero vacío a la vista.

—Bueno —dice Cortabarría, sacudiéndose las manos—. Ahora me vais a perdonar: tengo que salir pitando para casa, que mi mujer está de guardia y el canguro sólo me cubre hasta las doce.

Melchor abandona Egara conduciendo su coche, con Blai siguiéndole en el Audi Q7 del narco, y esa noche, después de comerse un bocadillo reseco en un bar cercano a la Rambla, ambos duermen en el piso que Rosa conserva en la calle Pau Claris, junto a la plaza Urquinaona. A la mañana siguiente, Melchor despierta cuando hace ya rato que Blai se ha marchado: el ferry hacia Palma zarpaba a las nueve en punto y el inspector tenía una cita con Vàzquez justo antes de embarcar, para entregarle su pasaporte falso, el de Salom y el de Paca Poch, de modo que los tres dispongan de la documentación necesaria para tomar sus respectivos vuelos matinales. Más tarde, Melchor desayuna sin prisa en un Café di Roma, hojeando *La Vanguardia,* y, sobre las once, se dirige hacia el aeropuerto, adonde llega hora y media antes de la salida de su vuelo. Deja el coche en el aparcamiento de la Terminal 1, salva los controles de seguridad, localiza la puerta de embarque de su avión y se aposta a una distancia prudencial.

Desde allí, justo a las doce, la hora indicada por el doctor Mercadal, llama a Cosette. Por precaución, lo hace desde el mismo teléfono que usa para comunicarse con Carrasco y con los demás, y lo primero que le pregunta su hija es por qué ese sábado no irá a verla. El tono de la pregunta no es quejoso sino despierto, casi festivo, y en ese momento Melchor toma una decisión irracional, que a él mismo le sorprende: contarle a Cosette la verdad. Así que le confiesa que está en el aeropuerto, a punto de tomar un vuelo hacia Mallorca; le habla de Carrasco, de Rosa, de Blai, de Salom, de Vàzquez, de Paca Poch; le explica el proyecto que tienen entre manos. Cosette escucha en un silencio tan compacto que Melchor debe cerciorarse varias veces de que la comunicación no se ha interrumpido. Mientras tanto, las azafatas llegan a la puerta de embarque y Melchor ve crecer poco a poco, delante de esta, la cola de los pasajeros, entre los cuales reconoce en un determinado momento a Paca Poch, que cruza ante él sin mirarlo, acorazada detrás de unas grandes gafas de sol, con una escotada camisola de colorines, unos pantalones ceñidísimos y unas sandalias de tacón muy alto. Cuando termina su explicación, Melchor se pregunta si, al otro lado del teléfono, Cosette está llorando. Luego se lo pregunta a ella, que le contesta que no y, para su sorpresa, en vez de hacerle alguna pregunta o algún reproche o algún comentario, empieza a contarle lo que ha hecho durante la semana. Melchor escucha desconcertado, sin saber qué pensar. Frente a él, la puerta de embarque se abre y empieza a engullir los primeros pasajeros; cuando llega a los últimos, Melchor se despide de Cosette, le promete que irá a verla sin falta el próximo sábado. Está a punto de colgar cuando oye:

—Papá.

Usando la mano libre para entregarle la tarjeta de embarque a una de las azafatas, Melchor pregunta:

—¿Qué?

—¿Puedo pedirte una cosa?

—Claro.

Cosette tarda un segundo en contestar:

—Acabad con él.

3

Poco después de aterrizar en el aeropuerto de Palma, Melchor toma hacia la capital un autobús en el que viaja también Paca Poch. Veinte minutos más tarde baja en la Estación Intermodal, en la plaza de España, compra un billete para el próximo autobús en dirección a Pollença y, a la espera de que se anuncie su salida, pide un bocadillo de atún en la barra del bar de la estación y se lo come empujándolo con una Coca-Cola mientras a cierta distancia de él, en otro extremo del local, Paca Poch se toma unas tapas y una copa de vino tinto sentada a una mesa. Cuando termina de comer, Melchor pide un expreso doble, y en ese momento un tipo repeinado, con pinta de galán latino de Hollywood, se sienta junto a Paca Poch. Espiándolos con el rabillo del ojo, Melchor ve cómo el hombre le tira la caña a la sargento y esta pica o finge picar, conversa, coquetea, ríe y hace aspavientos, hasta que de repente el tipo enmudece y se queda muy rígido y muy serio a la vez que la sangre parece huir de su rostro y sus facciones se desencajan. Segundos después, sin despedirse siquiera de ella, el tipo se levanta y se va.

Al cabo de veinte minutos el autobús parte hacia Pollença. Melchor toma asiento en la última fila; Paca Poch, tres filas más adelante. Ya es temporada alta, el vehículo circula casi lleno y Melchor se queda muy pronto dormido, con el perfil dentado de la sierra de Tramuntana seccionando a su izquierda el azul metálico del horizonte. Se despierta media hora después, cuando el autobús hace su primera parada, en Inca; luego para otra vez en la misma población, y más tarde en Crestatx, hasta que, en la primera parada de Pollença, Melchor se baja junto a un puñado de pasajeros, entre ellos Paca Poch. Extrañado, Melchor se pregunta por qué baja en aquel lugar su amiga cuando en principio debería hacerlo dos paradas después, en Port de Pollença, donde él mismo le alquiló hace unos días un apartamento; hasta que cae en la cuenta de que apenas queda hora y media para la reunión con Carrasco en Pollença y comprende que la sargento ha decidido que no le sale a cuenta llegarse hasta el puerto para tener que regresar casi de inmediato al pueblo.

Siguiendo las indicaciones del navegador de su móvil, Melchor se olvida de Paca Poch y se adentra en el casco antiguo de Pollença, un intrincado laberinto medieval de callejones empedrados, deja atrás el convento de Sant Domingo, cruza la plaza principal y toma a la derecha por la calle Major, camina entre tiendas para turistas y grandes casas señoriales de piedra marrón, con persianas verdes y balcones de hierro, y, antes de llegar a la plaza de Sant Jordi, dobla a la izquierda por la calle Sant Sebastià y llama a un timbre. Le contesta Salom, que ha llegado a Pollença por la mañana.

—¿Todo bien? —pregunta Melchor.

—Todo perfecto —responde Salom—. Los demás no tardarán.

El apartamento es un pisito de dos dormitorios, con lavabo, comedor y cocina, amueblado con sobrio pragmatismo; en todas partes hay luz natural, salvo en el baño y la cocina, pero el comedor está iluminado por un amplio ventanal que da a la calle Sant Sebastià. Antes de lo esperado empiezan a llegar los demás. La primera es Paca Poch; el segundo, Vàzquez. Poco después aparece Carrasco, que se ha puesto traje y corbata, se ha afeitado con pulcritud y se ha cortado el pelo al rape. El antiguo guardia civil saluda a Melchor y deja que este le presente a sus amigos; luego le pregunta si ha conseguido todo el equipo y el armamento que le pidió y, cuando Melchor le asegura que sí, se sienta a la mesa del comedor y saca una libreta y varios mapas del interior del zurrón que llevaba colgado en bandolera. Observándole, Melchor ya no piensa en un guerrero antiguo o un samurái, como la primera vez que lo vio; ahora le viene a la cabeza un alto ejecutivo, o un asesino a sueldo.

La sexta persona que entra en el apartamento los desconcierta un poco a todos, salvo a Carrasco, que la presenta como una antigua subordinada ahora adscrita a una empresa de seguridad (no especifica el nombre de la empresa, ni tampoco el lugar donde tiene su sede). Se llama Catalina y es una mujer pequeñita, delgadísima, morena y compacta, con un rostro infantil y una mirada nerviosa que en un visto y no visto escanea la estancia y a todos los que se encuentran en ella; no puede ser mucho mayor que Paca Poch, pero posee la mitad de su osamenta y su volumen. Carrasco, que la llama Caty, la sienta a su lado y los dos se ponen a conversar. Hasta que, unos minutos después de las siete, el inspector Blai irrumpe en el apartamento. Su primer comentario no parece dirigido a nadie en concreto:

—No veía tantas banderas anarquistas desde que mi padre me llevaba a los mítines de la CNT.

—No es la bandera anarquista —le aclara Carrasco, estrechándole la mano después de que Melchor los presente—. Es la bandera de Pollença.

El segundo comentario de Blai es un reproche y es sólo para Paca Poch:

—Podrías haberte vestido de manera más discreta, Paca.

—Para no llamar la atención hay que llamar la atención, jefe —contesta la sargento.

Tras la llegada de Blai, Melchor se sienta frente a Carrasco y le dice:

—Podemos empezar cuando quieras.

El antiguo guardia civil lo mira sin entender. Blai y Salom toman asiento frente a él, uno a cada lado de Melchor; Paca Poch lo hace a su izquierda y Vàzquez a la derecha de Caty. Carrasco los observa uno a uno antes de volverse hacia Melchor:

—¿Y el resto?

—Ya estamos todos —contesta él.

—Te dije que debíamos ser diez —le recuerda Carrasco—. Yo sólo cuento siete.

—No he conseguido a nadie más —reconoce Melchor—. Tendremos que apañarnos con los que somos.

Carrasco le observa con el ceño arrugado. Se ha hecho el nudo de la corbata a conciencia y lleva la camisa limpísima y el traje impecablemente planchado, como si se hubiera vestido para una ceremonia. De repente, sonríe apenas, su ceño se alisa y, por un momento, su pétrea expresión de boxeador o minero se distiende un poco.

—Me parece que no me expliqué bien —se dirige sólo a Melchor—. Si te dije que necesitamos diez personas, es porque son las que necesitamos. Alguna más no nos vendría mal, pero con menos es demasiado arriesgado.

—Si es demasiado arriesgado, lo dejamos —interviene Blai.

—Yo no dejo nada —se apresura a advertir Paca Poch.

—Tú te callas, Paca —dice el inspector.

—Yo estoy con ella. —Vàzquez señala a la sargento—. No he venido hasta aquí para rajarme ahora.

—Melchor, ¿en qué quedamos el otro día? —pregunta Blai.

Melchor no responde. Sentado a su derecha, Salom también permanece en silencio, igual que Caty.

—Demasiado arriesgado —repite el antiguo guardia civil—. La casa de Mattson es una fortaleza. Diez personas es lo mínimo que necesitamos. No hay otra forma de asegurarse de que salga bien. Te lo dije.

—También me dijiste que sólo hay una oportunidad de hacerlo —le recuerda Melchor; abarca a sus compañeros con un movimiento casi imperceptible de cabeza y añade—: bueno, pues esta es la oportunidad. Lo tenemos todo: el material adecuado, el día adecuado, la gente adecuada. Menos de la que querías, de acuerdo, pero la tenemos. —Se gira un poco hacia su izquierda—. Tú mismo lo dijiste el otro día, Blai: lo que hacen diez personas también pueden hacerlo siete. —Dirigiéndose otra vez a Carrasco—: Y yo estoy seguro de que podemos encontrar la forma de hacerlo. Nosotros solos. Te aseguro una cosa: cada uno de estos vale por dos.

—Y una mierda —dice Paca Poch—. Yo valgo por tres.

Vàzquez se ríe. Pero es el único.

—Esta es la oportunidad —repite Melchor—. ¿De verdad crees que se te va a presentar otra?

Carrasco no aparta la mirada de él, como si meditara la respuesta.

—Ya te lo ha dicho, Melchor —insiste Blai—. Es demasiado peligroso. La broma se ha acabado. Estamos aquí porque nos dijiste que este tipo lleva no sé cuántos años preparando esto y que sabe cómo hacerlo y que, si lo hacemos como él dice, todo saldrá bien. Estupendo... Pero ahora resulta que este mismo tipo va y dice que no, que es imposible, que es demasiado peligroso y que lo dejemos. Pues hagámosle caso y punto, igual que le íbamos a hacer caso antes. Es lo sensato... También quedamos en que, si llegábamos a la conclusión de que todo era una locura, lo dejábamos y en paz. Bueno, pues no somos nosotros los que hemos llegado a esa conclusión. Ha sido él.

—Yo no he dicho que sea imposible —le corrige Carrasco—. Ni que fuera una locura. Sólo he dicho que era demasiado peligroso.

—Para el caso, es lo mismo —porfía Blai—. Acabemos con este disparate, Melchor. También nos dijiste que no eras un loco ni un kamikaze. Pues demuéstralo. Presenta una denuncia formal contra Mattson y vámonos todos a casa. Eso es lo que hay que hacer... Deja que la justicia se encargue de él.

—La justicia no va a encargarse de Mattson —le corrige otra vez Carrasco—. Volved a casa si queréis, pero olvidaos de eso.

Este último comentario del antiguo guardia civil desencadena una discusión entre Blai, Vàzquez y Paca Poch; Salom y Caty la siguen sin inmiscuirse, mientras Melchor se pregunta si Blai se sumó a última hora a la operación no para ayudar a ejecutarla sino para sabotearla (se pregunta incluso si fue precisamente eso lo que Rosa le pidió). Frente a él, Carrasco escucha la discusión con aire de hastío, o quizá como si, pese a tener los ojos abiertos, estuviera dormido y soñando; pero luego se diría que deja de interesarle por completo, desdobla el mapa que hace un rato dejó sobre la mesa y se pone a examinarlo con expresión ausente. Hasta que un comentario de Blai parece arrancarlo de su abstracción, o su desánimo.

—Además, no me fío de este tipo. —El inspector señala al antiguo guardia civil—. Y no entiendo por qué vosotros os fiais... Vamos a ver, ¿cuántas veces has hablado con él, Melchor? ¿Cómo sabes que no nos está engañando? ¿Cómo estamos seguros de que no es un zumbado? —Blai y Carrasco se observan cara a cara—. No te lo tomes a mal —le dice al otro el inspector—. No tengo nada personal contra ti. Pero estoy seguro de que, si estuvieras en mi lugar, pensarías lo mismo. Lo entiendes, ¿verdad?

Un silencio macizo sucede a este último interrogante; sólo el interpelado se anima a romperlo.

—Perfectamente —dice, sin apartar la vista del inspector—. Y tienes razón: yo en tu lugar pensaría lo mismo. —Se encoge de hombros, empieza a doblar el mapa y añade—: En fin, otra vez será.

—El capitán no es un zumbado —tercia en ese momento Caty—. Y no os está engañando.

Es la primera vez que la mujer interviene en la discusión. Lo ha hecho con una voz punzante, imperativa, y ahora todos, entre curiosos y perplejos, la buscan con la mirada; todos menos Carrasco, que, igual que si no la hubiera oído, termina de doblar el mapa y lo mete en su zurrón.

—Conozco al capitán Carrasco desde hace años —explica Caty; el labio superior le tiembla ligeramente—. He trabajado a sus órdenes. Y sé que no hay nadie más de fiar que él.

—Enhorabuena —la felicita Blai—. Nosotros en cambio no lo sabemos. Y por eso nos volvemos a casa.

—Estáis cometiendo un error —insiste la mujer.

—Caty, por favor —murmura Carrasco, con gesto de fatiga—. Esto se ha acabado.

En ese momento la mujer advierte que el antiguo guardia civil está guardando sus cosas en el zurrón, y su mirada empieza a saltar con urgencia de Melchor a Blai y de Blai a Melchor.

—¿Os acordáis de los diplomáticos españoles refugiados en la embajada brasileña de Guinea? —pregunta.

—Anda, cállate, Caty —vuelve a murmurar Carrasco.

—No, cállese usted, mi capitán —replica Caty—. ¿Os acordáis, sí o no?

Melchor se acuerda. De hecho, está seguro de que todos los presentes se acuerdan; la razón es que, aunque el episodio sucedió hace once años, durante varios meses abrió las portadas de todos los periódicos y noticiarios. Ocurrió justo después de la revolución islamista que derrocó en Guinea Ecuatorial a Santiago Nsue Mangue, cuando los insurgentes acusaron al Gobierno español de haber conspirado para mantener al dictador y a su esposa en el poder y una turba colérica allanó la embajada, linchó a varios diplomáticos y retuvo al resto durante cuatro meses. Seis funcionarios, sin embargo, consiguieron escapar a la invasión y refugiarse en la embajada brasileña, donde permanecieron durante varias semanas mientras eran reclamados por las nuevas autoridades guineanas, que los acusaban de delitos gravísimos. Hasta que finalmente fueron exfiltrados del país y devueltos sanos y salvos a España.

—Los brasileños se llevaron el mérito de la fuga —dice Caty tras evocar los hechos—. Pero quien la organizó y la ejecutó fue el capitán.

—No le hagáis caso —pide Carrasco, que ha escuchado a la mujer con la cabeza baja y una sonrisa entristecida en la cara—. Caty es buena chica, pero siempre ha sido muy fantasiosa.

—Lo que he contado es la verdad —se revuelve Caty—. Creedme. El capitán entró solo en Guinea, se metió en la embajada y sacó a esa gente del país. El Gobierno español dijo que no había tenido nada que ver con el asunto y que habían sido los brasileños, porque no quería envenenar más las relaciones con los guineanos, y sobre todo porque todavía quedaban algunos rehenes en la embajada.

—¿Cómo sabes que fue Carrasco? —pregunta Paca Poch.

—Porque yo trabajaba a sus órdenes en la UEI y le ayudé desde Madrid —responde Caty; el labio superior ha dejado de temblarle—. Os he contado esto porque todo el mundo lo recuerda, pero os podría contar unas cuantas cosas más... No os engaño. Vosotros sois policías, preguntadle a cualquiera de mis compañeros. El capitán era una leyenda en la Guardia Civil.

—¿A ti también te expulsaron del cuerpo? —pregunta Vàzquez.

—No —responde Caty—. Yo me fui. Cuando acusaron al capitán de toda esa mierda del narco, lo juzgaron y lo metieron en la cárcel, me largué. Yo y dos más que trabajábamos con él. Los tres decidimos que, si no había sitio en la Guardia Civil para este hombre, tampoco lo había para nosotros. —Hace una pausa, durante la cual deja errar la mirada por su auditorio, hasta que la posa sobre Melchor—. Eso es lo único que quiero decir. Que si el capitán dice que se puede hacer algo, es porque se puede hacer.

Cuando la antigua guardia civil concluye su alegato, Melchor siente que ha conseguido sembrar la duda entre los que dudaban, incluido el propio Carrasco, que sigue sentado en su silla frente a él, con el zurrón en el regazo. Blai es de nuevo el primero en reaccionar.

—El problema es que él mismo ha dicho que no se puede hacer —arguye, señalando otra vez a Carrasco.

—No ha dicho eso —vuelve a la carga Vàzquez—. Sólo ha dicho que es peligroso, no que no se puede hacer. Y Melchor tiene razón. No habrá otra oportunidad.

—Ahora o nunca —le apoya Paca Poch.

—Pues que sea nunca —dice Blai.

La discusión se enreda de nuevo entre los tres. No son más que unos segundos, pero, sintiendo que Vàzquez y Paca Poch lo están acorralando, Blai busca un aliado.

—¿Tú qué opinas, Salom? —le exhorta—. ¿Tengo razón o no?

El antiguo caporal es el único de los presentes que no se ha pronunciado todavía, y tal vez por eso los seis lo miran con interés, sobre todo Carrasco y Caty, que parecen no haber reparado hasta entonces en su presencia. Lejos de sentirse incómodo por la atención que atrae, Salom se toma su tiempo para contestar. Primero se quita las gafas y enseguida, mientras limpia los cristales con un pañuelo doblado, parece meditar, los labios de un rojo pálido sobresaliendo de la barba entrecana, los ojos miopes perdidos por encima de la cabeza de Paca Poch.

—Sí y no, Blai —contesta, calándose otra vez las gafas y dirigiéndose al inspector—. Yo creo que, ya que estamos aquí, lo menos que podemos hacer es escuchar lo que este hombre tiene que decir. —Señala a Carrasco—. Dejarle que nos cuente su plan... Luego, si nos parece bien, seguimos adelante. Y, si no, nos volvemos a casa. En realidad, en eso quedamos desde el principio, ¿no?

La pregunta es para Melchor, que primero asiente y enseguida se vuelve hacia Blai. Este deja transcurrir unos segundos, y al final, con un gesto de resignación o de aburrimiento, accede a la propuesta de Salom. Luego la mirada de Melchor resbala sobre todos los demás, hasta detenerse en Carrasco.

—¿De acuerdo? —pregunta.

Todavía con el zurrón en el regazo, el antiguo guardia civil se queda un momento observando a Melchor; después suspira hondo y fija la vista en la mesa, como si buscara algo en aquella superficie sobre la que parece reverberar la luz declinante del ventanal. Antes de que nadie pueda decir nada, Carrasco vuelve a levantar la vista. Con semblante severo inquiere:

—¿Quién de vosotros es del Barça?

El interrogante los descoloca a todos, que se miran entre sí sin entender. Carrasco repite lo que acaba de decir.

—¿Es una broma? —pregunta Blai.

—Hablo en serio —responde Carrasco—. Mañana es la final. ¿Alguno de vosotros es del Barça, sí o no?

Visiblemente impaciente por salir de aquel punto muerto, Paca Poch es la primera en levantar la mano; Vàzquez la imita; luego, menos convencidos que intrigados, la levantan Blai y Salom. Paca Poch urge a Melchor:

—Levanta la mano, cabrón.

Melchor levanta la mano. Entonces Carrasco se inclina hacia Caty y le susurra unas palabras al oído, que Melchor no alcanza a descifrar pero que consiguen arrancarle a la mujer la primera sonrisa de la tarde.

—En fin —suspira de nuevo el antiguo guardia civil, volviendo a abrir el zurrón—. De perdidos, al río.

4

—La casa de Mattson está aquí, en Punta Conill —empieza Carrasco, posando la yema de un índice en un punto del mapa que acaba de desplegar en la mesa, sobre la cual pende una lámpara recién encendida. El antiguo guardia civil sigue sentado en su silla, absorto en el mapa, igual que Melchor, Blai y Caty; en cuanto a Salom, Paca Poch y Vàzquez, se han incorporado un poco, con los brazos o los codos apoyados en la mesa, para ver mejor la carta y seguir las explicaciones—. Esto es la península de Formentor, a unos veinte minutos en coche de aquí. Una zona muy exclusiva. Los vecinos de Mattson son algunas de las personas más ricas del mundo.

Carrasco explica que la mansión de Mattson está bastante aislada. Tanto que, por tierra, sólo puede accederse a ella gracias a un camino que parte del hotel Formentor, un lujoso establecimiento con más de un siglo de antigüedad, en el que han pernoctado multitud de celebridades. Más o menos un kilómetro separa el hotel de la propiedad del magnate, asegura, una distancia apenas salpicada por seis o siete viviendas, todas muy lujosas, todas en aquel momento vacías; más allá sólo hay otra casa, esta abandonada y medio en ruinas.

—La de Mattson es espectacular —prosigue Carrasco—. No sé cuánto puede costar ahora mismo. —Se vuelve hacia Caty—. ¿Setenta y cinco millones de euros? ¿Cien?

La antigua guardia civil entrecierra los párpados y enarca los labios.

—Más o menos. —Luego, dirigiéndose a los demás, explica—: Al construirla tuvieron problemas legales, los acusaron de estar cometiendo un delito contra el medio ambiente. De hecho, fueron a juicio.

—Como era de prever, Mattson se salió con la suya —la releva Carrasco—. El juez le dio la razón y la casa se quedó tal cual. Pero por lo menos hubo juicio, cosa que tratándose de Mattson es toda una hazaña. Eso sí, lo del delito contra el medio ambiente es una verdad como un templo.

Devolviendo la vista al mapa, Carrasco describe los alrededores de la mansión, que da por un lado al mar y por otro a una montaña agreste y escarpada conocida como Na Blanca, un farallón de roca plagado de breñales y pinos, e insiste en que, aparte del mar, sólo hay una vía de entrada y salida de la propiedad, un camino que, además, acaba poco después.

—Esto, para nosotros, es una ventaja —asegura Carrasco—. Pero también podría ser un inconveniente.

—Claro —deduce Vàzquez—. Si las cosas se complicasen, podríamos quedar atrapados allí.

—Exacto —dice Carrasco.

—¿Y entonces? —pregunta Melchor.

—Entonces tendríamos que escapar por Na Blanca —contesta Carrasco—. No es fácil, y menos aún de noche y a oscuras, pero se puede hacer. Yo me conozco esa montaña como la palma de mi mano. Además, en el peor de los casos podríamos quedarnos allí, pasar la noche escondidos y al día siguiente escapar... Aunque lo ideal no es eso, claro. Lo ideal sería que lo hiciéramos todo en pocos minutos. Que entremos y salgamos de la casa sin que nadie se entere y que nos larguemos por el mismo camino por el que llegamos. Así que hay que evitar que se compliquen las cosas. Y para eso hay que empezar por tomar las máximas precauciones.

Carrasco coge su zurrón, empieza a sacar teléfonos de su interior y a distribuirlos entre los presentes.

—¿Más móviles? —pregunta Paca Poch.

—Se los compré a unos gitanos en Son Banya —dice Carrasco, entregándole el suyo a Caty—. Los usaremos sólo mañana por la noche. Luego los tiramos y en paz. Tenéis el número de cada uno y el de los demás escrito en un papel pegado en la parte de atrás.

—Estamos pasando con demasiada facilidad del condicional al futuro —constata Blai, recibiendo su aparato y dándole la vuelta—. Y os recuerdo que todavía no hay nada decidido.

—Supongo que no hace falta que os diga que son teléfonos ful —sigue con su explicación Carrasco, desdeñando el comentario de Blai—. Y que debéis dejar los vuestros apagados en los apartamentos. Para que sean indetectables.

—Nuestros móviles se quedaron en casa —dice Salom—. Los que hemos traído son otros.

—No importa —dice Carrasco—. Estos serán todavía más seguros.

Una vez concluido el reparto del material, el antiguo guardia civil pasa a concretar el modo en que, al día siguiente por la noche, realizarían la maniobra de acercamiento a la mansión de Mattson.

—El partido empieza a las nueve y media y, si no hay prórrogas, terminará a las once y media —recuerda—. Para nosotros, esas dos horas son un regalo de los dioses. Un Barça-Madrid en la final de la Champions, ya me contaréis: ante tamaño acontecimiento, el planeta Tierra dejará de girar, las calles se vaciarán, la gente contendrá la respiración, se hará un silencio sideral. En fin, qué menos... Eso a partir de las nueve, pero nosotros arrancaríamos un poco antes.

Después de formular algunas preguntas puntuales, Carrasco establece lo siguiente: a las nueve y cuarto, Blai, conduciendo el Audi Q7 cargado con el armamento y el material, debería recoger a Melchor y a Salom en la parada del autobús de Pollença, y a continuación los tres irían a buscarlo a él, que los estaría esperando a la entrada del puerto, en una rotonda donde se yergue la escultura metálica de un hidroavión. Mientras tanto, al volante del coche alquilado en el aeropuerto de Palma, Vàzquez debería recoger a Paca a la puerta del edificio de apartamentos donde se aloja, también en Port de Pollença, junto a un restaurante llamado La Vall. Los dos coches se reunirían a la salida del puerto y, separados por una distancia prudencial, se dirigirían a Formentor.

—¿Y ella? —pregunta en este punto Blai, señalando a Caty.

Carrasco contesta que de momento se olvide de ella y a continuación, rozando el mapa con el índice, dibuja una carretera que, según detalla, deja a un lado un aeródromo militar y trepa tortuosa por la ladera de una montaña, con el mar a la derecha y un roquedal poblado de pinos y palmitos a la izquierda, hasta que alcanza la cima del promontorio, empieza a bajar en dirección a la playa de Formentor y enfila hacia el hotel.

—Tenéis suerte —comenta Caty—. Ahora se puede pasar por ese camino sin problemas. Antes no, era imposible llegar al hotel sin estar alojado allí o sin tener una casa cerca. El camino era público, pero había un vigilante de seguridad que te impedía el paso.

—Es lo que tienen los ricos —gruñe Carrasco—. Siempre han hecho lo que les sale de los huevos.

El antiguo guardia civil explica a continuación que la comitiva tendría que cruzar el aparcamiento del hotel Formentor, tomar el camino hacia la mansión de Mattson y detenerse a unos cien metros, antes de una curva donde se levanta la caseta de un transformador de alta tensión, con la montaña de Na Blanca a su izquierda y el mar a su derecha.

—Ahí empezaría el rock and roll —asegura Carrasco—. De entrada, en ese momento saldríamos de los coches, nos equiparíamos y nos repartiríamos las armas. Luego, el primer coche subiría hasta la casa mientras el segundo se quedaría en la curva, para dar seguridad perimetral a la operación.

—¿Cómo? —se apresura a preguntar Vàzquez.

—Pongámonos en lo peor —contesta Carrasco, alargando el cuello hasta localizar al antiguo sargento a la derecha de Caty—. Supongamos que las cosas no salen bien y que, mientras estamos en la finca, la gente de Mattson avisa a la policía. En ese caso, al cabo de nada tendríamos allí a Benavides y a su gente y habría que frenarles. ¿Cómo? —Vuelve a señalar la curva en el mapa—. Talando un par de árboles y cruzándolos aquí, en medio del camino, para que no se nos echen encima y tengamos tiempo de escapar por la montaña. —Ahora Carrasco busca a Melchor con la mirada—. Me has dicho que tenemos las motosierras que te pedí, ¿verdad?

—Las tres —dice Melchor—. Marca Husqvarna.

—Sobra una —dice Carrasco—. Sólo dos de nosotros podrán quedarse allí, en el camino, cortando los árboles mientras los demás vamos a la casa. Hubiera sido mucho más seguro que fueran tres, pero... Los dos que se queden tendrán que cortar los troncos muy deprisa, dejarlos a un lado del camino y luego ponerse a rezar para que no los avisemos los que estamos en la finca, porque eso querría decir que alguien nos ha descubierto y ha dado la voz de alarma. Si eso pasa, si nos descubren, los de dentro avisaríamos a los de fuera, o sea, a los que han talado los árboles, y estos tendrían que cruzar los troncos en el camino y salir echando hostias hacia la casa, para juntarse con nosotros y huir luego por la montaña.

—¿Y si los de dentro no avisan a los de fuera? —pregunta Paca Poch.

—Querría decir que todo ha salido bien —contesta el antiguo guardia civil—. Así que los de fuera sólo tendrían que esperarnos en la curva a los demás, para salir todos juntos de aquella ratonera.

—También a toda hostia —conjetura Blai.

—También —confirma Carrasco—. Mañana habrá que hacerlo todo a toda hostia. Muy bien y a toda hostia.

—Habrá, no —vuelve a matizar Blai—. Habría. Aún no hemos decidido nada.

—Tengo una pregunta. —Salom mira a Carrasco, que le devuelve la mirada—. Tú conoces la zona, pero nosotros no. Si hay que entrar en la casa, ¿no sería bueno que mañana por la mañana le echáramos un vistazo por fuera, para hacernos una idea?... A la casa y a los alrededores.

—No me parecería mal —contesta Carrasco—. Bueno, en realidad me parecería muy bien, siempre y cuando os andéis con mucho cuidado. Sobre todo, me parecería bien que lo hicieran los dos conductores.

—Yo mismo podría ser uno —se ofrece Salom.

—Adjudicado —dice Carrasco—. Se trataría de que tú y no Blai llevaras ya desde Pollença el primer coche, el de cabeza. Contigo iríamos al final los encargados de infiltrarnos en la casa... Yo y dos más. Si vas mañana por la mañana allí, fíjate bien en la entrada. Es un gran portón, una puerta corredera blindada y revestida de madera, con dos cámaras de vigilancia y una puertita de servicio al lado. Junto a la puertita verás un interfono y otra cámara de vigilancia. Nosotros entraríamos en la finca por ahí y tú deberías aprovechar el tiempo que pasemos dentro para dar la vuelta en la explanada de enfrente, de manera que dejes el coche preparado para huir por donde llegamos. Y deberías hacerlo en el más absoluto silencio y a oscuras, bueno, con los faros apagados, porque mañana la luna estará casi llena... Eso también es una ventaja y un inconveniente. Pero, para ti, en ese momento, será una ventaja.

Carrasco pregunta quién va a ocuparse de cortar los árboles.

—Todos sois policías —añade—. O lo habéis sido. Así que no hace falta que os diga que lo ideal sería que cada uno de nosotros tuviese una única función. Una y sólo una. Pero, con la poca gente que somos, uno de los dos leñadores tendrá que desdoblarse y conducir.

Como ya ha dado a entender antes, el antiguo guardia civil se excluye de la tala y se incluye en el grupo que entraría en casa de Mattson, entre otras razones, afirma, porque se la conoce de memoria, aunque nunca haya estado dentro.

—Yo también voy a entrar —se apresura a sumarse Melchor.

—Y yo —dice Paca Poch.

—A mí me da lo mismo —reconoce Vàzquez—. En mi puta vida he cortado un árbol, pero no creo que sea tan difícil.

—Con una motosierra, no —dice Carrasco—. ¿Has usado alguna?

—Claro —dice Vàzquez—. Está chupado. El problema es: ¿y el ruido?

—Las Husqvarna son muy silenciosas —dice Carrasco—. Además, estaréis lejos de la casa. Nadie os oirá.

—Hecho, entonces —dice Vàzquez—. Y el coche también puedo conducirlo.

—Nos quedamos tú y yo en el camino —resuelve Blai, señalando a Vàzquez—. Nos quedaríamos, quiero decir.

—Estupendo —aprueba Carrasco—. Mañana por la mañana, cuando vayáis por allí, fijaos bien en la curva... La reconoceréis por el transformador de alta tensión. Unos metros antes de ella nos pararemos a ponernos el equipo, coger el armamento y demás. Tú —se dirige a Blai— no hace falta que vuelvas a subir al coche: coges una motosierra y empiezas a talar. Y tú —se dirige a Vàzquez— coges el volante del segundo coche, nos sigues hasta la curva y allí das la vuelta, vuelves a donde has dejado a tu compañero y te pones también a talar. Entre uno y otro sitio hay treinta o cuarenta metros, no más. Y hay muchos árboles al lado del camino. Calculad que tenéis que cortar dos en menos de diez minutos; si pudiera ser en cinco, mejor. Y no olvidéis lo fundamental: sólo debéis bloquear el camino con los troncos en caso de máxima necesidad. Y sólo si nosotros os lo decimos.

—¿Vosotros sois tú, Melchor y Paca? —pregunta Vàzquez.

—Si somos los que entramos, sí —contesta Carrasco—. Y nosotros sólo os pediremos que cortéis el camino si comprendemos que no vamos a poder salir por donde hemos entrado. Si no os mandamos un mensaje o no os llamamos por teléfono, esperad con los troncos cortados en la cuneta, pero no hagáis nada, no los crucéis en el camino. Pase lo que pase... Es importante que esto quede claro.

Vàzquez y Blai asienten. Luego el último pregunta:

—¿Cuánta gente protege la casa?

A modo de respuesta, Carrasco saca de su zurrón una carpeta de cartulina negra, y de la carpeta un plano que despliega encima del mapa. Es un plano de una vivienda, limpio y minucioso, elaborado a tinta y con algunas partes pintadas con lápices de tres colores: azul, amarillo y verde.

—A eso iba —dice—. Esta es la casa de Mattson. Una fortaleza, como os decía. Y además durante todo el año, esté allí Mattson o no.

Melchor y Paca Poch preguntan a la vez si al día siguiente el magnate se encontrará en su mansión.

—No —contesta Carrasco—. No está en Pollença. Y eso es otra ventaja para nosotros. Cuando llega Mattson, la protección se multiplica. Pero, si él no está, la casa sigue blindada, sobre todo esta parte, que es la que nos interesa. —Carrasco abarca con un gesto de la mano un rectángulo pintado de azul y separado del resto de la vivienda por una especie de istmo—. Los de la casa la llaman la zona recreativa. En realidad, es el sitio donde Mattson y sus invitados se corren sus juergas. —A continuación, deslizando la yema del índice por esa zona del plano, enumera—: Este es el gimnasio, aquí está la piscina climatizada, en este otro sitio tienen la sauna, la sala de masajes y demás, todo esto son habitaciones...

—¿Y esto otro? —Paca Poch indica un cuadrado y un hexágono, situados a cierta distancia el uno del otro y rodeados por sendos círculos rojos—. ¿Qué hay aquí?

Carrasco desplaza su índice sobre el plano hasta rozar el borde del cuadrado.

—Ahí está el centro neurálgico de la casa —asevera—. Desde este cuarto se controla todo el sistema de seguridad. Dentro siempre hay dos personas armadas. A todas horas... El resto de la finca lo vigilan otras dos personas, también armadas, que hacen rondas día y noche, pero esos dos no se mueven de allí.

—¿Hay alguien más en la casa? —pregunta Melchor.

—Fijos, un hombre y una mujer —contesta Carrasco—. Un matrimonio de emigrantes chilenos que trabajaban para Mattson en Suecia y que se trajo hasta aquí. Gente de su total confianza. Se ocupan del mantenimiento de la casa, de que todo esté a punto, de contratar a la gente que hace falta cuando llega Mattson... En fin. —Un poco inclinado sobre el plano, Carrasco hace una pausa, como si hubiera perdido el hilo de su exposición o como si hubiera descubierto un error o una fisura en su plan; pero enseguida endereza el tronco, se re-

333

trepa en su silla y prosigue—: El sistema de seguridad es muy sofisticado. Caty lo sabe muy bien, porque lo instaló la empresa donde trabaja. —Se vuelve hacia su antigua subordinada—. ¿Caty?

—Más que sofisticado, el sistema es perfecto. —Apoyándose en el brazo izquierdo de su silla, ahora es la antigua guardia civil quien se inclina sobre el mapa—. Al menos en teoría.

Acto seguido, toma el relevo de Carrasco y empieza a exponer con rigor profesional los mecanismos de defensa que protegen la mansión y los puntos estratégicos en los que se hallan situados: afirma que hay una alarma convencional en todas las ventanas de la casa, ubica en el plano las doce cámaras de vigilancia y las diez puertas de seguridad de acero, describe el funcionamiento de las alarmas antiagresión, el sistema de blindaje contra posibles intrusos, el de evacuación y el de seguridad contra incendios, así como el de detectores de movimientos.

—En cuanto se activa cualquiera de esas alarmas —prosigue Caty, marcando en el plano el cuadrado con el círculo rojo—, las personas que están en este cuarto se enteran. Así que, como dice el capitán, desde aquí se domina toda la seguridad de la casa, todas las alarmas dependen de este cuarto... Mejor dicho, dependen de un programa que se llama Odín y que es el que las controla todas.

—He oído hablar de él —interviene Paca Poch—. Lo crearon hace tres o cuatro años. Dicen que es el que protege el Congreso de los Diputados y la Moncloa.

—Dicen no —asiente Caty—. Es verdad.

—¿Y para qué querrá Mattson un sistema de seguridad tan potente? —pregunta Carrasco en tono retórico.

—Ya se lo he explicado —contesta Melchor, esbozando un ademán que pretende englobar a todos sus amigos.

Ajeno a él, Carrasco vuelve a concentrarse en el plano.

—Sólo para proteger esta habitación —se responde a sí mismo el antiguo guardia civil, llevando ahora la yema de su índice hasta el hexágono rodeado por el círculo rojo—. Aquí es donde nuestro hombre guarda el cofre del tesoro, este es el objetivo de nuestra operación, aquí está lo que nos tenemos que llevar. —Hace otra pausa, durante la cual su mirada transita por los rostros de los presentes, que aguardan en silencio a que prosiga—. Por desgracia, no podremos llevarnos todo lo que hay ahí, quiero decir que no podremos llevarnos, por ejemplo, los trofeos que el tipo guarda de sus víctimas, objetos personales, partes de su cuerpo, cosas así... Mattson, supongo que Melchor también os lo habrá contado, es un depredador sexual y, como sabéis, esa gente conserva esa clase de cosas. Sería estupendo fotografiarlas, pero lo más probable es que no haya tiempo de hacerlo, yo tenía planeado que entrasen dos personas en la habitación, pero ahora sólo podrá entrar una, así que tendremos que conformarnos. Además, lo esencial es otra cosa.

Según Carrasco, el cuarto alberga un ordenador donde a lo largo de los años se han volcado miles de fotografías, documentos y grabaciones que atestiguan las fechorías sexuales de Mattson y sus invitados; por supuesto, la mayoría de estos ignoran que existe ese material, sólo se enteran de ello cuando el magnate decide chantajearlos, si es que alguna vez llega a hacerlo. Sea como sea, el ordenador en cuestión posee un disco duro dotado de una memoria de veinte terabytes, suficiente para no necesitar conectarse a la nube y para resultar, por lo tanto, invulnerable a las incursiones de los hackers.

—Ese es el cofre del tesoro —afirma Carrasco—. Toda la casa está blindada con la idea de protegerlo. O, para ser más preciso, toda la casa está blindada con la idea de proteger el disco duro que contiene la torre del ordenador. —Vuelve a levantar la vista del plano, pero esta vez sólo la fija en Melchor, Blai y Salom, sentados al otro lado de la mesa—. Ahí hay material de sobra para destruir a Mattson. Si lo conseguimos, le quitamos la máscara y acabamos con él.

—Sacar el disco de la torre es fácil —asegura Caty—. Es una torre antigua, para más seguridad, pero basta quitar la carcasa con un destornillador.

—Claro, eso es pan comido —confirma Paca Poch—. Lo difícil debe de ser entrar en la habitación.

—Más de lo que crees —le da la razón Carrasco—. Porque para entrar no sólo hay que esquivar el sistema de seguridad de la casa. Además, hay que pasar por un sistema de reconocimiento del iris que sólo reconoce el de Mattson.

Esta última noticia engendra un silencio sólido. Paca Poch y Vàzquez se quedan mirando a Melchor como si no acabaran de creerse lo que acaban de oír, o como si lo que acaban de oír lo cambiase todo. Al otro lado de la mesa, los ojos inquietos de Caty parecen espiar la reacción de los circunstantes. El primero en hablar es Blai.

—A ver si yo me aclaro —dice en un tono entre paciente y sarcástico, como quien acaba de llegar al cabo de la calle—. Lo que estáis proponiendo es que asaltemos un fortín lleno de matones armados hasta los dientes, un fortín que, para colmo, está protegido por el sistema de seguridad más sofisticado del mundo... O uno de los más sofisticados. Pero, ojo, que ahí no acaba la cosa. Porque resulta que, además, suponiendo que fuéramos capaces de entrar, tendríamos que meternos en un cuarto en el que, materialmente, sólo se puede entrar si eres Rafael Mattson, o sea, si tienes los ojos de Rafael Mattson... ¿Es eso lo que estáis diciendo? ¿Me he perdido algo? Y, si no me he perdido nada, ¿me queréis contar cómo coño se hace eso, a menos que seas el gran Houdini, pero al revés?

En teoría, Blai les plantea el interrogante a todos, pero en la práctica apunta sólo a Carrasco. Quien le responde no es este, sino Caty.

—No hace falta ser Houdini —contesta la antigua guardia civil—. Sólo hace falta engañar al sistema, hacerle creer que ha cometido un error... Y demostrarle que, como os dije antes, no es perfecto más que sobre el papel.

5

—En el fondo, el sistema cibernético más sofisticado es tan sencillo como el más sencillo —reflexiona en voz alta Caty. En torno a ella, el grupo parece ahora prisionero en un círculo de oro viejo tejido por la luz de la lámpara que pende sobre la mesa; es la única iluminación del comedor: a través de la ventana, apenas entra ya la claridad exangüe del anochecer—. Esto, por ejemplo. —La mujer echa mano del teléfono que le acaba de confiar Carrasco y se lo muestra a los demás—. Nos ha pasado a todos: de vez en cuando, sin que sepamos por qué, el móvil se cuelga y hay que reiniciarlo. A veces no se cuelga porque se produzca un fallo en el sistema, o no exactamente. A veces se cuelga como medida de seguridad del propio sistema. O por cualquier otra razón... A veces incluso se cuelga sin razón, porque sí. —Deja el teléfono sobre la mesa, ante ella—. Pues a los sistemas más sofisticados les pasa lo mismo. La única diferencia es que Odín es tan sofisticado que no necesita que lo reinicien, él mismo lo hace sin que nadie se lo ordene... Siete minutos, tarda en hacerlo. Siete minutos exactos: ni uno más ni uno menos. Durante ese tiempo, toda la seguridad de la casa de Mattson estaría bloqueada, suspendida. Eso significa que no funcionarían ni las cámaras de vigilancia, ni las alarmas, ni el sistema de reconocimiento del iris. Nada. Durante siete minutos, la finca entera se quedaría a la intemperie, sin ninguna protección. Desamparada. Uno podría entrar en ella y andar de un lado para otro como Pedro por su casa... Para el sistema, es un punto ciego, su talón de Aquiles.

—Y, para nosotros, un coladero providencial —dice Carrasco.

Caty asiente y vuelve a coger el móvil, pero enseguida lo vuelve a soltar, como si quemase.

—Al cabo de esos siete minutos todo volvería a la normalidad —prosigue la antigua guardia civil, su mirada saltando de Melchor a Blai y de Blai a Salom, que están sentados frente a ella—. El sistema volvería a activarse y seguiría funcionando, igual que si no hubiese ocurrido nada. Pero Odín es Odín y, si ese parón no ha sido un simple error del propio sistema, si no ha sido espontáneo, si alguien lo ha provocado, él sabe que algo raro pasó. Es decir, al cabo de ese paréntesis de siete minutos el sistema se da cuenta de que el error no ha sido suyo, de que alguien le ha obligado a reiniciarse, de que le han engañado y de que, en realidad, ha sido víctima de un ciberataque. —Ahora busca a Vàzquez y a Paca Poch, en su lado de la mesa—. Por lo tanto, actúa en consecuencia y, para protegerse, blinda la casa, cierra las puertas y las ventanas y lanza chorros de humo para cegar a los intrusos e impedirles escapar... A partir de ese momento, ya es imposible salir del cofre del tesoro. De ahí y de toda la casa, que se cierra a cal y canto, herméticamente. —Hace una pausa y añade—: Dicho de otra manera, en teoría, el parón en el sistema os daría siete minutos para entrar en la casa, llegar al cofre del tesoro, coger el disco duro y volver a salir.

—¿Y en la práctica? —pregunta Melchor.

—Sólo tres —se interpone Carrasco—. Lo ideal sería que hiciéramos todo eso en tres minutos.

—¿Y es posible hacerlo? —vuelve a preguntar Melchor.

—No —reconoce Carrasco—. Para qué os voy a engañar. Es casi imposible. Pero sería lo ideal.

—Por un motivo muy sencillo —encadena Caty, tan compenetrada con su antiguo superior como si ambos hubiesen ensayado la exposición con anterioridad, o como si no fuera la primera vez que la hacen—. Porque, al cabo de tres minutos desde el momento en que el sistema ha empezado a reiniciarse de manera automática, salta un aviso en el cuarto de control. Y ahí empezarían también los problemas para vosotros... No son problemas insuperables, desde luego, porque el aviso no es nada demasiado excepcional, nada que no ocurra con más o menos frecuencia, los vigilantes deben de estar bastante acostumbrados a lidiar con él. En realidad, el aviso no pasa de ser una advertencia de que, por la causa que sea, una causa que puede ser perfectamente natural, el sistema se está reseteando, o de que se ha producido algún fallo que el propio sistema puede corregir por sí mismo, o incluso que ya está corrigiendo... Seguro que los que están en el cuarto han visto más de una vez avisos de esa clase, ya digo, son cosas que pasan de vez en cuando, quien conoce el sistema y trabaja con él no suele alarmarse. Pero, a pesar de eso, en circunstancias normales lo lógico sería que, en aquel momento, tres minutos después de que empiece el parón, los vigilantes se tomasen la molestia de salir del cuarto y de ir a ver qué pasa, o de avisar a alguien para que vaya.

—Eso, en circunstancias normales —retoma el discurso Carrasco, para modificar a continuación su derrotero—. Pero recordad que un Barça-Madrid, en una final de la Champions, es la circunstancia menos normal del mundo, como mínimo la menos normal de la historia del fútbol.

—Ya veo por dónde vais —se adelanta Blai—. Pero ¿y si los vigilantes son tan poco futboleros como Melchor?

—Fingiré que no he oído semejante sandez —contesta Carrasco, sin mirar al inspector—. Mañana por la noche, hasta la gente a la que le importa un pito el fútbol estará pegada a la tele, y no te digo si a esa hora te toca estar encerrado en un búnker, como es el caso... Por cierto, ¿no viste tú la semifinal contra la Juve, Melchor? —Ante la perplejidad de Blai, Melchor dice que sí mientras Paca Poch le guiña un ojo—. De todos modos —continúa Carrasco—, esperemos que en ese momento el partido esté bien caliente y que los vigilantes decidan que no merece la pena despegarse del televisor por semejante minucia... En definitiva, confiemos en el bendito poder alienante del fútbol.

—Yo confío en él —declara Caty—. Pero ese poder no lo arregla todo. Porque, suponiendo que las cosas salieran como queremos y los vigilantes no se movieran del cuarto, eso sólo os daría a los que estéis dentro otros dos minutos de plazo. Al cabo de ese tiempo saltaría otra alarma, y entonces ya no habría ninguna duda de que algo está pasando. Y, con final de la Champions o sin ella, uno de los dos vigilantes saldría del cuarto a ver qué pasa. Seguro.

—Eso significa —deduce Melchor— que tendríamos como máximo siete minutos para entrar en la casa, robar el disco duro del ordenador y salir pitando. ¿Lo he entendido bien?

—Perfectamente —contesta Caty.

—Aunque lo ideal sería que lo hiciéramos en menos de cinco minutos —prosigue Melchor—. En ese caso, cuando quisieran reaccionar los de dentro ya habríamos salido de la casa. En cambio, si lo hacemos en más de cinco minutos, podríamos tener problemas.

—Exacto —aprueba Carrasco—. De entrada, como decía Caty, al cabo de cinco minutos uno de los dos vigilantes intentaría salir del cuarto a ver qué pasa, y naturalmente habría que impedírselo como sea. Y cuando digo como sea quiero decir como sea. Por eso deberíamos dejar dos personas allí, vigilando la puerta del cuarto, mientras la que está en el cofre del tesoro saca el disco duro del ordenador y sale con él... Mi plan consistía en que dos personas entrasen ahí, una para hacer las fotos y otra para llevarse el disco duro. Pero ahora sólo podría entrar una. Así que tendríamos que limitarnos al disco.

—Si queréis, entro yo —propone Paca Poch, exhibiendo sus dedos de pianista y agitándolos con rapidez—. Soy capaz de sacar el disco de la torre en treinta segundos.

—Si fuera en veinte, mejor —dice Carrasco—. En cualquier caso, Melchor y yo intentaríamos ponértelo lo más fácil posible. O lo menos difícil.

—¿Podríamos hacer todo eso en cinco minutos? —pregunta Melchor.

—Es la pregunta del millón —contesta Carrasco.

—Yo creo que eso también es imposible —sostiene Caty—. O casi. No hay tiempo material.

—Por lo menos habría que intentarlo —arguye Carrasco—. Si no puede ser en cinco, que sea en siete. —Mirando alternativamente a Paca Poch y a Melchor, continúa—: Como os decía antes, yo no he estado nunca dentro de la casa, pero me la conozco al dedillo, de modo que, cuando entremos, vosotros sólo tendríais que seguirme. Había planeado dejar a una persona a la puerta de la finca, para cubrirnos la retirada si hay problemas, que puede haberlos. Pero eso tampoco va a poder ser... —Ahora se vuelve hacia Salom—. Hay una cosa importante: no pararíamos el coche delante de la entrada, porque las cámaras de seguridad nos detectarían. Habría que dejarlo un poco antes, justo después de la curva donde está el transformador. —Otra vez se dirige a Melchor y a Paca—. El trayecto desde el coche hasta el cuarto de control, después de abrir la puertita de servicio, se puede hacer a la carrera en menos de dos minutos. Yo te dejaría a ti, Melchor, en un recodo del pasillo, con la puerta del cuarto a la vista, y luego iría con Paca hasta la entrada del cofre del tesoro, la dejaría allí y volvería a reunirme contigo.

—¿Y cómo abro yo la puerta del cofre? —pregunta Paca Poch.

—Eso no es ningún problema —responde Carrasco—. Con el mecanismo de reconocimiento del iris desactivado por el parón de todo el sistema, la puerta se abre como una puerta normal y corriente. Así que entras, sacas el disco duro del ordenador, vuelves a reunirte con nosotros y los tres salimos de allí echando leches... Eso sí puede hacerse en siete minutos. Y a lo mejor en cinco también. Pero, en siete, seguro. Todo depende de nosotros. ¿Estás de acuerdo o no, Caty? —Esta asiente. Melchor advierte que el labio superior vuelve a temblarle ligeramente—. Por cierto, sería importante que antes de entrar en la casa activásemos el inhibidor de frecuencia, para evitar que los de dentro avisen a Benavides y sus chicos. Supongo que lo habéis traído.

—Está en el doble fondo del coche de Blai, con todo lo demás —contesta Melchor—. Por lo visto, el aparato es muy bueno. Pero nos advirtieron que tampoco es del todo seguro.

—Ningún inhibidor es del todo seguro —afirma Caty—. Y menos contra los antiinhibidores que tienen en casa de Mattson.

—Seguro del todo, no —acepta Carrasco—. Pero al menos nos protegería durante un tiempo. Que es justo lo que necesitamos.

—Eso es verdad —reconoce Caty.

—Todo lo que estáis diciendo me parece muy bien —interviene entonces Vàzquez—. Pero hay una cosa que no entiendo.

—¿Qué cosa? —pregunta Carrasco.

—¿Cómo engañaríamos al sistema? —contesta Vàzquez—. Quiero decir, ¿cómo provocaríamos el parón que nos permitiría entrar en la casa?

—De eso no tenéis que preocuparos —contesta Caty; Melchor advierte que ha vuelto a dominar el temblor del labio y lo ha sustituido por una sonrisa levísima—. Me ocupo yo. Y no os molestéis en preguntarme cómo lo haría porque no os lo voy a contar... Eso pertenece al secreto de sumario. Sólo diré que, salga como salga la cosa, si alguien intentara rastrear el ataque creería que se ha lanzado desde Lahore, en Pakistán. Que me vayan a buscar allí si quieren.

Dicho esto, la antigua guardia civil consulta sin palabras con Carrasco mientras abre los brazos y muestra las palmas de las manos en un gesto que Melchor traduce así: «Por mi parte, es todo».

—Bueno —concluye Carrasco—. Ese es más o menos el plan.

—A mí me parece perfectamente factible —se apresura a declarar Paca Poch.

—A mí también —la secunda Vàzquez.

Melchor aferra un antebrazo de Blai, como si quisiera contenerle, y, girándose hacia su derecha, inquiere:

—¿Salom?

El caporal levanta la vista del plano de la casa de Mattson y se encoge de hombros.

—Por mi parte, nada que objetar.

Todas las miradas confluyen entonces en Blai.

—Ya has oído —le dice Melchor, soltándole el brazo—. Lo vamos a hacer contigo o sin ti. Tú decides.

El inspector tiene también los ojos incrustados en el plano; la reflexión endurece sus labios y hace latir su mentón. A la luz de la lámpara, su cabeza rasurada reluce igual que un hemisferio de cuero recién barnizado.

344

—¿Para qué me lo preguntas? —Se vuelve hacia Melchor—. Ya habéis decidido por mí, ¿no?

—Olé tus huevos, jefe —dice Paca Poch.

—Ya hablaremos tú y yo en comisaría —masculla Blai, que se levanta de su asiento y pide un receso haciendo chocar la palma de la mano izquierda con las yemas de los dedos de la derecha—. Voy al baño.

Paca Poch, Salom y Vàzquez se levantan también para estirar las piernas. Frente a Melchor, Caty cuchichea al oído de Carrasco, cuyo semblante no transparenta la menor emoción. Cuando todos se sientan de nuevo alrededor de la mesa, el antiguo guardia civil vuelve a tomar la palabra.

—Hay un asunto importante. —Se dirige a Melchor—. Tú y yo ya hablamos de él, no sé si se lo has contado a los demás... Me refiero a qué es lo que vamos a hacer con lo que saquemos de la casa de Mattson.

—Ya he pensado en eso —dice Melchor.

A continuación, resume sus conversaciones al respecto con Rosa Adell: cuenta lo que ella le ha contado sobre Héctor Abad, sobre Gonzalo Córdoba y sobre Caracol Televisión.

—Me parece una idea buenísima —admite Carrasco cuando Melchor termina de hablar—. Eso sí, nosotros conservaremos los originales, a esa gente le daremos sólo una copia. Más que nada por si la cosa no funciona y hay que buscar otra solución, claro... Pero esta en principio me parece inmejorable, sobre todo si los colombianos emiten rápidamente las imágenes. Esto es importante. Importante, no: importantísimo. No hay que dar tiempo a que Mattson reaccione. Hay que mantener el efecto sorpresa. Por eso la rapidez es fundamental... ¿Más preguntas?

Todos se miran entre sí, pero nadie interviene.

—Muy bien. —Carrasco vuelve a desplegar el mapa de

la península de Formentor encima del plano de la casa de Mattson—. Repasemos el plan.

Durante la siguiente hora y media revisan el espacio, los tiempos, los lugares y horas de encuentro, y sobre todo el cometido exacto que debe desempeñar cada uno y la forma en que debe desempeñarlo. Al terminar hay una ronda muy breve de preguntas y respuestas. Una vez terminada esta, Caty es la primera en despedirse del grupo. Enseguida lo hace Carrasco. Melchor consulta el reloj: son poco más de las once. Va al baño, orina, se lava la cara y se humedece el cuello, se mira en el espejo y se pasa los dedos humedecidos por el pelo. Al salir, sus amigos continúan en el comedor, como si estuvieran esperándole. La atmósfera no es de inquietud, pero tampoco de euforia.

—Bueno, yo me largo —anuncia entonces Blai, cogiendo su americana—. Me estoy muriendo de hambre. Y no pongáis esas caras, coño, que todo va a salir bien. —A Vàzquez—: Te espero en el coche.

Aún no ha terminado de ponerse la americana el inspector cuando Salom, repantingado en el sofá, la mirada perdida en la noche rectangular de la ventana, murmura:

—Pagaría por saber lo que le ha dicho al oído a la chica.

—Tal vez sorprendido por haber hablado en voz alta, vuelve hacia ellos su rostro barbudo y con gafas, aclara—: Carrasco, quiero decir... Me refiero a lo que le dijo a la chica antes de que aceptara explicarnos su plan. Después de que le dijéramos de qué equipo somos.

Horas atrás, Melchor se había hecho la misma pregunta, pero ahora se guarda de confesarlo. Hay un silencio.

—Yo le he leído los labios —revela al cabo Paca Poch.

Todos se vuelven hacia ella.

—¿Y? —pregunta otra vez Salom.

La boca de la sargento se curva en una sonrisa sardónica.

—Mejor que no lo sepas —dice.

Ahora es la sargento la que, uno tras otro, los mira a todos; conforme lo hace su sonrisa se esfuma.

—Sólo era una broma —alega.

Nadie dice nada. Paca Poch chasquea la lengua y cede.

—Lo que dijo fue: «Maldita sea mi estampa. Me van a matar con una panda de culés».

Al día siguiente, cuando Melchor despierta, Salom está en el baño, duchándose. En la cocina encuentra pan, café molido y queso y, mientras desayuna, reaparece el antiguo caporal.

—Voy a ver la casa con Blai y Vàzquez —anuncia.

—¿Y Paca?

—Prefiere quedarse durmiendo.

—Tened cuidado.

—No te preocupes. Volveré al mediodía.

Melchor se pasa el resto de la mañana leyendo en el apartamento los *Relatos de un cazador,* de Turguénev. El que más le gusta es el último. Se titula «El bosque y la estepa» y apenas reúne un conjunto de impresiones cinegéticas. Melchor no ha salido al campo a cazar en su vida, pero el relato, y sobre todo su candoroso final («Adiós, queridos lectores, sed felices siempre»), le procura una emoción melancólica.

Salom regresa poco antes de la una y media cargado con una bolsa de víveres y, mientras fríen en una sartén un par de hamburguesas, un par de tomates y un par de pimientos verdes, el antiguo caporal describe la carretera de Formentor, el hotel del mismo nombre, la montaña de Na Blanca, Punta Conill y la casa de Mattson o lo que ha alcanzado a divisar de la casa de Mattson. Melchor lo conoce todo, lo ha visto todo; ahora se da cuenta, sin embargo, de que es como si no lo conociera, como si nunca hubiese estado allí.

—Carrasco lleva razón —concluye el antiguo caporal—. Aquello es una ratonera. Pero nos apañaremos.

Comen en la mesa del comedor, la misma donde Carrasco desplegó en la víspera sus cartas, y aún no han terminado de hacerlo cuando Melchor le pregunta a Salom si ya le ha dado las gracias. La respuesta del antiguo caporal no consiste en preguntarle por qué; consiste en sonreír.

—¿De qué te ríes? —pregunta Melchor.

—De nada. —Salom termina de ensartar con su tenedor un trozo de hamburguesa, otro de tomate y otro de pimiento, hasta improvisar una especie de brocheta—. Estaba pensando que la última vez que le hice un favor como este a un amigo acabé en la cárcel.

Tras un segundo de desconcierto, Melchor comprende que Salom se refiere al caso Adell, y una oleada de calor le inunda la cara.

—Esto no tiene nada que ver con aquello —objeta.

Espiando a Melchor con los trozos de carne y de verdura suspendidos a dos centímetros de su boca, Salom pregunta sin perder la sonrisa:

—¿Estás seguro?

Después de comer, el antiguo caporal se queda dormido en el sofá, con las gafas plegadas a su lado en el suelo, y Melchor, que no quiere conectarse a internet para no dejar rastro de su estancia en Pollença, prepara una cafetera y relee los relatos del libro de Turguénev que más le han gustado: aparte de «El bosque y la estepa», «Birouk», «Jermolai y la molinera» y «Los cantores rusos». Frente a él, Salom ronca suavemente con las manos cruzadas sobre el vientre, mientras el tórax sube y baja al ritmo de su respiración; el aire que entra y sale de sus fosas nasales mece como una brisa el pelo de su bigote. Melchor levanta de vez en cuando la mirada del libro y se queda observando a aquel hombre que durante años fue su compañero más fiel y su mejor amigo, sin pensar en nada o pensando únicamente que, hasta que llega la hora de la verdad, cuando todas las máscaras caen, uno nunca sabe quién es.

Al despertar de su siesta, Salom prepara otra cafetera y, mientras ambos toman café, Melchor le pregunta si ha vuelto a ver a Albert Ferrer, el exmarido de Rosa, condenado como él por el caso Adell. Salom contesta que no y le cuenta lo único que, según dice, sabe de su amigo: que hace un par de años salió de la cárcel y desde entonces vive en Barcelona o en algún lugar de los alrededores de Barcelona. El resto de la tarde se lo pasan conversando como si quisieran ponerse al día después de catorce años sin verse ni dirigirse la palabra. Cuando Melchor le pregunta a Salom si sus dos hijas saben dónde está, Salom responde:

—Les he dicho que en Mallorca, con unos amigos. No se lo han creído, claro. Apuesto a que piensan que tengo un ligue o algo así... En todo caso, estaban contentas. Es la primera vez que viajo desde que salí de la cárcel.

Hacia las ocho y cuarto empiezan a prepararse, y poco antes de las nueve salen por separado del apartamento y deshacen el trayecto que Melchor hizo la víspera: caminan hacia el centro del pueblo por la calle Major, cruzan la plaza principal y, dejando atrás el convento de Sant Domingo, llegan hasta la parada del autobús. Está anocheciendo. Cinco minutos después aparece Blai en el Audi Q7 negro, Salom lo sustituye al volante y, prácticamente sin cruzar palabra, los tres prosiguen en dirección Port de Pollença, donde recogen a Carrasco junto a la escultura metálica del hidroavión que se alza en la segunda rotonda.

—¿Todo en orden? —pregunta el antiguo guardia civil.

—Todo en orden —contesta Melchor.

A la salida del puerto los está esperando el Porsche Cayenne que Vàzquez recogió el día anterior en el aeropuerto de Palma, los deja pasar y los sigue a una distancia prudencial. Ya es noche cerrada, y enseguida empiezan a trepar por una carretera que serpentea agarrándose a la falda de una montaña y deja a la derecha una masa de sombra donde apenas se distinguen formaciones rocosas, pinos y palmitos. Nadie circula en dirección contraria a la suya. Dentro del coche sólo se oye el zumbido sedoso del motor y el susurro de la carrocería hendiendo el aire, y Melchor contempla a su derecha, a través de la ventanilla, Port de Pollença punteado por las luces temblorosas de los barcos fondeados en la bahía. Al coronar la cima inician el descenso, siempre zigzagueando, siempre con el mar plateado por la luna a la izquierda y con el macizo de oscuridad a la derecha, y, cuando llegan al nivel del mar, los faros del coche iluminan dos letreros. Señalando el que anuncia Formentor, Carrasco murmura:

—Sigue recto.

Salom, que se conoce el camino porque por la mañana lo ha hecho con Blai y con Vàzquez, obedece, deja a la derecha la playa de Formentor (Melchor la vislumbra a través de una cortina de pinos), circula por una carretera que se alarga entre paredes vegetales y desemboca en la explanada del hotel Formentor, cruza por delante de su frontispicio iluminado, toma el camino de tierra que conduce a la mansión de Mattson y asciende hasta que los faros del coche iluminan a unos metros la caseta con el transformador de alta tensión.

—Ahí está la curva —anuncia Carrasco.

Salom detiene el coche y, mientras los demás se bajan, abre el maletero, mete marcha atrás y pone el intermitente. A su espalda se ha parado el Porsche Cayenne de Vàzquez, donde viaja también Paca Poch. En silencio absoluto, con el único rumor de fondo de las olas rompiendo contra el acantilado a unos metros de ellos, todos se ponen el equipo —los pasamontañas, los chalecos antibalas, las trinchas— y cada uno coge unas esposas de cuerda y una linterna y coloca en el cañón del subfusil Heckler & Koch UPM el punto de mira, la munición en el cargador, el cargador en el subfusil y la correa del subfusil al cuello. Luego Blai, armado de una motosierra, se pone a talar un árbol a un lado del camino mientras Vàzquez regresa al volante de su Porsche Cayenne y Melchor y los demás se montan de nuevo en el Audi Q7 conducido por Salom. Este acelera un poco y empiezan a ascender muy lentamente, casi al ralentí, doblan la curva a la derecha oyendo apenas el crepitar de la tierra pedregosa aplastada por los neumáticos y dejan a un lado la caseta con el transformador de alta tensión. Detrás de ellos, a unos metros de distancia, Vàzquez está haciendo girar su Porsche Cayenne.

—Para aquí —ordena Carrasco, y, después de conceder unos segundos a Vàzquez para que concluya la maniobra y vuelva junto a Blai, manda un mensaje con su teléfono móvil y activa el inhibidor de frecuencia. Dirigiéndose a Melchor y a Paca Poch, sentados tras él, explica—: Cuando yo diga, salimos hacia la entrada. Está ahí delante. —Luego añade para Salom, señalando la explanada frente a la casa—: En cuanto salgamos, da la vuelta y espéranos ahí.

Carrasco habla con una voz sosegada, sin inflexiones, o eso le parece a Melchor, que sabe que el antiguo guardia civil acaba de avisar a Caty y aguarda a que esta autorice el asalto, mandando la señal de que ha suspendido a distancia el sistema de seguridad de la casa y de que pueden irrumpir en ella. La señal no tarda en llegar.

—Bueno —dice entonces Carrasco, abriendo la puerta del Audi Q7—. En marcha.

6

Melchor sale del coche detrás de Paca Poch y de Carrasco, y en pocas zancadas llega hasta la puertita aneja, que el antiguo guardia civil abre en un visto y no visto mientras, a sus espaldas, Salom gira el Audi Q7 frente a la entrada de la casa. Precedido por Carrasco y seguido por la sargento, Melchor baja a toda prisa una rampa de cemento escasamente iluminada por una hilera de focos empotrados en un bordillo, al otro lado del cual se adivina una gran extensión de césped que desciende hacia el mar. Corre un poco agachado hasta la primera pared de la mansión —enorme, blanca, lisa y rectangular, con grandes ventanales oscuros en lo alto—, se arrima a ella y, refugiado en la densa sombra que proyecta, la sigue hasta que, al cabo de sesenta o setenta metros, sube una escalera exterior y, siempre detrás de Carrasco, franquea una puerta y sigue un pasillo sólo alumbrado por la linterna del antiguo guardia civil. Enseguida alcanzan una esquina desde la cual se vislumbra, a la izquierda y al final de otro pasillo, una lucecita roja encima del dintel de una puerta cerrada. Carrasco le ordena mediante gestos a Melchor que no se mueva de allí y él desaparece con Paca Poch por el otro extremo del pasillo. Parapetado en la esquina, sin encender su linterna, con el corazón acelerado y el subfusil apuntando a la puerta del fondo mientras oye a lo lejos la voz de un locutor de televisión narrando la final de la Champions, Melchor cuenta hasta veintisiete, momento en el cual Carrasco vuelve a aparecer como una sombra silenciosa junto a él. Para entonces Melchor ha empezado a acostumbrarse a la penumbra, así que consigue intercambiar una mirada con el recién llegado, que sin pronunciar una palabra asiente como asegurándole que todo marcha según lo previsto, y se aposta frente a él jadeando a través de la lana del pasamontañas.

Los segundos que transcurren a continuación son eternos. Melchor ausculta la quietud del pasillo, pero sólo oye la voz lejana del locutor televisivo mezclada con su propia respiración y, por momentos, con la de Carrasco; también siente que una gota de sudor le baja por el cuello como un escalofrío. En un determinado momento, la luz del fondo cambia sin previo aviso del rojo al verde, alguien entreabre la puerta desde dentro y una ráfaga del subfusil de Carrasco hace trizas el silencio. La puerta vuelve a cerrarse, se oyen unas voces confusas al otro lado y reina de nuevo el silencio, sólo que ahora es un silencio del que ha desaparecido incluso el débil runrún del partido televisado, un silencio tan atronador y tan tenso que parece a punto de estallar otra vez. Sin embargo, nadie vuelve a intentar salir por la puerta, con el subfusil en la cintura Melchor y Carrasco apuntan hacia ella sin intercambiar palabras ni miradas, y el pasillo continúa sumido en una tiniebla sólo rota por el resplandor bermejo del fondo, igual que si nada hubiese pasado. Al cabo de un tiempo inconcreto, o que Melchor se sentiría incapaz de concretar, pero que no puede exceder los diez o quince segundos, reaparece Paca Poch. Lo hace a la carrera, blandiendo un objeto que Melchor no tiene tiempo material de distinguir en la penumbra porque Carrasco se lo arrebata, y los tres huyen de estampida, recorren a la inversa el pasillo por el que llegaron hasta allí minutos atrás, abren la puerta exterior, bajan a toda prisa la escalera y echan a correr por el jardín buscando la protección de la oscuridad, hasta que, cuando ya han empezado a subir la rampa de salida, los deslumbra un chorro de luz blanquísima y casi al mismo tiempo suena el primer disparo. Luego suenan el segundo y el tercero; para entonces ya se hallan muy cerca del portón de la finca. Paca Poch sale embistiendo la puertita aneja y Carrasco lo hace tras ella y, cuando Melchor se dispone a seguirlos, lo tumba una quemazón en la rodilla. Con el subfusil a la espalda, alcanza a duras penas la puertita remolcando la pierna inutilizada, y justo en ese momento, igual que si aquel dolor de pesadilla hubiera ralentizado la realidad, ve a un hombre salir del coche como a cámara lenta o como si, en vez de correr, estuviera nadando en líquido amniótico, y a pesar del pasamontañas reconoce a Salom, lo ve avanzar agachado entre una lluvia de balas, lo ve hacer un mínimo movimiento anómalo y enseguida nota que le aferra el brazo desde la explanada y que le obliga de un tirón a cruzar la puertita aneja y lo arrastra por la tierra pedregosa hasta que Paca Poch le sujeta de las axilas y lo mete en el coche.

Lo que ocurre durante los minutos siguientes es confuso, pero, cada vez que en el porvenir lo recuerde Melchor, recordará con nitidez cuatro cosas o más bien cuatro grumos de cosas. La primera es que, mientras Salom arranca el Audi Q7 derrapando sobre la explanada y, en el asiento trasero, Paca Poch trata de averiguar dónde le han alcanzado a él y le quita de encima el pasamontañas, el subfusil, las trinchas y el chaleco antibalas, Carrasco le grita por teléfono a Blai, o tal vez a Vàzquez, que no crucen los troncos de los árboles en el camino, que todo ha salido bien y que pongan tierra de por medio, que ellos les siguen. La segunda cosa que recordará es que en un determinado momento Salom levanta su mano derecha del volante preguntándose de dónde demonios sale toda aquella sangre, y que de golpe la mano desaparece en su costado y luego vuelve a aparecer empapada, y que entonces el antiguo caporal maldice en voz alta: «Me cago en la puta, a mí también me han dado». La tercera cosa que recordará ocurre a continuación, y es que Paca Poch empieza a rogarle a Salom que le deje sustituirlo al volante, y que Salom, a pesar de que ya sólo conduce con la mano izquierda porque con la derecha intenta taponar la hemorragia, se niega a parar el coche asegurando que se encuentra bien, todo lo cual sucede al mismo tiempo que Carrasco llama a Vàzquez, o tal vez a Blai, y le exige que se aparte de la carretera y los deje pasar, para enseguida colgar el teléfono y llamar a otra persona y decirle que tiene que pedirle un gran favor, que lleva dos heridos en el coche, que necesita con urgencia un médico y que lo mande cuanto antes a Can Sucrer. Y la cuarta y última cosa que recordará —la que recordará por encima de todas las demás cada vez que evoque aquellos minutos frenéticos durante los cuales recorren de estampida el trayecto que separa la casa de Mattson de Can Sucrer, con los neumáticos chirriando en cada curva y el coche dando bandazos junto a los acantilados de Formentor en un silencio iluminado por la luna llena y salpicado de blasfemias y lamentos, con la mano de Paca Poch estrujando la suya y su voz exhortándoles a él y a Salom a aguantar— es que un sudor frío y pegajoso le baña la piel y que la pierna le duele como si se la estuviesen cortando con un serrucho.

Salom se desploma sobre el volante en cuanto para el Audi Q7 a la entrada de Can Sucrer y, casi inmediatamente, Vàzquez y Blai irrumpen en el coche, cogen al antiguo caporal y a toda prisa lo meten en la casa. Mientras tanto, Paca Poch saca también a Melchor del coche, carga en brazos con él, entra en la casa y lo sienta en un sillón, justo delante de un televisor y bajo un letrero de loza donde se lee: CALLE DEL TEMPLE. La sargento apoya la pierna de Melchor en una silla de enea, desaparece y reaparece con unas tijeras, le corta el pantalón a la altura del muslo y le deja al aire la rodilla herida: un amasijo indescifrable de sangre y huesos astillados; luego vuelve a marcharse y a reaparecer con un par de cojines que coloca debajo de la rodilla. El dolor sigue siendo brutal y, cuando Paca Poch le ofrece un vaso de agua, Melchor le pregunta cómo está Salom.

—No lo sé —contesta la sargento, señalando la puerta entornada de un dormitorio—. La bala le ha entrado justo por debajo del chaleco. Eso le pasa por estar gordo, joder... De todos modos, el cabrón te ha salvado la vida.

Melchor le pregunta a Paca Poch si consiguió sacar el disco duro del ordenador de Mattson.

—Es la tercera vez que me lo preguntas. —Le calma la sargento—. Lo tiene Carrasco.

Mientras Melchor soporta a duras penas el tormento de la pierna, temblando y apretando los dientes, Paca Poch permanece a su lado agarrándole la mano, secándole el sudor y tratando de distraerle. Ante él, envueltos en la especie de neblina que parece segregar su dolor, van y vienen bultos humanos, pero Melchor no podría precisar si entran o salen de la casa, de la cocina o del dormitorio donde han instalado a Salom. A veces le parece que hay más gente a su alrededor de la que debería haber; otras veces, que le han dejado solo, que todo el mundo ha desaparecido. En algún momento oye aparcar un vehículo a la puerta de la finca. Paca Poch se aparta de él y enseguida vuelve acompañada por un hombre de unos cincuenta años, gafas de pasta y pelo gris, que lleva un maletín en la mano y que, al irrumpir en la estancia y reparar en su rodilla ensangrentada, se precipita sobre él para atenderlo. Melchor le indica el dormitorio contiguo con un gesto disuasorio.

—Vaya a ver a mi compañero —le urge—. Tiene un tiro en el vientre.

El médico le hace caso sin dudarlo, y al rato Blai sustituye a su lado a Paca Poch, que se esfuma por la puerta del dormitorio de Salom. El inspector se sienta junto a él.

—Tranquilo, españolazo. —Le seca con un pañuelo la frente húmeda y trata de sonreír—. De esta no te mueres. Eso sí —añade, señalando la rodilla sin mirarla—, eso debe de doler de la hostia.

—¿Y Salom?

Blai tarda en responder. Pese a estar muy cerca de él, la neblina parece alejarlo.

—No lo sé —reconoce el inspector—. Pero no pinta bien, está sangrando mucho. A ver qué dice el médico... ¿Es verdad lo que cuenta Paca?

Melchor cambia una mueca de dolor por una mueca inquisitiva. El otro aclara:

—Que fue a buscarte dentro y entonces le dieron.

Sacando fuerzas de flaqueza, Melchor precisa:

—Le dieron cuando me estaba sacando. —Y luego—: Si no es por él, allí me quedo.

En ese momento aparece Carrasco, que observa su rodilla mientras Melchor le hace más o menos la misma pregunta que le ha hecho a Blai; Carrasco le da más o menos la misma respuesta. Melchor le pregunta entonces por el disco duro del ordenador de Mattson.

—No te preocupes —dice—. Lo estoy revisando.

Antes de que Melchor pueda formular otra pregunta, Carrasco vuelve a desaparecer, pero reaparece enseguida, esta vez con un tazón en las manos.

—Tómate esto —dice, acercándoselo a la boca—. Te sentará bien.

Melchor da un sorbo: es coñac. Luego da otro y se atraganta y empieza a toser. Luego Carrasco se marcha de nuevo, dejándolo otra vez con Blai. Aunque se bebe lo que queda de coñac en el tazón, el alcohol no le alivia el dolor, que es mucho más intenso que la angustia que siente por la suerte de Salom, pero no consigue anularla. Durante varios minutos deja que Blai le hable, aunque no entiende lo que dice, o no del todo. Apenas puede apartar la vista de su rodilla: le asombra la poca sangre que brota de la herida, pero le fascina aquel batiburrillo escarlata y blanco y cada vez más seco de exudado, piel quemada y esquirlas de huesos. De vez en cuando, el inspector se levanta y, sin esquivar la sangre que oscurece el suelo de la sala, va y viene de la puerta del dormitorio hasta el sillón de Melchor y del sillón de Melchor hasta la puerta del dormitorio. En un determinado momento el dolor se vuelve tan intenso que parece congelar el tiempo, y casi enseguida la puerta del dormitorio se abre y el vano enmarca la silueta de Vàzquez. El antiguo sargento está pálido, bruscamente envejecido, con las mangas remangadas y los ojos abiertos de par en par. Melchor se queda mirándolo como si fuera una aparición, de golpe cree comprender y por un segundo el dolor se desvanece, transformado en un vértigo abismal.

—Está bien —anuncia entonces Vàzquez—. No se va a morir.

Blai observa al sargento desde el centro de la sala, inmovilizado por la noticia.

—¿Estás seguro? —pregunta.

Vàzquez dice que sí con la cabeza mientras una sonrisa eufórica ilumina poco a poco sus ojos y, con una suerte de alivio, Melchor siente que regresa el dolor que lleva más de media hora torturándolo. El alivio apenas dura un segundo, pasado el cual regresa la tortura. El inspector y el antiguo sargento se están abrazando a unos pasos de él. Al separarse los dos hombres, Melchor nota un brillo en los ojos de Blai, que saca de alguna parte una botella de coñac, sirve un chorro en el tazón de Melchor y se lo bebe de un trago. Vàzquez le cierra el paso cuando se dirige al dormitorio.

—Espera a que termine el médico —dice el antiguo sargento—. Paca está con él.

Unos minutos más tarde, el médico vuelve a irrumpir en la sala, y, esquivando a Blai y a Vàzquez, que se precipitan a interrogarlo sobre Salom, se sienta junto a Melchor y empieza a examinarlo. Melchor también le pregunta por el antiguo caporal.

—A su amigo se le ha aparecido la Virgen —contesta el médico, tratando de localizar el orificio de entrada y salida del proyectil en la rodilla de Melchor—. En realidad, debería estar muerto. Si esa bala se hubiese desviado tres milímetros, su amigo no hubiese llegado a esta casa. Así de fácil.

Melchor no tarda un segundo en cambiar de tema:

—¿Y yo qué tengo?

El médico intenta enderezar su pierna flexionada y él ahoga un rugido de dolor.

—Lo que tienes es que te han hecho polvo la rodilla —diagnostica el médico—. La bala te entró por detrás, te ha destrozado la rótula y todo lo que hay alrededor: meseta tibial, cóndilos femorales... Todo hecho añicos. No sé dónde coño os habéis metido, pero esto ha sido una escabechina.

—Póngame algo, doctor —le apremia él—. Duele a muerte.

—Es lo que iba a hacer. —El médico escarba en su maletín—. Lo que no sé es cómo no te has desmayado todavía.

Mientras continúa ponderando la suerte inverosímil de Salom, a quien al parecer la bala ha traspasado el abdomen sin rozar un solo órgano vital («Si le toca el bazo, vuestro compañero dura quince minutos; si llega a tocarle una arteria grande, no pasa de cinco»), el médico le sube una manga del jersey a Melchor y le ata una goma a un brazo, tirando de un extremo con una mano y sosteniendo el otro extremo con los dientes; al mismo tiempo, con la mano libre carga una dosis de morfina en una jeringa, localiza una vena en el brazo y, sin limpiárselo con el alcohol y el trozo de algodón preceptivos, le pincha la aguja en la vena y le inyecta la dosis de opiáceo. Aún no ha completado la operación cuando Melchor le pregunta qué va a hacer con él.

—Te voy a limpiar, te voy a desinfectar y, si alguien me encuentra un par de tablas por ahí, te voy a entablillar la rodilla —contesta el médico. Tiene los ojos celestes, y una barba de dos días sombrea sus mejillas—. Luego hay que ver cómo te llevamos a alguna parte para arreglar este estropicio.

A continuación, Blai y Vàzquez salen disparados hacia el patio, el médico se aplica a su tarea, y tres o cuatro minutos más tarde Melchor nota, con un sentimiento incalculable de dicha, que el tormento empieza a amainar, que la neblina empieza a despejarse, que ya no transpira como antes y que poco a poco se encuentra mejor, y ya está terminando el médico de fijarle un apósito en la rodilla, con una venda y un esparadrapo, cuando ve salir del dormitorio a Salom, apoyado en el hombro de Paca Poch, la mano derecha en el flanco izquierdo del vientre y la camisa y el pantalón calados de sangre; tiene la barba sucia y las gafas de miope un poco empañadas. Blai y Vàzquez, que acaban de regresar a la sala, se quedan mirándolo, y el antiguo caporal da unos pasos inseguros hacia Melchor.

—¿Cómo estás? —pregunta.

Vàzquez contesta por él.

—Ha recuperado el color —dice, señalándolo con una tabla de madera; Blai lleva otra en la mano—. Tenías que haberle visto hace cinco minutos. Estaba pálido como un muerto.

La respuesta de Melchor consiste en mover la cabeza hacia el médico, que sigue inclinado sobre su rodilla.

—Ya ves —dice. Luego le devuelve la pregunta a Salom—: ¿Y tú?... Aquí el doctor dice que se te ha aparecido la Virgen.

Blai y Vàzquez dejan las tablas al alcance del médico.

—No es que yo lo diga —masculla este—. Es que es así.

Salom asiente con una sonrisa de circunstancias y en ese momento Carrasco irrumpe en la sala procedente de la cocina. El antiguo guardia civil enarbola la caja de un disco duro; su semblante parece transfigurado de alegría. Al ver al médico, sin embargo, su expresión cambia, y él se esconde el disco duro en la espalda, entre el pantalón y los riñones. Luego se acerca al facultativo, se presenta como amigo de Biel March y le interpela sobre el estado de Salom y de Melchor.

—A este hombre hay que reconstruirle la rodilla. —El médico alza un segundo la vista de su tarea para mirar a Carrasco y pedir un barreño con agua y jabón—. En cuanto al otro, está bien, fuera de peligro... Le he metido la tijera por el orificio de entrada del proyectil, y también por el de salida, y no he encontrado nada. Pero hay que cerciorarse de que no queda ningún resto dentro, trozos de tela o cosas así. Si quedara algo, podría producirse una infección y el asunto podría complicarse, de modo que lo mejor es que alguien lo opere y le limpie el trayecto interno de la herida... En resumen, hay que ir a un hospital.

—¿Pueden esperar hasta mañana? —pregunta Carrasco.

—Imposible —contesta el médico—. Tiene que ser cuanto antes... Esta misma noche. Ahora mismo. —Cuando acaba de fijar con un vendaje las dos tablas en la cara externa e interna de la pierna (incluida la articulación), continúa hablando mientras se lava las manos manchadas de Betadine en la jofaina de latón llena de agua espumosa que le han traído—. Necesitamos un anestesista y un quirófano. Y un traumatólogo: de la herida del abdomen puedo encargarme yo, fui médico militar; pero de la de la rodilla, no. No podemos ir a un hospital público, salta a la vista que estas heridas son de bala y quien atienda a sus amigos tendría la obligación de denunciar lo que ha pasado. Si no, corre el riesgo de perder la licencia.

—¿Entonces? —pregunta Blai.

El médico se seca las manos con papel de cocina que le ha ofrecido Paca Poch, y entretanto los observa desconfiado, uno a uno.

—Que conste que esto lo hago por mi amigo Biel —dice al fin, dirigiéndose a Carrasco—. Si no fuera por él, no lo haría.

Mientras ellos interrogan en silencio al antiguo guardia civil sin animarse a preguntarle directamente quién es Biel March, el médico termina de secarse y coge su teléfono. La conversación que tiene lugar acto seguido es brevísima.

—Paco, soy Lluís —dice el médico, recorriendo con la vista las paredes de la sala—. Tengo una urgencia... Sí, ya sé que el partido no ha acabado, pero da igual. Te espero dentro de un cuarto de hora en el quirófano. Llama a un anestesista de confianza. Y nada de preguntas. —Cuelga el teléfono, coge su maletín y mueve la cabeza en dirección a la puerta—: Andando. Vamos a un hospital de Alcúdia.

Acuerdan que irán sólo los dos heridos y el médico, más Carrasco y Blai; también deciden que, con el fin de no llamar la atención, usarán sólo dos vehículos, y que Vàzquez y Paca Poch regresarán en otro a Port de Pollença, donde aguardarán noticias. El médico distribuye a los heridos: Salom viajará con él, en su coche; Melchor viajará con Blai en el asiento trasero del Audi Q7, que conducirá Carrasco. En cuanto salen de Can Sucrer y enfilan por el camino de

Can Bosch a la zaga del médico, el antiguo guardia civil exhibe en la penumbra del coche el disco duro del ordenador de Mattson.

—He estado echando un vistazo a esto —anuncia. Y tras una pausa—: Aquí hay material para hacer papilla diez veces a ese hijo de puta. No está todo lo que ha grabado, pero...

—¿Cómo sabes que no está todo? —pregunta Blai.

—Porque lo pone en el propio disco —contesta Carrasco—. Aquí sólo guarda el material que Mattson acumuló en los primeros años de la casa. Quizá yo estaba mal informado y en el cofre del tesoro no hay un solo ordenador, sino dos. Puede ser, habrá que preguntárselo a Paca, a lo mejor le dio tiempo de fijarse... Sea como sea, no importa: con esto tenemos que nos sobra.

Durante los veinte minutos que invierten en llegar al hospital, Carrasco habla de las fotografías y grabaciones que ha estado revisando, como si a él mismo le asombrara que hubiera encontrado exactamente aquello que había ido a buscar. Mientras le escucha, Melchor no sabe si celebrar o lamentar que lo que acaban de llevarse de la mansión de Mattson no pueda contener imágenes de Cosette. El antiguo guardia civil también le explica a Melchor que le confiará el disco de Mattson para que haga una copia y se la entregue a Rosa Adell, que a su vez debe entregársela a sus amigos colombianos a fin de que Caracol TV la difunda cuanto antes.

—No hay que dejar margen de reacción a Mattson —insiste Carrasco—. Deberíamos actuar muy rápido para aprovechar la sorpresa y el desconcierto que les hemos metido en el cuerpo... Es importante que los colombianos lo sepan.

Por la carretera de Alcúdia no se cruzan con un alma, pero, al llegar al municipio, se oyen cláxones y las calles empiezan a llenarse de coches con enseñas azulgrana flameando por doquier: el Barça ha ganado la final de la Champions.

—No se puede tener todo en esta vida —murmura Carrasco.

En el hospital Port d'Alcúdia los reciben un treintañero alto y huesudo y una mujer madura, pelirroja y entrada en carnes, que resultan ser el traumatólogo y la anestesista. El primero en ingresar en el quirófano es Salom; el médico de Can Sucrer entra con él, no sin antes advertirle a Melchor que la operación que deben practicarle al antiguo caporal es más urgente que la suya, pero menos compleja y laboriosa. Melchor aguarda en una sala adyacente en compañía de Blai y de Carrasco, tendido en una camilla y con la pierna lastimada en alto, y, pese a la advertencia del médico, no deja de sorprenderse cuando ve salir a Salom del quirófano al cabo de apenas cuarenta y cinco minutos, dormido y en dirección a la sala del despertar.

—Está perfectamente —contesta el médico de Can Sucrer cuando le preguntan por Salom—. Se despertará dentro de hora y media, con un poco de dolor, no mucho. Luego ya puede irse a casa... Sin más. En quince días la herida habrá cicatrizado. De lo único que tiene que estar pendiente es de que en las próximas setenta y dos horas no haya una infección. Ya les dije que lo de su compañero era un milagro. —Señala a Melchor—. Su rodilla, en cambio, es más complicada.

Tras examinar la herida, el traumatólogo confirma el diagnóstico del médico, le explica a Melchor que va a tener que recomponerle el destrozo, que la operación va a ser larga y que, igual que han hecho con Salom, van a tener que dormirle por completo. Sin más, proceden a hacerlo. La anestesista le localiza una vena en el brazo izquierdo, le pincha una aguja en ella, le conecta un catéter intravenoso, se lo fija con un esparadrapo, le inyecta el suero. Al cabo de unos segundos, la anestesia empieza a hacer efecto y Melchor pierde la consciencia. La recupera cinco horas y media después, sin dolor, pero atontado y con una incomodidad en la garganta, como si le hubiesen metido un palo en ella. Sonriente, la anestesista le explica que eso es exactamente lo que ha pasado: que le intubaron mientras dormía y que, para que pudiera respirar, le introdujeron por la boca un tubo endotraqueal. Enseguida comparecen junto a él el traumatólogo y el médico, y el primero le explica que todo ha salido bien para lo que podía pasar, por qué lleva una férula en la pierna y cómo prevé el proceso de rehabilitación. Cuando Melchor le pregunta si volverá a caminar como siempre, el traumatólogo contesta:

—Lo dudo. —Y añade—: Aunque con estas cosas nunca se sabe... Lo que no podrá hacer hoy es tomar un avión, porque la herida se abriría. Es mejor que su amigo tampoco lo haga. Ya se lo he dicho.

Una vez que se ha marchado el traumatólogo, la anestesista le entrega cinco ampollas de morfina, cinco jeringas y cinco agujas subcutáneas.

—En cuanto vuelva el dolor, te enchufas esto —le aconseja—. O mejor, no dejes que vuelva: enchúfatelo cada cuatro horas.

Melchor sale de la clínica sentado en una silla de ruedas conducida por Blai, con la pierna inmovilizada por una férula rígida de plástico. Fuera está amaneciendo. Melchor se despide del médico de Can Sucrer a la puerta del hospital, y Blai le ayuda a sentarse en el asiento trasero del coche, donde le aguarda Salom.

—¿Qué tal estás? —pregunta el antiguo caporal, una vez que Melchor ha conseguido acomodarse.

El Audi Q7 circula ya por las calles vacías de Alcúdia, muy cerca del mar.

—¿No es la segunda vez que me preguntas eso esta noche? —contesta Melchor. Luego dice—: Bien... Un poco atontado, pero bien. ¿Y tú?

—¿No es la segunda vez que me preguntas eso esta noche?

Los dos hombres se observan un momento; al momento siguiente se echan a reír, primero poco a poco y enseguida de manera incontrolada, lo que hace que se tensen los puntos que acaban de ponerles, y que los dos se retuerzan de dolor. Blai, que estaba escuchando a Carrasco desde el asiento del copiloto, se vuelve hacia ellos mientras el antiguo guardia civil los busca en el espejo retrovisor.

—¿Qué pasa ahí detrás? —pregunta, y, empezando a contagiarse de su risa, añade—: Menudo par de descerebrados.

Epílogo

El 26 de mayo de 2035, el informativo nocturno de Caracol TV se abre con una exclusiva mundial: el equipo de reporteros de la cadena televisiva se halla en posesión de documentos que muestran al magnate y filántropo norteamericano Rafael Mattson realizando actividades sexuales con jóvenes menores de edad. Según los presentadores del noticiario —M.ª Teresa Orozco y Kevin Martínez, acaso la pareja más influyente del periodismo colombiano del momento—, las imágenes fueron tomadas en una mansión de recreo que Mattson posee en el municipio de Pollença, España, son numerosísimas y en ellas no sólo aparece el célebre multimillonario de origen sueco, sino también un nutrido elenco internacional de personalidades de las finanzas, la política, la televisión, el cine, el deporte y el periodismo, a quienes Mattson invitaba a sus esparcimientos sexuales y, verosímilmente, grababa sin su consentimiento. Los dos presentadores puntualizan que, a pesar de que se trata de imágenes que pueden herir la sensibilidad de la audiencia, por su valor periodístico la cadena se siente en la obligación, tanto moral como profesional, de emitir en primicia una pequeña muestra espigada del conjunto. Acto seguido, ponen en pantalla tres breves fragmentos en blanco y negro, de calidad desigual pero suficiente para identificar sin posibilidad de duda a quienes los protagonizan, aunque a las presuntas víctimas de Mattson se les ha difuminado el rostro para que resulten irreconocibles. En el primer fragmento, Mattson aparece completamente desnudo y cercado por varias adolescentes; el magnate las besa, las acaricia y se deja acariciar y besar mientras todos bailan, beben, fuman y esnifan un polvillo blanco que lo más probable es que sea cocaína. En el segundo fragmento, Mattson fuerza a una menor de edad con la ayuda de una mujer y un hombre. En el tercero, otra menor le realiza un masaje a Mattson, que yace tumbado en una camilla, hasta que la grabación se corta cuando la chica empieza a masturbarlo. Mientras se emiten las imágenes, los dos periodistas se alternan describiéndolas o comentándolas, como si por sí solas no fueran lo bastante explícitas, y al terminar de hacerlo afirman en tono solemne que la cadena se ofrece a proporcionar una copia de los documentos que obran en su poder a las autoridades competentes españolas, con el fin de que estas emprendan las acciones judiciales oportunas.

La noticia es una bomba viral. Inmediatamente satura las redes sociales y se hacen eco de ella cadenas de televisión, radios, ediciones digitales de periódicos y medios informativos de todo el mundo, que reutilizan con permiso de Caracol TV las imágenes o parte de las imágenes difundidas por el noticiario colombiano.

—Carrasco dice que esto era lo previsible —le cuenta Melchor a Rosa, recién llegada de Bogotá, donde hace apenas dos días le entregó en mano a Gonzalo Córdoba una copia del disco sustraído en la mansión de Mattson—. Pero yo no me esperaba tanto.

—Ni yo —confiesa Rosa—. Aunque, la verdad, las imágenes son tremendas.

Melchor asiente y asegura que, antes de que el noticiario

colombiano las emitiera, él no las había visto. La afirmación sorprende a Rosa.

—¿Para qué iba a verlas? —se pregunta Melchor, sorprendido por su sorpresa—. Cosette no puede estar en ellas... Pensé que ya las vería quien tuviera que verlas, así que hice la copia y se acabó. Por cierto, tu amigo colombiano se ha portado: más rápido no han podido sacar la noticia.

—Le insistí en lo de la rapidez. Es lo que me pediste, ¿no?

—Es lo que me pidió a mí Carrasco.

—¿Me vas a contar ahora qué es lo que pasó de verdad en Pollença? —Rosa señala la férula rígida que protege la pierna de Melchor—. Me parece bien que a la gente le digas que fue un accidente de moto, pero yo me he ganado la verdad, ¿no te parece?

Melchor le responde que no se ha ganado la verdad sino el cielo, y a continuación le refiere lo sucedido en Pollença. Aquella noche, después de hacer el amor como pueden, Rosa le propone a Melchor que invite a cenar a Salom.

—Invita también a Blai y a Glòria —añade—. Y a Paca Poch. Eso facilitará las cosas.

—¿Estás segura de que quieres ver a Salom? —pregunta él.

—Segurísima —contesta Rosa.

—Siempre creí que Salom hizo lo que hizo por dinero —reflexiona luego Melchor—. Para pagar los estudios de sus hijas... Me equivoqué. No digo que el dinero no contase, pero también trató de ayudar a un amigo, igual que me ha ayudado a mí. Me ha costado quince años entenderlo, pero es lo que hizo. Bueno, quince años y una bala en la rodilla.

—No sé lo que hizo Salom —admite Rosa—. Pero, fuera lo que fuese, a ti te ha salvado. Lo uno va por lo otro.

El escándalo provocado por la difusión de las imágenes en

Caracol TV sorprende a Rafael Mattson en Estocolmo, ciudad donde tiene su sede central Loving Children, la ONG dedicada a combatir las enfermedades y la desnutrición infantiles en el Tercer Mundo de la que es fundador y presidente el magnate. La reacción de este es sorprendente, o al menos lo es para quienes en el futuro estudien el caso. Mattson tiene contra él lo peor que puede tener desde el punto de vista judicial: unas imágenes en las que aparece cometiendo varios delitos gravísimos y en las que, como enfatizaron una y otra vez los periodistas de Caracol TV la primera vez que las emitieron, Mattson resulta perfectamente reconocible. Pese a ello —y pese a la barahúnda mediática que lo envuelve de inmediato y la indignación universal de que es objeto—, el magnate no se pone a resguardo de la justicia, ni siquiera toma la menor precaución por si eventualmente debe sustraerse a ella; todo lo contrario: en vez de buscar refugio en un lugar seguro o marcharse a los Estados Unidos, país del que es ciudadano y donde tal vez hubiera permanecido más a resguardo de las contingencias judiciales, permanece en su ciudad natal. La explicación más plausible de esta temeridad, o como mínimo la más generalizada, es la soberbia. En un primer momento, Mattson mide mal el tremendo impacto global que han tenido esas imágenes tremendas, y no entiende que ni siquiera su aplastante poder financiero y su aureola de benefactor de la humanidad podrán protegerle de ellas; y mucho menos en Suecia: es verdad que, en ese país, Mattson representa para muchos una suerte de héroe nacional, pero no es menos verdad que la legislación sueca es implacable con los delitos sexuales. Además, Mattson hubiera considerado indigno esconderse de la justicia en alguna satrapía de África u Oriente Medio: allí hubiese sido muy bien acogido, pero el elevado concepto que tiene de sí mismo no habría tolerado la humillación de la huida. Es posible incluso que quienes le rodean le hayan aconsejado mal o, más probablemente, que él se haya sentido tan invulnerable que ni siquiera se haya dejado aconsejar.

Lo seguro es que la primera reacción pública de los representantes de Mattson no es menos torpe que la suya. Dos días después del estallido del escándalo, uno de los lugartenientes del magnate es entrevistado en la cadena estadounidense CNN a propósito de un megaproyecto de inversión en energías renovables que acaba de aprobar una de las empresas de Mattson. La entrevista será recordada durante años, pero sólo por su final. En ese momento, el entrevistador interroga al representante de Mattson acerca de las grabaciones que han dado la vuelta al mundo, y el entrevistado, de nombre Paul Hammer, sonríe con una mezcla de lástima y altivez y afirma que esas imágenes son falsas y que han sido manipuladas y difundidas por los enemigos del señor Mattson, que son también, asegura, los enemigos de la democracia y la solidaridad que el señor Mattson promueve por los cinco continentes; al final, Hammer acaba apelando a la ética periodística del entrevistador. «Sabemos desde el Evangelio que la verdad crea mujeres y hombres libres», afirma. «Lo que quiere decir que las mentiras sólo crean esclavos.» «Ustedes, los periodistas, tienen una gran responsabilidad», concluye. «Deben elegir qué clase de mundo quieren construir: un mundo de mujeres y hombres libres o un mundo de esclavos. El señor Mattson hace ya muchos años que eligió.» A la luz de esta y otras declaraciones similares, todo indica que, al menos a estas alturas del caso, tanto Mattson como el entorno de Mattson tienen la convicción de que el escándalo se diluirá en unos días como humo en el aire; es posible que esa sea también la hipótesis dominante en las redacciones de algunos medios de comunicación importantes, así como en la mayoría de los gobiernos y cancillerías occidentales.

Se trata de un nuevo error de cálculo, como demuestra el curso subsiguiente de los acontecimientos. Ante la magnitud de la alarma social creada, la reacción de la justicia española es inusitadamente rápida. Al día siguiente de la emisión del telediario colombiano, el fiscal general del Estado insta al fiscal de Inca, a través de la fiscalía de Palma de Mallorca, a que actúe contra Mattson, presentando de oficio una querella criminal por supuesto delito sexual. El fiscal de Inca, que es el competente en el caso, obedece a sus superiores jerárquicos y, antes de veinticuatro horas, presenta en el juzgado de instrucción número 2 una querella en la que solicita una serie de diligencias de investigación, entre ellas la toma de declaración como investigado a Mattson, para que responda por un presunto crimen sexual, y la identificación de sus presuntas víctimas.

Es entonces cuando se produce otro error de la larga cadena de errores que explica la dimensión que acabará cobrando el caso. En esta oportunidad lo comete el juez que recibe la querella, quien, en vez de activar la investigación correspondiente, la archiva de forma casi inmediata. La decisión, jurídicamente incomprensible, mediáticamente explosiva, es dada a conocer al vuelo por un reportero del *Diario de Mallorca;* de resultas de ello, el volumen del escándalo se multiplica, la indignación estalla y se desborda. Lo que ahora está en juego, sin embargo, no es ya sólo el prestigio de Mattson, sino también la credibilidad de la justicia española, a la que ponen en la picota artículos y editoriales de medio mundo. De modo que, arrastrado por aquella marea imbatible, el fiscal de Inca, de nuevo a instancias de la fiscal general (y tal vez del propio Gobierno español), presenta un fulminante recurso de apelación contra el archivo del caso ante la Audiencia Provincial de Palma. Quien debe resolverlo es un tribunal formado por tres magistrados adscritos a esa misma

Audiencia, los cuales disponen de diez días para realizar su tarea; pero, tras valorar los indicios racionales de criminalidad que respaldan la querella del fiscal, la concluyen en tres. Su resolución, aprobada por dos votos a uno, consta de dos partes: en la primera ordenan al juez de Inca desarchivar *ipso facto* la causa contra Mattson y le instan a llevar a cabo las investigaciones correspondientes; en la segunda consideran tan manifiestamente absurda la resolución del juez que, en ese mismo auto, obligan al fiscal de Inca a presentar una demanda por prevaricación contra él. Esta última querella casi coincidirá en el tiempo con otra, presentada contra el mismo juez por la Asociación Internacional de Víctimas de Agresiones Sexuales (IAVAA, por sus siglas en inglés), que se constituye en acusación popular. Como consecuencia de todo ello, el juez del juzgado de instrucción número 2 de Inca es apartado de su cargo a la espera de juicio, y su lugar lo ocupa su sustituto natural, el titular del juzgado número 3, quien enseguida incoa las diligencias de investigación que trató de frustrar el juez querellado. El sustituto se llama Ricardo Lozano y es el magistrado que lanza el caso y lo conducirá hasta el final.

—Unos se llevan la fama y otros cardan la lana —despotrica Paca Poch—. A los periodistas colombianos les van a dar el Pulitzer, y al juez ese le ha tocado el gordo de la lotería. Pero a nosotros no nos van a dar ni las gracias.

—Te has equivocado de oficio, Paca —se ríe Blai—. Si buscabas aplausos, haberte dedicado al teatro.

—Y si se supiera que fuimos nosotros los que entramos en casa de Mattson, ya estaríamos en la trena —observa Salom—. Y yo de eso ya he tenido suficiente.

—Lo peor no es que estuviéramos en la trena —opina Melchor—. Lo peor es que el juicio se anularía. Los abogados de Mattson dirían con razón que las pruebas contra él se consiguieron de manera ilegal, violando no sé cuántos derechos fundamentales de su defendido. Resultado: el caso se declararía nulo y Mattson se iría de rositas.

—Es lo que han empezado a decir ya los abogados, ¿no? —pregunta Rosa.

—Claro —contesta Blai—. En cuanto el juez ha reclamado la presencia de Mattson para interrogarlo. Pero ahora tienen mucho más difícil demostrar que las grabaciones se han conseguido de forma ilícita. De hecho, los colombianos ya han dicho un montón de veces que un desconocido dejó el disco en la redacción... Que los picapleitos de Mattson demuestren que no fue así. No va a resultarles nada fácil.

—Hay una cosa que me parece rara —admite Rosa.

—¿Sólo una? —pregunta Paca Poch.

—Lo que me parece raro es que al día siguiente nadie diera la noticia de lo que había pasado en casa de Mattson —aclara Rosa—. Sobre todo, después de la que armasteis.

—¿Raro por qué? —replica Paca Poch—. Lo más probable es que nadie se enterara de lo que pasó. Aparte de los de la casa, claro. Acuérdate del Barça-Madrid.

—¿Y los de la casa? —insiste Rosa.

—Ellos no tenían ningún interés en denunciarlo —razona Salom—. Al revés, lo que les interesaba era ocultarlo.

—Vete a saber lo que pensaron —se pregunta Blai, sin contradecir a Salom—. A lo mejor, que éramos simples rateros y que, después de llevarnos las grabaciones, querríamos negociar con ellos, a ver qué les sacábamos. En todo caso, necesitaban tiempo.

—¿Os acordáis de lo que dijo Carrasco? —Salom se responde a sí mismo—: «Hay que actuar con rapidez. No hay que dar tiempo a que Mattson reaccione. Hay que mantener el efecto sorpresa». Tenía razón.

—Que necesitaban tiempo está claro —dice Melchor, siguiendo el hilo del razonamiento de Blai—. Pero, después del asalto, en el primero que pensaron fue en Carrasco. Eso seguro.

—¿Qué es de él? —pregunta Paca Poch.

—Sólo hemos hablado una vez por teléfono —contesta Melchor—. Estaba eufórico.

—¿Sabes adónde se ha ido? —pregunta Blai.

—No me lo dijo —contesta Melchor—. Y tampoco se lo pregunté. Pero seguro que se ha marchado de Mallorca, al menos de Pollença. Por la cuenta que le trae.

—¿Y de Vàzquez? —pregunta Paca Poch—. ¿Se sabe algo de Vàzquez? ¿No deberíais invitarlo a que venga un fin de semana? El pobre, ahí perdido en La Seu d'Urgell...

—Ya me extrañaba a mí que no preguntases por Vàzquez —masculla Blai—. ¿Cuántas veces tengo que decirte que está felizmente casado?

—No se preocupe, jefe —dice Paca Poch—. Yo no soy celosa... Además, no es verdad que me tirase a su amigo en Pollença, como usted se cree.

—Me alegro.

—Aunque no fue por falta de ganas, la verdad.

—Vete un rato a cagar, anda.

Melchor se equivoca: después del asalto a la casa de Mattson, Carrasco no se ha marchado de Mallorca. Lo descubre tres días después, cuando entra como cada mañana en la edición digital del *Diario de Mallorca,* en busca de información fresca sobre el caso Mattson, y se encuentra con la noticia de un tiroteo ocurrido la víspera a las afueras de Pollença. «Ajuste de cuentas entre narcotraficantes», reza el título. El suelto, sin firma, hubiera podido pasarle inadvertido, pero, cuando sus ojos resbalan por la entradilla, reconoce un nombre: Can Sucrer. La información que ofrece el reportero es escasa: la refriega tuvo lugar de madrugada, duró no más de diez o quince minutos, tras ella se recogieron cinco cadáveres en Can Sucrer y la Guardia Civil considera que la masacre constituye un episodio particularmente sangriento de la guerra entre clanes mafiosos en lucha por el control del tráfico de drogas que desgarra desde hace años el archipiélago.

—Y una mierda —se encrespa Biel March, cuyo teléfono ha conseguido localizar Melchor tras haber buscado en vano el de Caty—. Era gente de Mattson. Iban a por Carrasco, querían demostrar que había sido él quien robó las imágenes de la casa. Seguro.

—Puede ser. —Todavía en estado de shock tras enterarse de que uno de los cinco cadáveres de Can Sucrer es el del antiguo guardia civil, Melchor comprende en el acto que la explicación de Biel March es la correcta—. Si Carrasco había robado las imágenes, las pruebas contra Mattson serían nulas. Y, si no hay pruebas, no hay caso.

—Exacto —dice Biel March—. No iban a matarlo. Iban a registrar la casa. Iban a sonsacarlo. Querían interrogarle para que confesara. Pero Carrasco no les dejó.

Es de noche, y Melchor siente que, al otro lado del teléfono, el amigo de Carrasco y propietario de Can Sucrer está poseído por una cólera helada. Ha encontrado su teléfono en internet, bajo un texto que lo identifica como un artista que vive y trabaja en Pollença y junto a una fotografía en la que posa —alto y desgarbado, con un sombrero de paja y una barba grisácea y descuidada— ante una de sus instalaciones: un gran seto natural de mirto en forma de cubo. Melchor no le ha preguntado cómo sabe quién asaltó la mansión de Mattson: es consciente de que Carrasco llamó a Biel March en cuanto salieron de estampida de la finca, y que fue Biel March quien consiguió que un médico acudiera a aquellas horas a Can Sucrer para atenderlos a él y a Salom.

—Lo que no entiendo es por qué no se marchó —dice Melchor—. Él sabía que esto podía pasar.

—Claro que lo sabía —dice Biel March—. Yo se lo dije mil veces: «Márchate», le dije. «Ya tienes lo que querías. Vete de una vez. Si no te vas, irán a por ti». ¿Y sabe lo que me contestaba? «Esta es mi casa, Biel», me decía. «Yo no me voy a ir. Que se vayan ellos.»

—No llore —le ruega Melchor.

—«Que vengan a buscarme» —continúa Biel March—. «Aquí les espero.» Eso me decía también... Me cago en la puta.

—No llore —repite Melchor.

—¿Sabe lo que creo? —pregunta Biel March—. Lo que creo es que Carrasco quería que esta historia terminara con él, no quería que nadie pudiera relacionarla con ustedes. Primero, porque pensaba que era una historia entre Mattson y él. Y segundo, por lo que dice usted: porque, si alguien era capaz de relacionarlos a ustedes con ella, Mattson podía librarse. Así que cortó por lo sano. Destruyó su archivo y se inmoló.

—No acabo de entender —dice Melchor, que ha entendido perfectamente.

—Lo que quiero decir es que la muerte de Carrasco no fue un asesinato —dice Biel March—. Fue un suicidio. Carrasco se llevó a cuatro sicarios de Mattson por delante, pero eso es lo que fue... De todos modos, pierda cuidado: esto no va a quedar así.

—¿Qué piensa hacer? —pregunta Melchor.

—Denunciar lo que ha pasado —contesta Biel March—. Contar quién mató a Carrasco, delatar a los guardias civiles de Pollença y los jueces de Inca que estaban a sueldo de Mattson y que todos sabemos que estaban a sueldo de Mattson, sacar a la luz toda la mierda que llevamos tanto tiempo acumulando... Eso es lo que voy a hacer. O ahora o nunca.

Melchor intenta tranquilizar a Biel March, le pide prudencia, trata de desviar la conversación hacia otro asunto, pero no lo consigue. Los dos hombres siguen hablando de Carrasco hasta bien entrada la madrugada.

—¿Le dijo alguna vez que era comunista? —pregunta Biel March, ya más tranquilo—. Pues lo era. Comunista de carnet... Increíble, ¿verdad? Debía de ser el único comunista de la Guardia Civil. No tenía dinero ni para comprarse unos zapatos, pero seguía pagando la cuota del partido, y eso que ya nadie sabe si queda un partido comunista en España... Yo me reía de él. Le decía: «Damián, debes de ser el último comunista que queda en este país». ¿Y sabe lo que me contestaba? «No me toques los huevos, Biel», decía. «Mi abuelo era comunista, mi padre era comunista y yo me moriré siendo comunista.»

En algún recoveco de la conversación, Melchor se acuerda de la contraseña que Carrasco le dio por carta para que le confirmase por WhatsApp que aceptaba su proyecto de asaltar la casa de Mattson, y le pregunta a Biel March si sabe lo que significa.

—¿«Tuya es la tierra»? —pregunta Biel March.

—Sí —contesta Melchor—. Tierra con «T» mayúscula.

—No lo sé —reconoce Biel March, después de un silencio—. Me suena, pero no sé de qué.

Cuando se despide del amigo de Carrasco, este ha cambiado la ira del principio por una especie de tranquila desesperanza, pero no ha abandonado el propósito de lanzar una campaña contra la corrupción instaurada por Mattson en la isla.

—Por lo menos Carrasco no habrá muerto para nada —dice. Y después—: Vuelva cuando quiera por acá. Ya sabe que los amigos de mis amigos también son amigos míos. Y no se llame a engaño: pase lo que pase, este sigue siendo un lugar maravilloso.

La primera diligencia que ordena Ricardo Lozano, titular del juzgado de instrucción número 3 de Inca y juez instructor del caso Mattson, sorprende a propios y extraños, pero sobre todo sorprende a los abogados de Mattson: consiste en dictar una orden de entrada y registro de la mansión del magnate en Formentor. Un doble propósito anima el procedimiento: por un lado, hallar evidencias y preservar pruebas de los delitos que se imputan a Mattson, antes de que alguien pueda destruirlas; por otro, verificar que las imágenes difundidas por Caracol TV —una copia de las cuales ha sido remitida *motu proprio* al juez por el medio colombiano— se grabaron efectivamente en esa casa, como sostienen los periodistas.

Un dispositivo conjunto de guardias civiles y Policía Nacional lleva a cabo por sorpresa la operación, en presencia del propio juez Lozano y de un letrado de la administración de justicia, y aquel mismo día se filtran a la prensa imágenes de lo que Carrasco llamaba el cofre del tesoro; al cabo de apenas unas horas están dando la vuelta al mundo. El efecto que producen en la opinión pública mundial es demoledor para el maltrecho prestigio de Mattson —en una vitrina de cristal blindado se distinguen decenas de trofeos sexuales acumulados por el magnate, algunos conservados en formol— y el juez instructor dicta de inmediato una Orden Europea de Detención y Entrega (OEDE) contra Mattson, quien sólo en ese momento comprende que su blindaje está a punto de pulverizarse y olvida su soberbia y su elevado concepto de sí mismo e intenta ponerse a buen recaudo huyendo de Suecia. No lo consigue: la policía escandinava lo detiene en el aeropuerto de Arlanda, cuando se halla a punto de abordar un jet privado con destino a Brasilia, y, a la vista del alto riesgo de fuga que presenta el detenido, un tribunal reunido en el Palacio de Justicia de Estocolmo acuerda en un juicio de extradición su ingreso en la cárcel de Österåker en régimen de prisión preventiva. Cuatro días más tarde, cuando nadie se ha recuperado aún de la impresión de ver a Rafael Mattson esposado y escoltado por policías, con un aire aturdido de hombre que no sabe lo que está ocurriendo o que no se lo acaba de creer, el mismo tribunal sueco, tras considerar que las pruebas contra el filántropo son apabullantes y valorar la enorme alarma social creada por el caso, ordena extraditar a Mattson y trasladarlo sin dilación a España con el fin de que sea juzgado. Para acabar de complicarle las cosas al magnate, una de las mujeres identificadas como víctimas suyas por el juez Lozano, gracias a las grabaciones conservadas en la mansión de Formentor, presenta una denuncia contra él justo el día en que aterriza en el aeropuerto de Mallorca, y en apenas dos días más lo hacen otras cuatro, dos de ellas originarias de Palma y otras dos de Barcelona.

—Toma castaña efecto llamada —dice Blai, exultante—. Y preparaos, me juego lo que queráis a que, dentro de un mes, ese juez no da abasto con las denuncias.

—Las víctimas van a perder el miedo —augura Rosa.

—A ese hijo de puta ya no lo salva ni Dios —pronostica Paca Poch.

—Yo tengo que verlo para creerlo —intenta rebajar la euforia Salom—. De todos modos, es posible: el juez puede no creer una denuncia, pero no puede dejar de creer diez.

Quien no dice nada es Melchor, que sabe que los demás se están formulando en silencio una pregunta que no se atreven a formular en voz alta. La pregunta es si Cosette se sumará a las denuncias y declarará contra Mattson.

Melchor desea de todo corazón que no lo haga, y está seguro de que, como mínimo de momento, su hija no se plantea hacerlo. Cosette abandonó la Clínica Mercadal dos semanas después del asalto a la mansión de Mattson, cuando el escándalo ya hacía tiempo que había estallado, pero ni siquiera lo comentó, no al menos con Melchor, ni con Rosa. Tampoco lo hizo en las semanas siguientes. «No piense que su hija está curada», le dijo el doctor Mercadal la última vez que Melchor estuvo en su clínica, el mismo día en que acudió a recoger a Cosette. «Aquí, en estas semanas, hemos parado el golpe, Cosette ha salido de la depresión, ha tomado conciencia de lo que le ha pasado, ya no es víctima de impulsos autodestructivos y ha recuperado cierta autoestima, la suficiente para darle el alta, que salga fuera y lleve una vida aparentemente normal.» «¿Aparentemente?», preguntó Melchor. «Parece que está bien, pero no está bien», contestó la doctora Ibarz, que se había sumado a la reunión de despedida. «No puede hacer vida normal, pero puede fingir que hace vida normal. Tan normal que es probable que nadie a su alrededor se dé cuenta de nada, ni siquiera usted. Pero eso no significa que el trauma no siga dentro de ella y que esté curada... Dicho de otra manera, es bueno que Cosette intente normalizar su vida hasta donde sea posible, cosa que está ansiosa por hacer. Pero no es bueno que olvidemos que ella sigue sufriendo, que la procesión va por dentro.» «Ahora Cosette sabe que lleva una herida», encadenó el doctor Mercadal, frotándose el antebrazo como si estuviese llagado. «Sabe dónde la tiene, sabe cómo y quién se la hizo, y hasta la hemos ayudado a ponerse una venda, para que nadie la vea... Pero eso no quiere decir que la herida esté curada. Más aún, si no se la cura, se acabará pudriendo.» A continuación, el doctor Mercadal le dio el nombre de un psicólogo especializado en tratamiento de traumas que tenía su consulta en Tortosa, y a quien le aconsejó que acudiera Cosette. «Él la ayudará a ponerse del todo bien», dijo el doctor Mercadal. «La ayudará a quitarse cada semana la venda y a curarse la herida hasta que cicatrice.» «Es lo que le contamos el primer día sobre el proceso de integración», le recordó la doctora Ibarz. «Puede que no sea fácil... Es casi seguro que Cosette no quiera volver a saber nada de lo que le pasó. De entrada, porque cree que ya ha pasado. Y, sobre todo, porque es demasiado doloroso como para que sienta ganas de revisarlo... Pero, si desea curarse del todo, tiene que hacerlo. Tiene que volver a su cuerpo, hacer las paces con él, reconciliarse con él, es decir, consigo misma. Si no, su cuerpo se lo hará pagar y su vida será un sinvivir.» Melchor preguntó cuánto tiempo tardaría Cosette en ponerse del todo bien, cuándo volvería a ser la de antes, cuánto duraría el proceso de curación. Los dos doctores se encogieron de hombros al mismo tiempo. «No lo sabemos», dijo la doctora Ibarz. «Durará lo que dure.» «En realidad, depende de la persona», la secundó el doctor Mercadal. «Lo normal es que, en un caso como este, la curación lleve muchos años: al fin y al cabo, estamos hablando de un caso de abusos graves, muy intensos. Pero ya le dije el otro día que su hija es una chica especial, más fuerte de lo que usted se cree... ¿Se acuerda de la frase de Nietzsche?» «Lo que no te mata te hace más fuerte», citó Melchor. «Exacto», dijo el doctor Mercadal. «Bueno, pues, tarde lo que tarde Cosette en ponerse bien, esto la hará más fuerte. Mucho más. Puede estar seguro. Simplemente, asegúrese de que se cura, y el resto caerá por su propio peso... Su hija es una chica fantástica, si yo tuviera una hija como ella estaría orgulloso.»

Cosette volvió a la Terra Alta rebosante de energía y aceptó sin protestas acudir cada semana al psicólogo recomendado por el doctor Mercadal, que se llamaba Lluís Arbeloa y pasaba su consulta en el centro de Tortosa. Para aquel momento las clases de segundo de bachillerato habían terminado en el Instituto Terra Alta y Cosette había perdido el semestre previo al examen de Selectividad, la prueba que debía superar si al año siguiente quería cursar una carrera universitaria. El contratiempo no la amilanó: pidió los apuntes del trimestre anterior, y ahora, a finales de junio, después de haberse pasado dos semanas encerrada en su casa sin apenas salir a la calle, acaba de presentarse a los exámenes de fin de curso. Esa es la razón por la que Melchor tiene la certeza de que Cosette no se plantea denunciar a Mattson: está exhausta tras el esfuerzo de los exámenes y demasiado pendiente de su resultado como para pensar en algo que no sea aprobarlos.

Previsiblemente, no los aprueba, o no todos, así que no puede presentarse a la convocatoria ordinaria del examen de Selectividad y consagra el resto del verano a prepararse para acudir a la convocatoria extraordinaria, en septiembre. Melchor no acaba de entender aquel empeño en aprobar el examen de ingreso en la universidad cuando su hija ni siquiera ha decidido qué es lo que quiere estudiar, pero se alegra de verla feliz empollando varias horas al día, compartiendo con él las tareas de la casa y saliendo con sus amigos, de manera que no se inmiscuye, no interfiere, no pregunta. A principios de agosto, Cosette le cuenta que está saliendo con un chico, un primo de una amiga de La Pobla de Massaluca, que veranea en el pueblo.

—Es de Barcelona —le informa Cosette—. Se llama Albert.

Melchor se queda mirando a su hija; esta le pregunta:

—¿No tienes nada que decir?

—¿Qué quieres que te diga? —dice Melchor—. Me parece fantástico.

—Pues di que te parece fantástico.

—Me parece fantástico.

Se ríen. Aquel año es el primero en que no pasan las vacaciones de verano con Carmen y Pepe en el Llano de Segura, Murcia. Melchor llama a la vieja amiga de su madre para darle la noticia; alega una mentira y una verdad: la verdad es que Cosette debe estudiar para el examen de Selectividad y no quiere distracciones; la mentira es que él ha sufrido un accidente de moto durante unas vacaciones en Mallorca y que su rodilla todavía se halla en proceso de rehabilitación. Incluso esto último es falso: aunque al cabo de tres semanas de su regreso de Pollença pudo prescindir de la férula que le protegía la rodilla e iniciar el proceso de rehabilitación, la realidad es que unos días atrás lo ha abandonado, porque el traumatólogo y el fisioterapeuta aseguran que no se puede hacer más de lo que ya han hecho, que no volverá a caminar con normalidad y que tendrá que acostumbrarse a convivir con su cojera.

A mediados de agosto, Melchor y Cosette se mudan a la masía de Rosa y ponen en alquiler el piso de la calle Costumà. Una noche, poco después de concluir el traslado, Melchor recibe una llamada de Biel March. El hecho le alegra, porque piensa que el amigo de Carrasco le llama para comentar las buenas noticias sobre el caso Mattson. Se equivoca.

—¿Se acuerda de aquello que me preguntó? —inquiere Biel March.

—¿El qué?

—Lo de la contraseña que le dio Carrasco. Lo de «Tuya es la Tierra».

—Ah, sí.

—Pues ya sé de dónde viene.

—¿De dónde?

—De un poema de Rudyard Kipling. No sé cómo pude olvidarlo. Se titula «If», por lo visto es famosísimo. ¿Lo conoce?

—Conozco a Kipling, pero no conozco el poema. Y no sabía que a Carrasco le gustaba la poesía.

—No le gustaba. Pero le gustaba ese poema. Una vez me dijo que, después de leerlo, decidió que no volvería a leer un solo poema más, porque era imposible que nadie hubiera escrito nada mejor que eso. Léalo, a ver qué le parece. Lo de «Tuya es la Tierra» está en el penúltimo verso.

Apenas cuelga el teléfono, Melchor busca en internet una traducción del poema de Kipling. La primera que encuentra dice así:

Si puedes mantener en su lugar tu cabeza cuando todos a tu
[alrededor
han perdido la suya y te culpan de ello;

si crees en ti mismo cuando todo el mundo duda de ti,
pero también dejas lugar a sus dudas;

si puedes esperar y no cansarte de la espera,
o si, siendo engañado, no respondes con engaños,
o si, siendo odiado, no te domina el odio
y aun así no pareces demasiado bueno ni demasiado sabio;

si puedes soñar y no hacer de los sueños tu amo;
si puedes pensar y no hacer de tus pensamientos tu único
[objetivo;
si puedes conocer al triunfo y la derrota
y tratar de la misma manera a esos dos impostores;
si puedes soportar oír toda la verdad que has dicho,
tergiversada por malhechores para engañar a los necios,

o ver cómo se rompe todo lo que has creado en tu vida,
y agacharte para reconstruirlo con herramientas maltrechas;

si puedes amontonar todo lo que has ganado
y arriesgarlo a un solo lanzamiento,
y perderlo, y empezar de nuevo desde el principio
y no decir ni una palabra sobre tu pérdida;
si puedes forzar tu corazón y tus nervios y tus tendones,
para seguir adelante mucho después de haberlos perdido
y resistir cuando no haya nada en ti
salvo la voluntad que te dice: «¡Resiste!»;

si puedes hablar a las masas y conservar tu virtud
o caminar junto a reyes, y no distanciarte de los demás,
si ni amigos ni enemigos pueden herirte,
si todos cuentan contigo, pero ninguno demasiado;
si puedes llenar el inexorable minuto,
con sesenta segundos que valieron la pena recorrer,
tuya es la Tierra y todo lo que hay en ella,
y lo que es más: serás un hombre, hijo mío.

Melchor lee dos veces el poema; cuando lo lee por tercera vez piensa que es el primer poema que entiende en su
vida; cuando lo lee por cuarta vez piensa que no es él quien
entiende el poema sino el poema quien lo entiende a él;
cuando lo lee por quinta vez piensa que acaba de entender
a Carrasco; cuando lo lee por sexta vez recuerda al gris funcionario del bastón que, cuando él buscaba a Cosette, le
atendió en el juzgado de Inca, y que le puso luego en la
pista de Carrasco (o eso piensa Melchor): ni siquiera sabe
cómo se llama ese hombre, pero se pregunta si será consciente de que fue su pequeño acto de coraje anónimo el que
desencadenó el caso Mattson; cuando lo lee por séptima vez

se da cuenta de que ya casi lo sabe de memoria. Después de memorizarlo del todo se lo manda por correo electrónico a su hija.

Al día siguiente, mientras desayunan en la terraza, Cosette le pregunta a Melchor por qué le ha mandado aquel poema.

—¿Lo has leído? —pregunta Melchor.

—Sí —contesta Cosette.

Melchor le cuenta la historia de Carrasco.

A principios de septiembre, Cosette se presenta al examen de Selectividad y lo aprueba con un 8,3 de nota. Para celebrarlo, padre e hija comen en un restaurante de Horta de Sant Joan llamado Can Miralles. Durante la comida hablan de Vivales, el viejo picapleitos que durante años ejerció de padre de Melchor y abuelo de Cosette; también recuerdan a Puig y Campà, los dos amigos íntimos de Vivales, a quienes no ven desde la muerte del abogado, y Melchor hace el propósito, que no cumplirá, de llamarlos por teléfono, averiguar cómo están e invitarlos a la Terra Alta. Cuando piden los cafés, Cosette anuncia:

—Tengo que darte dos noticias.

—Dispara.

—Ya no salgo con Albert.

Melchor mira a su hija sin parpadear.

—Me parece fantástico —dice.

—Es lo mismo que me dijiste cuando te dije que salía con él.

—Es que últimamente todo lo que haces me parece fantástico.

Se ríen.

—¿Cuál es la segunda noticia?

Cosette tarda en contestar el tiempo que tarda el camarero en servirles los cafés y en volver a marcharse.

—Voy a presentar una denuncia contra Mattson.

Quizá porque en su fuero interno la esperaba, la primera noticia no pilla por sorpresa a Melchor; la segunda, sí. Melchor le pregunta a Cosette si sabe lo que significa denunciar a Mattson.

—No —reconoce ella—. Pero me lo imagino.

—No te lo imaginas —la corrige Melchor—. Tendrás que declarar ante un juez. Tendrás que ir a juicio. Tú no sabes lo que es eso.

—No —vuelve a reconocer Cosette—. Pero lo averiguaré.

Durante un buen rato, Melchor intenta disuadir a su hija con la batería completa de argumentos que encuentra a su alcance, sobre todo con el argumento de que, tal y como se está desarrollando la instrucción del caso Mattson, ahora mismo el magnate no tiene escapatoria posible, y por tanto lo más probable es que sea condenado a muchos años de cárcel, aunque ella no declare en el juicio.

—Me alegro —dice Cosette—. Pero me da igual. Quiero declarar contra Mattson. Quiero contar lo que me hizo. Y quiero contárselo a él a la cara. A él y a los demás.

Melchor no consigue convencerla; lo único que consigue es que acepte hablar al día siguiente con Blai para que este le explique, con todo lujo de detalles intimidatorios y poniéndose en la peor de las hipótesis (aunque esto no se lo dice a Cosette), las consecuencias de la decisión que quiere adoptar.

Al día siguiente por la tarde, justo antes de que Melchor salga de la biblioteca, Blai lo telefonea.

—Ha salido a su padre —constata, tras una hora de hablar con Cosette—. Terca como una mula... Te estamos esperando en comisaría para tomarle declaración.

Aquella misma tarde remiten la denuncia al juez de Gandesa, que a su vez se inhibe en favor de su homólogo de Inca.

Para entonces, mediados de septiembre, el caso Mattson ha adquirido una fisonomía distinta. Veintiséis mujeres han denunciado por el momento al magnate, acusándolo de diferentes delitos sexuales, y el número de imputados en la causa, entre ellos dos senadores estadounidenses, un jeque del pequeño emirato de Sharjah y un ex primer ministro sueco, asciende a diecinueve, todos ellos hombres identificados por sus víctimas en las grabaciones o las fotografías tomadas en la mansión de Formentor. Algunos de estos personajes han huido o desaparecido y, aunque el juez Lozano emite órdenes de busca y captura contra todos ellos, no parece probable que vayan a ser extraditados en un plazo breve de tiempo de los países donde han buscado refugio, por lo que todo apunta a que el magistrado se verá en la obligación de crear una pieza separada del caso para juzgarlos cuando pueda tenerlos a su disposición, a ellos y a los demás sospechosos que aparecen en las imágenes y que aún no ha logrado identificar. Todo apunta también a que la instrucción de aquella macrocausa puede durar como mínimo dos años, que el fiscal puede acabar solicitando para Mattson una condena de siglos de prisión y que el tribunal puede acabar condenándolo a cuarenta y cinco años, la máxima pena prevista por el código penal español. Y no faltan juristas que auguran que el caso Mattson podría dilatarse mucho más en el tiempo, y que, hasta pasadas las dos décadas que la ley española señala como fecha de prescripción de los delitos, podrían seguir siendo sometidos a juicio responsables de las tropelías cometidas en la mansión de Formentor. En cuanto a la opinión pública —que de manera un tanto arbitraria ha bautizado ese lugar como El castillo de Barbazul—, el parecer generalizado es que el caso Mattson representa un parteaguas en el combate contra la impunidad de los abusos contra las mujeres, y muchos analistas lo comparan al caso Weinstein, que casi veinte años atrás, al sacar a la luz los atropellos sexuales del todopoderoso mandamás de la industria cinematográfica norteamericana, catalizó la rebelión de las hembras de Occidente contra su sempiterno sometimiento a los varones y desencadenó el movimiento Me Too, que pretendió acabar con esa lacra secular para luego desinflarse progresivamente.

El héroe de esta nueva insurrección feminista es el juez Lozano, el instructor del caso Mattson, que en sólo unos meses pasa de ser un completo desconocido a convertirse en una estrella global cuya efigie aparece en camisetas, pegatinas y pintadas de medio mundo, y cuyo nombre se transforma en un emblema de integridad ética a la vez que en un ideal feminista de la nueva masculinidad. Tal vez esto explica en parte que apenas tenga una pequeña repercusión local un artículo sobre él publicado por el periodista estrella del *Diario de Mallorca*, Matías Vallés, titulado «El juez estrella». El texto forma parte de una serie que Vallés escribe desde hace dos meses sobre la trama de corrupción que Mattson tejió durante años en Mallorca; la serie se ha venido publicando en paralelo a las detenciones realizadas en esas mismas fechas por el magistrado de Palma que, casi desde el inicio del caso Mattson, investiga por prevaricación al juez instructor de Inca apartado de su juzgado por ordenar el archivo precipitado e injustificable de la causa, una investigación que ha producido, de momento, el arresto de dos magistrados del juzgado de Inca y de uno adscrito al Tribunal Superior de Justicia de Palma, así como de un capitán de la Policía Judicial de Inca y un sargento, un brigada y varios guardias civiles del puesto de Pollença, todos los cuales, según el juez, se hallaban presuntamente en nómina del magnate y frenaban o manipulaban o diluían las denuncias presentadas contra él. El artículo de Vallés sostiene o insinúa con diabólica astucia, citando fuentes anónimas del juzgado de Inca, que, en realidad, Lozano formaba parte de la trama de Mattson, y que toda su actuación es una sobreactuación y obedece a un propósito de ocultar sus vínculos con el magnate dictado por el finísimo olfato mediático del juez, quien intuyó desde el principio que las imágenes difundidas por Caracol TV iban a desencadenar un maremoto que acabaría llevándose por delante a todo el que intentase resistirse a su evidencia.

—¿No os dije que unos cardan la lana y otros se llevan la fama? —repite Paca Poch cuando Melchor les sintetiza el artículo—. Ahí lo tenéis.

—¿Y no te dije yo que, si querías aplausos, haber trabajado en un circo? —pregunta Blai.

—Me dijiste en un teatro, jefe —le corrige Paca Poch.

—No me toques los huevos, Paca —dice Blai—. Un teatro, un circo, ¿qué más da?

—Anda, que no te lo pasaste tú bien en Pollença —le dice Vàzquez a la sargento—. Con lo que debes de aburrirte en la Terra Alta.

—Vente a vivir aquí y te voy a dar yo a ti aburrimiento, machote —dice Paca Poch.

—Paca, cojones, que su mujer está aquí al lado —la abronca Blai.

—Quién sabe —se pregunta Salom—. A lo mejor el periodista no se equivoca. —Señala vagamente a Melchor—. Cuando este llegó aquí, hablaba menos que un mudo, pero no perdía ocasión de decir que los peores malos son los que parecen buenos.

—Pues por lo menos en el caso de Mattson acertó —opina Vàzquez.

—Sea verdad o no lo que dice el periodista, a Lozano no le va a pasar nada —apuesta Melchor, que sabe que detrás de las investigaciones del magistrado que está destapando la trama corrupta de Mattson hay una denuncia de Biel March, a su vez amigo o informante de Matías Vallés—. En cuanto se ha publicado ese artículo, las redes sociales han salido en tromba a defenderlo: han acusado al periodista de machista, de estar defendiendo a Mattson, de ser un pueblerino incapaz de apreciar la grandeza de Lozano, de estar celoso de su fama y de no sé cuántas cosas más. El pueblo ama a Lozano.

—Chissst —bracea Vàzquez—. Que viene Vero.

—¿Qué es eso que no queréis que oigamos? —pregunta Verónica, irrumpiendo en la terraza del brazo de Glòria, la mujer de Blai—. Panda de maleantes. Que sois una panda de maleantes.

Es sábado por la tarde y, desde hace casi veinticuatro horas, en la masía de Rosa se vive un trajín de fiesta que la ha obligado a contratar dos camareros para que ayuden a Ana Elena. El viernes por la tarde llegaron Vàzquez y Verónica desde La Seu d'Urgell y, desde Barcelona, Rosa y Lídia, las dos hijas mayores de Rosa, con sus maridos y sus hijos. Salom, Paca Poch, Blai y su mujer comparecieron a la hora de la cena, que se prolongó varias horas y terminó con un baile en el jardín que duró hasta la madrugada. Ahora se diría que la fiesta se encamina hacia su final, sobre todo después de que las hijas de Rosa y su familia se hayan marchado hacia Barcelona y de que Verónica le haya asegurado a Vàzquez que no piensa quedarse a dormir otra noche en la Terra Alta. Pero el grupo de policías y expolicías no parece muy dispuesto a disgregarse y sigue conversando en la terraza del primer piso.

Allí reaparece en algún momento Cosette, acompañada por Rosa —con la que llevaba un rato hablando en la biblioteca—, y le anuncia a su padre que se marcha porque viene a buscarla su amiga Elisa Climent.

—Te acompaño —dice Melchor, levantándose.

Cosette se despide de todos los presentes y luego padre e hija bajan hasta el vestíbulo, Melchor cojeando por las escaleras detrás de Cosette, salen del edificio y caminan hacia la entrada de la finca, a través de cuya puerta abierta se vislumbra una vasta extensión de campo y, más allá, el perfil irregular de las sierras recortándose contra el atardecer, erizado de molinos de viento. Mucho antes de alcanzar la puerta, Cosette se detiene.

—He estado pensando —dice.

Melchor se vuelve hacia ella.

—Ya sé lo que quiero hacer este año —agrega Cosette.

Justo en ese momento frena un coche delante de la puerta de la finca, se baja la ventanilla del copiloto y Elisa Climent saca por el hueco la cabeza y parte del tronco; sonriendo y agitando un brazo, la amiga de Cosette grita algo, que Melchor no alcanza a entender. Cosette responde con una sonrisa y un índice levantado, mientras él advierte que un muchacho conduce el vehículo y que otro viaja en el asiento trasero.

—No hace falta que hagas nada —dice él—. No hay ninguna prisa. Yo que tú me tomaría un año libre, y mientras tanto pensaría qué es lo que quiero hacer.

Melchor intenta argumentar su sugerencia, pero Cosette lo ataja.

—No tengo ninguna prisa —asegura—. Pero ya lo he pensado. Acabo de contárselo a Rosa.

Melchor lee en los ojos de Cosette que en efecto ha tomado una decisión, y que es irrevocable. El sonido de un claxon aniquila la quietud bucólica del paraje en que se yergue la masía, y de la ventanilla del copiloto emerge de nuevo Elisa Climent, haciendo un gesto elaborado, con el que parece urgir a su amiga y, a la vez, pedirle disculpas. Cosette se vuelve otra vez hacia su padre y le anuncia, muy seria:

—Voy a ser policía.

NOTA DEL AUTOR

No hubiera podido escribir esta novela sin contar con la ayuda desinteresada de algunas personas. Para empezar, debo mencionar a varios miembros de la Guardia Civil adscritos a la comandancia de Palma o al puesto de Port de Pollença: la sargento Antonia Alanzol, el brigada Víctor Manuel Rubio Martos y el cabo primero Francisco Molina Cárdenas; Juan Manuel Torres ya no es guardia civil, pero lo fue y, como los tres anteriores, puso a mi disposición su tiempo y sus muchos conocimientos. También me resultaron de gran ayuda las conversaciones que mantuve con Pedro Herranz, inspector jefe de Desaparecidos de la Policía Nacional, y con Miquel Barnera, psicólogo y terapeuta familiar especializado en violencia de género. Raquel Gispert me abrió de par en par las puertas de Mallorca, Mateu Suau las del hostal Borràs y Biel March las de su casa (y mucho más); este último también tuvo la generosidad de leer y mejorar el manuscrito. Igualmente la tuvieron Marco Antonio Jiménez Bernal, sargento de los Mossos d'Esquadra, que me ilustró sobre infinidad de asuntos policiales, y Carles Monguilod y Juan Francisco Campo, que llevan años tratando de que no me equivoque en asuntos jurídicos y médicos. Antoni Cortés sigue siendo el mejor embajador posible de la Terra Alta.

A todos ellos, gracias.